山河无尘

─ 1 ─
天命共和

李昊鲁 著

人民东方出版传媒
东方出版社

图书在版编目（CIP）数据

山河无尘 / 李昊鲁 著 . — 北京：东方出版社，2023.5
ISBN 978-7-5207-3334-2

Ⅰ.①山⋯　Ⅱ.①李⋯　Ⅲ.①长篇历史小说—中国—当代　Ⅳ.① I247.5

中国国家版本馆 CIP 数据核字（2023）第 032124 号

山河无尘
（SHANHE WUCHEN）

作　　者：	李昊鲁
责任编辑：	张永俊
责任审校：	曾庆全　孟昭勤
出　　版：	东方出版社
发　　行：	人民东方出版传媒有限公司
地　　址：	北京市东城区朝阳门内大街 166 号
邮　　编：	100010
印　　刷：	优奇仕印刷河北有限公司
版　　次：	2023 年 5 月第 1 版
印　　次：	2023 年 5 月第 1 次印刷
开　　本：	710 毫米 ×1000 毫米　1/16
印　　张：	53.5
字　　数：	773 千字
书　　号：	ISBN 978-7-5207-3334-2
定　　价：	108.00 元（全二册）

发行电话：（010）85924663　85924644　85924641

版权所有，违者必究

如有印装质量问题，我社负责调换，请拨打电话：（010）85924602　85924603

目录

楔子 / 001

第一部　天命共和

第一章　侯门事 / 007

第一回　蒙恩荫诗书千载传　逢巨变少子应劫生 / 009

第二回　新纪元雉羽祭先圣　除夕夜"团民"霸孟府 / 021

第三回　黄雀计武卫擒神勇　珍珠泉血宴试新枪 / 040

第四回　逢圣旨孟府再遭难　妄宣战神州险陆沉 / 056

第五回　老管家三缄吐真言　杨士琦处心筹巨款 / 073

第六回　真狂生一语道天机　佳公子临别窥易数 / 088

第二章　少年游 / 101

第七回　武昌府除暴试牛刀　安庆城生死两迷情 / 104

第八回　痴情女无悔入侯门　少年郎福深不知福 / 128

第九回　俏佳人剑舞动四方　伶歌女唱尽悲欢曲 / 155

第十回　瓜洲渡离别遭暗算　飞雪天白马诛群凶　/ 186

第十一回　伤离别孤勇屠恶龙　喜相逢纵酒贺良辰　/ 221

第三章　兵戈行 / 265

第十二回　终身误英雄归离恨　血雨惊官场起腥风　/ 267

第十三回　两相负赌命生死情　初进京文武冠群英　/ 315

第十四回　闹饷银北苑逢兵变　夺出路血战定死生　/ 362

第二部　风云碧血

第四章　天命革 / 413

第十五回　草木悲赤子陷囹圄　风云变绝境有生天　/ 415

第十六回　孟庆霖结庐守纯孝　太夫人病榻述前因　/ 449

第十七回　逢灾年购粮救饥馑　生变故难料故人心　/ 460

第十八回　祭芳魂漫天悲秋雨　遇洪流聚散两依依　/ 466

第五章　建共和 / 475

第十九回　风雨夕袁世凯出山　大势趋摄政王退位　/ 479

第二十回　幸得救战地治创伤　追血债炮轰楚豫舰　/ 489

第二十一回　逢大赦虎臣出牢狱　失亲眷赤子赴征程　/ 497

第二十二回　醇王府宪平结宗社　武昌城庆霖承重托　/ 505

第二十三回　开夜宴少子作悲音　驻团城兄弟起兵锋　/ 521

第二十四回　孙中山归国建共和　袁世凯设局谋大位　/ 537

第二十五回　金孟争兄弟阋于墙　冯段斗水火不相容　/ 551

第二十六回　硝烟散燃尽黄龙旗　新篇章高唱共和歌　/ 560

第六章　洒热血 / 573

第二十七回　孟庆霖伤病寄闺情　袁世凯就职引风波 / 575

第二十八回　迎专使祸起第三镇　宣誓礼总统逢三难 / 587

第二十九回　李若雪琴声诉衷情　李虎臣不期会亲朋 / 603

第三十回　矮屋檐金碧云含恨　空对月姜齐玉伤情 / 615

第三十一回　临组阁宋党魁殉道　闻噩耗赵总理心惊 / 630

第三十二回　明心迹生死赴戎机　巧设计撞破凶杀案 / 645

第三十三回　战"锦军"夜审武士英　猎"白狼"杀罚肃军纪 / 663

第三十四回　举洋债病榻巧献计　雷雨夜突袭唐州城 / 683

第三十五回　轻生死醉心复国梦　起兵锋誓夺天保城 / 704

第三十六回　苍天裂碧血染淞沪　大厦倾风云荡九州（上）/ 732

第三十七回　苍天裂碧血染淞沪　大厦倾风云荡九州（下）/ 758

第三十八回　复帝制袁总统祭天　讨洪宪我血荐轩辕 / 792

后记 / 826

楔子

民国二十六年（公元1937年）夏，京沪铁路[①]上，一列火车正飞速疾驰。一路上，掠过河湖大泽，望见平原高山，从南京到上海，饱览山河锦绣，家国如画！

正顶着日头，在田里辛勤劳作的农人，偶尔直起腰，瞥见火车匆匆而过，已是习以为常。但他可能想象不到，三百公里外的上海滩，此刻正酝酿着一场惊天风暴，一触即发。

火车驶入隧道，车厢内顿时暗了下来，耳边只闻得"隆隆"之声。对坐的两个男人，正轻声交谈着。却分辨不清他们的样貌。

凭借直觉，其中一个坐得笔直的中年人从口袋里缓缓摸出一只金属打火机，把玩在手上；却在刹那之间，点燃了一束火光。

在忽明忽暗的火焰照映下，他的脸部轮廓逐渐显露开来：硬朗的线条配合着两道剑眉，像是一对长戟在时刻守卫着主人所珍视的一切。深邃的眼眶中，一双丹凤眼炯炯有神，仿佛照亮夜空的启明星，足以窥破此刻的阴暗。

他若有所思地望向窗外，窗外却仍是一片漆黑。

[①] 此处指当时贯通上海与南京之间的铁路，即今京沪铁路沪宁段。该铁路始建于清光绪年间，并于光绪三十四年（公元1908年）正式通车。因国民政府时期的首都定于南京，故彼时的"京"，指南京。

见他不语，对座的男人先开口了："真的非去不可吗？泽霆。"

这个被称作"泽霆"的男人，略微叹了口气，好似轻描淡写，却又义无反顾地低吟道："是的，非去不可！"

"其实，你赋闲多年了，大可优游岁月，又何必如此执着呢？"

"是啊！又何必如此执着呢？"

或许，泽霆的心中也曾感慨万千，或是过去的名誉傍身，或是以往的战功赫赫，又或是寂寥落寞，几经起落；偏又辗转反侧，心志弥坚。

如今，既已临危受命，又哪里还敢耽搁？

因此，他完全听不进去家人、朋友的劝告，一意孤行似的奔赴那个令人热血激荡的前线——淞沪战场！

至于那里的极度危险，他不可能不知道。可国仇家恨就在眼前，若是轻言退缩，到底枉为男儿！

从此，一切就仿佛命中注定似的。

他注定回到军队，回到战场，回到最前线，回到最需要自己的地方！

尽管这些日子以来，他也曾犹豫过，也曾纠结过，甚至也曾想过放弃……

毕竟人到中年，有家有业，而自己又不被政府信任，亦曾被误解，甚至被视作"满清遗老""北洋余孽"，是"革命的对象""人民的公敌"！

又兼妻死子散，众叛亲离……

可他却只喃喃说了一句："国有难，召必回啊！"

说话间，火车已轰然穿越峡谷。而窗外，亦渐次明朗起来。

这一年，距这二人相识已倏忽过去了二十七载。

在这二十七载的漫长岁月中，辛亥革命、袁世凯称帝、护国战争、张勋复辟、护法战争等一系列历史事件轮番上演。之后，便是直、皖、奉军阀混战，国民革命军东征北伐；以及日寇侵华，从东北蔓延到华北，再到淞沪，直到如今……

突然，对座那人稍有些哽咽，明知无法阻止，却仍继续追问道："我们可能再也见不到了……"

他未答话，只扭头望向窗外的天空："老费，咱们认识多少年了？"

"有……二十七年了吧。那会儿，你还是个少年！"

他爽朗地笑了，笑得无比真诚，说道："是啊，二十七年了！当年，除了认识你这个满口中国话的洋人，我还认识了老金，我这一生的兄弟、对手和牵绊啊！一切，就仿佛昨天才发生的……"

"哈哈！我可是出生在中国的苏州……"

望着窗外明媚的阳光，这二人露出了难得的微笑。而他们的身边、他们的这节车厢，乃至全列火车，竟全都密密麻麻地坐满了军容严整、神态凝重，且荷枪实弹的中国军人，正攥紧拳头、跃跃欲试，任由刺刀反射着耀眼的光芒，随时准备与强敌做殊死一搏……

"万里长城万里长……"

有战士轻声哼唱着，却好似星星之火，不期掉入了萋萋霜草之中，瞬间就点燃了所有人的情绪。于是，更多的人跟着哼唱起来，歌声此起彼伏，很快传遍了车厢，传遍了火车，传遍了大江南北、祖国山河，更传进了每一个中华儿女的心中……

他眼望着火光微弱，耳听着战歌激越，真个好似弹指一挥间，就到了那血与火的战场。

那里，狼烟四起，满目疮痍……

那里，尸横遍野，血肉横飞……

那儿的名字，叫作蕴藻浜——上海城北，一条横贯嘉定、宝山的通航河道。

记得那会儿，它还有个更为响亮的名字——尸山血海！

每当破晓时分，日寇必定在那里开启新一轮的立体攻势，并较之昨日更为猛烈：先是飞机俯冲轰炸，继而重炮火力覆盖，最后是坦克轰鸣，步兵冲锋……

他不止一次地设想过最后时刻：若果真弹尽粮绝，也只能迎着枪林弹雨，迎着飞机、坦克，奋不顾身，只为点燃生命中最灿烂的一瞬，只为爆发出内心最不屈的怒吼！

他说："我们是这个国家最为中坚的抵抗力量！我们的身后就是上海，再身后就是南京！那里，有我们的父母兄弟，有我们的手足同胞！今日，人在阵地在！成功成仁，在此一战！"

……

第一部　天命共和

第一章　侯门事

"他"叫孟庆霖，是我的曾祖父。

孟庆霖，字"泽霆"；中年后，常自号"蓑笠翁"。

他是亚圣孟子第七十三世孙，属庆字辈，生于清光绪二十一年，即公元 1895 年。这一年，《马关条约》签署，中日甲午战争结束；而我们的民族，却即将迈入最为艰苦卓绝的历史时期。

只不过，苦难总与辉煌相伴，辉煌亦因苦难而生。

孟庆霖的一生，大抵如此！

作为孟子后裔，少时的他曾在家中长辈的呵护下，与长房的哥哥一同生活在亚圣府，并自幼与母家的表弟、表妹相伴成长，也曾枉度了几年花团锦簇的清贵日子。

然而，花无百日红，人无百日好。

上天赐予你的万千宠爱，最终都要你付出更大的代价方能偿还。而我们的故事，也要从亚圣府和孟氏一族开始讲起了……

第一回　蒙恩荫诗书千载传　逢巨变少子应劫生

　　说起这亚圣府的孟氏一族，始祖自然追溯到孟子。

　　然则，上下五千年，岁月流转，朝代变迁！

　　非但孟子险被世人遗忘，就连这令人心醉的华夏文明，也犹如一艘航行于无边大海中的孤船，多少风起云涌，几番治乱兴替……世人无不感慨沧海桑田之巨变，而我的家族亦随之几经起落。

　　记得那一年，是北宋仁宗景祐四年，孔子的后人孔道辅在兖州知府任上，重新寻访到了位于四基山南麓的孟子墓；又在附近的凫村，找到了孟子嫡裔族谱，以及当时唯一在世的子孙——孟宁。

　　大约是出于对孟子"仁政"学说的景仰，孔道辅将孟宁隆重推荐给了宋仁宗，又重修孟庙于故地。不久，朝廷即下旨敕封孟宁为"迪功郎、邹县主簿"。这对形单影只，且只是一介文人的孟宁来说，简直是富贵从天降！

　　然则，孟宁的好运似乎才刚刚开始。

　　对他而言，朝廷的封赏只是一方面。若要真正振兴祖业，需要的是实实在在的学问与功绩。为此，孟宁更加勤学不倦，时刻以圣贤之道匡正地方得失，且数十年不辍，终成一代大儒，而自己亦被后世尊奉为孟家中兴祖。

　　也正是自孟宁始，孟氏子孙才又逐渐枝繁叶茂、兴旺发达起来。

　　后来，到了明代景泰二年，朝廷进一步提高了对孟氏子孙的待遇，不仅重修亚圣府，更册封当时的族长孟希文为"翰林院五经博士"，以奉祀亚圣宗庙，世袭罔替。

　　说起这"亚圣庙"，以及孟氏子孙世代所居之"亚圣府"，这两处位置又在哪

第一回

儿呢?

在孟子故里,古称"邹"的这个地方。

这里,曾经是周天子分封的邾国国都。现在,则是京沪沿线,横亘在鲁西南平原上的一座小城。

城南,便有亚圣府巍然矗立。

亚圣府,前为官衙,后为内宅,紧挨着东侧祭祀孟子及孟氏先祖的亚圣庙,二者浑然一体。

庙前"棂星门"处,曾有一片空地。少年时,我常于此地放飞纸鸢,呼朋引伴,好不快活。

若向南走过空地,则可见一条小河自东向西穿流而过,名曰"唐王河"。

河道两岸,杨柳依依,绿草如茵;清风徐来,水波不兴。

若问这府、庙究竟始建于何时,即便年迈如曾舅公那辈的老人也不甚清楚。只依稀记得,大约北宋景祐年间就有了。后来,历代天子尊奉孔孟之道,便格外加恩孔孟后人,终使府、庙得以不断补修扩建。至明清时,方才形成今日之规模。

倏忽间,不觉已千年……

在这千余年的时光里,我们只管诗书传家,奉祀亚圣宗庙,并与孔子后人——曲阜的衍圣公孔家,乃至颜回、曾参二圣之后裔,共同传承着一份钦赐的"通天家谱",用以为子孙排辈命名。

这"通天家谱"是:

> 希言公彦承,宏闻贞尚衍。
> 兴毓传继广,昭宪庆繁祥。
> 令德维垂佑,钦绍念显扬。
> 建道敦安定,懋修肇彝常。
> 裕文焕景瑞,永锡世绪昌。

孟庆霖，便是庆字辈，第七十三世孙。他的祖父孟昭铭，是第七十一世，"世袭翰林院五经博士"孟昭铨的同胞二弟。他的父亲孟宪济，是第七十二世，"世袭翰林院五经博士"孟宪泗的堂弟。对孟庆霖这一支，世人往往称之为"嫡系大宗户"；但与长房相较，仍是小支。

话说孟庆霖出生那年，大清在甲午战争中惨败于昔日的"学生"——那个曾被称作"蕞尔小国"的日本；而令周边各国望而生畏的北洋水师，竟在朝夕间全军覆没了？！

这当真匪夷所思，更不禁使人出离愤怒！

毕竟，孟庆霖出生那会儿，可不再是闭关锁国的道光年间。彼时的大清，好歹搞了三十多年洋务，多少建立起基础的轻重工业，并接连涌现出曾国藩、左宗棠、李鸿章、张之洞等一众名臣；又一举扫除太平天国，剿灭东、西捻军；西征塞外，收复新疆；亦曾于广西镇南关外大败法军……人称"同光中兴"！就连那北洋水师，也曾一度号称"远东第一、世界第四"！

然而，为何只是独面"蕞尔"日本，就全然不行了呢？

面对这一难题，中央堂官往往装聋作哑，地方督抚只知作壁上观；而国内的有识之士则开始谋求更深层次的改革，甚至不惜走上武装革命之路，以求挽救国家于万一。

面对这一难题，寻常百姓倒也徒叹奈何。对他们来说，眼下最要命的还不是亡国灭种之祸；而是持续多年，又不断蔓延的旱灾与蝗灾。

那时节，天灾人祸接踵而至。

田地里，庄稼几乎颗粒无收，百姓的日子早已经过得山穷水尽，以至于一幕幕盗匪肆虐、背井离乡的悲惨画卷，轮番在人间上演。

百姓衣不蔽体，食不果腹，甚至易子而食，却远非新闻……

偏此刻，列强见我疲弱已极，故觊觎之心日盛，遂谋求瓜分领土，以攫取在华更大利益。其中，又以日、俄之祸为甚！

国是艰难，家事亦难。

第一回

仅仅是孟庆霖出生前后,家里就跟过山车似的,接连遭遇了许多前所未有的麻烦,或者说考验。

光绪二十一年,乙未年,秋。

小时候,常听曾舅公重温其少年时光,并说道:"爹爹告诉我,那一年的秋天格外炎热。太阳当空,仿佛要将这人间一股脑融化似的……"

尽管已下了几场秋雨,却依旧未能消解处暑的炎炎热气。那滋味儿,就仿佛雨水刚一落地,就立马蒸发似的。乡下田间的灌溉早就断了水,地里的庄稼也大多蔫头耷脑的,气息奄奄。

眼见即将到来的秋收彻底无望了,尚未来得及逃荒的农人便无不打着赤脚,盘着辫子,斜倚着锄头,愣愣地杵在每日耕种的贫瘠土地上。他们皲裂的肌肤,仿佛在诉说着这些年来艰难求生的苦痛;而在他们眼中所能看到的,却只有无尽的绝望与麻木……

常言道:"天象示警",便是这般。

与乡下的苦难相比,城里的生活总归稍好些。除了街上好似一夜之间就平添了许多携家带口,且衣衫褴褛的"乞丐"之外,倒也与寻常别无二致。读书的依然读书,经商的照样经商,各顾各的,谁也不碍着谁,谁也不多搭理谁。

这年阴历八月十八日,亚圣府,内宅世恩堂,西跨院。

两个接生的婆子从清早一直忙到正午,而产妇也不住地在里间低吟,却始终不见顺利生产。

接生婆:"大奶奶!对,就这样!您千万得省着点儿力气!"

这产妇的额头上,早已沁满了豆大的汗珠,而苍白的嘴唇,也无疑正渲染着她此刻的痛苦与虚弱。或许,是为了缓解内心的焦虑,她配合地努力点点头,却又无论如何也压制不住生产带来的阵阵剧痛。有那么一瞬间,她竟然痛得大叫了一声,就几乎昏死过去。

见此情景,房内的丫鬟、仆妇,乃至接生的婆子越发紧张了,便不住地催促外间再往里送水递布,并适时替补人手,云云。

然而，外面侍奉的，就颇有些犯嘀咕了。

有人悄声耳语道："这次房的出生，排场闹得倒比长房还大。瞅瞅，折腾多半天了？也不见个动静啊！"

"可不是嘛！长房三爷出生时我也在，也就不过两三个时辰就出来了。我还记得那年麦子熟得早，家里还催着我回去帮忙呢……"

她们提到的这"长房三爷"，又是谁呢？

三爷，名作孟庆棠，字泽南，这年刚满二十一岁。他是曾祖父孟庆霖的堂兄，也是现在府里的新主人。

事实上，孟庆棠原本是没有资格继任世职的；但无奈其父孟宪泗病故，长兄孟庆桓也于去年辞世，仲兄孟庆榕亦无嗣，后亦早亡；故只得由其代理"世袭翰林院五经博士"之职，以维系府中大局并亚圣祀典。

可叹的是：长房一支原也是福寿双全的，可到最后却仅存下三爷孟庆棠一人孤苦伶仃。当真是，有一余则必有一损，世事两难全，命运总无常……

或许，也正因了这份缘故，孟庆棠终其一生都对他这位即将出生的幼弟——孟庆霖，关爱有加。甚至，比之一母同胞的亲兄弟也是不遑多让。

当真应了那句话——"长兄如父"！

正当众人因难产一事而感到惴惴不安时，三爷孟庆棠的祖母，也就是家里的太夫人，正在两名丫鬟的搀扶下，移步至西跨院看望。未进院门，就先听得里屋传来一阵又一阵痛苦的号叫，倒比之前更加声嘶力竭。

结果，又听到接生的婆子大声制止道："奶奶，千万别喊！喊了，可就使不上力气啦！"

无独有偶！

此刻，家里一名小厮风风火火地跑将进来，神色紧张地对等在院内的孟宪济耳语一番。

孰料，这甫一传到的消息就犹如晴天霹雳似的，让孟宪济的心头不禁一沉，滋味倒比知道妻子难产还要难受。

第一回

原来，已有传言说：德国鬼子正派军舰，企图登陆山东半岛，先占胶州湾，再沿驿道向内地进犯，一路上鸡犬不留！

农田建工厂，宅院作教堂……

至于沿途的世家大族，是留是走，宜早作决断，莫枉送了卿卿性命……

正所谓好事不出门，坏事传千里。这消息就跟长了腿似的，正肆无忌惮地在全府上下传播，只一瞬间就闹得众人炸了锅。有赶紧回房收拾行李的，有马上联络乡下庄子管事的，还有直接坐在地上哇哇大哭、全然不顾形象的……

事实上，德国人强占胶州湾是真，但若说就此向内地进犯，恐怕一时还够不上。流言如此可怕，只因甲午战争的伤痛，仍在国人的心头暗暗发酵。

回想去年，倭寇夺占了与山东隔海相望的金州、旅顺，一路上烧杀抢掠，无恶不作。最后，大肆屠城四日，只留下埋尸的百姓三十六人侥幸不死。就这样，好端端的城市被毁了，数以万计的家庭一夜间支离破碎。

这无疑是百年来闻所未闻、见所未见的惊天惨案，令人发指！

可这事儿就在眼皮子底下发生了，你又能如何？如今德国鬼子一来，谁又能保证他们不会像倭寇一样，穷凶极恶，滥杀无辜呢？

如今，房里面的事情还没解决，偏偏又来了外患，当真是让人进退维谷，难以抉择！究竟是留是走，或许已没时间过多思考了。洋人的军队行进速度之快，总是出乎意料。至于此刻产妇的痛苦，却是再难分心去管。

就在这危急关头，太夫人却一改往日的慈眉善目，一锤定音地对众人厉声喝道："慌什么！先把孩子生下来再说！"

于是，众人好歹按住这颗惊慌失措心，继续手脚不停地忙活着，并诚挚地祈求上苍："就快些让这孩子降生吧！"

太夫人似也感觉不妙，便回头对丫鬟吩咐道："去教管家老吴把垂花门打开，将老太爷房里的弓箭、马鞍挂上去。回头再让老吴知会县里，也将南边儿的城门楼子敞开着。就说，咱府里新添子嗣，要放爆竹庆祝！快去吧。"

"是，太夫人！"丫鬟小心答应着，利落地去了。

等等，故事讲到这里，或许有人会问："这'垂花门'是个甚讲究？生孩子还带开门的？"

这个问题嘛，还真得从"垂花门"开始讲起。

垂花门，是深宅大院里面，立于迎面正中，且两侧并无垣墙连属的一道木架门坊。整个门坊仅用两根圆柱支撑，下有巨型石鼓夹抱。两柱之上，共同承托着一簇彩绘艳丽的大门坊顶，前后点缀着倒垂的四个木雕花蕾。因而，被称作"垂花门"。

倘若从南面进府，这映入眼帘的先是大门，正中竖匾上三个贴金大字——"亚圣府"。

其次是二门，即礼门，正中横匾上书——"礼门义路"。

之后，便是这三门——垂花门！

此门平时紧闭，左侧门板上绘金瓜武将，右侧门板上绘执笏文臣，皆描彩飞金，与真人等高，且栩栩如生，好不气派！除皇帝亲临、钦差宣旨、府中大典外，凡官员人等，入府者，皆以文东武西的次序从门板两侧鱼贯而入，不得出入门中。理论上，这便是"封土建国"之诸侯，才可享用的府邸规格。

如今，太夫人教人大开垂花门，无疑是期盼着男丁日渐稀少的亚圣府尽快迎来一位文武兼备的栋梁之材，并与老三孟庆棠一起，共同支撑起这千年的门户……

说来也巧！

似乎是众人的祈求，终于得到了上苍的眷顾。当老吴吩咐几个小厮往垂花门正中挂好弓箭、马鞍时，刚才那名丫鬟又跑过来说："吴爷，太夫人说让您甭去南关城楼了，次房刚诞下了小四爷，说就让您在这儿燃放爆竹，还说要鸣十三响儿呢！"

"这也真是奇了！这垂花门一开，小爷就来了！得嘞，小的们，准备准备，咱鸣个响儿！"老吴吩咐道。

此刻，又有人一路报喜，高声吆喝道："不用走了，不用走了！朝廷说，总理

第一回

衙门正和德国人交涉呢，德国人担保不向咱们内地进犯！"

于是，众人总算长舒一口气。

他们始终铭记着去年的遭遇：彼时，因怕倭寇渡海南下，府里几乎全员搬去了乡下庄子居住，只留下几个孟府老人孤零零地看守宅院。这才刚回城几天呢，可不想再挪窝儿喽！

爆竹"噼里啪啦"地一通乱响，震得周围人不由得捂住了耳朵，脸上却依然洋溢着笑容。这偌大的宅院，平日里无趣。除了年节，当真是绝少有机会瞅个热闹。如今，府里新添子嗣，又不用再逃到乡下避难，谁个不是欢欢喜喜的？于是，只一会儿工夫，红色的绸子就挂满了庭院四周，那场面就跟过年似的！

紧接着，孟宪济先是向太夫人叩头称谢，又去亚圣庙向列祖列宗进香还愿，回来便盼咐贴身小厮，代自己向府里仆人并接生产婆等一一送去赏银，且略去不表。

晚间，孟宪济抱着刚出生的儿子，笑语盈盈地对妻子李氏说："十月怀胎，一朝分娩！咱们可算有了自己的骨肉呀！"

李氏面色苍白，却还是强打起精神："老爷哪里话，自嫁与老爷，五年来方才有了我们自己的孩子。我听说，娘家嫂子也正是这几日临盆。咱们可要派个人前去看望。若是生下女孩，将来正好凑成一双儿。对了，你打算为孩子取个什么名？"

孟宪济："你兄嫂那里，已派人去了。至于儿子的名字嘛，我还得同父亲好好研究斟酌，但总归是庆字辈的世孙，只最后一个字着实需要费些心思。你先歇着，我去去就来。"

夜幕下，皓月当空，收敛星光。

尽管暑热未消，却好在时有晚风轻拂。

此刻，西跨院正堂。

灯火昏黄下，一位戴着金丝眼镜、须发花白的清瘦老者，正翘着腿独自闲坐。他一袭青灰色长袍刚刚垂地，手上不时翻阅着一部线装《周易》，偶尔捋一下打理得纹丝不乱的山羊胡子,正领首微笑着,颇有些仙风道骨。

这时,孟宪济走了进来,谦恭地问候道:"父亲,夜深尚未歇息。"

此老者,正是孟宪济的父亲、孟庆霖的祖父,亚圣府里的叔老太爷,孟子第七十一世孙——孟昭铭!

孟昭铭点头微笑,说道:"宪济啊,知道你会来。孙儿的名字,可想好了?"

孟宪济:"尚未思虑周全,特来请教父亲。"

孟昭铭一字一顿,语调轻悠却又异常坚定地说道:"嗯!今日太夫人破例,为咱们房里开了垂花门,倒也难得呀!我记得上回这般,还是今年元旦之时,朝廷贺使莅临。看来,我这嫂子也是一心期盼着府里能再多个披坚执锐的男丁啊!"

孟宪济刚要作答,却忽闻屋外远方电闪雷鸣,继而狂风大作。

转眼间,暴雨倾盆,一时分外凉爽,好不宜人。

孟昭铭感叹道:"久旱逢甘霖啊,宪济。希望这雨下得再久一些,能够润泽一方大地。希望这雷霆万钧,足以震慑群小。我这孙儿,就取名叫'庆霖'吧。他这一辈,大名五行属木,而'霖'者'甘霖'也,上水下木。正所谓'水生木'是也。"

"庆霖?好,就叫庆霖!真是咱们家的'雨露甘霖'!"

孟宪济满心欢喜。

孟昭铭也激动地说:"这下好了,咱们这房里总算添了长孙。未来啊,我必定穷尽一生所学,悉心教导于他。除了教他圣人之言,还要教他些经世致用的新学问。"

"是!"

"对了,宪济。我那昔日同袍的侄子袁世凯来信说:如今,朝廷一心振作,他已在李鸿章的领衔保举下,被派往天津,将以西法编练新式陆军,问我这里有没有合适的门生故吏、晚辈后生。若有军旅才能的,大可举荐于他。"

旋即,孟昭铭又压低声音,感慨万千:"我已闭门在家多年了,也不再与外人来往,亏他还记得我!只是,我现在哪还有什么门生故吏、晚辈后生的,都是上

第一回

辈子的事儿啦。想想，估计也就只有自己的儿子，可作一试。宪济啊，你可愿去吗？说实话！"

孟宪济愣在原地，心里似在纠结，嘴上却支支吾吾道："这……这……儿子才有了儿子。若是说走就走，实在是……再者，我在家里还管着祀田庄子的事情，一时也走不开呀！"

孟昭铭闻之，无奈苦笑。

他太清楚自己这个独生儿子从小娇生惯养太过，及至成年以后也是格外安分守成。只怪发妻走得早，自己壮年之时又长年出征在外，对儿子确实是疏于管教了。如今，也只能由着他的心意去吧……

事实上，这世间的因缘，总是如此奇妙。

按理说，亚圣孟子的嫡系后裔，总该以诗书经典名世，追求"致君尧舜上""继往圣、开来学""为万世开太平"的儒家大同理想，大抵应是个"夫子"模样，却与征战沙场是沾不上半点儿关系的。

原本呢，也的确如此！

远的不说，就说大清开国近三百年来，亚圣府里出过进士、出过翰林，也出过封疆大吏、廷阁枢臣，可就是没出过一个真正效力疆场、为国征战的铁血军人，除了年轻时的孟昭铭是个例外。

那时节，孟昭铭机缘巧合之下入得左宗棠幕府，先做随军书办，后做军务幕僚，最后又临危受命，亲自提兵上阵，与敌血战。从长江打过黄河，从中原追到西域，从镇压内乱到驱逐外敌、克复国土。拼尽半世，终是挣下了自己这房的世爵俸禄，并赏穿黄马褂、赐单眼花翎，总算封妻荫子，不枉此生了！

他也因此结识了一众军中好友。其中，就包括袁世凯的叔父袁保恒。这才有了"来信要人"和"门生故吏"之说。

原以为这是一段励志的传奇故事。

孰料，最后的结局却只能是"镜中花、水中月"，到头来终成一场空。

起初，依然是旗开得胜，连战连捷的局面。

末了，却不知为何，孟昭铭竟一人心甘情愿地担下了莫须有的滔天罪过，世袭的爵禄被褫夺了，原先的赏赐也大多被抄走了。

幸好，左宗棠出面求情，朝廷也念在其劳苦功高的分儿上，权且留下了这条性命。不然，可就真的是"国报忠尽"、天下奇冤了。

自那以后，孟昭铭就像变了个人似的，从此隐居家中，闭门谢客，只一心读书，绝口不再提当年往事。甚至，发妻病故多年，也不再续弦，直到如今……

可能也正是因了这份缘故，孟宪济作为孟昭铭的独生儿子，对父亲的诸般过往看在眼里，痛在心里，却什么忙也帮不上。所以，这些年来，他也对外界的一切新鲜事物表现得不再那么感兴趣，只一门心思地经营府里的产业，"只有多攒下些银子来才是真的"，孟宪济心想。

伴着风声、雨声，孟昭铭和孟宪济父子二人，在这电闪雷鸣的仲秋之夜继续交谈着，只是无人再知晓其中内容……

如今，百余年过去了。

当我提笔写下这段往事时，一个念头，才下眉头，却上心头，竟是那句"众生皆苦"。

生、老、病、死、爱别离、怨憎会、求不得。

凡有起心动念，往往事与愿违。

此所谓造化弄人，有情皆孽。

乱世之中，即便是贱如一粥一饭，尚且旦夕难以保全。

更何况，那原本的富家公子，又岂能在琴棋书画、诗酒闲茶中了却此生？

还有那曾经的天潢贵胄，一心所求唯有江山社稷。

为此，不惜苦心孤诣，穷尽半生，妄图在尔虞我诈、血雨腥风中坐稳天下。最终，却只"落了片白茫茫大地真干净"。

正应了那句："是非成败转头空，青山依旧在，几度夕阳红"。

然则，当神州陆沉、亡国灭种之际，有更多的人，抛却了原本的雍容生活，义无反顾地选择战斗下去，真正地为民族的解放、民众的生存奔走呼号，为崇高

第一回

的理想奋斗终生，直至献出宝贵的生命！

这些人，我们或可称之为"国之柱石""民族脊梁"！

也只有这些人值得我们不断追思怀念，因其早已超越了众生之苦。在他们心里，装着的是理想与信念，是千万人的平安喜乐，却唯独难有自己……

噫吁嚱！

危乎高哉！

孟庆霖和他那个时代众生群像的故事，就此缓缓拉开序幕……

逍遥氏叹曰：

鹧鸪天·一剑霜寒十四州

一剑霜寒十四州，龙吟虎啸各千秋。
曾言纷乱人间事，不若青锋斩万愁。

歌未竟，曲空留。几多兴替换王侯。
纵横天下谁敌手，不废江河万古流。

第二回　新纪元雉羽祭先圣　除夕夜"囝氏"霸孟府

少时的孟庆霖，确也是"不识愁滋味"的。

因自幼便有保姆怀抱着，出入均有丫鬟、小厮陪护着，而孟府上下又眼看着太夫人竟十分宠爱这个并非长房出身的小孙子，便无不争相攀附着，疼惜着，生怕这小四爷受到一丁点儿委屈。

事实上，就连三爷孟庆棠也格外关注这位幼弟的成长，不仅亲自把关跟班人选，更时时与之亲近，辅导认知，又任其在自己所居的内宅"世恩堂"正院玩耍，且毫无顾忌。这对历来重视"长幼有序"的宗法家族而言，着实是件稀罕事。

即便到后来，业已长成的孟庆霖仍不时回忆起三哥的那座宅院。院东南，有一株古老高大的荼蘼。每当春夏之交，满树洁白，盛开的花朵散发着阵阵清香，沁人心脾，惹人陶醉。院内，还种有石榴、月季、紫荆、金桂、冬青等各色花木，一年四季、好景常在，草长莺飞、生机勃勃。

那些年，唯一令孟庆霖感到有些遗憾的，大约也就只是"照料饮食起居的不少"，但"能玩到一起的"着实不多。除了孟氏一族的其他支系子弟之外，最让孟庆霖喜爱的伙伴，一个是自己母家的表妹李若雪，另一个则是李若雪的同胞弟弟李虎臣。

李若雪，仅比孟庆霖晚生了两个时辰，也就是上回书提到的"娘家兄嫂之女"；而李虎臣又比李若雪小了一岁多几月。三人年岁相仿，倒也性情相投。故而，比旁人更加亲熟些。

特别是李若雪，着实有些来历。用他们父辈的话说，大概就是"这世上的表兄妹不少，可同年同月同日生的表兄妹却实在不多……"

第二回

时光如白驹过隙,转眼就到了光绪二十五年的年底,眼看着就要过年了。亚圣府里张灯结彩,正准备迎接新世纪的第一个春节。

自洋务运动以来,民间风气渐开,西洋历法中所说的"世纪"等纪元词汇,也慢慢地嵌入了国人生活。至少对睁眼看世界的人而言,偶尔引用一下西洋的历法,倒也是件异常新奇且时髦的事情。

且说作为当家人的孟庆棠。

他先是命人开启亚圣庙大门,又亲自洒扫宗庙,再收拾供器,并一一擦拭神主牌位。继而,又请孟宪济带人打扫亚圣府内的五代祠如故。

这"五代祠",是府内专门供奉孟氏五代以内的"世袭翰林院五经博士"神主牌位之场所,算是内家庙;而东侧紧邻的"亚圣庙",则属于外家庙。尽管外家庙规格更高,却碍于礼法,不许女眷擅入。

书归正传。

此时的府里上下,皆是一片忙碌,好不热闹。

又过了两日,管家老吴手里捧着个帖子和一张礼单,向孟庆棠禀报:"祀田庄子的姜管事送年货来了!"

孟庆棠大略扫了一眼礼单,心思竟颇有些沉重地回道:"还是往年那样,只不过每样又都少了些。这两年收成不好,又各处闹拳乱,庄稼人都去练拳了,谁还顾着种地呢?你去回赏来人吧,我就不见了。"

"好嘞,老爷。"管家老吴干练地答道。

"对了!将庄子上送的猪、牛、羊三牲,赶紧挑成色最纯的,先供奉在亚圣殿和五代祠,不得有误。另外,将送来的鱼、鳖、虾、蟹等送到膳房,让他们烹制几样可口的菜式,分别奉到太夫人和叔老太爷房里。再将各色什锦果子,散给延绿楼各女眷,还有庆霖。"

孟庆棠熟练地用手指着礼单,比划着说道。

老吴应声答道:"是,老爷。"

……

眨眼间，除夕已至。

府里过节的年货均已各色齐备，又请了门神，换了春联，里里外外焕然一新。从大门、礼门、垂花门到见山堂、世恩堂，从赐书楼、上房院到延绿楼、后花园，均一路正门大开，且中道两边清一色的大红灯笼，配上千年的松树、柏树，点缀得府里花团锦簇、春意盎然。

这日，时任山东巡抚袁世凯派员到府祝贺，并奉上朝廷下拨的春祭官银五百两。只见来人中领头的，约莫四十岁，留着八字胡，身着六品武官"彪补"朝服，拱手作揖，谦恭地向孟庆棠问候道："卑职，山东巡抚袁公麾下——赵秉钧，奉朝廷之命，并我家大人美意，特到亚圣孟府恭贺新春。恭祝阖府清泰，万事如意！"

孟庆棠毫无骄矜，旋即下拜回礼。

尽管接任世职的时日尚短，但他自幼耳濡目染，对这官场里面的套路规矩早已通达要领，谙熟于心。

此刻，见他行云流水般地答道："岂敢劳烦朝廷及巡抚大人挂怀？庆棠惭愧，值此年幼，承接府里大小事务，实难克当。幸得袁公并赵大人体恤关怀，才得勉力维持至今，请受庆棠一拜。庆棠敢不恪尽职守，秉承先祖遗训，弘扬孔孟之道，以报效朝廷对我族世代恩典！"

于是，命人接下赏赐，又诚挚地邀请赵秉钧一道，率领府内男丁，依长幼之序，列队径往亚圣庙参拜。

参拜的队伍行过府、庙之间南北长街上的"亚圣坊"，转至亚圣庙南门——棂星门。进入棂星门，孟氏族人皆趋走而行。又经过东西两侧的"继往圣"牌坊和"开来学"牌坊，穿过全石架构的"亚圣庙"牌坊，方看到正前方的"泰山气象门"。

此门，取北宋理学家程颐"仲尼天地也……孟子泰山之岩岩气象也"之说，意即孔子效法天地；孟子则如泰山巨石，磊落光明，大气磅礴。

队伍继续行进，经过"康熙碑亭"，最后进入"承圣门"。终于，见到庙中主殿——亚圣殿！

第二回

这是一座始建于北宋，重修于清代康熙年间的宫殿建筑。整座大殿描以金漆、施以彩绘，琉璃覆顶、重檐歇山，画栋雕梁、金碧辉煌，显得如此气势恢宏而又庄严肃穆。

殿内正中供奉孟子神龛，左有其弟子乐正子配享，右有创修碑记。孟子神龛上方，有雍正皇帝御题"守先待后"匾额。殿内正中门楣上，悬有乾隆皇帝御题"道阐尼山"匾额。迎门两侧明柱，镌刻有乾隆皇帝手书金字"尊王言必称尧舜，忧世心同切禹颜"楹联。

庙内东路过启圣门，有启圣殿、启圣寝殿，供奉孟子父母。

庙内西路过致敬门，有致严堂，以便祭祀前的沐浴更衣。又有祧主祠、焚帛池，用以在此祭祀孟子以下、五代以上祧主，并焚烧祭文。

见亚圣殿前广场，已有六列舞者手执雉羽恭立于此，每列八人，各分作上下两班。这便是"周礼"中，诸侯方可享受的六佾之舞了。

佾者，列也。

天子祭太庙，由舞者执雉羽而舞，以八人为一列，八列共八八六十四人，称作"八佾之舞"。

诸侯祭祖，则只可用四十八人，即"六佾之舞"。

难怪当年孔夫子在得知鲁国大夫季氏于内宅观赏"八佾"之舞后，竟怒而言道："八佾舞于庭，是可忍也，孰不可忍也？"意即：季氏这僭越得也太出格了！一介大夫，身为人臣，不仅不将诸侯放在眼里。如今，竟敢自比天子了！当真是"礼崩乐坏"！

或许，现代人难以理解老夫子彼时的心境。不过，这套歌舞礼仪却就此流传开来。

只见舞者中：东三列，人人戴进贤冠，身着月白色圆领袍；西三列，人人佩浩然巾，身着正红色广袖襕衫。东、西六列舞者，皆手执雉羽，高过头顶。见孟庆棠领了众人前来，便整齐划一地磬折身子，作揖致敬。

孟庆棠略一回礼。

于是,管家老吴高声唱道:"吉时已到!祭先圣,舞乐……起!"

话音落地,一时编钟奏乐,鼓声齐鸣。

六列舞者双手执羽,向孟子神龛长躬而拜;而后,踏着节拍,舞动跳跃,不时变换着队列与步伐,显得既张扬威武,又大气磅礴。

鼓声铿锵有力,每一次击打仿佛都在激荡着观者的灵魂。

节奏激昂慷慨,旋律丝丝入扣。

那悠扬的曲调,仿佛萦绕在殿前广场,萦绕在庙旁古树,萦绕在观者心头,久久不去。

待乐声渐缓,舞者又一边起舞,一边咏唱起《孟子》佳句,连带着孟府众人,亦齐声咏唱:

"天时不如地利,地利不如人和。"

"贤者以其昭昭,使人昭昭。"

"得道者多助,失道者寡助。"

"尊贤使能,俊杰在位。"

"老吾老,以及人之老;幼吾幼,以及人之幼。"

"富贵不能淫,贫贱不能移,威武不能屈。"

"天将降大任于是人也,必先苦其心志,劳其筋骨,饿其体肤,空乏其身,行拂乱其所为。"

"穷则独善其身,达则兼善天下。"

"爱人者人恒爱之,敬人者人恒敬之。"

"民为贵,社稷次之,君为轻……"

这最后一句"君为轻",昭示着整个祭祀大典步入高潮,在场家人无不庄重而又悠扬地再三咏叹。

礼乐毕,舞者让出中场,执羽对面而立。

孟庆棠步入中央,面向亚圣殿孟子神龛作揖再拜;而后,亲自宣读祭文:

第二回

先圣孟子，仲尼是尊；道统儒学，享奉亚圣。
诸侯纷争，游说王道；德教沉沦，期仁永照。
霸道滥猖，圣学不炎；授徒传道，敷叙七篇。
民贵君轻，社稷永年；能者在职，任人唯贤。
勿违农时，五谷般足；薄税轻赋，富民强国。
仁义礼智，善端人性；天人合一，敬若神明。
修齐治平，圣哲善睐；威武不屈，丈夫气概。
蒙学庠序，典掌人伦；因材施教，英隽星辰。
知人论世，沟通心灵；知言养气，守正出新。
忧以黎民，胸怀宇内；平治天下，舍我其谁。
躬逢盛世，人和政慧；尊道举贤，世代永昭。
伏惟尚飨！

此刻，家人自觉分昭穆立定，左昭右穆，男东女西。

三爷孟庆棠主祭，二爷孟庆榕（随后病故）献爵；叔老太爷孟昭铭献帛，其独子孟宪济捧香；其余嫡系后人纷纷展拜毯，守焚池。只待祭文烧过，便是礼成之时。

同样地，在亚圣府内，太夫人也正携着众女眷参拜五代祠，一切规矩礼仪亦复如是，且略去不表。

祭祀过后，便是年夜饭了。

作为传承千年的礼教世家，亚圣府的年夜饭讲究的是礼仪秩序，是恭行节俭，以彰显圣人教诲。所以，也并不显得丰盛。至于鲍鱼、熊掌等山珍海味，更是绝无可能端上桌的。只是寻常的鸡、鸭、鱼，牛、羊、猪，笋、菇、果，什锦点心、各式小吃等应有之物还是有的，且基本管够。

这顿年夜饭，依然是顺着男东女西的次序，在后院的世恩堂置下若干席面，并分长幼陆续落座。府里仆人献上屠苏酒，并每桌传菜一十六道。

众人饮宴，自不待言。

就在这阖家团聚之际，老吴匆忙进来，对孟庆棠附耳两句，便立刻惊得他略一蹙眉。于是，孟庆棠起身，连忙向赵秉钧知会失陪，又急匆匆地随老吴去了前院见山堂。

见山堂，是亚圣府内宣读圣旨、接待官员、申饬家规、处理公务的正堂。面阔五楹，单檐硬山式建筑。堂前檐下，悬挂有雍正皇帝御书"七篇贻矩"匾额。黑漆明柱上，镌刻对联一副"继往开来私淑千年承燕翼，居仁由义渊源百代仰先烈"。

堂内，设有木制暖阁。暖阁的左右两侧，各自陈列着象征封爵和特权的牌匾及全副仪仗。

堂外，此刻依然是清一色的大红灯笼，配上千年的古桧与碧绿的修竹，装点得偌大的庭院生机勃发、温馨如故。

只是地上，却横七竖八地倒卧着几名护院，正用手抚着带血的伤口，痛苦地呻吟。

孟庆棠一边命人将护院扶起疗伤，一边迈步进堂。

只见堂内，有一高一矮，两个头缠红布巾，身着粗布麻衣，胡乱卷着衣袖的彪形大汉，正四仰八叉地歪坐在同一侧的椅子上，高声谈笑着，又环顾四周，开始指指点点。他们的身旁，各自倒立着一口鬼头大刀，正不断地向下滴血。身后，则有几名同样打扮的小厮，也背刀侍立着。

这时，见府里主事人终被管家引着进来，也不起身，只暗暗地瞟了一眼，仍旧高声谈笑。

或许，如今的孟庆棠和往后的孟庆霖，无论如何也想不到：这两个不速之客的到来，可能正预示着千百年来亚圣府内显贵而又宁静的生活，终被倏然打破了……

正待孟庆棠不悦时，其中那高个儿的汉子操着乡音，抱拳拱手，粗声粗气地说话了："神助拳，义和团，只因鬼子闹中原。俺们是老祖师张德成麾下，扶清灭

第二回

洋的团民。你就是这宅子的主人哩！俺和俺那几百号兄弟，这次打西边儿县里来，路过宝地，想来讨杯年酒喝，不知是不是能行个方便啊？！"

这语气，似乎完全不容孟庆棠反驳。

旋即，那高个儿汉子一指旁边坐着的矮个子说道："孟府上大善人要款待咱家兄弟哩！叫那些兔崽子，别在城外边儿溜达了。收拾一下，进城吃酒啦！"

矮个子："得令！大师兄！"

高个子："亏得咱白日里先混进城来。不然，还不知道这里就是孟府老爷家，总算是没白跑一趟啊！哈哈！"

"是啊，多谢孟老爷！前任抚台大人可是对俺们团民兄弟敬重有加，并亲自将'义和拳'改作了'义和团'。虽说他老人家现在调任山西了，可到如今，俺们打的却还是'毓'字营旗号！你家，这也是犒劳毓贤大人的官军啦！"矮个子眼珠骨碌一转，细声细气地说道。

几乎是同时，县城南门已然摇摇欲坠。

漆黑夜色下，有一百多号头缠红布巾，手执大刀、长矛等各式武器的"团民"[①]摩拳擦掌，正跃跃欲试地想要进城快活一番；却又见城门紧闭，巡城兵丁躲在城墙垛口里，根本不敢露头；不由得怒上心头，开始喊话了："城上的兄弟听着！俺们是'毓'字营旗下团民。如今，奉了上头法令，缉拿妖教歹人，途经贵地。快把城门打开，放我们过去！不然，可就要不客气啦！"

然而，城楼上却仍是一片死寂。

说实在的，区区一个县城的兵丁总共不过十来人。他们既不敢开城投降，却也不愿就此弃城而走，索性埋起头，不去搭理城下喊话，躲过一阵是一阵。

未承想，灭顶之灾竟来得如此迅速！

只见一道火光从城内射出，直达天际。原来，正是那先行进城的矮个子，燃放的冲天爆竹。

---

① 本书中所称的"义和团"或"团民"，只是彼时众多打着这一旗号趁机行劫的土匪罢了，与真正的"义和团"并无关联。

城外的"团民"望见信号，纷纷摘下背着的简易长弓，点了火矢，瞄准了城门楼子……

一道道火舌，犹如流星一般划破夜空。

空气中，尽是煤油燃尽的呛人味道。

城门上，顿时火光冲天。

眼见得小命不保，巡城兵丁连忙喊话投降，无可奈何地开了城门。

一时间，众团民蜂拥而入。

由于这县城实在是巴掌大小，从南门进城，来到亚圣府也就约莫一盏茶的工夫。众"团民"燃起火把，一边行进着，一边高唱特有的歌谣口号：

神助拳，义和团，只因鬼子闹中原。
劝奉教，自信天，不信神，忘祖先。
男无伦，女行奸，鬼孩俱是子母产。
如不信，仔细观，鬼子眼珠俱发蓝。
天无雨，地焦旱，全是教堂止住天。
神发怒，仙发怨，一同下山把道传。
非是邪，非白莲，念咒语，法真言。
升黄表，敬香烟，请下各洞诸神仙。
仙出洞，神下山，附着人体把拳传。
兵法艺，都学全，要平鬼子不费难。
拆铁道，拔线杆，紧急毁坏大轮船。
大法国，心胆寒，英美德俄尽消然。
洋鬼子，尽除完，大清一统靖江山。

待这"团民"的队伍，行进至城内南关街道上时，邻街的百姓纷纷出来探头张望。以前，常听说各地闹拳乱，但平日里蜷缩在这小小的圣人封邑，也不曾见

第二回

过真的。如今，总算是开眼了！

有的小孩子，手里燃着鞭炮，一路追赶着、嬉笑着、叫嚷着，好不热闹。还有些中年人，面色黝黑、形容精瘦，似乎是前段时间才跑到城里来谋生的庄稼汉。此刻，一见这浩大的游行队伍，心里仿佛也在蠢蠢欲动："要不，我也加入他们？"

终于，待这队伍一股脑儿地拥进了亚圣府，那一高一矮两个蛮夯汉子也顿时感到胆气尤壮。

无奈之下，孟庆棠只得吩咐老吴，竭力准备这一百来人的干粮伙食，再想办法拼凑出各样过年的礼物，以便打发。顺带着又跟老吴耳语一番。

这时，那矮个子面向众"团民"，抱拳说道："既然咱们是扶清灭洋的，且朝廷待咱不薄！那就要把'灭洋'的事儿干到底，你们说对吗？"

众"团民"异口同声：

"对！"

"对！"

"对！"

矮个子："我说这城里边儿，有没有跟洋人有关的物什啊？"

众"团民"窃窃私语，有的答道："好像来的时候，城上的官兵对咱兄弟们很不待见。俺还看到，城里人敢用洋火放炮仗。这是不是要去捉拿啊？"

"对！还要看看这城里人是不是家家用洋布，点的是不是洋油！"旁边开始有人附和。

更有甚者，扬言："大师兄、大总办，就带着俺们去砸了那狗日的！"

众"团民"亦纷纷请缨："对！对！带俺们去砸了那狗日的！"

一时间，群情激奋，斗志昂扬。

如此看来，这高个子就是"大师兄"，而矮个子就是"大总办"，也就是这支队伍的正、副统领了。

只见高个子眯缝着眼，抬手示意众"团民"噤声，而后，凶狠言道："好！待会吃饱喝足了，给老子攒攒劲，抄他娘的！"

此刻，正在后院世恩堂饮宴的孟府老少与朝廷贺使，无疑都听到了前院的吵嚷叫喊之声，便纷纷放下筷子，撂停酒杯，心情忐忑地两两对望，却又不知如何是好。

正当众人不知所措之际，老吴神色慌张地跑将进来，也顾不上请安问候，径直走到巡抚衙门的人身边，对着赵秉钧一番禀报，如是这般，这般如是。

赵秉钧听了，起初有些意外，继而险些笑出声来，最后竟情不自禁地拍着桌子感叹道："这真是得来全不费功夫啊！"

……

前院，见山堂外。

众"团民"一边嚷嚷着赶紧拿来酒饭，一边三三两两地逛起了府里的亭台花园。有人觉得新鲜，就忍不住伸手上前摸两把，且口中啧啧称奇。仆人本欲阻拦，却被赶回来的老吴给生生拉住了："先别动！"

不多时，见仓促间为他们准备的年酒、干粮以及香囊、绸缎等各样杂乱物什已备好送来，众"团民"便席地而坐，自顾自地大吃大嚼起来，又纷纷争抢年礼，揣在怀里，不时把玩。

一时间，院子里吃喝声大作，吵吵嚷嚷的，立马就变得喧嚣鼎沸起来。

酒足饭饱之际，那高个子起身对众"团民"言道："兄弟们，奉张老祖师法令，咱们这次来，可是要铲除洋教，保我大清的！刚才，谁说这城里有洋人的东西来着？二师弟，你带人前去看看。若有阻拦，格杀勿论！"

"是，格杀勿论！"

那矮个子抱拳拱手，仿佛得了尚方宝剑一般，雄赳赳地领着几十个"团民"去了。

转过身来，高个子又把孟庆棠叫来，大声宣示道："孟老爷年轻，可曾见过俺这神拳？那真个是刀枪不入啊！不信，俺们大伙儿给你家演练一番。"又阴笑着说："如何啊？"

"我家……我家实在是见不得这刀枪。再者，寒舍……也局促，恐怕……恐怕容不下团民兄弟排开演练。不如……就将息一晚，明早继续赶路要紧！"

孟庆棠，着实是将一颗悬着的心提到嗓子眼儿，才结结巴巴说出这番话的，气势上早已矮了三分。他生怕这千年的家业一朝败在自己手上，再无颜面去见列祖列宗……

可那高个子又岂容孟庆棠反驳？

此刻，那人正眯缝着眼，似笑非笑地对席地而坐的"团民"训起话来："兄弟们，你们可知道这孟老爷家是谁吗？"

众"团民"各自用家乡话嘀咕着，却又全都摇摇头表示并不清楚。

那高个子激昂慷慨："这可是孟子的嫡亲子孙呢！孟子知道吗？和孔夫子一道并列的大圣人呢！咱们一路上灭洋教，保大清。既然到了孟圣人家里，就不能白吃白拿人家的。你们平日里练的功都怎么样了？往常问你们，你们个个都说自己神功大成。今儿个，来给老少爷们掌掌眼，怎么样？谁来？"

立刻，便有十来个年轻"团民"一跃而出！

只见他们并排站立，扎稳马步，出拳伸掌，演练起来。口中还念念有词，并渐渐地眼珠上翻，口吐白沫，又突然间集体大喝一声："哇呀呀，神灵来也！"

这仿佛是一个信号。

只待这口令一出，那高个子就从怀中掏出一把短小精悍的火绳枪来，又从口袋里摸出多枚丸药，逐次装填，向面前的十数人挨个儿开枪。

霎时，孟庆棠的耳边只闻得火枪射击声，丸药撞击肉体发出的"砰砰"声，以及挨枪人疼痛的惨叫声。

声音杂乱，此起彼伏。震耳欲聋，胆战心惊。

就在孟庆棠和府内一众掩袖旁观的家人看来，这十数人恐怕凶多吉少的时候，一阵硝烟散去，却见那些试枪之人仍旧完好如初地站在原地，又在继续运功吐纳，口中念道："恭送神灵回府啦！"

最后，又一齐高唱："神助拳，义和团。非是邪，非白莲，念咒语，法真言。洋鬼子，尽除完，大清一统靖江山……"

孟庆棠的贴身小厮——小九忍不住上前察看,却只见那些人的伤口处不过一片红肿淤血,除此之外,再无他伤,便不由得失声惊呼,连滚带爬地跑了回来。

"吴爷,这肯定是有法术的!咱们可别惹怒了各路神仙啊!"

小九惊恐地向老吴如是描绘道。

情绪,是会传染的。

小九的惊异仿佛浓雾似的,瞬间弥漫了孟府上下。大家的心里无不因此多了几分畏惧,再也没人敢对"团民"的"造访"说个不字。

这时的孟庆棠,尽管本能地察觉到难以言说的异样,却也一时想不起来究竟是哪里出了问题。毕竟,那高个子手里的火绳枪显然是个真家伙,而且距离这么近开火,非死即伤啊!怎么会毫发无损呢?真是奇了!

子不语怪力乱神。

作为圣人后裔,他原本不该相信这些"刀枪不入"的邪门法术。可事实就摆在眼前,却教孟庆棠委实难以分辨。

正当众人仍在心底默默猜度"刀枪不入"的缘由时,这年不足五岁的孟庆霖,被其父祖(孟昭铭与孟宪济)早早地带回了世恩堂西跨院,并教保姆细心看管着,千万不要出门。

这段时日,孟庆霖的母亲李氏又怀了身孕,却不承想遇此变故,只好含泪送别丈夫,又挺着大肚子,教保姆拿出砒霜,自己则一把接过来,攥在手上,以防不测。

其余各房女眷,也从前院溜回来的个别仆人口中,得知了"团民"入府一事。于是,心感不妙,赶紧各回各屋。特别是未出嫁的,正被府里人一路护持着,匆匆赶回了延绿楼。

延绿楼,崇阁巍峨,层楼高起,又入口窄小,可谓易守难攻。

原本,这里只是出于礼教,作为对居住于此的待嫁小姐的行为约束,不料这会儿却成了府里较为安全的一处要塞堡垒。

府里残存的护院,纷纷拾起手头能获得的各式武器,诸如长矛、弓箭等自不

第二回

在话下,并同孟氏青壮一起,在延绿楼外结成营阵,正严防死守,随时准备做殊死一搏。

孟昭铭与孟宪济父子二人,又左右保着太夫人一行来到延绿楼。护院忙让出一个口子,放他们进去。

孟宪济,神色略有些慌张地说道:"父亲,这次……恐来者不善!咱府里,怕是难逃一劫!您看,是不是单独见一下巡抚衙门来人。那个叫赵秉钧的,可是多次请求和您会面了,好歹得让他想法子把孩子们送出去。我想,团民不敢动朝廷的人……"

孟昭铭:"宪济啊,无须多言!赵秉钧那人,我是知道的。想当年,他和我同在左大帅军中效力。那会儿,他还是个半大小子。我清楚他的为人,实在是……有些阴鸷狠厉。这会子,他来见我,只是因为如今的山东巡抚——他的顶头上司是我的世侄,并不是出于什么同袍情谊。再者,我已立下重誓,再也不见从前的官场故人了。依我看,还是算了吧……"

孟宪济恳求道:"父亲,那就让儿子带庆霖去见见他,如何?"

孟昭铭先是目送太夫人上了延绿楼,见各女眷皆平安无恙,便转过身来,略一思索,对孟宪济言道:"我明白你的忧虑!可你知道吗,朝廷对他们的'改剿为抚',不过是一时利用罢了,说变就变。别忘了,那袁世凯可是带着他的整支武卫右军,来山东上任的!这……你不懂?"

孟宪济:"此话怎讲?"

孟昭铭望着外面众志成城的一圈青壮,捋了下花白的胡子,颔首言道:"要是能有火枪队就好了!或者,只要拖住半个时辰,大事可定!"

孟宪济无可奈何地摇摇头:"袁世凯?年前,我去曲阜孔家拜会时,也听衍圣公说起过这袁大人,说他在毓贤卸任的前一日,威逼利诱,硬是教毓贤亲手杀了被捕的团民首领朱红灯。但这事儿,也就是这么一说,捕风捉影的。眼下这省城里,对待团民的态度还是暧昧不清。所以,远水解不了近渴呀!"

孟昭铭苦笑着,叹息道:"我看这袁大人,如今已是不一般了。戊戌变法时,他不就是搞的这一出？现在，也不过依着葫芦画瓢罢了。所以，我才不想再和他有所来往，除非……"

孟宪济："除非什么？"

"哦！没什么，陈年往事，无须再提。未来之事，殷殷可期呀！"

孟昭铭索性坐在延绿楼门下，借着周围火把的光亮，又端详起珍藏在胸口的那块鎏金怀表。这还是当年初露锋芒的他，陪着彼时挚友翁同龢，在弘德殿为同治小皇帝讲《孟子见梁惠王》时，慈安太后御赐的，说是法兰西国的皇帝拿破仑曾佩戴其亲临战阵。

他还记得：

那年，慈安太后曾隔着珠帘对他和翁同龢缓缓训示道："翁师傅学问好。皇帝的课业，予自放心。伊引荐的这位孟师傅，倒也才智不俗。眼下国运维艰，闹完长毛，又闹捻子，文宗皇帝也撇下我们娘儿仨西去，留下了这山河破碎的时局，可教我们如何应付？昨儿个，听李鸿章说，那法兰西国的路易国王最终竟是被自己的子民，给亲自送上断头台的，还连带着他那王后……唉！纵为帝胄，又当如何？"

一时间，说话的人掩面垂泪，听话的人唏嘘不已。

丹陛下的一名小太监，手臂夹着拂尘，低着头双手捧出一个雕漆描金的托盘，上面盛着两块鎏金怀表，趋步走到跪着的孟昭铭与翁同龢面前，细声细气地对他俩说："快谢恩吧！这是两宫皇太后御赐的，望你们'时刻'不负皇恩，永保大清！"

正当二人叩头谢恩时，珠帘后的慈禧太后却发话了："翁师傅且留下……"

小太监略回头瞥了一眼，已是心领神会，便对孟昭铭轻声吩咐道："你收下赏赐且退下吧。咱这儿，不用你伺候了。"

孟昭铭只得叩谢而去。

纵然心里一万个不情愿，却也无可奈何。

当年的自己，只是个监生。若非借了亚圣后裔的祖荫，和这些年的尺寸战功，

第二回

外加好友翁同龢的举荐，他原本是没有资格出现在这巍峨宫殿之上的，遑论竟为小皇帝做了一课日讲。其实，已经"天恩浩荡"，足以夸耀乡邻了！又有何可埋怨的呢？

孟昭铭还记得彼时的自己，摇摇头缓步走出皇宫的样子：既有说不出的激动，却也有无处宣泄的苦闷。他期盼着自己有朝一日也能像翁同龢一样，高中状元，登堂入室，终成一朝帝师！

他期盼着，通过这次日讲，能让自己在两宫皇太后面前一展才学，而不再只是一个写诗填词的清闲贡生，和藏在帅府幕后的参赞师爷。

然而，他心里明白慈禧太后末了那句话的意思。看来，自己终究是不被朝廷所认可啊！于是，只得拨弄着那块光灿灿的鎏金怀表，失落地在夕阳下漫无目的地走着、走着，仿佛一直走到了今天……

那日黄昏，他曾最后一次回望皇宫大内。

只见红墙黄瓦掩映之下，一片残阳如血。那一刻，虽无乌云蔽日，却又莫名地下起雨来。那豆大的雨点，无情地打落在残阳血色之中，打落在五百年的宫殿丹陛之上，就仿佛一行行血泪，沉痛且绝望地抽打在孟昭铭的身体发肤和肝肠腠理，只留下斑斑血痕……

为此，他感慨万千，并曾赋诗一首：

七言绝句·秋雨霏霏

天边秋雨阒清尘，腹有诗书志入云。
愿报倾城随君去，惟托鸿雁寄芳魂。

"父亲！父亲！您在想什么呢？是不是，又想起当年在左大帅幕府？"

孟宪济打断了孟昭铭的思绪。

孟昭铭："哈哈！这人一旦上了年纪，就总有些前尘往事，始终萦绕在心头啊！"

孟宪济话语里多少有些遗憾："父亲，您可是自大清开国以来，咱府里第一个从军的嫡系子孙！说到底，您是为国征战，却又为何在随军收复新疆后，突然就被闲置了呢？还差点因此问了罪！做儿子的，实在是想不通。如今，那赵秉钧作为朝廷贺使前来拜见，不管他是不是看在巡抚大人的面子上，您若连面都不见，在礼数上也多有不周……"

孟昭铭听了，一边将鎏金怀表小心地收进长衫，一边对孟宪济言道："你还在计较此事！我不见他，自然是还没到见的时候。当年，我曾在军中听过他，倒也有一番传奇。说他打小是个孤儿，父母双亡，家境又极为贫苦，就连个名字都没有。如今，这大名还是他自己取的，意为'秉国之钧'。记得那年，我们出嘉峪关征讨阿古柏乱军。他作为前锋斥候，军前打探，却不料陷入流沙。危急关头，他胯下的马儿竟牺牲自己，将其甩了出去！他这才捡回条性命，却也因此丢了干粮和水袋，以至于走也走不出去，留也留不下来。就这样，他在戈壁滩被风雪掩埋了三天，终于等到大队人马行进至此，偶然发现他，方才侥幸不死。后来，我只知道他爱马如命，就是自己一口不吃，也要买最好的苜蓿草料，专门喂马。不过啊，自那以后，他在军中和地方上相继任职，我们也就断了联系。只听说，他这人变得愈发刻薄狠戾。如今，他这趟过来，怕也不只是送春祭银子的。你且看吧，咱家的事情多半已不由自个儿做主了！"

孟昭铭无奈地叹了口气，仰面望着除夕夜喧嚣的夜空。

这一刻，他仿佛又回到了三十年前。

话说，这乱成一锅粥的前院，高个子正寻着"找洋货"的借口，带着其余"团民"大肆搜刮府里财物。

起初，孟庆棠等人并不敢上前阻拦。但当"团民"寻衅滋事，偏要查验府里丫鬟身上是否穿戴洋布时，他终于忍无可忍，提高了嗓门喝道："你们……你们到底还有没有王法？只怕，你们是不是真正的义和团，还两说呢！依我看，你们就是些冒名顶替的歹人罢了。若当真是我大清赤子，又岂会大庭广众之下，再三调

第二回

戏良家女子？真是腌臜龌龊，什么东西！"

"哎哟呵！孟老爷急了！是兄弟动了你女人吗？那还给你！"

说着，高个子将那个衣衫不整的丫鬟，一把推向了孟庆棠。

孟庆棠正要上前去接，却见那高个子已从腰间迅疾抽出了鬼头大刀，并从后一刀洞穿了丫鬟纤弱的身体。

顿时，血流如注……

只可惜这如花似玉的小姑娘，竟这样不明不白地枉送了性命。

殷红的血液，肆意地溅落在孟庆棠的手上、脸上和身上……

他哪里见过杀人？又哪里见过这般流血？

当那丫鬟的身体，无力地瘫倒在他面前，孟庆棠被吓得瘫坐地上，连连后缩，甚至根本想不到"赶紧救人"这一条。直到若干年后，终待时过境迁，他才稍敢回忆起那晚的恐怖，以及丫鬟临终时的呢喃："老爷……老爷……我不想……不想……"

孟庆棠及时被老吴用带血的双手拽到一旁。这时的他，连同身边众家人皆已血泪模糊，哭作一团。不承想，新世纪的第一个除夕夜，他们竟在这般奇耻大辱与生离死别中度过。死的人，尽管还是个进府不久的丫鬟，却依然是这府里鲜活的生命。

她的人生，本不该如此！

事实上，自孟庆棠治家以来，他还未曾动用过家法，惩治过哪怕任何一个下人。为此，他还背上了"仁弱"的名声，但全府上下总归感念他的宽厚，就连方圆十里的农家也多以在亚圣府里帮佣作为一件体面活计。

如今，轻易死了人，怎能不教人悲痛万分？

因为，下一个或许就是自己！

高个子也不再理会孟庆棠他们，"哼"了一声，领着众"团民"，直奔亚圣府后院而去。

来到延绿楼外，高个子见有人把守，心想：这必定是大户人家藏宝的所在。

于是，高举鬼头大刀，手指前方，高声下令："小的们，那高楼子里边有洋货，还有洋女人，我和二师弟亲眼看见啦！现在，都给老子往里冲！杀啊！"

"杀！"

众"团民"被高个子两句话煽动，顿时铆足了干劲，无不攥紧手上的大刀、长矛，争先恐后地向延绿楼杀去。

正在延绿楼外结阵而守的孟氏青壮和残存护院，以及孟昭铭、孟宪济父子二人，见得此状，也只得屏住呼吸，相互紧靠，决心拼死一战！

孟昭铭像是发自本能地，快速思索起战局走向，并简短发令："弓箭，左右！"

"是！"

双方大战，一触即发……

第三回　黄雀计武卫擒神勇　珍珠泉血宴试新枪

正当"团民"与孟氏青壮大战到难解难分之时，有一人神不知鬼不觉地跃上房顶，全程目睹了一切，却又偏偏不为所动。

他仿佛就是在等待一个时机，一个扑向猎物的、见血封喉的时机，而口中，却还不时呢喃着，情绪亦有些波动。

他时而惊奇："这领头儿的我认识……这老小子也入团了？！"

时而厌弃："欸？怎么又是'刀枪不入'这一出！老戏码了，也不嫌腻！"

时而又愤怒："居然有胆子冲进后院，明火执仗地抢劫杀人！看样子是支主力了！"

可最终，这所有恼人的情绪却只汇成一句话："不虚此行啊！吩咐兄弟们准备，待我一声令下……"

下令的，正是赵秉钧！

后来，孟庆霖曾不止一次地，从长辈的口中听到过这个发生在自家院子里的惨烈故事……

原来那日，赵秉钧正是奉了时任山东巡抚袁世凯的秘令，借着到亚圣府公干的由头，暗地里跟踪调查运河一带"团民"的潜在动向。临行前，他向袁世凯要了武卫右军两哨（排）人马，共分作十二棚（班），约一百二十人。这些人，尽是清一色的骑兵。尽管换穿便装，却仍装配有奥匈帝国产 M1895/24 斯太尔－曼利夏短步枪及精钢马刀，且每人随身携带十五天口粮，轻马飞骑，直入鲁西。

却说这时，赵秉钧的随员接了令，早已借着夜色掩护，在青瓦屋顶上一路飞奔，且竟能在沿途不发出哪怕一丝响动，端的是身手敏捷、训练有素。而后，便一溜烟儿地翻出城墙，沿着唐王河河道，直奔城东群山脚下而去……

之后，赵秉钧也利落地翻下屋顶，又立马整了整衣衫，脸上便挂着一丝难以察觉的轻蔑走了出来，并顺手砍杀了几名冲杀进前的"团民"，皆是一刀毙命。

来到延绿楼外，见"团民"与孟家青壮激战正酣，双方刀枪相逢，迸裂出无数火星，喊杀声此起彼伏。赵秉钧仍旧冷眼观瞧，却发现除孟昭铭外，孟家人大多不擅武事。如今命悬一线，只得凭借年轻力壮与众志成城，勉强与"团民"斗上一阵，却是渐处下风，堪堪坠命。

孟家两名护院，手握弓弦，在孟昭铭的指挥下，接连射杀了好几个"团民"，但架不住敌方人多，也只得弃了弓失，执刀近战。

此刻，赵秉钧突然提高了嗓音，对正在前方挥舞大刀的高个子揶揄道："欸？我说张老黑啊！你怎么又到大户人家打秋风啦？本官也是有段时间没看到你了。怎么？好好的山贼不做，改行练拳了？这真是'眼睛一眨，老母鸡变鸭啦'！哈哈，可笑，可笑，真是可笑！"

高个子本欲提刀上前，先解决掉居中指挥的老者——孟昭铭，却忽闻身后有人叫他，惊得回头一看。

"你！"

这高个子张老黑略显惊愕地问道："你……你是什么人？俺怎么不认得你？你说准了，谁是山贼？"

赵秉钧阴笑着说道："当然是你呀！张老黑！你瞅瞅你这一身黑皮，本官还能认错了不成？忘了几年前，我在县衙里边儿，是怎么收拾你的了？那滋味儿……很是舒坦吧！"

张老黑愣了一下，似乎回想起来什么难堪的往事，顿觉颜面尽失。于是，借着四周火把的光亮，仔细端详起来人，心中却暗想道："哎呀！怎么是他？！"

刹那间！

过去所受种种屈辱竟一齐涌上心头，他不由得怒从心头起，恶向胆边生，遂厉声大喝道："直娘贼！原来是你！狗日的老捕快！老子当年一时不慎，在新乐县着了你的道儿。如今,俺们可是老祖师张德成麾下扶清灭洋的神团,睁开你的狗眼看清楚喽!现在,俺这打的也是官军旗号!"

赵秉钧故作不解地问:"哟!哟!你可拉倒吧!想当年你做山贼的时候,你那绺队伍撒丫子,跑得比谁都快,敢情这是去拜师呢!今儿个,也不怕告诉你,本官追查尔等也不是一两天了。你和你那个什么结拜兄弟,叫什么来着?哦,对!叫刘二狗的。这半年多以来,辗转数县,可没少祸害当地大户。可谁承想,尔等不止吃大户啊,就连城里的百姓也不放过。怎么了,如今均不记得了?"

张老黑气得直哆嗦,也不再争执,只提着鬼头大刀,不由分说地就冲赵秉钧身上砍来:"你……老子今天非剁碎了你不可!"

赵秉钧也未出招,只轻巧地躲避着敌方刀锋,且悠然问道:"咱们也算旧相识了。这上来就出狠手,怕不合适吧!老黑子,你还记得本官大名吗?"

张老黑眼见自己连劈数刀都奈何不了对方,正在气恼。于是,一边继续挥刀,一边扯开嗓子骂道:"管你他娘叫什么?老子……老子只识得手里的家伙!管你是哪里的什么混账官儿?到这儿,就是老子说了算!"

"那你可记住喽!今天,你是死在谁的手上?本官行不更名,坐不改姓。现在巡抚袁公麾下,做个六品主事——赵秉钧!"

"看刀!"张老黑反手,直冲赵秉钧头上砍去。

结果,赵秉钧面不红、气不喘,只稍稍退后一步,向右躲闪,就巧妙地化解了敌方杀招。此刻,他自信出手必能克敌制胜。但若是那样,也未免太无趣了!眼下,这"猫捉耗子"——尽情逗弄的游戏,委实教人受用……

另一边,张老黑眼见自己攻杀半天,却半点便宜也没捞到,反倒累得气喘吁吁,便回头想招呼手下帮忙,但见他们正与孟家青壮缠斗在一起,尽管已占尽优势,却也片刻难以分身。于是,趁赵秉钧不注意,张老黑迅疾掏出藏在怀里的火绳枪来,又从另一个口袋摸出粒稍大的丸药,颤巍巍地将之塞入枪管,并立刻引燃了火捻。

当他手里端着正"刺刺"冒烟的火绳枪,便当即瞄准了赵秉钧的鼻子,并不屑地质问道:"这下怎么样?让你狗儿的多管闲事!你他妈也不打听打听,俺张老黑是什么人!别的不敢说,俺就是手黑!心更黑!刚才,我还弄死个小婊子呢!那可是红刀子进去……白……白刀子出来!记住喽!明年的今天就是你的周年,有种就找阎王爷告状去!"

顷刻间,枪声大响。

"赵大人!"孟宪济看到这一幕,不由得捂嘴惊呼。

孟昭铭手执钢刀,正奋力督战,扭头也瞥见赵秉钧,刚要叹息对方这非常时刻的"猫捉耗子",却不料,立马就见其命悬一线。

此刻,孟庆棠因心念家眷安危,便不顾劝说地,正在管家老吴的搀扶下,执意从前院赶来,也刚好撞见这一幕。

这一幕,让他心里彻底凉透了!

大过年的,被一帮匪徒闯进家里吃拿卡要不说,还强占着宅子不走,更兼杀人越货!这一桩桩、一件件,哪个不是奇耻大辱?但最可怕的是:万一朝廷大员在自家受伤,乃至被害,谁还管你是否与此有关?

这滔天的罪过怕是逃不了了,也更加担待不起……

"这赵大人也是,一个亲随不带,硬跟这杂毛的匪徒较什么劲?"

孟庆棠心里颇有些怨气,可又转念一想:"不对啊,他并非独自一人前来。随员里面,我还记得有几人黑黑瘦瘦的,且眸子闪亮、眼神凌厉!怎么这会儿就不见了……"

正当孟庆棠满心疑惑,且家里人生死难知之际,待那枪声过后,硝烟散尽,只见赵秉钧仍旧安然无恙地站在原地,纹丝未动。

倒下的,却是那高个子——张老黑!

此刻,只见张老黑蜷曲着身子,正捂着原本持枪的右手,倒在地上吱哇乱叫。原来,是他右手突兀中枪,且正汩汩流血。

孟庆棠惊奇地抬头仰望:只见这不大的院子屋顶上,早已站满了荷枪实弹的军士,正杀气腾腾地俯察着地上的一切,仿佛谈指间就可将在场所有人一并化作

第三回

齑粉。

尽管在黑夜中看不甚清这些军士的容貌,且他们又全部身着便装,但直觉告诉孟庆棠:这显然是一队训练有素的职业士兵。而眼下,在山东地面上,能有如此装备、如此盛人威势的军队,也就只有一个!

那就是,袁世凯从天津小站带来的——武卫右军!

武卫右军的枪声,彻底打断了"团民"的冲杀,也彻底震住了孟家青壮。原本还激战正酣的双方,不由得全都罢了手,且无不惊呼着,各自寻找掩体躲避。

毕竟战阵之上,谁也不敢断言这新来的究竟是帮哪一头儿的。

这时,另一队武卫右军也持枪踹开了见山堂院门,并排成两列迅速拥了进来,将所有人团团围住。

空气仿佛凝滞了一般,再也无人敢多言语一声。

只有冬日里的凛冽寒风,不时将人的后背吹得嗖嗖发凉……

"禀大人!我部人马已将城里闹事的匪徒凡一百三十七人尽数擒下,已着一哨兄弟用铁链绑了,正押着赶来。请大人示下:这院子里的,如何处置?"

说话的,正是赵秉钧的随员。

只见这人从队伍里跑步出来,规规矩矩地行至赵的跟前,却不打千儿,只单手敬礼,立正回复。后来才知道:这正是袁世凯引入德国军制操典,训练出来的新军模样。至于满人的打千儿、下跪,早在军中废除了。

赵秉钧也略一敬礼,便厉声下令:"将亚圣府里的,好生安置!将这些个贼人,尽数拿了!"

"嗻!"

随员立正转身,仿佛雄狮咆哮:"这府里的,各自回去。其余人等,若稍敢妄动,就地正法!"

至此,家里人方才舒了口气。

可经此一役,府里伤亡甚大,活着的人无不抱成一团,相拥而泣。然后,竟顾不得"各自回去",就一个个强忍悲痛地去收殓家人遗体。太夫人和众女眷闻声,也纷纷从延绿楼上下来,刚好目睹了这骇人的一幕,禁不住号啕大哭,扶尸捶地。

一时间,哭声满院,直透霄汉……

孟宪济,却一把冲开悲怆的家人,不顾一切地跑回世恩堂。这时的他,正时刻牵挂自己的妻儿。可当他用力敲门时,年方不足六岁(虚岁)的孟庆霖却不知是父亲回来,正使出小小的力气,下意识地先顶住门闩,试图阻止来人闯入。

孟宪济急了,四下里张望,生怕有漏网的匪徒此时混进来,便当即大喊道:"是我,孟宪济!快开门!"

听到主翁的名字,保姆赶紧上前查看,一边抱起孟庆霖,一边反复确认。

"是我……是我……孟宪济!"

许是这一晚上太过紧张,他的声音总透着些颤抖。

此刻,李氏的手里紧紧攥着那砒霜瓶子,也忐忑不安地赶了过来。继而,听出这声音,便索性心一横,拉开了门闩。然后,先是一惊,随后便弃了药瓶,任由其在地上摔个粉碎,竟也顾不得有孕在身的肚子,一头扎进了丈夫怀里,眼睛里噙满了泪水……

后来,管家老吴曾对人回忆说:那些当兵的,用一指来宽的铁链,穿成串儿地绑了院子里的"团民",连同之前抓捕的一百多人,浩浩荡荡地在城里游街。那些遭抢的人家,纷纷出来辱骂、殴打,直到士兵端着枪将人群驱散之后,游街的队伍才得以继续行进。最后,听说那些人全都被押到城外钢山以北。然后,就不知所终了。

有传言说:他们大多被遣回原籍了。但也有人说,他们被押到上一级府衙——兖州府审问了。可也有一种说法,最为骇人,大概是:那两个首领,连同十几个自诩"刀枪不入"的"团民",全部被押往省城济南提审。其余人等,就在山上悉数处决,一个活口不留,并且,就连尸体都被毁坏得非常严重,而一切相应标志更是被烧得干干净净。这一切,就悄然隐藏在山里某个不知名的角落,却是半点儿线索也没留下。

第三回

过了好多年，听闻有个在山坡上放羊的老汉，因为走丢了一只羊，便在傍晚时分四下里寻找，却偶然在山上拾到过几块被雨水冲刷出来的白骨骷髅，且那些骷髅的样子，显然是在临终前受到了非人的折磨，竟变得支离破碎、异常恐怖。至于是不是那些被捕的"团民"，也就不得而知了。

不过，有一点可以肯定，那就是：一高一矮两位首领，连同那十几个自诩"刀枪不入"的，确实都被连夜押往省城济南，准备接受巡抚袁世凯的亲自提审……

某日的午后，初春的阳光慵懒地洒落在济南珍珠泉碧玉般的波面上。和煦的阳光，竟与这泉水中不断上涌的珍珠般晶莹剔透的气泡相互映衬，让这原本寻常的午后光景，显得格外温暖与妩媚。

袁世凯身着一件素色夹袄，外罩长袍，笑呵呵地怀抱着不满一岁的小儿子袁克齐，嘴里哼哼唧唧地百般逗弄，亦是十分舒心惬意。

"英子，你看我这大胖儿子啊！可真是招人喜欢，教人爱不够！"

袁世凯一边回头跟身后的大姨太沈氏说话，一边用力地摇着小儿子粗胖的胳膊，便一个人喜不自胜地笑起来。

"你轻点，孩子可禁不住你这么折腾！"沈氏娇嗔地责备道。

"你看你，我这逗孩子玩呢，怕什么的？不过……你这虽不是亲生的，却比亲生的还亲呢！我还就喜欢你这一点，英子。"

沈氏一听，犹自少女般腼腆起来，忙说道："行了，我的爷！你逗也逗够了，快把孩子给奶妈吧。孩子可都要饿坏了！"

袁世凯遂将孩子递了过去，并顺势在泉水边安置的一张摇椅上坐下，跷起二郎腿，嘴里仍旧哼着不知从哪儿淘换来的小调，一边呷着茶，一边招呼沈氏进前来："英子，来！过来，坐我这儿。"

……

若说这沈氏是谁呢？又为何这般受宠？

这话，就要从袁世凯的青年时期讲起了，倒也算一段风流佳话。

沈氏，原名据说是叫沈玉英的，出生年月不详。只知她幼时便失去双亲，被亲戚卖到上海滩十里洋场的青楼里，却凭着自己姣好的容貌在男人堆里打转儿，只一心期盼着可以觅得一位如意郎君，从此双宿双栖，再不受这迎来送往之苦。

许是命运的垂青，她最终竟然真的如愿了！

光绪七年，二十二岁的袁世凯在往山东登州投奔庆军首领吴长庆（嗣父袁保庆的同袍战友）之前，曾到上海优游岁月，开拓眼界。那时辰，他一个人住在旅店里，感到寂寞，就去逛妓院。由此结识了一个苏州籍的名妓沈氏。这就是他后来所娶的大姨太太。他们两个见面以后，情好日密。沈氏劝他及早离开上海，另谋前途，并且资助他盘费，鼓励他早日成行。行前，沈氏备酒送行。席间对他说明：在他去以后，自己立刻出钱赎身，搬出妓院，希望他努力功名，不要相负。袁世凯指天誓日，洒泪而别。后来，他随吴长庆到了朝鲜，果然把她接了去，做他的姨太太。

于是，这一对痴男怨女，一个以身相许，一个誓不相负，便有了下面这个对子。据说，还是袁世凯亲自所作：

商妇飘零，一曲琵琶知音少。
英雄落魄，百年岁月感慨多！

虽然沈氏一生无所出，但袁世凯却似乎从未计较，只将次子袁克文过继与她为子。不过，袁世凯的正妻于氏可就得不到丈夫这般宠爱了，比作束之高阁也不为过。家里的事，无论大小，悉由大姨太沈氏和后来的五姨太杨氏主持，而又以沈氏为主。不仅如此，袁世凯还令子女们管正妻于氏叫"娘"，管生母叫"妈"；而对于大姨太沈氏则必须称呼为"亲妈"，以示尊重。

书归正传。

这时，一名小厮跑进来，在袁世凯耳边嘀咕了两句。

袁世凯忙对沈氏使了个眼色。后者知趣地起身，在众丫鬟、仆妇的陪伴下，悻悻地向内宅走去。行至半路，沈氏偏又回眸一笑，娇嗔地说道："咱家银子的事儿，你可别忘了。别一天到晚地，净往外边儿送！"

"好了，好了。我记下了！"

听闻此话，袁世凯颇有些难堪，只得连连应着。然后，一边吩咐小厮让人进来，一边继续眯着眼、呷着茶，又自顾自地跷起二郎腿，哼着那支只有他自己才听得懂的小曲小调。

"禀大帅！卑职奉令跟踪调查鲁西张老黑、曹三保、马玉仁等多股乱民，后会合督操营务处冯总办所率武卫右军先锋队，在德州郊外合围乱民主力，共击毙、击伤敌二千余人，其余主动请降者均遣送原籍，着地方保甲善加看护。我部轻伤二百三十人，重伤四十人，无士卒阵亡。现冯总办仍率军屯驻直隶、山东交界一带，特遣卑职回来，向大帅通报。另，卑职已将其中自言'刀枪不入'者及其首领凡三十余人递解济南，请大帅示下，如何发落？"

来人正是赵秉钧，他端端正正地敬了个军礼，且一丝不苟地汇报着，仿佛又经历了一遍上述战斗似的。

"都递解回籍了吗？智庵啊，我看你小子，屁股还没擦干净就回来了！"

袁世凯放下茶碗，既像是冷笑，却又像是故意逗弄着眼前这位部下。

"禀大帅，卑职的……的确是将其大部递解回籍了。"

赵秉钧扑通一声跪在地上，一边不住叩头，又一边近乎恳求地宣示忠心道："伏念大帅恩威，小的才有今日！敢不诚惶诚恐，竭诚报效！"

"来，快起来，当着这么多下人，莫失了官箴体统。好了，我知道了。"袁世凯起身，轻声抚慰着叩头如捣蒜一般的赵秉钧，缓缓说道。

"谢大帅！"

赵秉钧如释重负般，赶紧用袖口擦了擦额头上沁出的豆大汗珠。

"这趟差事啊，原是办得不错！回头，我给你上个折子，保奏你以知州衔留军中补用。你带出去的那两哨人马仍归你节制，专司省内捕盗等事。"

袁世凯拍了拍赵秉钧的肩膀，不无赞许地说道。

"谢大帅知遇之恩！"赵秉钧又扑通跪了下去，不住叩头称谢。

"得了，得了！咱新军，早就废了这虚礼儿，往后可别跪着了！"

袁世凯再一次将其扶起，又对他说："今儿晚上，咱设个宴。估计得有几十号人物吧！你这就去帮忙筹备筹备。"

"卑职这就去办！大帅，这不年不节的，都请谁啊？"

赵秉钧试探着问。

"嘿，当然是请'团民'呢！"

袁世凯狡黠一笑……

当日傍晚，华灯初上。

巡抚衙门里，位于珍珠泉北岸的后花园亭榭迤逦，张灯结彩，一片祥和喜庆，真个好似天上胜境，更宛若江南春景。府里的用人们忙着在七八张大圆桌上铺陈桌布、摆好餐盘，又布置花草、增添灯烛，与这千年宅院一起，随时准备着，迎候又一批新的客人。

这宅院，几经兴废。

在清代，这里是山东巡抚衙门。在明代中期以前，则是山东都指挥使司；中期以后，又作了德王府。再往上追溯，便是元代的张舍人园亭，等等。因将济南名泉"珍珠泉"圈在院内，故这里便被世人呼之为"珍珠泉大院"。而珍珠泉则宛若一颗晶莹剔透的明珠，端端正正地镶嵌于内，并与池中放养的肆意追逐、蜿蜒游动的锦鲤一起，将这历尽沧桑的古老宅院，霎时点缀得生动、鲜活起来。

历代的帝王将相，似乎也对"珍珠泉"情有独钟。

康熙、乾隆南巡途经济南时，便不约而同地均选在此地驻跸，并相继留下诗作，如"济南多名泉，趵突、珍珠二泉为最"，正是康熙所赞。他还曾赋诗一首，《观珍珠泉》：

　　一泓清浅漾珠圆，

　　细浪潆洄小荇牵。

第三回

　　偶与诸臣闲倚槛，

　　堪同渔藻入诗篇。

　　遥想彼时，康熙皇帝一边观赏美景，一边怡然自得地与近侍大臣闲坐，且将这比作"渔藻"互依之情，认为此君臣际遇必将流芳百世，却不知那些曾相伴君前的大臣，又作何想？

　　也不知，此时的袁世凯又是否能与这几近三百年的皇皇大清，全始全终？

　　时光荏苒，岁月如梭，且说此时。

　　当晚，袁世凯请的客人陆续到场了。

　　正当宾客互致问候，悉数落座之际，一列列被铁链拴在一起的囚犯被荷枪实弹的士兵押解着，人人衣衫褴褛，个个遍体鳞伤。并且，当他们踉踉跄跄地一路走来，空气中便紧随着一阵仿佛汗水与鲜血交织的刺鼻气息，让宾客无不掩鼻躲闪，头晕目眩。

　　更令人大跌眼镜的是：他们竟被士兵用枪托驱赶着，逐一在空置的几张圆桌前就座了？！然后，手上和脚上的镣铐，也被悉数解开。就这样，他们面面相觑地坐着，眼神中却充满了不安。

　　当然，除了这队囚犯和一般宾客之外，巡抚衙门在上手位的桌席亦安排了袁世凯请来的诸位贵宾，如：省内藩司、新军将领、省城内各大商号东家，以及孔子第七十六世孙、现任衍圣公、翰林院侍讲孔令贻，与孟子第七十三世孙、世袭翰林院五经博士孟庆棠。

　　原来，早在数天前，巡抚衙门就已经得知被俘的首领和骨干将于近日押赴济南。于是，根据袁世凯命令，早早地筹划了这场"世纪晚宴"，更提前邀请了包括孔孟后人在内的诸多达官显贵悉数到场。

　　"大伙儿都坐吧！"袁世凯清清嗓子说道。

　　这时的他，不再穿着便服，也不穿官服，只着了一身新军军服，正在两名丫鬟的侍奉下缓缓走向主座。那晚，他挂了根银质手杖。手杖顶上嵌有一颗拳头般大小的血红琥珀，看上去就像是一团烈焰，可又像是一汪鲜血，在灯火掩映下煞是引人瞩目。

"袁公，别来无恙！"

"抚台大人，久仰！久仰！"

"袁大帅，近来可好？"

在座的众宾客纷纷起身，拱手向袁世凯问候。

"衍圣公、孟博士，各位同僚、新军将弁，各商号东家，世凯有礼了。"

袁世凯拱手问候，又说道："承蒙各位抬爱，百忙之中拨冗，前来莅临小宴，世凯不胜荣幸惶恐之至。今晚请大伙儿来，一是闲叙家常，二是请大伙儿瞧个热闹。大伙儿想必也看到了，在座的除了咱们这些人，还有不少'团民'兄弟。人家号称'扶清灭洋'，可是不容易！今儿，就一起乐乐，不醉不归吧！"

"开宴！"

侍立在旁的赵秉钧一声高唱。

丫鬟们手捧各式菜肴鱼贯而入，依次传菜。

可谓：鸡鸭鱼肉俱在，四季鲜蔬齐全，看得人垂涎欲滴。

在座"团民"，以失地农民、贩夫走卒和山贼土匪居多。之前，他们确不曾见过这般场面。且自被俘以来，只要每天不挨打、不受刑，就祖宗护佑了，遑论一夕温饱？如今，望着这一道道色香味俱全的菜肴，哪里还顾得上已是阶下之囚的身份？也不管什么礼节约束，见无人制止，各自甩开膀子，直接上手抓！至于汤汁和着口水流得满脸都是，也毫不在意。继而，又端起酒壶，自顾自地倒满，便觥筹交错地喝将起来。

众宾客见此情形，颇觉难堪，又顾忌袁世凯的面子，不好发作，心下纷纷猜想，是不是这朝廷又改主意了？之前，先是围剿。后来，毓贤上台，一改前例，大加招抚。旋即，毓贤调走，袁氏上位，又竭力围剿。这才几天，难道又要剿抚并用了？

若果真如此，也不奇怪！

第三回

这年头,朝廷朝令夕改,也是常有之事,早就见怪不怪了……

酒过三巡,菜过五味。

正当在座"团民"酒足饭饱之际,袁世凯终于发话了:"在座诸位大师兄,袁某特备此薄宴,为诸位压惊。诸位一路劳顿,辛苦啦!"

这拿人家手短,吃人家嘴短。

刚刚吃饱喝足,又见巡抚大人这般客气,便借着酒劲,打着饱嗝,纷纷回谢道:"抚台大人,哪里话?哪里话?"

或许,他们心想:这朝廷总归是不会把我们赶尽杀绝的,"扶清灭洋"难道还有错吗?饶是他袁巡抚,最终还是得靠着咱们这帮兄弟,保着他不是?

于是,在座的"团民"愈发得意忘形了。有的,竟索性一屁股坐到酒桌上,甩开嗓子,唱起了荒腔走板的皮黄,惹得在座众宾客既忍俊不禁,又难掩尴尬。

"诸位!诸位!静一静,听世凯一言。世凯在小站练兵时,就听说这神团的本事十分了得,可水火不侵,刀枪不入!只是未曾亲眼得见,殊为遗憾呢!今日,有幸请得在座诸位大师兄。据言,你们可都是各支队伍里的精英人杰,或可请仙作法,或可'刀枪不入'。若果真如此,实乃国之大幸!世凯愿上奏朝廷,从此吸纳团民编入新军,以充实国防。世凯也将躬聆教义,拜入门下。如此一举多得,不知在座诸位大师兄,可否亲身示范……啊?"

袁世凯眉飞色舞,说得有鼻子有眼儿,仿佛他真的寄希望于"神功"杀敌一样。

"大人,俺们并不是全会这等功夫啊!"有"团民"说道。

"是啊!会这功夫的都被你们当官儿的,用枪打死了!"又有"团民"说道。

可话一出口,就意识到自己说漏了嘴,连忙埋下头,权当听不到四周的哄堂大笑。

众宾客早已笑作一团,袁世凯也笑了。

只有孟庆棠依旧呆呆地坐在席间,既不用餐,也不多言。

"不会这功夫的,暂且放一放。可是,这三十几人里面总有几个会的吧。世凯听说,有支队伍大过年的,竟跑到人家亚圣府里边打牙祭,还伤了人命,有这回事儿吗?孟博士,刚好你在场。这些团民兄弟,可曾去了你家?可曾伤了人命?又可曾拿了财物?"

袁世凯假装不解地去问孟庆棠。

此刻,孟庆棠早已是怒火中烧。

除夕夜那晚,因为这些冒名匪徒的强行闯入,亚圣府里不知平添了多少冤魂?这些个人,其身不正,枉谈保家卫国!

事实上,他本不该来!

但奈何巡抚衙门再三敦请,还说有好戏上演,非去不可。他这才暂时丢下丧仪,赶来济南,且看巡抚大人的葫芦里究竟卖的什么药?

于是,孟庆棠强行让自己镇定下来,并略显尴尬地起身,又因太过激动,以至于支支吾吾地回道:"袁公!的确……的确是有这么回事。"

"张老黑!你不是在吗?站出来!还有你那些人,全都站出来!违者死!"

侍立在旁的赵秉钧,与袁世凯一唱一和,冲着在座的"团民"一通恐吓。

"小的,小的不会啊!都是骗人的……我们也是被逼得没了活路,才入的这行啊!其实,谁他妈信这一套啊?您就别跟小的一般见识了!给您磕头了!"

张老黑眼见事情不对,一边捂着化脓的手臂,一边战战兢兢地跪地求饶,磕头如捣蒜,连脑袋都要磕破了。

"大哥,都什么时候了?你他妈的,才想起来说这些!平日里,就让你少在外招摇!这下好了,全他妈被你害死了!"

那个副首领刘二狗,终于憋不住了,也对着张老黑一阵责骂。

可袁世凯仍旧气定神闲地问道:"噢!他们这支不会,你们中谁会啊?"

见这情形,在座的"团民"纷纷意识到:自己几乎退无可退。别看巡抚大人语气温和,可话里话外却充满了杀气。于是,便真有八九个人相互递了个眼色。其中,有个年轻的说道:"兄弟们,反正横竖都是一死!不如就试试,咱平日里也不是没功夫的。万一成了呢?这些当官儿的,以后就都听咱的了!怎么样,谁愿

第三回

意跟老子上！"

还就是这八九个人，硬着头皮顶上去了。

紧接着，荷枪实弹的士兵便用枪托驱赶着他们走出宴席，并让其在后花园里站成一排，又将之上衣扒下，露出带血的黝黑胸膛……

即便是在这几个人中，也有当即被吓得尿了裤子的。可任凭他们如何扎马步运功，抑或是哭天抹泪，也全都不顶用了。

这时，只见一列新军，肩托进口的制式步枪，踢着正步，踏入花园。而后，面向这些个"团民"，整齐划一地立正转身，上膛瞄准。

只听赵秉钧自信且轻蔑地说道："这是我们武卫右军最近装配的新枪，名曰斯太尔–曼利夏步枪。就请尔等试枪吧。各就各位！瞄准左肩，预备！放！"

齐刷刷一声枪响！

这些个"团民"，立时便痛苦地号叫着流血倒地。只因伤口准确地落在左肩，故暂无一人当场死亡。

"各就各位！瞄准右肩，预备！放！"

也不顾"团民"蜷缩在地上痛苦挣扎，这队新军又上前瞄准，便是第二阵齐刷刷枪响。紧接着，又是一片凄惨悲号。

"各就各位！瞄准前胸，预备！放！"

当第三阵枪声响过，却再也没有了号叫，一切复归平静。

众宾客已无一人敢再出声。这场面安静得仿佛可以听到银针泄地的声音。

随后，有士兵前去试探鼻息，回报说全部气绝。

赵秉钧一挥手，令人将这些尸体拖了出去，只留下一地血污……

众宾客都看明白了：袁大帅不只想出出这些"团民"的洋相，更是想用最残酷的刑罚折磨死他们，让他们受尽屈辱，并顺带着杀鸡儆猴，恫吓一下在座的达官显贵！

看看谁还敢暗地里与之私通？

谁还敢忤逆他袁大帅的虎威？

……

"尽是些中看不中用的东西!"

赵秉钧不屑地瞥了一眼倒在地上的"团民"尸体,嘴里嘀咕着。

其余"团民",早已被这一幕吓得失魂落魄,全都跪在地上,不住地磕头求饶。可任凭他们如何摇尾乞怜,最后都是袁世凯一句话:"全部拉出去!"

全场再次安静了。

席间众宾客,连同孔家、孟家,无论是开过何种眼界的,这下全都蒙了!只剩下袁世凯一人呵呵直笑,对众人说:"我说呢!唉,都是些假把式。不好意思啊,让各位受惊了,世凯在此给各位赔礼了!记得小站练兵时,有个兵不听话,不让抽大烟,他偏是忍不住,结果被我逮个正着。怎么办呢?我只好手起刀落,亲自砍了他的脑袋!从此,新军里再也没有一个敢抽大烟的!今儿也一样,世凯向诸位保证:自今日起,山东的地面儿上,再也没有义和团!"

消息不胫而走!

袁巡抚拿"刀枪不入"的"团民"试枪的消息,第二天就传遍了省城济南。紧接着,山东全境的官员、士绅也很快获知了这一惊天新闻!

效果可谓立竿见影。

原先基于各种考虑,与"团民"暧昧不清的,如今全都自觉地撇清了关系,生怕被人抓到把柄。而原本在山东已混得风生水起的各支"团民"队伍,却再也难以在此立足。

于是,这些人便在几位"老祖师"的倡议下纷纷北上,转战直隶、京城等地了,却是后话……

第四回　逢圣旨孟府再遭难　妄宣战神州险陆沉

巡抚衙门的夜宴过后，孟庆棠犯着恶心地回到了省城驿馆。

他觉得这顿饭吃得人从里到外、从上到下，都弥漫着股血腥味。虽说那些被枪杀的所谓"团民"，总以山贼盗匪居多，未见得是真正的义和团，且平日里并不曾杀过几个洋人，反倒净干些打家劫舍的勾当，更无端酿成了府里的血案，算是死有余辜。

可又似乎不当是这般死法。

难道就不能明正典刑，按律治罪吗？

如今，这哪里是杀"团民"呢？

这分明就是：变着法儿地恫吓我们这些省内大族嘛！好让我们一心一意地，只听他巡抚大人的。

当真是"秀才遇到兵，有理说不清"！

不过，孟庆棠又转念一想：如今世道艰难，岂能一味书呆子气？若非那晚刚好有赵秉钧等人在场，又调来了新军，及时稳住局面，府里指不定还要再死多少人呢！

看来"一心只读圣贤书"这条路，多少也要改一改了！

将来，若是自家也可出一个领兵之人，纵横乱世，进可封官拜爵，扬威天下；退可固守一方，保境安民，岂非两全其美？

……

翌日清晨，孟庆棠照例去主动拜会同住一处的衍圣公孔令贻。后者穿了件油亮的翻毛皮袄，说是沙皇俄国的新进式样。见到孟庆棠前来，孔令贻先是表达了哀思，还说孔孟一家，如今出了这么大的事情，自己必定亲往悼念，却只字未提昨晚发生的血案，仿佛一切都没发生似的。

孟庆棠总觉得自己还想要再问些什么，却被孔令贻连连打着哈哈，给无端遮掩过去了。后来，因二人府邸一个在曲阜、一个在邹县，一北一南相聚不过四十里，故约定转日一道回府，并先到亚圣府上致祭。

至此，这抹新世纪伊始的血色回忆，仿佛暂告一段落。但它造成的影响却仍在持续，且不说突如其来的生离死别对府里人心的沉重打击，单说这持续近半年之久的丧事，也够上上下下忙活好一阵子的。

只不过，阴霾浓重如斯，却终究抵不住太阳的光辉。

亚圣府上，依然人丁兴旺，生生不息。

光绪二十六年阴历五月初二，白日里本还是乌云密布、暴雨如注，到了夜里却突然云销雨霁、繁星闪烁。偏巧此时，孟宪济的妻子李氏顺利诞下了一名女婴，而孟庆霖也从此多了个同胞妹妹。

碍于女子不能沿用"通天家谱"的行辈，孟宪济便为女儿取名"孟晚晴"，即"天意怜幽草，人间重晚晴"，有"雨过天晴"之意。

小女儿的出生，似乎并不能给府里带来多少喜悦。

这一年，山河破碎，神州大地已是"山雨欲来风满楼"。在这风雨飘摇之际，本已是人人自危。孰料，更为艰难的考验其实还尚未来到……

转眼到了八月十五，正值中秋佳节。

这年的中秋节，着实不平静。

且不说年初，府里因"团民"的搅闹，而平添了许多枉死的冤魂。就说二十天前，八国联军一脚踹开了京城九门，就在洋鬼子冲进紫禁城的前一天夜里，慈禧老佛爷就带着光绪皇帝，连同近侍大臣、近支王公贝勒等人，仓皇逃离了国都，正不知去向。

如今，省里人人自危，生怕联军将沿运河南下，直取山东。就算有袁世凯的武卫右军在，恐也不济事。毕竟这支新军，区区万余人，又哪里是武装到牙齿的洋人对手？

第四回

抚今追昔，愈见悲凉！

往年的中秋佳节，亚圣府里肯定早早地就开始欢快热闹了。除了添置喜庆的节日装点，还会请来省里最有角儿的京剧戏班，好好地唱上几天堂会，让府里上下过足戏瘾。

另外，趁着瓜果成熟，府里也会让膳房赶制各式水果蜜饯、甜点小食，又或是托人购进浙江产的青梅，泡入自家祭祖时留下的醇厚黄酒之中。只需静待时日，便可酿成一坛臻于醇美的青梅甜酒。

或是自饮；或是待客；或是借着酒力，吟诗弄月，好不风雅快活！

说到亚圣府的膳房，也可谓汇聚了省内各大名厨：有擅长府宴大席的鲁西人，也有擅做湖鲜海鲜的胶东人。且烹制的菜式无不讲究个材料地道、原汁原味，没有重油重辣，只突出个中正平和、益气养生。而这也正是鲁菜的鲜明特征。

为获得整整一天的醇厚鲜味，膳房的厨子便奇思妙想。每日寅时即起，先取七八只未孵过蛋的母鸡，杀洗干净，摘除内脏，以秘方草药配比白酒腌制。然后，将其依次摞入特制的大锅中熬煮。其间，只加一道汲取自亚圣殿前天震井之水，反复沥汤，并投入各式菌菇、各样时蔬，却不再添水。最后，只点一小撮产自四川自贡的井盐。

此时，鸡肉、鸡骨俱已化入汤头。再经过六道过滤，终于留下这一小锅鲜得醉人，却又纯净如水的鸡汤，只用来调味。

当然，除了这些个鲁菜手艺，府里还会在中秋节前，动员全部人口赶制月饼。除了祭祖、自用、分发仆人、丫鬟之外，多出来的都将馈赠给城里的百姓，特别是其中老无所依、年幼失怙，或是身体残疾、沿街乞讨的，以积功德。

至于月饼馅儿，则多以"自来红"和"自来白"两样为主。这其实也是沿用了宫里传出来的方子。大约是哪一任觐见过皇帝的孟氏族长，尝过宫里的点心，觉得不错，回府后便嘱咐厨子依样儿研制的。

其中，自来红以白糖、冰糖、果仁为馅儿，饼皮上用熬好的红糖画出黑红的圆圈，圈里用银针扎上若干气孔。因此，烤出来颜色深红。最后，在中间盖上

"世恩堂"的戳记。自来白,则是以枣泥、豆沙、山楂、白糖等为馅儿,用精面粉烤制,外皮酥白且盖有"继往开来"戳记,以示区分。

"世恩堂"是亚圣府孟氏的堂号,代表孟子的嫡系后裔一族;而"继往开来",则是表明孟子的历史地位,即"继往圣""开来学"之意。

然而,这年中秋,却是大不寻常。

那日,一阵稀落的马蹄声,踏破了清晨的宁静,惊起一阵飞鸟,却只留下一片悲啼。

"孟老爷在家吗?快开中门接旨!"

须臾,只见亚圣府大门、礼门、垂花门均一路敞开,府里众仆人、丫鬟沿着光洁的青石板铺就的中道,在两侧跪了一地,人人叩头,口称"恭请圣安",却丝毫不敢抬头仰望。

这时,一队戈什哈身着甲胄,前行引导,护着中间一个头戴小帽、面白无须,却又衣着略显寒酸的青年男子,径直来到了亚圣府前院见山堂。

或许有人奇怪,钦差宣旨为何这副打扮?

既无仪仗,也无鼓乐,更无官服。

这简直就是个"三无"钦差嘛!

确是如此,可钦差的关防大印犹在,又岂能有假?

只见此刻的见山堂外,已匆忙布置好香案。

孟庆棠穿戴朝服,领着全家老少,虔诚地焚香礼敬,并依着祭祖的次序,各自分昭穆两班匍匐跪好。见着钦差到来,孟庆棠高呼参拜:"臣署理'世袭翰林院五经博士'孟庆棠,携孟氏全族,恭请皇上圣安!"

来人则是一口地道的京片子,并带着纤细的嗓音,回道:"圣……躬……安!"

又宣谕如下:"奉皇太后口谕:迩来近畿、山东一带乡民练习拳勇,良莠错出,深恐别滋事端,叠经谕令京外各衙门严行禁止。近闻拳民中多有游勇会匪混迹其间,借端肆扰,甚至戕杀要员,焚毁民宅。似此败坏纲纪,其与乱民何异?现查亚圣府孟氏一族,党附其中,乱政害民,为祸地方;但姑念圣裔血脉,为示

第四回

体恤，着即将族长赐死，其余人等一概免罪，并另择贤能祧绪宗嗣！特谕。"

孟庆棠万万没想到：值此中秋佳节、良辰美景，府里好不容易才走出年初的噩梦，正要开启新的生活。却在此时，遇着这般突如其来的宣谕，就只是为了取自己的性命？还妄称府里上下与义和团勾结，为祸地方？这简直就是堪比窦娥——天下奇冤！难道除夕夜罹难的家人，就全都白死了吗？！

念及此处，孟庆棠不由得冷汗涔涔，浑身发抖，心里却异常憋闷。未待他叩头接旨，侍立于旁的戈什哈已是手按佩刀，严防不测。

"且慢！此中实有冤情，还望钦差大人明察！若是不信，可自向巡抚衙门求证！"

跪在侧后的孟昭铭干脆站了起来，将袖子挽好，不再朝拜。

"汝是何人？敢在这儿咆哮！"那宣谕的一急，嗓音便愈加尖细了，听得人鼓膜生疼。

"大人说是宣谕，又请问谕旨何在？"孟昭铭质问道。

"说了是口谕！难道还怀疑咱家假传圣意不成？"

那人一急，竟不觉点出了右手兰花指，正指着孟昭铭说道。

孟昭铭："草民不敢！只是我家也是朝廷敕封的世袭爵禄，更兼亚圣血脉，不比寻常。这擅杀公侯，总要有个书面凭证吧！窃闻，京城业已沦陷，皇太后和皇上正在西狩的路上，眼下正不知行到哪里？这位大人……想必是宫里的公公吧。可这兵荒马乱的，您又是从哪儿过来？还请讲个明白！"

此时，家里人无分男女老幼，竟全都索性站了起来，眼神轻蔑地瞧着这些不速之客。只有孟庆棠依然跪在原处，头也不抬，像是心灰意冷至极。

那太监却厉声质问道："你们……你们这是要造反呢！来人，把他们全都给咱家抓起来！"

戈什哈闻声抽刀，正欲上前动手。

"快住手！快住手！"

忽有一人嚷嚷着，从门外火急火燎地跑将进来，却没留神脚下的门槛，刚好绊了一跤，摔个趔趄。

"德公公！卑职给您老请安了！"

那人顾不得身子不稳，忙上前打千儿行礼，毕恭毕敬。

"噢！你来了！我说你们巡抚衙门的人，办差怎么都磨磨叽叽的？让他们拿人，到现在还不动手？是不是瞧着太后老佛爷西狩，都不拿朝廷当回事儿啦？！"

原来，那宣谕的正是宫里的"太监回事"，时年二十五（虚岁）的张兰德，俗称"小德张"。

"哪儿能呢？德公公，您老可别跟他们一般见识！"来人又对小德张低声耳语道，"都是些乡野小地方的，不懂规矩，您老莫怪呀！"

小德张不悦道："看在你们巡抚大人的面子上，咱家就不计较他们顶撞钦差的过失了！可是，眼面前儿，总得有人接旨吧！"

"臣孟庆棠……"未等跪在地上的孟庆棠说出"接旨"二字，孟昭铭却已抢先答道："孟昭铭接旨！"

"欸？我说，这旨意可是颁给孟氏族长的！您老看上去虽也是一把年纪了，但您又是哪位呀？这还有抢着去死的？"

小德张自来到亚圣府里，已是连番被撑，正在气头上。这会儿，正叉着腰，不无讥讽地训斥道。

孟昭铭侃侃而谈："是叫……德公公吧。公公有所不知，这孟氏的族长，眼下只能是我，而非庆棠。毕竟他尚年少，从未正式接任世职，不过暂时署理府内事务罢了，而我才是族里年纪最长，辈分最高的。所以，这族长一职，舍我其谁！我不入地狱，谁入地狱？"

"叔爷！你这是……"孟庆棠急了，但原本多少话语，此刻竟全都卡在喉咙，硬是一句也挤不出来，心里不知是惊、是恨、是喜，还是忧。

家里人也是一阵愕然，但眼见圣意确凿、再难更改，而来人又真是宫里太监，不由得悲从中起，怆然泪下。

孟宪济领着妻子李氏，更是双双跪倒在孟昭铭脚下，搂着父亲的大腿，号啕大哭，口中却悲愤地呼叫道："我家究竟何罪？此乃天大奇冤！"

第四回

孟昭铭反而劝慰道："莫去争辩，清者自清！争辩又有何用？无非是想在人心不定之时，借用我族性命，彰显威仪罢了。其实，他们心里清楚得很！"

又说："唉！其实，若干年前我就已经死了。如今，不过剩个躯壳，苟延残喘罢了，就此去了也好。我走后，你要悉心抚育庆霖，要他千万做个好人，不要负了年华啊！"

"庆霖！庆霖！"孟宪济一把将年幼的孟庆霖拉了过来，按在地上不住地给祖父叩头。

孟昭铭走到孟庆棠面前，拍拍他的肩膀对他说："泽南！无妨！好生侍奉太夫人，勤勉奉祀，光大我族，光大圣人教化！"

"叔爷！您何苦如此……"

孟庆棠已是泣不成声，不知是默认，还是感激，抑或愧疚。

"行！你们这家子是我这一路上见过最有骨气的！还有人抢着去死，咱家也算开眼了！"

小德张见孟家人竟能如此视死如归，也不由得伸出大姆指，连连赞叹。

孟昭铭没理他这茬儿，转身对刚刚跑来劝止小德张的那人拱手作揖，说道："想必您就是杨杏城，杨大人吧！久仰了！"

杨杏城，也就是杨士琦，字杏城，袁世凯的心腹幕僚。

此刻，杨士琦回礼，恭敬地说："老太爷，您折煞卑职了！卑职倒是常听我家大人提起您，说您年轻时也曾指导过他的学业和兵事，算是有过开蒙之恩。对此，我家大人可是一直念念不忘啊！"

孟昭铭抱拳拱手作辞行状，言道："上辈子的事儿啦！亏得慰廷还记得，就代我回谢了吧！日后，府里这一大家子，还指望慰廷和杨大人多加体恤关照！老朽，就此拜别了！"

"老太爷！哎呀！这怎么话儿说的？"

见得这一幕，杨士琦也不免动容。

这时，家里人已是悲天跄地，纷纷追赶着孟昭铭的脚步，急欲上前阻拦；又有人跪在小德张的面前，极力为自家澄清，却只换来对方的不屑与白眼。

侍立于旁的戈什哈已是磨刀霍霍，正两两一组，将家里人逐个拉开，又准备将孟昭铭架走。

"我自己走！"孟昭铭一把甩开戈什哈，义愤填膺地说道。

眼见得亲人大限在即，却是无能为力，任凭你如何分辨、极力澄清，就是没人听你说话！若是稍有不满，还要再定个"忤逆"的罪名，徒剩下伤心流泪的份儿。

这情景，却如何使人消受？

在场的家人，无论主仆，抑或老少，此刻均已悲愤莫名，泣不成声，并暗暗怨恨朝廷不公。可即便攥紧了拳头，到头来却也无可奈何。

于是，又不得不生生憋住眼泪……

来到前院正中，孟昭铭停住了脚步。他环顾四周，望着院内的参天古树与萋萋芳草，不由得悲从中起、苦上心头。为这朝廷卖了半辈子命，最终还是换来了草草收场，似乎心有不甘，却也无能为力。算了，就让这一切随风而逝吧！

这时，两个戈什哈一左一右，手捧长白绢，正朝着孟昭铭后背走来。继而，二人一齐发力，任凭孟昭铭的喉咙发出"呜呜"的哽咽之声……

家里人实在看不下去，正欲上前，却被其余的戈什哈连吼带叫地持刀喝退，便只得各自跪着，一个劲儿地叩头，又大放悲声，场面甚是骇人。就连年幼的孟庆霖，也被这恐怖的一幕吓得哇哇大哭。

一时间，大人的哭喊声、叩头声，叠加小孩子尖锐的啼闹声，不断刺激着行刑的戈什哈紧绷的神经。他们不禁铆足了力气，仿佛也想快些结束这令人胆战心惊的杀人过程。

秋风起，卷走地上的落叶，却偏又将其无情地拍落下来。

"德公公！德公公！行了！行了！您就别拿他们寻开心了，差不多得了！"

杨士琦像是央求着，却更像是故意配合着小德张的行动。

小德张终于抬起他那半耷拉的眼皮，像是意犹未尽一般，不紧不慢地说道："那就……先这样吧！"

第四回

闻听此言，行刑的戈什哈反倒像是获救了似的，不由得先松了口气。毕竟，他们也怕弄假成真，而这里面的力道又着实难以拿捏，实在是趟苦差事啊！

杨士琦："德公公，您快宣读第二道旨意吧！"

什么？还有第二道旨意？跪在地上的家人不禁愕然！

只见小德张从容地打袖中取出一道明黄的折子，举过头顶，利落地展开，而后郑重宣示道："敕谕！孟庆棠跪接！"

"臣署理'世袭翰林院五经博士'孟庆棠，恭聆圣训！"

孟庆棠像是突然寻着些希望，马上朝着小德张的方向拜了下去，引得家里人暂且收了泪水，屏住呼吸，一并听宣。

这一刻，现场安静极了。

人人心里都在打鼓，这第二道旨意究竟会说些什么。他们也想赶紧跑去倒地的孟昭铭那里，救治一番，却碍着礼数，实在是要等这旨意宣读完毕才能动啊！

可孟宪济和妻子李氏已顾不了这些。他们跨步上前，拨开围拢的戈什哈，双手抱住孟昭铭虚弱的身躯，一边试探鼻息，一边大喊："爹！爹！"

隔了一会，孟昭铭缓缓地半睁了双眼，呼吸微弱。耳边，却同时传来小德张宣谕的尖细嗓音：

皇帝敕谕署理亚圣府奉祀事孟庆棠：

知尔敬天法祖，忠诚勤慎。着准尔正式继任，以资褒奖。

望尔俾臻详慎，毋负委任！

特谕

光绪二十六年八月初一日

宣读完这份正式敕谕，小德张遂将明黄的折子合上，准备交到孟庆棠的手中，并喜笑颜开地随声恭贺。

孟庆棠先是口称："臣接旨，谢恩！"

继而,又将双手举过头顶去承接这份"沉甸甸"的旨意。

他恍然大悟:原来朝廷是要自己和所有人意识到,生死荣辱只在一念之间,且这一念却不在自己,只在朝廷!朝廷要你生便生,要你死便死。朝廷说你有就有,说你没有就没有。真理与是非算什么?不存在的……

可好歹,总算是虚惊一场!

于是,家里人顿时半舒了口气;又见孟昭铭也并未因此丧命,便纷纷止了哭泣,抹干眼泪,心头暗喜,不住叩头,山呼万岁。这一刻,他们大多也明白:今日不过是帝王心术,却又当真深不可测!让人欲生先死,先死后生。明明是来要人命的,却又让你情不自禁地由衷称谢,端的是阴险可怕!如今,虽说是联军入寇,帝后流亡,但若因此不跟朝廷一心,以为大清就此完了,那最终的结果也就可想而知。

见孟庆棠已接旨,小德张又补充道:"原本是要降下卷轴圣旨的,奈何西狩的路上条件有限,就委屈贵府上了!不过话说回来,两道谕旨,我想这意思你们应该也明白。虽说,眼下这太后和皇上不在京城,或许一时顾不上尔等,但尔等却要记住,雷霆雨露俱是天恩的道理。若是在此危急时刻,谁的心里胆敢存了一丝儿丝儿对朝廷、对太后的不忠,他日等来的,可就不再是赐死的口谕了。也不怕告诉尔等,朝廷已启用李鸿章重任直隶总督,准备跟洋人议和。至于这义和团嘛,专与洋人作对,势必是要铲除的!若再有人敢与其交通联络……这后果嘛,也就不劳咱家多说了……"

"嗻!"

在场家人,无不伏地叩头,齐声应道。

孟庆棠听到这里,心中确实生出一分敬畏,但想想又觉得好笑:这是到了何等窘迫的境地,我泱泱大国、堂堂帝室,才使得出这般主意?

简直形同儿戏!

不过,他一时也管不了许多,连忙起身,恭敬地将小德张和杨士琦二人让进见山堂休息,又吩咐仆人端上明前的好茶,招待贵客。自己则三步并作两步地跑

第四回

到院子里,来到仍旧倒地不起的孟昭铭身边,与孟宪济夫妇和几个家人一起将其扶进后院世恩堂的房内,并赶紧延医救治……

过了许久,孟昭铭终于缓过神儿来,但脖子上却多了一道深深的紫红色勒痕。他睁开眼睛,恍惚中看到自己的儿子、儿媳正抱着一双孙辈儿女,眼巴巴地瞧着自己,而身旁又还有太夫人、孟庆棠、杨士琦,以及那个来宣谕的小德张。

孟昭铭似乎想说些什么,但嗓子却不听使唤,只在喉头发出些艰难的声响。他这才意识到,原来自己被勒得太紧,导致现在竟说不出话来。

见此情状,小德张却先开口了:"老太爷,您受苦啦!咱家这也是奉旨办差,还请您老多多担待呀!"

孟昭铭轻轻地眨了下眼睛。

小德张则心领神会,继续说道:"这一明一暗两道谕旨,也不只针对你们一家。所以呢,您老也不用觉得委屈。这些日子以来,兵荒马乱,人心不安,咱家不知已去了多少地方。说到底,都是一视同仁!你们觉得苦,咱家的心里也苦哇!这一路上,不设仪仗,不添鼓乐,不着官服,还不都是为了躲避洋人的追兵嘛!咱家是吃尽了苦、受尽了罪,还差点儿被地方上抗旨,险些就害了性命……你们说……这容易嘛!"

杨士琦听得差点笑出声来,却也附和着说道:"是啊!德公公前些日子才遇着我们家大人。这才借了些兵马沿途护卫,多少有了点钦差派头!"

孟宪济眼看着自己父亲被伤成这般模样,一点儿也笑不出来;便皱着眉,强行让自己镇定下来,又不解地问:"小民本不该多打听,但心里实在困惑,还望德公公指点一二。"

小德张:"那你说吧!"

孟宪济:"这朝廷为何要同时跟十一国宣战呢?恕小民直言,五年前,咱们连蕞尔小国日本都没打过嘛……"

闻得此言,小德张不禁面露难堪,心里想着:这宫里的事儿,哪能随意就往外说?于是,不由得白了杨士琦一眼,似乎是想让他替自己解围。

杨士琦皮笑肉不笑，手里拨弄着一把折扇，心里却正思忖着应对之术。随后，他便摇摇头说道："您算是问对人了！不过这宫闱秘事，可不是咱们这些人好打听的。要不这么着，德公公您给大伙讲讲那日朝会的事儿，怎么样？毕竟，这也不算秘密了，文武百官不早都传开了嘛……"

小德张苦笑着，只好勉强应承下来，却依旧细声细气地说道："也罢！说说也无妨。不过，出了这屋，我可就不认了。是这么回事儿……去年，这义和团不是被咱袁大人的武卫右军给赶出山东了嘛！但没料到，人家北上直隶，却又迎来了兴旺。从王公大臣到士卒行伍，同情、资助乃至自愿加入义和团的，可是大有人在啊！于是，义和团在京里啊，那可是攒着劲儿地杀洋人、烧教堂啊！这可就让朝廷难办喽！"

杨士琦适时插话道："紧接着，洋人就派出二千余人的使馆卫队，进京围剿。"

小德张也继续声情并茂地演绎着："可不是嘛！义和团杀洋人，洋人也杀义和团！我记得，今年端午过后，那德国公使克林德就在去总理衙门的路上被神机营章京——恩海给杀了！"

李氏不禁问道："啊？那为啥呀？"

小德张："咱家哪里知道？兴许，恩海也是个义和团吧。"

此刻，杨士琦仍旧把玩着手里的折扇，悠然听着小德张的讲述。这里边的事儿，有些他知道，有些他不知道。正听得入迷，小德张却又不再说了，只因后面的故事多少与太后和皇帝有关。

对此，这太监的口风甚严。

后来，杨士琦与孟庆棠谈起筹款事宜时，曾顺带着讲述过这样一个故事，却不知真假。

据传，朝廷在跟十一国开战前，原本是打算议和的。但这时，却有人告密，说洋人出兵，看似为了剿灭义和团，实则是为了让太后交出权力，就此隐退。从而，让光绪皇帝复位。太后一听，立马就急了，连忙吩咐叫大起儿，让在京四品以上的官员第二天一早全都过来参加朝会。

第四回

翌日早朝，正是小德张在紫禁城的御道上挥鞭三响，升乾清宫。

正当杨士琦绘声绘色地描述时，时空的彼岸，远在省城济南的袁世凯，也刚好在珍珠泉畔搂着大姨太沈氏，仿佛说书一般，向她讲起了自己从同僚那儿打听得来的朝会秘闻。

袁世凯声情并茂地形容道："英子，你知道嘛！那日朝会上，老佛爷厉声质问：八国犯我国境，亡国在前。如果拱手相让，我死了也没脸见列祖列宗。戊戌年杀康梁的时候，各国就颇多阻拦，还助其逃亡海外。我这亲儿子不争气，身子又不好，只得让他一个人好生静养着。却不承想，又惹来各国非议！这送医问药的也就罢了，还说我是什么要加害皇帝？要害，我早就害了！"

沈氏偎依在袁世凯的怀中，用右手食指娇嗔地点了下袁世凯的鼻尖，说道："就这？你巴不得老佛爷跟洋人宣战吧！要不然，万一皇上复位，可有你的好果子吃？"

乍一听这话，袁世凯立马就出神了，双眼也怔怔地望向远方，好似看到了恐怖的将来。隔了好一会儿，才突然正色道："你说得没错，英子！我就是怕皇上复位……"

沈氏见丈夫不悦，忙宽慰道："我的爷，我说着玩的，你可别当真呀！"

袁世凯这才彻底回过神儿来，说道："嗨！反正啊，老佛爷算是铁了心要跟洋人开战。幸好咱们远在山东啊，尚能保存实力！"

"爷，你把我弄疼了！"

不知从何时起，袁世凯已勒紧了怀抱，攥紧了拳头，似乎早已忘却了娇弱的怀中女娃。

此时的他，恍若一只猛虎，凶恶而又贪婪……

彼时彼刻，恰如此时此刻。

亚圣府，世恩堂西跨院。

只见小德张悠然坐下，一边呷着茶，一边瞅了眼躺在床上的孟昭铭，信手从怀中摸出一道明发的宣战上谕，交给在场众人传阅，算是为这段回忆画上一个休止符。

记得，那上谕的末尾写道：

与其苟且图存，贻羞万古，孰若大张挞伐，一决雌雄。
向大英帝国宣战！
向美利坚国宣战！
向法兰西国宣战！
向德意志国宣战！
向俄罗斯国宣战！
向日本国宣战！
向意大利国宣战！
向奥匈帝国宣战！
向西班牙国宣战！
向比利时国宣战！
向荷兰国宣战！
……

祸福无门，惟人自召。

这同时向十一国宣战的声音，就仿佛一道道浓重的乌云，从此徘徊游荡在神州大地，压得人喘不过气。

那时，当尚在休养的孟昭铭猛然得知这一上谕时，反倒觉得白天给自家的旨意已经不算离谱了。国家贫弱至此，却轻启战端，更不惜与十一国同时宣战……这才是真荒唐！

那一刻，他仿佛感觉自己又回到了三十年前，回到了觐见两宫皇太后的那一瞬间，回到了夕阳西下、残阳如血的那个傍晚。那时的天空，莫名地下起雨来。豆大的雨点无情地打落在血色之中，打落在五百年的宫殿丹陛之上，打落在太和

第四回

门前的青铜狮子身上,像极了一位巨人的哭泣……

这时,见天色已晚,孟庆棠马上知趣地进言:"二位大人一路辛苦!还望多在寒舍盘桓一阵子,好让孟某略尽地主之谊。"

这话正中小德张的下怀,但他又不好马上表现出来,只得借故推辞道:"咱家还要追上太后她老人家的脚步呢!耽搁不了太久,过几日就要走了。"

当然,在场众人中,并非都如孟庆棠一般"好客"。

太夫人就未置一词,孟宪济夫妇也未再搭话。

只剩下小德张一人自言自语,无人响应,好不尴尬。

杨士琦赶紧圆场,笑呵呵地说道:"列位有所不知啊!这趟,你们家算好的。前几日,德公公到曲阜的衍圣公府上宣旨,未待赐死的口谕念完,那孔公爷的脸哪!嗨!你们是没见到,可别提了,就跟那霜打的茄子似的。然后,他就突然倒地不起了。上前一摸,已是气息全无。可单等那褒奖赏赐的旨意一宣布,他又立马活了过来,气色红润、满心欢喜,权当什么事情也没发生过。那天晚上一道用饭,他还多添了两碗饭,你说奇了不是!"

现场终于发出了一点稀疏的笑声。

孟庆棠又趁机言道:"也差不多到了晚膳时分。今日是中秋佳节,还请德公公和杨大人赏脸,一道吟诗弄月,如何?"

小德张不再推辞,杨士琦也是乐在其中。

孟宪济夫妇搂着一双儿女,暗自嗟叹着,就悄然回避了。

太夫人则神色凝重,似有愠色,却始终不发一言。

只有孟昭铭,任凭心潮起伏,但只将那冷眼旁观……

战战兢兢的一天,终于在一顿看似丰盛美满却又充斥着各种官场算计的团圆饭中度过了。

府里仆人、丫鬟在伺候完主子们晚膳之后,纷纷回到自己院子。

这时,管家老吴招呼大家一起,也吃了顿简单的团圆饭。

席间,大家不分男女,围坐一堆,喝了些老吴带过来的青梅酒,又分吃了府里自家包的月饼,好不欢快热闹。

酒足饭饱之际,话匣子也就全都打开了。

当然,大家话题的焦点仍始终集中在白天的一死一生事件上。

一个仆人略带着些酒气问老吴:"我说他吴爷,您看咱府上会怎么款待那位钦差大人啊?"

老吴呷了口茶,笑着说:"自然是要用银子喂饱喽……对了,可能还得有女人!"

那仆人大惊:"啊?小的虽然没啥见识,但也知道太监做不了那个呀!这太监还会用到女人?"

老吴笑得差点喷出口茶来,表情却略显尴尬地解释道:"你小子有所不知啊!平日里书读少了不是?我听说呀,这太监虽是刑余之人,但也要看是几岁净的身。我记得杨大人曾经说过一嘴,这德公公是十几岁时自阉入宫的,所以嘛……就是好这个!"

那仆人点点头,心里好像懂了。

又有一丫鬟凑上前来,为老吴敬酒:"吴爷!感谢您平日里关照,小妹敬您一杯!祝您老啊,福寿双全!"

老吴举起酒盅,也乐呵呵地回道:"哎呀!今年不好意思了,也没办法让大家回家过节。谁让这外边兵荒马乱的,回去路上也不踏实。你们家里都捎信儿了吧,一切都还好吧!"

众仆人、丫鬟闻听此言,念及今夜中秋,借着酒劲,便不禁有些"迎风流泪"。最近,周边地方常有军队过境,更有土匪出没,他们很久都没有收到过家里来信了,真不知乡下的父母妻儿是否安好。今夜,本是一片良辰美景,却无奈与家人分隔两地,底下人的这份牵挂,谁人又可知呢?

老吴马上意识到自己似乎说错了话,也是一阵扼腕叹息,随即补充道:"虽说,咱们现在是寄人篱下。但在这乱世之中,也算好歹谋了个饭碗。不仅衣食住行全包,还能给家里寄些余财。纵然辛苦,却也没有性命之忧。比起寻常人家,还是强过不少啊!我看,咱们还是喝下这杯团圆酒,当值的当值,回房的回房!

第四回

都散了吧……"

"吴爷！那年初和今日的事儿，往后还会再有吗？万一上面出了事，我们这些人又该怎么办呢？"有人端着酒盅，借故问起。

众人也是异口同声，纷纷附和。

老吴席间多饮了几杯，这时正酒酣耳热，也就顺势答道："你们怎么办，我不知道。但我怎么办，却是一清二楚的！"

有仆人问："您怎么办呀？"

老吴却反问道："你们以为我姓什么？"

众人答："姓吴呀！"

老吴："哈哈！你们都错了！我可是正经的孟氏子孙！你们也不想想，这偌大的亚圣府，这传承千年的圣人血脉，哪里会让一个外姓人来做管家？还一做十余年？所以嘛，若是真有那么一天，你们都可以走，而我却只能与这宅院共始终喽……"

众人突然明白过味儿来，便是一阵恍然大悟。可又不免觉得老吴这话颇不吉利，却又不好反驳，只得面面相觑，缄口不言。

话说回来，确实是没听过前任管家里面，出过哪怕任何一个外姓人。只怪自己平日里喊习惯了，竟都没有想过"管家老吴"究竟姓什么这一"终极"问题。

老吴打了个酒嗝儿，接着说道："我是孟氏的旁支，所以排不上'通天家谱'。又因我母家姓吴，所以在这亚圣府里面，人家都喊我'老吴'。没个办法，总不能叫我'老孟'吧，哈哈！"

"哈哈！叫老孟，那就都是老孟啦！"

众人也都跟着欢笑起哄。

正当大家饮下杯中酒，准备散去之时，孟庆棠的贴身小厮——小九却一溜烟地跑将过来，让老吴赶紧到世恩堂正院去一趟，说"老爷有急事找"……

第五回　老管家三缄吐真言　杨士琦处心筹巨款

覆巢之下，焉有完卵？

逢此多难之秋，国无宁日，则家亦无太平。府里的日子，远望之仍似烈火烹油，细察之却实在步履维艰。

这头一道难题就是——银子！

彼时，孟庆霖尚在幼年，只顾与前来走亲戚的李若雪姐弟玩耍，满心的孩提欢娱，哪里体会得到他三哥庆棠作为当家人的难处？

孟庆棠，深知自己频繁地周旋于各级衙门之间，不断地迎来送往，干的净是些"小斗进、大斗出"的营生。如今，府里存银几近告罄，而朝廷又深处风雨飘摇之际，如何顾得上发放俸银，更遑论各种年节赏赐？纵然仍有几处祀田庄子维系着，却因年景不佳，又兼天灾人祸，终是大不如前了……

更为雪上加霜的是，府里不仅要操持着对先圣的四时祀典，更要一力负担起这一大家子的吃穿用度，且不能因拮据就缩减太多。否则，便失了身份，让人看了笑话。

于是乎，"入不敷出"四个字，便悄然成了上下共识，却又无人愿意正大光明地讲出来，生怕因此落下不是。就在这临近崩盘之际，太夫人终不甘心坐以待毙，便率先垂范，领着各房一再缩减开支，甚至到了给先圣上供的祭品都要被迫减上几成的境地，才算勉强稳住了局面。

可不早不晚，偏在这中秋团聚，而财政难题又初见些起色的时候，来了个令人迎也不是、拒也不是的宣旨太监，事情也就变得愈发棘手起来。

说到底，那些个曾经身处权力最底层，并饱受欺凌之人，一旦得势，若非有大德行加身，便总要肆意妄为，作威作福一番。如今，这小德张便是个中"翘楚"。酒宴之际，张口闭口，始终不离"自己盘缠丢了"几个字，弄得孟庆棠一脸尴尬，却又慑于对方淫威，丝毫不敢发作。

于是，这才引出管家老吴被连夜传唤，而孟庆棠必要亲自过问府里账目一事。

世恩堂，注定今夜无眠。

只见，孟庆棠愈发老成地背起手思索着，眉头紧锁，在屋内来回踱步。这时，老吴带着一身酒气，匆忙进来，正要问安，却见孟庆棠大手一挥，"免了"，继而又让贴身小厮小九从外面将门扇关好，只留他和老吴叙话。

须臾，孟庆棠转身坐在正中的圈椅上，手心竟不禁冒汗。隔了一小会儿，他方才神情略显冷峻地说："吴叔，今儿个你也看见了，咱们的生死，全在人家一念之间。所以，我想趁机多牵条线，也省得以后在京城两眼一抹黑！你说呢？"

老吴，本能地四下里张望，直到确认这屋里只有自己和孟庆棠二人之时，方才清清嗓子，整理下思绪，不紧不慢地回道："老爷，您说得在理。只是牵线这事儿，可能也不全在银子。毕竟，咱们得先知道那德公公究竟喜欢哪桩。"

孟庆棠本就悟性极高，马上意识到老吴可能知道些什么，便接茬儿问道："喜欢什么，你可听过？"

老吴："这个……其实不劳主子您费心。晚膳后，老奴便跟杨大人商量过。眼下，已着人送德公公到会春楼去了……"

闻听此言，孟庆棠不禁瞪大了双眼，先是一阵惊愕。继而，又大笑起来，心想道：好你个老吴！你让一个太监上青楼？莫不是疯了吧！

老吴像是早已猜中了孟庆棠的心思，便仍旧悠然地答道："听说，会春楼里边，倒刚来了几个扬州的姑娘，年方十五六的样子。不仅弹琴唱曲儿的功夫出类拔萃，就是姿色容貌，也并不输给省里，甚至京城八大胡同。嗨！反正这也是杨大人率先提起来的，咱们顺水推舟，只管出银子便是。"

孟庆棠，一时听得脸红语塞。他原本觉得老吴此举有碍礼法，可细想来：既已身处官场旋涡之中，有些个事情，似乎只能从权。

迟疑半晌，他终究还是将话题落在了银子上面："那要出多少银子才管够？咱们又还有多少存银？"

老吴半弓着身子，言辞恳切道："今儿晚上，他们二人约莫要二十两吧。也就搁着咱们县里……若放到省城，可不止这个价儿啊……"

"多少？一晚上就要二十两？！"

孟庆棠不由得倒吸口凉气，竟将牙齿咬得咯咯作响，却仍旧强自镇定下来，问道："那到底还有多少银子？给我说个数！"

然而，老吴却不再答话了。任凭孟庆棠一再催问，也拒不吭声。

终于，孟庆棠急了："他吴叔，你怕是忘了账目吧！你现在可以派人取来！我就在这儿等着！"

老吴却仍未行动，依然站在原处，头也不抬。

孟庆棠纳闷了：今儿，这是怎么了？一个个的，脑袋都被驴踢了吧！对付小德张，我虽是无可奈何；可对付你个老管家，还是绰绰有余吧！

见孟庆棠即将发作，老吴终于忍不住叹口气，答道："敢问老爷，您是想知道哪个数目？"

孟庆棠被问得丈二和尚摸不着头脑，便反问道："什么哪个数目？当然是咱府里银子的数目！"

老吴："银子，可也有好几个数目……敢问老爷，究竟想知道哪一个数目？"

孟庆棠心想：好你个老吴啊！现在莫不是老奴欺少主？敢跟我藏着掖着，怕不是今晚迷魂汤灌多了吧！于是，也顾不得体面，转而怒吼道："还能有几个数目？你把你知道的，全都说出来不就结了！"

这一声实在是有如惊雷，就连守在门外的小九都被吓了一跳。

老吴遂扑通跪到地上，叩了个头，嘴里念叨着："老爷！您别生气！不是我故意隐瞒，而是先老太爷在世时立下了规矩：除非到了生死关头，否则，就是皇上来问，也不能轻易吐露半个字！"

孟庆棠本是个通情达理之人，见老吴这般情状，知是必有个中情由，也就顺坡下驴，连忙将其扶起，语气已大为缓和。

老吴，则回忆起自开年以来的诸般往事，也知这偌大的亚圣府确实到了生死边缘。如今，已是"箭在弦上，不得不发"。更何况，孟庆棠早已当家多年，无论是其品性还是手腕，大抵上都能经得住考验，就是胆子略小些，但好歹也算个值得托付之人。

于是，老吴心一横，甘愿将秘密和盘托出。可是，在那之前，他还要再试上孟庆棠一试。因此说道："老爷容禀！您若是问咱们明账，那不算各处的庄子、房契，总计还能拿出库平银八千零二两！"

孟庆棠长吁一口气："噢！还有八千两……"

未待孟庆棠说完，老吴又开口了："可是，近年来府里开支甚大，除去祀典费用，仅省里各处关节打点一年就要花上个三千余两。再加上朝廷欠着咱俸禄，就连赏赐也愈发少了，而府里大小主子的吃穿用度，乃至近支子孙家里的婚丧嫁娶，也全都仰仗着老爷给钱。这一项，一年便要折去个千把两银子。归总下来，账面上能动的，最多也就三千两……"

孟庆棠听了，不免有些失望，抚额叹息道："眨眼，就变三千两了……"

然而，老吴又开口了："不忙！这县里的兵卒差役……也摊派到咱头上。府里请的大小护院，连带着各房里的仆人、丫鬟，少说也有上百号，一年可不少费银子！如今，县太爷又纳了第三房姨娘，人情总还是要随。同时，自年初以来，府里遭盗的各项损失……再加上要给京里德公公预备下的银子……还有那……"

"够了！够了！"

孟庆棠再也听不下去："照这样算下去，我倒要欠下不少银子！"

老吴反倒笑了："可不是嘛！咱们就是欠下不少银子！上月，就连太夫人年轻时陪嫁的一箱珠宝，也全都拿去当喽……"

孟庆棠愣怔了，他做梦也没想到危局竟已发展到这般田地，甚至沦落到要靠典当度日的地步。

若果真到了这一步，那家破人亡也就只在旦夕之间了。

见火候已到，老吴索性摊牌了："老爷！事到如今，您还想多牵条线吗？只在您一句话……"

孟庆棠早已虚弱地瘫倒在圈椅上，无力地摆摆手，示意老吴出去，并说道："从此，不要再提这件事了！还是老祖宗说得好啊！'富贵不能淫，贫贱不能移'。咱们啊……就是太平日子过得久了，吃不得苦，受不得罪。从今起，近支各房需出一男丁，或文或武，开始自谋生路吧。我也不再醉心于官场应酬，还是静下心来，多读些圣人之道，懂得知足守静的道理，才是真的！"

闻听此言，老吴不由得笑了，语气也愈发亢奋有力，全然没了方才的酒气，且异常欣喜地说道："既如此，那咱府上中兴有望！待眼下的战事平息，倒可差人取出几处窖藏的银子，总计还有二三万两之多。与前面的花销相抵，好歹能剩下个二万出头！"

孟庆棠像是突然寻着些希望，不由得感叹道："啊？这么多？"

老吴："这都是多少辈子节衣缩食攒下来的！按理说，如今府里困难，倒也应取出一两窖救急。可一来呢，外边不太平，怕出娄子；二来呢，即便取出来，也只能解一时之渴，到底杯水车薪！其实，老奴也曾请示过太夫人，可太夫人却让我不要轻提窖银之事，只在节流处做文章。"

孟庆棠："原来如此！"

老吴："还有！"

孟庆棠："嗯？"

老吴："咱府上屹立千年不倒，除了仰仗祖上的恩荫，最重要的还是要有齐家之术。"

"何谓齐家之术？"

老吴竟罕见地正色道，几乎是一字一顿："八个字——开源节流，不问政治！"

孟庆棠不禁喃喃自语："开源节流，不问政治……"

老吴这时也打开了话匣子："先老太爷在世时，曾几次三番地往京里去过，说是去会一名宗亲子弟，并拿了不少银子。如今，京里那人发达了，就是前门瑞蚨祥的东家——孟继笙！这些年，咱府里投进去的股本，连本带利地算下来，绝不会少于十八万八千零二两……"

"真的？我怎么不知？"孟庆棠瞪大了双眼。

"又六钱三文，一文也不多，一文也不少！"

老吴猛吸了口凉气，方才将全部数字报完。

孟庆棠彻底震惊了！

这么多钱，他作为当家人，却对此几乎一无所知！若是管账之人监守自盗，抑或是内外勾结，那还得了？幸好这老吴是先父倚重的，又掌家多年，大抵上也算可靠。否则，当真不堪设想……

老吴也仿佛卸下了一桩心事，不无感慨地说道："之所以保密，就是怕所托非人呢……"

此刻，孟庆棠的心中，既对先辈的未雨绸缪生起十二分的敬畏，又不禁对老吴生出些异样的感觉。那种感觉里面，既饱含感动，又杂糅了诸多疑问，就像一锅乱炖，说不清楚好与坏，却是别有一番滋味在心头。

直到若干年后，在几番因缘际会之下，孟庆棠方才真正且全面地了解了眼前这位老管家。有些人，居然能将"忠奸"二字恰到好处地融于己身，也是一奇！

雄鸡高唱，东方既白。

门外值守的小九，实在忍不住困意，不知从何时起，已和衣蜷缩在走廊一角，昏昏地睡了过去。说着，又打起呼噜，一副睡意正酣的样子。

这时，孟庆棠和老吴从屋内推门而出，仍旧高声交谈着，大概讲了些"赎回太夫人陪嫁，并重开宗府小学等事"。

孰料，院外却突然传来一阵疾呼。旋即，亚圣府的一天，忽又变得愈发仓促且支离破碎起来……

原来，有消息称：八国联军将沿运河南下，直取山东。又听说，曲阜的衍圣公孔家昨晚就赶着大车，带着全府老少西出避祸了。于是，家里人也纷纷仿效，连忙收拾起历代神主，又赶紧打包金银细软，盘算着也要追随衍圣公的步伐，远遁长安。

可未待家里人动身,却听说前来宣旨的太监小德张竟过来匆匆道别,说是打听到了太后行止,便立马带着一大班子戈什哈,急切地赶路去了。临行前,孟庆棠仍旧大方地奉上五百两银子及口粮若干、干果点心若干,以壮行色,却不再为了巴结。而杨士琦则只身一人悄然回了省城,说是要亲自打探联军动向。

两日后,傍晚。

夕阳西垂,映衬着漫天晚霞,就如同一团冲天的火焰,正腾空而起。

见府里押运物资的队伍先行出发了,孟庆棠颓然回到自己院子,又叫来管家,问道:"老吴,不能走的家人都安置妥了吗?"

老吴则仍旧赔着小心似的应答道:"放心吧!昨儿个,就已经打发回乡下啦。"

"那叔老太爷还是不肯走?"孟庆棠又问。

"对,老太爷说'死也要死在列祖列宗跟前'!"

这"叔老太爷",指的自然就是孟昭铭。

只因孟庆棠的祖父、父亲、兄长均已早逝,故眼下府里辈分最高的,首先是他的亲祖母太夫人;之后,则是次房的叔祖父孟昭铭,也就是孟庆霖的爷爷、孟宪济的父亲。

"我亲自去!"孟庆棠说着,当即往西跨院走去。

"泽南……回去吧!"

见孟庆棠过来,孟宪济只得无奈地堵在院门口,说道:"父亲是决计不肯走的!父亲不走,我也不走。你把庆霖和晚晴带着,往后就全都拜托你了!"说着,就深深地作了个揖。

"叔,可不敢当!既如此,弟弟、妹妹交给我。万一事到临头,你们就赶紧到乡下的庄子避一避。只可惜这宅子……唉!算了,保住人最要紧,你说是吧!"孟庆棠一把扶起孟宪济,仿佛认下了这份承诺。

这时,小九一路呼喊着狂奔过来,嘴里嚷嚷道:"老爷!来人了!"

孟庆棠有点蒙:"啊?什么来人了?洋人这么快就打过来了?"

第五回

小九气喘吁吁道:"不是!不是!洋人……没来!可门外来了许多戈什哈,说是……说是巡抚衙门派来的!"

"都说什么了?"

"有封亲笔信!要我交给老爷!"

不待小九说完,孟庆棠已一把抓过来好一番察看,却见上面只有十六个字,分明写着:"联军侵华,王公南下。议和在即,省城说话。"

"这啥意思?"一旁的孟宪济一脸迷茫。

孟庆棠却慨然一声,说道:"咱们家里,大约……不用走了!"又自言自语起来:"欸?这信,还真是他巡抚大人亲自写的!瞧这笔锋、这文体,哪个读书人这般写信?也太粗疏了!"

小九又补充道:"来人说,这信已送遍了省城内外各要紧处。还说,要老爷尽快启程,不必担心家里。全府的安危就全由他们几人,轮番'守'着……"

"这……"

听见这话,孟宪济和孟庆棠这对叔侄,竟不约而同地对望了一眼,心里皆是咯噔一下,便无不知晓其中的关键所在了。那就是"王公南下",所必然引起的一连串窘境,而首当其冲的,大抵也只能是银子。

于是,孟宪济率先开口言道:"我房里还存着些户部官银票,外加几张山西票,约莫凑个一千两。我这就去取!"

须臾,孟宪济转身出来,手里捧着个木匣子。一打开,里面花花绿绿,尽是满满当当的银票,看得人眼花缭乱。

孟宪济:"泽南,就当破财免灾吧!好在不止咱家,想那衍圣公府上,不知还要出多少呢!"

"唉,说的是!可好歹不能动府里的银子。我也算存了些私房钱,就给他共凑个三千两的数!不能再多了!"

于是,孟庆棠吩咐管家备车,并点出比平时多一倍的护卫,贪夜启程,直奔省城而去……

过了几日，巡抚衙门院内，珍珠泉畔。

袁世凯接见过孟庆棠，寒暄勉励几句。甫一送走，就叫来心腹幕僚杨士琦，商议如何安置京里来的王公大臣。

此刻，袁世凯的心里一定盘算着：这联军再强悍，也不至于就亡了大清吧！联军才几人？到头来，还是要议和的。

杨士琦仿佛看透了袁世凯的心思，躬身答道："大人！既然朝廷里总归是要议和的，那这些来不及西行，只能南下山东的王公大臣，可就是奇货可居啊！听说，这里边儿还有皇上的亲弟弟——小醇王载沣！咱们是不是多置些宅院，不时进些孝敬，也好趁此结交一下！"

"杏城啊！幕府里面，数你最了解我！"

袁世凯悠然地坐在摇椅上，不时欣赏着珍珠泉里放养的各色锦鲤，一边捧起盖碗轻轻吹着，一边小口啜饮，并笑着说："你看这池子里养的鲤鱼，像不像那些个王爷！个个都那么好看！可是啊，若没人喂他，过几天就得翻了肚子。而这池子呢，也就跟着臭了。这次啊，要不把这群惊弓之鸟安抚好喽……你看着吧，以后可够咱喝一壶的……"

未待杨士琦插话，袁世凯又摇摇头，叹息道："谁让你没受一点儿损失呢？若学了武卫前军的聂大帅，咱也来个壮烈殉国，也就不用操这份闲心喽！现在啊，是到处都要银子……"说着，便向杨士琦递了个眼色。

"大人真会说笑！不过……倒也的确如此。前阵子，咱们不是已陆续派人向省内各衙门、各地方略微透露点意思嘛！他们大多倒也识趣。只是，还有个别州县不太买账。目前，总数还缺个……一百来万两……"

"这么多？！他妈的，这些个平日里吃拿卡要的劳什子官儿，眼面前儿倒是打起小算盘了。我可把给孩子过满月酒的钱都拿出来了！这几天，你嫂子正跟我怄气呢！杏城啊，得想办法！只管去做，要人有人，要枪有枪，要国法有国法，要家规咱也有家规。只一条，我要银子！"袁世凯恨得咬牙切齿。

"嚓！请大人放心，卑职这就去办！"

第五回

杨士琦拱拱手，嘴上虽满口答应，心里却也是一肚子苦水，只是喜怒不形于色罢了。

袁世凯又伸出一根手指，补充道："一个月！"

杨士琦便也只得紧跟着回道："就一个月！"

……

后来，孟庆棠曾向家里人转述了这样一个悲情的泣血故事：

那日，孟庆棠刚从珍珠泉大院回到省城驿馆，杨士琦就跟来了。

来了也不费话，拉着他就往当时城里最大的当铺——正立当而去。

这"正立当"，坐落于济南大明湖南畔的苗家巷上，创立于道光年间，至清末已俨然成为省城九大当铺之首。

在去的路上，孟庆棠陡然发现：除了自己之外，还有正被一队队武卫右军陆续"保护"而来的城里各大家族掌事，以及各衙门口堂官。这一行人，一路上浩浩荡荡，但脸上却都无一例外地透露着惶恐与不安。

孟庆棠正在犯疑，心想：你办差归办差，拉着我与这些人做甚？我又并非你们一党！

不多时，只见当铺就在眼前。

杨士琦进门，唤来掌柜的，打着官腔说道："你们这儿，都有哪些贵人存了银子，或是质了家当呢？"

"回大人，小号里并没有什么贵人的东西。无非是些小本买卖，临时寄存的，末了还要再赎回去。"

看起来，这掌柜的大约是觉得自己东家历经三朝、根底深厚，不太把杨士琦这位面生得紧的官人放在心上，也就不卑不亢地含混应答着。

"那便好！我这次来呢，是奉命缉察康梁和海外革命党的秘密资金。掌柜的也清楚，现在北边儿正打仗呢，朝廷之命不敢违啊！所以，请拿来账簿一阅吧。"杨士琦眼神轻蔑地瞥了一眼正被这突如其来的变故吓了一跳的当铺掌柜。

"大人，小铺是照章纳税的买卖！东家姓苗，和巡抚衙门也多少沾着些亲故。"

这时，孟庆棠也尾随着前面各位大人进屋，方才看清这掌柜的模样。只见这人约莫五十岁的年纪，一袭考究的深红色长袍，外配绣着云纹的黑色马褂，脸上道道皱纹，仿佛蕴藏着无穷阅历。显然，眼前刀枪出鞘的场面并不能彻底吓倒斯人。

杨士琦见首招不见效，便继续恫吓道："行！那我也不怕告诉你，我就打巡抚衙门而来。我呢，就在你门前贴个安民告示，告知在贵号存了银子或是质了家当的诸位老爷，务必于月底前到号内支取、赎当。并且，务必亲临，更要说明钱物来源。逾期不来，或者说不清楚的全作赃物扣押！"

"大人，您这告示一贴，哪里是安民呢？分明就是砸了小店招牌嘛！以后谁还敢到我这儿当东西？"掌柜的，近乎语塞了。

杨士琦一拱手："那我可管不着！我也为难呢，都是奉命行事，请多包涵吧！"

掌柜的不禁面露难色："这……"

杨士琦见事情或有转机，便接茬儿压迫道："对了！为着公正起见，待这告示一贴，我就请在场诸位大人一起做个见证，以表朝廷无私。若是有人挤兑闹事，就差人将其拿了，严重者可就地正法！"

待杨士琦厉声宣布完指挥调度，又不觉白了一眼当铺掌柜，继而放声大笑道："所以，您老无须担心！一切自有朝廷做主，确保你这生意黄不了！"

"大人！这样一来，我这生意怕是再也做不成了，阖家老小也要跟着吃瓜落儿……"掌柜的已几近哽咽。

杨士琦见火候差不多了，便索性摊牌："那就把账簿拿出来吧！我们自己派人去查，岂不方便？！"

"好！好！大人要账簿，小老儿便去取来！只是东家和那些主顾恐怕还是要活剐了我……"

掌柜的早已心如死灰，只能有气无力地应付着。

此刻，无论是出于恐惧，还是出于胁迫，他都只能依着杨士琦的命令去做。

而这便是强权下的无奈！最终的结果，也只是区别于早死或者晚死罢了……

当然，杨士琦并没有这些顾虑。他是当权者，要的只是银子，以此向上邀功，并借此巩固地位。今日这出戏，与其说是做给这当铺掌柜的，不如说是做给在场所有大人的。这年头，当官儿的谁家还能清白？谁家又没几个赃钱存着？

过了一会儿，掌柜的颤巍巍地端着账簿，几近绝望似的将之交到了杨士琦手上。杨士琦看也不看，只顺手扔给了身后随从，吩咐留人挨个彻查。而自己，却带着另一队人马赶赴别家去了……

翌日清晨。

巡抚衙门的师爷刚走到大门口伸个懒腰，就瞅见许多怀揣礼单，满载金银珠宝的达官贵人，正风尘仆仆又一脸谄媚地带着各自仆人候在门外。

未待师爷上前打个招呼，那些人就纷纷围拥过来，踊跃掷出礼单，又胡乱吹一通誓与巡抚大人"决意同生死、共患难"的言辞，毫无新意。只是这捐献数额，倒也让人精神为之一振：从几千两到几万两，到十几万两，再到几十万两……

这一"盛况"，竟让原本熟于应酬的师爷忙得顾此失彼，不知从哪儿开始做账。

之后的一个月，几乎天天有人捐献礼金，而巡抚衙门收上来的款子却是官票、民票混杂其间。毕竟，官票的面值最多才"伍拾两"。故而，大宗买卖还是民票好用些。其中，又以日升昌、协同庆等山西票号的流通最广，使用最多。

与这一番兴旺景象形成鲜明对比的是：几乎无人再去那些被查账的当铺支取银子或是赎当，大约都是怕惹上官司吧。

值得一提的是：衍圣公孔令贻，虽远在曲阜，但一听闻此事，马上差人再去递了二千两银票；而孟庆棠亦不敢落后，心痛之余，也让管家老吴依样儿额外支取二千两银子，并嘱托孟宪济连夜将其押来省城。最后，由自己亲自送到巡抚衙门，才算了事。

一个月的期限终于到了，袁世凯竟顺利筹到了二百多万两银子，比预期多了整整一倍有余。他异常欣喜地表彰了杨士琦办事得力，并嘱咐他说，议和已是迫在眉睫，之后就是太后回銮事宜，需要拿出一半银子专门筹办此事。另一半，则用来安置京里来人的吃穿住用、各项开销。还有最重要的，便是扩编武卫右军，购置枪炮等事。

一切都仿佛很顺利！

全省上下"同仇敌忾"，"仗义疏财"，共同扶保着大清江山社稷。但令人意想不到，却又在意料之中的是：那个最初被杨士琦盘查了账簿的正立当掌柜，以及后面凡是交出过账簿的各当铺掌柜、各银号管事，最后无一例外，全都不明不白地就此消失了。有人说，他们被东家或主顾记恨，成了替朝廷背锅的；也有人说，他们早已带着老婆、孩子连夜逃回了老家，从此不再涉足生意之事。却是不辨真伪。

然而，只有正立当的掌柜，结局是确定的。

一天夜里，他原本好端端的，可后半夜就莫名死在了自己家中。等到家人发现时，已是第二天一早。前往验尸的仵作曾跟人描述：那掌柜的嘴角流血，双目圆睁，脚边还有一盏被摔得粉碎的盖碗，流出些残存的黑色汁液，竟是不知何物……

转过年，待《辛丑条约》一签，战争便宣告结束了。但国人却纷纷出离愤怒了。首先就是这巨额赔款，中国要赔付白银四亿五千万两，分三十九年还清，本息共计约九亿八千万两。

为何是此数呢？

因为皇皇中华，共计四亿五千万国民。列强希望"人均一两，以示侮辱"。

另外，依着《条约》规定：京城东交民巷被划定为使馆区，区内不许中国人居住，各国可派兵驻守。又者，列强可在自北京至山海关一线沿铁路十二个重要地区驻军。

对清廷来说，其他的都好商量。至于赔款，更是不会影响到他们。唯独这驻军一条，着实让人犯难。这不等于在头上悬着一把随时可能掉下来的铡刀嘛！

为此，省内官僚大多议论纷纭，只有杨士琦从不参与以上讨论。因为这些日

第五回

子以来，他在袁世凯那里的差事愈发多了，人也愈发得宠了，甚至直追从小站练兵起就一路跟随过来的赵秉钧。

光绪二十七年九月二十七日，晚清一代名臣李鸿章最终还是在举国痛骂中，在饱受病痛折磨后溘然长逝了。

在李鸿章的临终奏折上，他大加举荐袁世凯接任己职，"环顾宇内，人才无出袁世凯右者"，认为只有袁世凯方可接替自己支撑起这片伤痕累累的大清江山。于是，袁世凯从山东巡抚任上，顺利升任直隶总督兼北洋通商大臣，成为清末疆臣中的第一号人物。

只不过，十年之后，也正是这"无人出其右"的袁世凯联手革命党人颠覆了大清的江山社稷。或许李鸿章凭借自己的识人之能，早就察觉到袁世凯素有异心、反复难测。

然而，奈何时局动荡啊！

能有这么一个既懂兵事，又通洋务的股肱之臣已是殊为难得了，又哪里顾得上若干年后的事情呢？

在正式接任直隶总督后，袁世凯嘱托杨士琦一定要留心遴选直隶和山东各名门望族的幼童选入军中，着力培养，留待后用。又说，朝廷不日将有新政出台，到时必可借此举措，助北洋更进一步！

同时，袁世凯又马上保奏在剿灭义和团时立下殊勋的赵秉钧，由其担任保定巡警局总督，以知府候补，加盐运使衔，仿照西方，着手创立中国自己的警察制度。从而，绕开《条约》规定，以警察代替军队，继续为太后回銮和朝廷统治保驾护航。

赵秉钧遂与日籍警察顾问一道，参照西洋各国典范，拟定了中国的《警务章程》，创设了警务学堂，并招募了第一批巡警五百人，分布于保定城内外，以维持治安，巡捕缉盗。

既然杨士琦和赵秉钧，这二人都有了归宿。那么，孟庆棠呢？

这一年多以来，孟庆棠数次往返于省城和亚圣府之间，疲于奔命，常常为杨、赵二人分担个别庶务，却又不大落好。他心里本不想干，可始终身不由己。但令人欣慰的是：辛苦之余，他总算看着自己的四弟孟庆霖一日日地成长起来，而府里也逐渐恢复了往日生气。就连自己费尽心血建立的府学，如今也办得如火如荼，一切都仿佛在向着好的方向发展。

当孟庆棠得知杨士琦和赵秉钧即将离鲁赴任时，他再一次去了省城，只为给这二人送行。当然，他也想顺带探听一下朝廷即将颁布实施的若干新政举措，好做到心中有数。

冬日的珍珠泉，好似一位高冷的美人，总在不经意间展现出摄人心魄的美丽。

池中放养的若干锦鲤，正成群结队地追逐着不断上涌的泉水气泡，对周遭寒冷的环境几乎一无所知。

孟庆棠像往常一样向门房出示过照身，只身一人，手提礼物，大步往珍珠泉这边走来。

还没等他看到泉水，耳边却先传来一人读诗的声音。

那声音抑扬顿挫，词意间却又时刻流露出自己恢宏的志向与心中无尽的苍凉，以及对家国前景深深的忧虑。

那声音读道：

劳劳车马未离鞍，临事方知一死难。
三百年来伤国步，八千里外吊民残。
秋风宝剑孤臣泪，落日旌旗大将坛。
海外尘氛犹未息，诸君莫作等闲看。

欸？这不是李鸿章的《临终诗》吗？这会儿，又是谁在此凭吊故人？孟庆棠心中不禁疑惑。

待他走近一看，不禁大呼："啊？怎么是您？"

那人却道："是我！汤生！"

第六回　真狂生一语道天机　佳公子临别窥易数

"辜世伯！小侄给您请安了！"

那天，孟庆棠没寻见杨士琦和赵秉钧，却遇到了一位让人既惊又喜，还颇有些恃才傲物的"怪人"。

说起这位怪人，倒也是鼎鼎大名。据说，他生于南洋、学于西洋、娶于东洋、仕于北洋，精通英、法、德、拉丁、希腊、马来亚等九种语言，并获十三个博士学位及清廷所赐"文科进士"；后又与印度诗人泰戈尔一起，获诺贝尔文学奖提名；号称"博学鸿儒""当代圣人"。又听说，他已将《论语》翻译成了英语，成功在海外发行。眼下，正着手翻译《孟子》，并致力于将中国的文化和精神广布寰宇。

他是谁呢？

他就是张之洞的心腹幕僚，人送外号"怪杰"的辜鸿铭辜圣人！

没人知道辜鸿铭为何会在此时，偏偏出现在山东巡抚衙门。或许，他是来看个朋友，碰巧路过此地。或许，他是为了自己的东翁张之洞而约请了哪位大员。又或许，他就只是游兴大发，想来泉城一游。毕竟，他这样身份的人，且长年追随总督出入用事，想踏进区区一个巡抚衙门可比孟庆棠要容易得多。

这时，辜鸿铭正在珍珠泉畔观鱼吟诗，不知何故却想到了李鸿章——这个曾与张之洞争斗数十年，却又共事数十年，被称作大清"裱糊匠"的一代名臣。可惜这位"一代名臣"，最终还是在举国的漫骂声中溘然长逝……

对此，辜鸿铭的心中多少有些怆然。当年，自己没少为张之洞出主意，想方设法地要让南洋压过北洋，可最后都是徒劳。张之洞和李鸿章仍旧是一南一北，并立于世。只不过一个办实业、一个练海军,一个建工厂、一个搞招商,实力总在伯仲之间。但在八国联军侵华的危急时刻,却还是李鸿章这位昔日政敌挺身而出,倡议"东南互保",变相地让南方各省"独立",不参与这场毫无悬念,且毫无意义的战争。这才保住了东南半壁,稳定了帝国财政。

到头来,终究是李鸿章略胜一筹。

可偏偏又是这个李鸿章,在暮年"破罐子破摔",拖着久病之躯从广州北上,接下了与联军议和的烫手山芋,并将自己的大名端端正正地落在《辛丑条约》之上。从此,李鸿章事实上已经死了,死在了朝廷的逼迫与举国的漫骂声中,更死在了"内心煎熬"与"自我了断"之下……

想到这里,辜鸿铭不禁出神,却突然听到有人叫他,也是一惊,忙回身问道:"你是?"

孟庆棠:"辜世伯,是我啊!孟庆棠!"

辜鸿铭愣了片刻,恍然醒悟道:"我说是谁呢?这一别,怕是也有十年了吧!上次见你,还是我去看望令尊。那会儿,你还是个十来岁的毛头小伙子。如今,你倒长得像四十不惑。我还差点儿认不出你了!"

辜鸿铭素来言语辛辣,此刻正用眼角的余光仔细打量着满脸堆笑的孟庆棠,语气上也颇多嘲讽。

面对这番说辞,孟庆棠笑了。只不过,孟庆棠的笑总透着股不甘示弱的劲头。于是,他干脆站起身来,径直说道:"世伯上次来寒舍,先考还在世。想当年,您是我家常客。后来,父兄仙逝,您来信说怕睹物思人,就再没来过。如今,小侄勉力支撑起家业,能不老吗?"

辜鸿铭:"来见张人骏的?"

孟庆棠:"张大人业已拜望过。这次……倒不是。"

辜鸿铭瞥了一眼孟庆棠手上提的礼物,颇有些阴阳怪气地说道:"那想必是来给前任手下送行的。可惜哦!流水无情……"

孟庆棠一愣:"这……"

第六回

辜鸿铭又唏嘘道:"天下熙熙,皆为利来;天下攘攘,皆为利往。袁世凯如此,杨士琦如此,赵秉钧亦如此。至于你这个什么孟子后人,还不是照样如此?"

孟庆棠被他这一番冷嘲热讽,激得脸红耳热,全然忘了如今还是冬日里的济南府,更差点忘了自己正身处巡抚衙门。为了缓解尴尬,他打算请辜鸿铭到院外的茶楼一叙。

未及言语,面前先有一阵寒风呼啸而过。继而,有巡抚衙门的小吏过来传话:"请问,哪位是亚圣府来人?"

孟庆棠:"我是!"

小吏也不答话,只问:"您是哪一位呀?"

孟庆棠知道这衙门口的小吏最不好惹,正所谓"阎王好见,小鬼难缠"。于是,异常谦卑地答道:"小姓孟,刚袭了世职,暂任府里管事。"

小吏略一拱手,显得漫不经心,说道:"噢!是孟老爷,失敬!小的只是来传个话。我们杨大人说,要是有孟府来人,就转告他说,上任匆忙,未及置酒拜别。若是有缘,自当在直隶一见。"

又说道:"孟老爷不要失望。大人们上任也是朝廷一道旨意的事儿,常有。另外,赵大人要小的把这封信交给您!"

孟庆棠急忙拆开一阅,上面却只有两个斗大的字——"新学"!

孟庆棠不解其意,抬头望向辜鸿铭,问道:"我说辜世伯,这是何意啊?"说着,便将书信递了过去。

辜鸿铭捋了捋修剪得异常挺拔的髭须,笑着说道:"你们家跟这姓赵的有旧?"

孟庆棠:"算是吧!早年间,这赵大人和家里的叔老太爷曾同在左大帅的军营当差。只不过,那时的赵大人还是个斥候,而叔老太爷却是军机幕僚。欸?这事儿有关吗?"

辜鸿铭略一沉吟:"左大帅?你是说左宗棠?"

孟庆棠:"是啊!"

辜鸿铭则长叹一声："我之前怎么就没想到呢？"

孟庆棠："您说什么？"

辜鸿铭："这姓赵的还算念旧情，告诉了你们一个天大的动向！"

孟庆棠则不免有些吃惊："要不，咱们到外面茶楼一叙？"

辜鸿铭则大手一挥，将那封书信丢进水里，任其游荡在鱼群中间，并慢慢地沉入塘底，又转身对孟庆棠说："不去茶楼，就去你府上。我要向你家这位叔老太爷，好好请教一番！"

……

后来，孟庆棠的印象中大约只记得关于辜鸿铭的两件事。

第一件，是辜鸿铭曾在家里开设讲堂，为府学中的孟氏子弟传道授业。但内容却又不完全拘泥于"四书"等儒家经典，更多的是借古讽今，力图阐释中国人的文化精神，并介绍对比西洋各国的人文风貌。

彼时，辜鸿铭曾神采飞扬地演说如是：

在座诸君，在开始授课前，我想向孔孟先师表达我的满腔崇敬之情。同时，我此番到来，即受到府上热烈欢迎。在此，我深表感谢。

今日，我想向大家谈一谈此时此刻涌上我心头的想法，那就是"什么是真正的中国人"？

真正的中国人，必是怀惴着赤子之心，过着心灵生活的人。中国人的精神，是永葆青春，并借以实现精神不朽的秘密，也就是我们中国人的心灵与理智。

众所周知，当今世界上，每一个国家、每一个民族都有自己的精神。比方说美国人，他们淳朴、博大，但是他们不深沉。英国人，纯朴、深沉，但是不够博大。德国人，博大、深沉，但是又不纯朴。我听一些外国朋友跟我讲，他们在中国居住得越久，就越喜欢中国人。

这是为什么呀？

因为，尽管我们中国人，在思想上、性格上有很多弱点，但是，我们中国人身上，有着其他任何民族都没有的难以言喻的东西，那就是"温良"。

第六回

那么，什么是温良呢？

温良，不是温顺，更不是懦弱。温良是种力量，是一种同情和悲悯的力量。我告诉你们一个秘密，我们中国人之所以有这种力量，就是因为我们完完全全、彻彻底底地生活在一种心灵的情感生活当中。

中国人的情感，是一种发自人性深处的共鸣，是心灵的激情和人类之爱的情感。这就是我们与洋人不同的地方，也正是中国人的精神。

我辜鸿铭，终身致力于弘扬与传播这种伟大的精神！

……

府学里，众孟氏子弟，包括孟庆棠在内，皆从未听过如此妙语连珠，竟与平日里先生讲的书截然不同。于是，无不听得全神贯注。最后，又深感意犹未尽。迟疑半晌，方才不自觉地齐声喝彩，拍案叫绝。继而，响起一片又一片真挚而热烈的掌声。而在这些鼓掌的听众里，甚至还有时年不足七岁的孟庆霖。

要说一个六七岁的孩子听得懂什么？

当然，对于内容，必定是一知半解。可好在孟庆霖那年已然开蒙，也初步识字，听个嬉笑怒骂还是不成问题的。

至于第二件事，则是辜鸿铭与孟庆霖的爷爷孟昭铭曾有过一次密谈。而这才是其此番的真正来意。

记得，那是辜鸿铭来府的第二天晚饭过后。

那日傍晚，孟庆棠像往常一样，依礼分别到太夫人和叔老太爷房里"晨参暮省"，以尽孝道。孰料，他却在孟昭铭那里吃了个闭门羹。把门儿的，依然是孟宪济，且无论如何都不让孟庆棠近前，说是"家父有要事正和辜先生商谈"。

孟庆棠本想告辞，却在转身的一刹那，猛然听见屋子里不期传来一阵吵嚷之声，又相继点出了"左大帅""新疆"等字眼。但更让人意外的，却是最后两个字——"宝藏"！

孟庆棠听得心惊肉跳，但又不便多问，只得回去。可偏在此刻，屋子里的两人竟然相继步出房门，依然是笑语盈盈的样子，且丝毫寻不到方才的"争执"

迹象。

这时，只听辜鸿铭拱手言道："这捕风捉影的事情，不可轻动。否则，不知又要掀起多少腥风血雨……"

孟昭铭连连称是，也笑着回道："既如此，那我这孙儿的学业，可就要多仰仗先生啦！"

辜鸿铭倒也痛快，慨然道："汤生一言既出！只是，老大人也不要忘了刚才的许诺。从今往后，我就拿这孩子做个新学的榜样，且随我去武昌耍个几年……"

说到这里，辜鸿铭不禁停顿了下，瞅了眼院子里的三人，仿佛再次确认道："该不会……舍不得吧？"

孟庆棠一听，反倒率先吃了一惊："啊？！这是要把庆霖送到武昌去？"

至此，他方才领悟到刚刚这似是而非的对话，究竟有何关键所在。敢情，这是在拿一个不知所云的秘密，换取辜鸿铭收四弟庆霖为徒，却又要庆霖同时充作"押物"，被送往千里之外的武昌。

这又如何使得？

孟庆棠心想：庆霖，已是我唯一在世的兄弟。更何况，我家学渊薮，还教不了一个幼童吗？奈何要去千里求学？

可任凭孟庆棠不满抑或抗议，却都难以对事情的发展起到多少实质性的作用。哪怕他是一家之主，也不行！这是因为，孟庆霖跟自己终究不是一房，且人家父祖俱在，又凭什么去听你个堂兄干涉？

当孟庆棠眼巴巴地望着辜鸿铭大笑而去，只得悄然去问孟昭铭："这算哪档子事儿？"

显然，孟庆棠心中不悦。

孟昭铭先是一阵沉默，后又依依不舍地望着徐徐落下的夕阳，信手捻须道："辜先生心地光明，夫复何言？至于庆霖嘛，难道你忘了赵秉钧手书'新学'二字？这便是潮流啊！又何必去管这府里的规矩如何？只可惜你我三人，俱是垂垂老矣……"

第六回

说着，孟昭铭竟剧烈咳嗽起来。

孟宪济看在眼里，急在心里，知道父亲身体是因小德张传旨那场风波而闹得大不如前，便赶紧劝慰道："今天就到这里吧！什么新学旧学的，反正我是变不了了。我这辈子，也就'四书'将就读一读啦！"

后面的故事，其实无须赘言。

时隔多年以后，人届中年的孟庆霖曾断断续续地回忆起这段辛酸的求学经历。大约是说其祖父孟昭铭不顾家人反对，也不怕辜鸿铭日后可能以此为要挟，执意让自己拜辜为师，并择定吉日在亚圣庙孟子神龛前，举行拜师礼。

第二年开春，任凭年幼的孟庆霖如何哭闹，家人仍旧将他送到了武昌府辜鸿铭居处。其实，家里原本是想将平素照料孟庆霖的保姆一并留在那儿的，但无奈被辜鸿铭赶走。

此后的种种往事，孟庆霖总是不愿过多提及，可能这始终都是他的一处心结。尽管他理解祖父的良苦用心，可年幼之际就与父母兄弟分离，多少有违天性。这或许也是后来，孟庆霖特别珍视骨肉亲情的原因吧。

彼时的孟庆霖，依稀记得母亲带着表妹若雪每隔半年才能过来探望一次的情景。每一次，她们都要带来一大包膳房自制的糕点，看着自己狼吞虎咽一番。特别是母亲，每当临别之际，必是以泪洗面，偏又强忍悲痛，叮嘱自己勤加学习，千万不能负了韶华，云云。

时光荏苒，转眼到了光绪三十三年，也就是孟庆霖跟随辜鸿铭求学的五年之后。

那一年，孟庆霖虚岁十三，却早已显露出青年才俊的模样。

只见他出落得长身玉立，光洁白皙的面庞，透着棱角分明的冷峻，棕黑深邃的眼眸，闪烁迷人的色泽。还有那剑锋般的眉，傲然高耸的鼻，无不在张扬着骨子里的典雅。或许，这便是名师高徒，"腹有诗书气自华"。

那些年，孟庆霖时常徘徊在辜鸿铭所居之湖广总督署后院。

或是散步，或是读书。

他留恋此地，只因这里也长有一株同样高大的荼蘼花，仿佛记忆中三哥院子里的那株，一样的高大，一样的幽香。

或许只有在这里，他才能找到一丝回家的感觉。

根据老师定下的规矩，孟庆霖只能在过年时回家一趟。平日里，他不是跟着老师学习儒、释、道、法诸子百家，就是听老师讲述东、西洋掌故，抑或是阅读中外典籍，从易到难，循序渐进。从"四书""五经"到《原富》《天演论》，从官修《二十四史》到希罗多德《历史》、特奥多尔·蒙森《罗马史》，从《红楼梦》到《荷马史诗》、莎士比亚。至于各类通俗读物、中西野史笔记等，更是不一而足。

及至近两年，孟庆霖还要作为随员，陪老师出席各式交际场合，并细心周到地照顾其起居出行，全然没有一点侯门公子的骄矜做派，反倒是谦逊有礼、温润如玉。让人很难相信，这居然是狂生怪杰教出来的徒弟？

当然，这也只是寻常人眼中的孟庆霖。

事实上，孟庆霖非但在潜移默化中学到了辜鸿铭的恃才傲物，更加青出于蓝，又不知从哪儿养成了些英烈意气。只是不轻易发作，不为人察觉罢了。

总体来说，辜鸿铭的言传身教，极大地开拓了孟庆霖的眼界，让他从此学贯中西。不知不觉间，他已然超越同龄人多矣。

然而，这一切终究不是发自孟庆霖的本心。

他归心似箭，只想早日完成学业，早日回到阔别已久的故乡，回到亚圣府，回到世恩堂，回到自己的家人身边。

说来也巧！

这一年，张之洞被简拔为军机大臣，并擢升体仁阁大学士，不日即将赴京就任。而辜鸿铭作为张的亲信幕僚，势必一同前往。不仅如此，辜鸿铭更是因为自身通晓中外典章，且才学一流，被张之洞推荐进入外务部就职，先任员外郎，后又升任郎中、侍郎。

如此一来，辜鸿铭的手上不仅要处理大量的公文奏章，更要继续兼领张的幕僚工作，从早到晚，疲于应付，也就没有更多时间过问、指导孟庆霖的学业。对

第六回

辜鸿铭来说，他可能不屑做这劳什子官，但文章却一定是千古盛事，岂能轻易交付旁人？因此，他事必躬亲。

大约也正是在此时，辜鸿铭日渐发觉自己这小徒弟一天天地成长起来，开始崭露头角。不禁为之一喜！

只可惜，自己没有更多时间专门调教他了。不然，又能培养出来一个博古通今的学问家。

如今，怕是师徒缘分将尽，再让他留在武昌，抑或是带他到京城，似乎都已索然无味。毕竟，人家又不是真来做书僮的。也多亏有了这个小徒弟。这些年来，孟家可没少掏银子，既是学费，也是孟庆霖的生活费，还顺道补贴了自己因交际应酬，而产生的巨额开销。要不然，就凭着自己不擅理财、又好享受这条，这一大家子的生活，早就难以为继了……

在临别的前一天夜里，辜鸿铭叫来孟庆霖。师徒二人，遂在书房里彻夜长谈。然而，此时的孟庆霖无论如何也想不到：这竟然是他实际意义上，最后一次面见恩师。尽管辜鸿铭直到民国十七年（公元1928年）才去世，但命运就是这般凑巧，缘分来了，你挡也挡不住；缘分尽了，你拉也拉不回来。就算你日后数次登门拜见，却也总是阴差阳错，擦肩而过，直到最后面对着一具冰冷的遗体，从此生死两茫茫……

那晚，师徒二人的谈话早已散佚，但料想不离"叮咛"二字。或许，辜鸿铭会交代孟庆霖，未来无论如何，务必坚持学贯中西之路，二者不可偏废。又或许，辜鸿铭会说："善良虽然是一种美德，但也是人类最大的弱点。凡事不要太认真，这世间最难读懂的就是人心，但最大的力量也是来自人心。要学会辨别，学会掌控。可以放荡不羁，但应和光同尘……"

五年前，孟庆霖舍不得离家。

五年后，果真到了临别之际，孟庆霖同样舍不得离开老师。这时，他想起老师作为周易大家，却从未曾教过自己占卜，竟突发奇想地希望占上一卦，算作老师对自己未知前途的赠言。

辜鸿铭不耐烦地摇头，直说："易理你还没读懂呢！还想着舍本逐末？我看你啊，是白跟我这些年！"

不过，也可能是因为人一旦上了年纪，心肠总会柔软下来。辜鸿铭禁不住小徒弟的再三央求，不得已起了一卦。

只见他起身，先在书房入口处的水盆里净沐双手，冥想片刻。然后，又回到桌案边郑重地拣起细心收藏起来的五十根蓍草，轻声念道："太极。"

一根蓍草被随缘取出，横放在正前方，代表天地本初，一片混沌。

又念诵"两仪"，其余四十九根蓍草便被任意地分作两组。

"挂一以象三……揲之以四，以象四时。"

随着辜鸿铭一边诵读系辞，一边亲身操作，不多时，占卜已然结束。

孟庆霖正在一旁吃惊地观看，用心感受着其中蕴藏的神奇力量，却猛然听到老师悠然一声："泽火革！"

孟庆霖倒也看过《周易》，大概记得"革卦"的卦辞，但对其中的象征意义，却总是难以真切地理解。

辜鸿铭解释道："革，最初指的是将兽皮鞣制成皮革的过程。后来，又借指变革、振兴之意。革卦是六十四卦中的第四十九卦，与后面一位的鼎卦，前后因果相连，共同构成'鼎革'之相。"

辜鸿铭酣畅地伸了个懒腰，感慨道："其中的意象，可是大了去了！"

孟庆霖："老师，你就别卖关子了！"

辜鸿铭："革。巳日有孚。元亨利贞。悔亡。"

孟庆霖兴奋地喊道："悔亡，不就是灾祸祛除？那这是个吉卦了？"

辜鸿铭："九四'有孚改命'，是其中的关键所在。若是成了，才有九五'大人虎变，未占有孚'。懂了吗？"

孟庆霖听得云里雾里，听到老师提问，只能嘿嘿答道："不懂。"

辜鸿铭不再解释，只是将身子埋进宽大的太师椅，跷着二郎腿说："这卦象倒是像极了眼下的形势，湖泊大泽看似宽广平静，却不知下面暗藏了多少火山隘口，

第六回

而火山一旦苏醒，霎时就是烈焰灼天。到那时，地下的大火，势必先将这湖泊大泽烤干。至于依傍在湖边长成的花草树木，可就要一并遭殃喽！"

孟庆霖："啊？这么可怕？我还以为是吉卦呢！"

辜鸿铭："吉卦！当然是吉卦！水火相克亦可相生，只待其中有变。这就是革卦的深意啊！"

孟庆霖听了老师的这一番解读，已是略有感悟。但他觉得，生而为人又何必执着于天意？毕竟，事在人为！

昔日，武王伐纣，却于出师前占卜，得卦"大凶"。正在众人忧惧之际，太公望踩碎龟甲，怒而言道"一片枯骨，岂能决定大业成败"？于是，手执斧钺，身先士卒，号令有进无退。终于，在牧野一战大败商军，奠定周人八百年基业！

孟庆霖正想得出神，却被辜鸿铭倏然打断了："小子，想什么呢？我劝你以后啊，要知其不可而不为，怡然自得不也挺好？切勿'明知山有虎，偏向虎山行'。你啊……我最不放心的，就是你这股子英烈意气！只是你这小脸儿，倒挺会骗人……"

事实上，那几日，辜鸿铭的身体并不太好，许是忙于案牍，过分劳心所致。他接连气喘了几声，又索性抓起桌上的高脚酒杯，豪饮下满杯葡萄酒，方才渐渐止住。

孟庆霖赶紧上前捶背，又将那酒杯挪走，不悦地说道："你可不能再喝啦！哪有人气喘，还继续喝酒的？"

辜鸿铭对自己的身体却是毫不在意，只接着刚才的话题继续说道："庆霖，'大人虎变'见好就收。若是执意向前，到了'君子豹变'，也应守住本分即可。这时，绝不能再往前迈一步了！否则，必有大凶！天道幽微，不可不察！"

孟庆霖虽也算博学多识，但阅历尚浅，彼时并不太明白老师最后的"一语天机"究竟是指什么，只能依旧微笑，而又谦逊地满口答应着。

正在师徒二人交谈之际，辜鸿铭咳嗽气喘的声音也引来了另一人的关切——

她就是辜的日本籍侍妾吉田蓉子。

即使身在中国，吉田蓉子也经常身着日式浴衣出入厅堂，照顾辜鸿铭的饮食起居，引得旁人一阵瞩目。

孟庆霖对这位日本师娘，倒没留下什么太深的印象。只记得，老师辜鸿铭十分宠爱她。后来，听说吉田蓉子去世，辜鸿铭悲痛欲绝，却也只能留下她的一缕青丝常伴枕旁。直到若干年后，辜鸿铭自己也到了弥留之际，手里却依然握着那缕青丝，誓要将其带往另一个世界。

吉田蓉子："夫君，我来侍奉你进药吧！啊？庆霖君也在啊？"

孟庆霖作揖："师娘！"

吉田蓉子也鞠躬回礼："庆霖君要返回故乡了呢！真为你感到高兴。说起来，我也已经好多年没有回过日本，真不知道那里现在变成了什么样子。对了，你的家人都来了，还有你的一个表弟。那小家伙，虎头虎脑的，真是可爱呢！"

辜鸿铭："蓉子！日后，我带你回日本看看就是了。你不是常说，思念故乡的樱花吗？"辜鸿铭又是一阵气喘，却强忍不适，继续说道："咱们……咱们四五月就过去！"

吉田蓉子见丈夫病重，也不再继续说话，只默默地取出各种西药片剂，准备服侍其吃下静养。

不料，辜鸿铭连连摆手，埋怨道："那药就不吃了，吃了也没用！"又说："不如借着今晚的月色唱首歌吧。庆霖明天就要回家了，而我们也要去京城了！"

吉田蓉子不敢拂逆丈夫的兴致，连忙答应道："嗨！不如就唱你作的那首新楚辞吧！"

"嗯！就那首吧！"

说着，辜鸿铭起身，从身后的书柜里又翻找出两只酒杯，分别倒入半杯殷红如血的葡萄酒，并将其中一只递给孟庆霖。

师徒二人遂碰杯致意。

这时，书房里传来一阵女子的歌声，悠然回荡在这片小小的天地里。甜美的声音，既饱含了对家乡与亲人的思念，又无端平添了几许酸楚与悲凉……

歌曰：

> 莽莽苍苍兮，天地悠悠。
> 为求大道兮，江湖远游。

> 行迈靡靡兮，四海神州。
> 哀我父母兮，华发白头。

> 不知我心兮，谓我何求？
> 山河无尘兮，我心无忧。

第二章　少年游

一辆马车，鳞鳞行驶在苏鲁交界的微山湖畔官道上。

车前，悬挂有两只灯笼，上用隶书工整书写着"世恩堂·孟"字样。

车旁，有数骑护卫随行。

车内，孟庆霖虚弱地躺在母亲怀里，慢慢地睁开了双眼，却在蒙眬间依稀看到母亲偷偷拭泪，心里亦随之泛起一阵难过。于是，轻声问道："娘！咱们……到哪了？"

李氏连忙止住哭泣，哽咽着说道："儿啊，你可醒了！你都昏迷五天了……"

孟庆霖一听，竟感觉有些不可思议，便下意识地舔了舔早已干得发白的嘴唇，问道："啊？我睡了这么久？我记得咱们一家人在武昌的码头，送走了师父、师娘。然后……然后，我怎么就想不起来了？啊……我的头……怎么这么痛？！"

孟庆霖不禁用手去摸痛处，却只摸到一层厚厚的棉纱。他这才意识到自己原来受伤了，而且伤势不轻。

孟庆霖捂着头："娘！这到底是怎么回事？"

李氏轻轻揭开棉纱一角，用手背试了试儿子的额温，确认冰凉如水后，方才大感宽心。于是，连忙掀起帘子，冲外面骑马的孟宪济喊道："他爹！孩子醒了，快到前面驿站停一下！"

孟宪济骑在马上，原也是满面愁容，猛然间听到儿子醒了，精神抖然为之一振，忙问："还发热吗？伤口怎么样了？"

李氏："你别管了，里面有我照看着！咱们到哪儿了？还要多久到家？"

孟宪济摸出块怀表看了一眼，说道："一个多时辰前，咱们离船登岸。眼下，快到界河了吧。幸好家里的马车，昨儿晚上就到了。不然，还真麻烦。要我说，这中间可停不得啊！"

说着，孟宪济打马向前，仍旧引路。

这时，借着帘子掀开的瞬间，孟庆霖瞥了一眼久违的大千世界，确认这是一个烈日炎炎的盛夏午后。同时，他也依稀看到刺眼的阳光正照射在无垠的湖泊水面上，伴着阵阵涟漪浮动起层层热浪，热得道上行人有的大汗淋漓，有的赤裸上身，还有的则拿出水袋猛灌一气，"难舍最后一滴"。

孟庆霖也觉口渴难忍，便问母亲要些水喝。待精神稍加恢复，他就开始努力回想这几日究竟发生了什么。

恍然间，一个人的名字映入脑海——李虎臣！

孟庆霖问："娘！表弟呢？我记得，这一路上有他……"

第七回　武昌府除暴试牛刀　安庆城生死两迷情

"虎子在最前头呢！等回家里再说话！千万好生躺着……"

李氏言语谆谆，怜惜之情溢于言表。

孟庆霖："娘！我记得，我和虎子在武昌城里吃了好多好吃的。让我想想，有什么来着？"

李氏帮儿子掖下被角，说道："别想了！再睡会儿吧，等下就要到家啦！"

然而，孟庆霖却止不住自己不断闪回的记忆。他闭上眼，努力将这些零散的碎片拼凑到一起，仿佛心底有件事，一直在暗中折磨自己，而自己则必须将其想起来！

到底是什么呢？

慢慢地，孟庆霖的额头上再次渗出一抹殷红，可他却对此浑然不知。此刻，他的脑海中，唯有自己一家送别师父、师娘的情景……

那天，记得表弟也在！

表弟……李虎臣……

孟庆霖想到，自己虽在武昌生活了五年，但吃住大多跟着辜先生一家，鲜有机会单独出去。所以，他曾一直梦想有朝一日可以遍尝本地小吃。于是，临近归期，孟庆霖就央求父亲晚一天再走，自己要和表弟在武昌城里到处转转。

这第一站，就去了户部巷……

说起这户部巷的"户部"，实则是指湖北承宣布政使司衙门（湖北、湖南分治前，称湖广布政使司），亦称"藩司"。因其职掌一省地方财政、民政、赋税、钱粮等事，职司与京城里的户部一脉相承。所以，当地的官绅百姓皆呼之为"部"。那么这"部"门前，紧挨码头的小巷子也就被称作"户部巷"。

那天清晨，孟庆霖记得自己是和李虎臣一路谈笑，一路追逐着来到此地。未进巷口，耳边就已充斥着驳杂的吆喝叫卖之声：

"杨豆皮的卖！"

"刚出锅的油香喽！"

"葱油饼！葱油饼！"

"糯米包油条！小伙子来尝一哈？不好吃，不要你啊钱！"

"来！来！来！香喷喷的面窝！咦呵，小伢，过来尝尝我做的面窝么样！"

这兄弟二人正在巷子里转着，一边穿过摩肩接踵的人群，一边到处搜罗着各样小吃，并开始大吃大嚼起来，全然不顾礼仪形象，脸上亦写满了少年天真。直到最后口渴了，他们才看见巷尾有一家专卖"糊汤粉"的小铺，便一头扎了进去。

所谓"糊汤"，就是将鱼肉、鱼骨彻夜熬煮，直待骨销肉化，而后，撒上大把胡椒，再加入生米粉起稠而做成的底汤。待客人一到，就现煮些圆米粉拌入其中。立时，就是一碗热气腾腾、异香扑鼻，让人嗦完不禁大汗淋漓的美味佳肴。只不过，那时的"糊汤"用的是鱼市里前一日卖不出去的杂鱼、烂鱼、死鱼。所以，才不得不"彻夜熬煮"，又不得不撒上大把胡椒掩盖鱼腥。可谁知，这竟在不经意间造就了一道风味美食！

只见兄弟二人各自嗦了一大碗糊汤粉，发了一脑门子汗，方觉得心满意足，不虚此行。

酣畅之际，孟庆霖遥想起道光年间的诗人叶调元所作的《汉口竹枝词》。其中，有一首让他印象深刻：

菜蔬鱼肉总肩挑，
食物般繁快楚饕。
过早过中兼两饭，

第七回

　　留心还把夜来消。

　　念诵至此，孟庆霖方才体悟到"过早"之妙。此间市井之乐，端的令人乐不思蜀。

　　李虎臣听了，不禁白了表哥一眼，说道："哥，你又来了！知道你这几年学问大长！"

　　孟庆霖则毫不介意："就知道你小子不服气！那这些年，你都做什么了？"

　　这话问得，正中李虎臣下怀！

　　他早就急不可耐地想在表哥面前显摆一下，便高声说道："我可是拜了位老神仙为师，从武当山金顶云游来的！"

　　孟庆霖有些疑惑："神仙？不会是骗子吧！"

　　李虎臣笑呵呵地说："你想多了！师父人称'道''医''武'三绝，而又以'道'为尊，以'武'为末。我曾亲眼见过，师父每月按日子辟谷断食，又常一个人打坐修行，几天几夜不挪窝！"

　　孟庆霖很是好奇："这么神！怎么就让你遇到了？"

　　李虎臣："那年，庄子上不是闹瘟疫嘛！我也病了，险些要死了。哦，对！那时，你已经到武昌了。记得我姐说，你们府里专门派了郎中，赶了三百里路到我们那儿瞧病，可也无济于事。偏巧，师父他老人家路过，算准了自己该当留驻三年。于是，便进村行医。这才有了我们的师徒缘分呢！"

　　孟庆霖对表弟的这一番讲述，始终半信半疑，却又不好反驳，只问："然后呢？"

　　李虎臣："然后，药到病除，我就这么好了！你知道的，我小时候生得羸弱，常常生病。为此，人家都叫我'病秧虎'。但经过那次调理，我反倒日渐强壮，身形也跟着魁梧起来。你说，这是不是一桩奇事！"

　　孟庆霖多半信了，至少表弟从前的身体状况，他多少还是了解的。

　　李虎臣又言道："师父说我人如其名，是天生的猛虎之相，势必要用道心匡正。否则，就会为祸乡邻，自己也将死无葬身之地。所以，他才破例收我为徒，又传了我些经书，可我一个字也听不懂啊！只不过，师父那套形意拳和八卦掌，我倒是看了一遍就大概会了。后来，他又想让我学太极拳修身养性，我没学。我嫌那个软绵绵的，没力道！"

孟庆霖哈哈大笑："你学人家的细枝末节倒挺快的，根本大道却是不屑一顾！"

李虎臣眨着一双吊梢眼，倒也坦诚："那当然了！有硬功夫在，不就行了！我又比不得师父他老人家，那叫什么来着？仙风……仙丹……哦，对了！仙丹道骨！"

孟庆霖："是仙风道骨！也不多读点儿书？"

李虎臣摸摸后脑勺，嘿嘿一笑："对，是仙风道骨！比学问，我哪行啊？不过，要论起武艺，寻常人可接不住我三招！"

见表哥不信，李虎臣又自夸起来："别看我今年才十二，但就是三个成年男的，也不见得是我对手！"

说着，就转了转右手如铁钳般大小的拳头。

孟庆霖略感意外，他心想虎子这牛吹得也太大了吧。任凭你生得人高马大，也练过拳法套路。若说完胜同龄人，那大抵不差。可若说，你能胜过成年男子，别说三个，就是一个，也是绝无可能吧！不说别的，只这气力一项，你们压根儿就不在同一个层级上。孟庆霖虽不爱习武，但对其中的关节逻辑还是大概清楚的。

见表哥仍旧将信将疑，李虎臣也不再分辨，只说日后有机会自然证明给他看。

说来也巧！

正当兄弟二人交谈之际，一个衣着寒酸的少年，满脸是伤，被人一脚踹在当胸，重重地从门外跌进来。

李虎臣见少年面善，知其恐是遇到恶人欺凌，便上前搀扶。不料，却遭到店主阻拦："你莫要管呀！那些个人不好惹，我们平日里都不敢掺和！"

说着，店主就将李虎臣使劲儿向后拉扯。

第七回

这一番"苦口婆心"的劝谏，反倒让年轻气盛的李虎臣愈发出离愤怒了。眨眼间，他已然挣开店主，面对强闯进来的几个袒胸露乳、满脸横肉的彪形大汉，厉声质问道："干什么？还有王法吗？！"

彼时，孟庆霖依稀记得：这个原本香气扑鼻的汤粉小铺，就因为这几个不速之客的到来，而无端平添了许多浓重的汗臭味。那臭味重的，甚至让人喘不上气。

有一大汉不屑言道："个斑马，给老子滚！关你么事？"

李虎臣忙回头问孟庆霖："表哥，他说什么呢？"

孟庆霖无奈地翻译道："骂你呢！让你少管闲事！"

李虎臣听了既不恼怒，也不退缩，反倒阴笑着指点这几个彪形大汉。看得对面几人莫名其妙，心里发毛。

李虎臣轻描淡写似的，问孟庆霖："一、二、三、四！表哥你看到了，一共四个。你猜我几招干掉他们？"

孟庆霖反倒劝表弟救下那少年就行了，没必要与人动手，到底以和为贵。

结果，李虎臣却不以为然。在他看来，遇到恶人，那是没有什么道理好讲的！就算你要讲，人家也不听呀！只有把他们彻底打服了，这道理才能讲到人家心里去！

那四个彪形大汉见对面这小子如此猖狂，心想要不把他摁住，岂不是就此威风扫地？往后，还怎么在户部巷一带收银子？于是，纷纷摩拳擦掌，跃跃欲试。

李虎臣却突然抬手，言道："且慢！"

那四人："个表，你啊怕……怕了？"

李虎臣依然面容冷峻，不卑不亢："到外面，施展得开！"

"好！"四人齐声应道。

在店主、孟庆霖、负伤少年和一众食客的注视下，李虎臣在门外任意摆了个架势，一双吊梢眼便炯炯有神地瞪着对面来人，凌厉之势犹如猛虎下山。

只听他怒吼一声："来！"

这一声"来"，端的内劲浑厚！

恍若虎啸深山，又似地动山摇！声音虽不高亢，却是直击耳膜，直透人心，让对面四人不由得小心谨慎起来。

孟庆霖却是大不放心！

要是再早点拉住自己这位少年意气的表弟就好了。对面可是四个彪形大汉啊！这以一敌四，不是找死吗？不行，我要想个办法……

"唉！头好痛啊！"

因为头痛欲裂，孟庆霖的回忆被强行拉回了现实。此时的他，依然斜躺在回家的马车上。

李氏见儿子的额头上又有鲜血渗出，不由得吓了一跳，忙叫孟宪济停下车队，又找来随车郎中，给孟庆霖重新换药包扎。

孟庆霖看着郎中娴熟的动作，不由得思索：我这伤，到底是打哪儿来的？是因为虎子在武昌户部巷与人打架吗？好像应该是吧。不然，这一路上也没机会跟人动手啊！

孟庆霖问："娘，我想不起来自己是怎么受伤的了……"

李氏的目光有些躲闪，只说："别想了，回家歇几天就想起来了。"

孟庆霖见母亲顾左右而言他，更觉事出有因，心里反倒愈加忐忑。于是，他只能更加努力地回忆着。

终于，那天的情况，逐渐明晰起来……

"对！虎子以一敌四，皆是一招制敌，根本就没有自己出手的可能！"

那天，孟庆霖不知道表弟究竟用的什么功夫。但他却清楚地记得：李虎臣就犹如一只奔袭跳跃在林间的斑斓猛虎一样，瞅准时机就给敌人一记重击。眨眼之间，只见李虎臣接连使出掌劈、脚踹、拳打、指划等招式，直中敌方头顶、脖子、耳朵、眼睛等要害部位，根本不给这四人以任何喘息之机，也不会与其缠斗气力，更不会让他们合围自己。只在辗转腾挪间，李虎臣已是占尽上风且全身而退。那四人却接连倒地，各自捂着伤口，嘴上仍在骂骂咧咧。

第七回

孟庆霖想起来，当时自己走上前，向那四人悄悄出示了一眼手中的鎏金腰牌，这是他出入湖广总督署的照身凭证，并试着压低声音说："认字吗？不认识也没关系，但这上面刻画的是什么，总认识吧？！"

那四人中还真有个死脑筋，正眼巴巴地望着腰牌，答道："是龙！不对，是蟒！咦？到底是龙是蟒？"

另一人则马上扇着那人脑瓜子说："个婊子养的，是啥也惹不起啊！"

又有人冲负伤少年扬言："老子们今天认栽，但你欠的银子迟早要还！"

在街坊食客的哄笑声中，这四人捂着伤口，连滚带爬地跑出巷子，却是不表。

孟庆霖本不想以势压人，但这次情形特殊。李虎臣能战胜他们一时，却不能一直在这儿守着。若是那四人日后寻仇，恐怕又要殃及无辜，特别是那负伤少年，更是难以摆脱纠缠。因此，不如见好就收，让他们见识到自己隐藏的实力，方是一劳永逸之策。

这样想来，当天逢凶化吉，那四人倒也知趣地离开……

哎呀，我这伤到底打哪儿来的？任凭孟庆霖苦思冥想，却是仍不得其解。

对了，那负伤少年叫什么来着？

这时，一张白皙青涩的脸庞霎时映入孟庆霖的脑海。

他模糊记得那少年的长相，好像很是清秀来着，就是总爱斜眼看人。表弟也说，那少年长得就像个女孩子似的，倒也不假。

比起李虎臣那高大魁梧、膀壮腰圆的身形，一般少年在其面前多少都会显得弱不禁风，甚至唯唯诺诺。只不过那少年尤其如此，反倒更像是营养不良的样子。

那天，孟庆霖曾问："公子受伤了，不如我们兄弟送你去医馆吧！"

少年却吞吞吐吐："不必了，没什么大碍。我自己回家擦洗……擦洗一下就好。敢问二位高姓，日后有机会必将……必将回报！"

孟庆霖刚想婉拒，却被李虎臣倏忽打断："哈哈！我姓李，叫李虎臣！这是我表哥孟庆霖！敢问兄弟怎么称呼？"

少年低头，有些结巴："鄙人……鄙人熊子墨！这月刚……刚满十五，祖籍荆宜道江陵府，祖父时全家搬来……搬来武昌居住。"

李虎臣见熊子墨表情羞赧、言语紧张，似乎不善与人交往，反倒大大咧咧地拍着他的肩膀与之称兄道弟，并鼓励他多言。

不久，熊、李二人倒也相谈甚欢。

熊子墨忽闪着眼睛，嘴上却信手拈来几句诗词，倒是不再结巴："《诗经》曾云'矫矫虎臣，在泮献馘'。《文选》亦云'峨峨列辟，赫赫虎臣'。韩愈则赋诗曰'倾朝共羡宠光频，半岁迁腾作虎臣'。兄弟此名，可与开隋大将韩擒虎比肩啊！"

李虎臣被熊子墨这一番拽文弄得云里雾里。虽然他也知道，自己的大名源自《诗经》。然而，谁又是"韩擒虎"？好像听过，在哪儿听过来着？今儿真倒霉，怎么又碰上书呆子啊！

孟庆霖看着李虎臣这副表情，倒是放声大笑，却也懒得解释太多。因为，他实在太了解自己这位表弟了。表弟从小便是个"混世魔王"，酷爱舞刀弄枪、斗鸡走狗，却唯独不喜读书。即便当年身子孱弱，也不忘与同村少年嬉闹斗殴。虽屡战屡败，倒也屡败屡战。但表弟输了从不恼怒，只回家细心琢磨对方破绽，期待着自己下次一定能将其打倒在地！可惜，却从未成功过。

如今，时隔数年，表弟的功夫已然这般了得！

当真令人刮目相看！

更令人出奇的是，李虎臣的同胞姐姐李若雪，性子却极是温柔和顺，与他弟弟这火烈暴躁的性格形成鲜明的对比。

熊子墨见李虎臣不解其意，颇有些尴尬，表情亦再度羞赧，原本抬起的脑袋又耷拉下去，像是灰心丧气一般。

孟庆霖见其不悦，便劝慰道："兄弟别见怪，我这表弟本就不是个读书的材料。如今，科举早已废了，旁人多在扼腕，他却十分欢喜，自认为从此不再屈居于人下。刚才，我听你一番引经据典，想必也是来自书香门第吧。"

第七回

熊子墨似乎对"书香门第"这四个字很是受用。于是，欣喜地望着孟庆霖，下意识地点了点头，说道："爷爷曾中过举人。只是，后来家道中落……现在，老人家瘫痪在床，奶奶和爹爹又去得早，只留下阿娘和我。这才欠下那几人东家的银子，不为别的，只为了给爷爷抓药罢了。"

闻听此言，孟庆霖的心就仿佛被什么东西给揪住了似的。至此，他才开始真切地感受到何谓"生计艰难"。

与熊子墨相比，自己已然十分幸运。不仅从不为生计发愁，而且至亲皆在。这已是人间难得的清福了！

熊子墨见日近正午，思虑再三，还是决定鼓起勇气邀请救命恩人到其位于司门口的家中做客，却又反复解释道："家里残破……"

印象中，孟庆霖记得自己是和李虎臣欣然前往的。并且，还拜见了熊子墨的爷爷与母亲。熊家确实贫苦，甚至可谓家徒四壁。但纵然如此，却依然辟出一小块地方作为熊子墨的书房。家中二老亦颇具古人之风，言辞妥帖周到，对熊子墨更是百般呵护。见其受伤，熊母一边为其擦洗伤口，一边埋怨自己没用，不能照顾好儿子。

熊子墨在母亲面前倒是一反常态，表现得十分坚强，饶是伤口疼痛难忍，却始终不吭一声，一个人咬紧牙关默默承受。只不过，孟庆霖偶尔发现：熊子墨的眼神，总能在无意中流露出一股难以言说的狡黠与不快，令人望而却步。

好在熊母恪守待客之道，说家里许久没来过客人，不如将就留下用饭。又将挂在窗外风干许久的一小段排骨全部取了出来，配之清早采摘的野莲藕，炖了一吊锅排骨藕汤。

在最后掀开锅盖，撒盐调味时，一股扑鼻的浓香当场袭来，引得几位少年垂涎三尺，不禁食指大动……

至此，孟庆霖的回忆戛然而止。

此刻，他已然回到亚圣府，并在母亲的搀扶下，双脚迈进了久违的世恩堂。家里人再次为其延医诊治，郎中却说："已无甚大碍，只待其安心静养即可。"

当孟庆霖再次走进自己书房，环顾屋内似曾相识的陈设，恍惚间，却感觉自己从未离开过，但又因此生出一分惆怅与疏离感，或许是因重伤初愈的缘故，或许是因漂泊太久的因由，又或许是因为他始终想不起来自己为何受伤。

而家里人又无不遮遮掩掩，讳莫如深……

这就让孟庆霖更加迫切地想要一探究竟。

临近傍晚，李虎臣来了，和他的姐姐李若雪一起。

李若雪，仅比孟庆霖晚生了两个时辰。两个人，实则同年同月同日生，更兼表兄妹，从小便比别人亲熟些。

如今，李若雪已长成个粉妆玉砌的可人儿。

只见她，眉似远山不描而黛，唇若涂砂不点而朱。面容清秀、神态端庄、肌若白雪、腰似束素，一头青丝黑亮如缎，娇唇轻启皓齿如贝。待到嫣然一笑，更是动若春风，明眸善睐。

好一个仙子临尘，洛神再世！

说起"洛神"，就不由得提起李若雪姐弟的故乡——鄄城邑。这也是孟庆霖母亲的娘家故里。

鄄城邑，即濮州河东，今山东省菏泽市鄄城县，三国时的曹植即受封于此。

昔年，三十一岁的曹植受封鄄城王，却接连遭到兄长曹丕的猜忌与迫害。在侥幸生还之后，他从洛阳返回鄄城，途经洛水，睹物思人，便写下了流传千古的《洛神赋》。洛神，或许是曹植的一位红颜知己，又或许是诗人的一份理想寄托。随着洛神的翩然离去，仿佛一切美好的事物都将因此蒙上一层灰暗的色彩，而原本所有令人喜爱的、令人心驰神往的也都不再那么让人心醉神迷。

这世界，终成一片死寂……

洛神何往，洛水汤汤。

唯有"翩若惊鸿，婉若游龙"的不朽诗句，依然传诵至今。

可令人意外的是：自曹植以后，人言鄄城多美人，却是不争的事实，惟不知何故。

第七回

据说，李若雪出生时本没取名。只记得，她出生的那年，一入冬便天降瑞雪。第二天一早，广袤的原野上早已被白茫茫的一片积雪覆盖，且厚达三寸有余。正所谓"瑞雪兆丰年"，故李家人十分应景地唤女儿"瑞雪"。及至七岁，"瑞雪"已生得肌肤似雪、容颜初成，故又为其正式取名"若雪"，取美人天成之意。

这日傍晚，李若雪身着一件月白色马面裙，上罩同色宽袖镶滚短褂，梳着丫髻，笑语盈盈地对孟庆霖说："表哥，终于把你接回来啦！"

孟庆霖坐在书房的圈椅上，仔细端详着眼前这位表妹，心里感慨道："当真是女大十八变！这才半年不见，就出落得愈发水灵了！可是，她为什么说'把我接回来'，而不是说'等到我回来'呢？"

未待孟庆霖开口，李虎臣却抢先发言："我说姐啊！别个都说你是'冷美人'。可冰雪怎么就无端消融了？还主动跟人讲话了？"

李若雪听了，悄然白了弟弟一眼，但脸颊上，却又不知为何，竟泛起淡淡红晕。

孟庆霖也没细想，看她这身裙子面料不错，就问道："这裙子新做的吧！倒像是上海那边来的南货料子。"

见表哥注意到裙子，李若雪便情不自禁地转了个圈儿，将那裙角飞起，自有一番风流态度，说道："其实，年初就做好了。就是，一直没舍得穿……"

李虎臣则学起长辈的样子："唉！真是女大不中留哦！"

李若雪被弟弟激得脸颊通红，却强作镇定："表哥伤刚好，你就不能让人家高兴一下。你看看你，天天穿得跟个小叫花子似的，还说我？"

旋即，她又关心起来："虎子，你刚才敷药了吗？可别忘了再去看看郎中！"

李虎臣则满不在乎："嗨！早好了，哪用看什么郎中？"

李若雪："那你就好好陪着表哥说话。我去沏茶——他最爱的桐木关小种！"

说罢，即转身去了。

李虎臣忙不迭地在她身后喊："还有我的……茶……"

因无人回应，那最后的"茶"字，声音小得大概只有他自己才能听见。

孟庆霖一时没心情去管表妹，只叫住李虎臣，问他："你受伤了？"

李虎臣却哈哈一笑："蚊子叮了一口罢了，没什么大不了的！"

孟庆霖也没深究，又问："那天，我们尝了小吃，又去了熊子墨家，然后呢？"

李虎臣走上前，去摸孟庆霖的额头："哥，你不会真失忆了吧！"

孟庆霖："少废话！快跟我说说后来的事情。"

李虎臣想了半天，却郑重其事道："哥，你说过要还我银子的！那天用过午饭，你见熊家母子在外面刷洗碗筷，你就走到他家老人那儿，硬塞了一张五两的官银票。完了，你还从我身上搜走三两，也一并给了人家。你还说回家还我，钱呢？"

说着，李虎臣伸手向孟庆霖要账。

孟庆霖："嘿！我什么时候跟你要过银子？"

李虎臣："孟子曰过'概不赊欠'！"

孟庆霖反倒被他逗乐了，居然敢搬出先祖教训自己，孟子何曾说过这话？

不过，说起银子，孟庆霖似乎又想起来一些什么。于是问道："我们是不是沿长江顺流东下的？并没有走官道北上山东？可是，为何要舍近求远啊？"

李虎臣见孟庆霖并没有还钱的意思，竟颇有些不耐烦地说："那还不是因为你这个才子突发奇想？说什么'读万卷书，行万里路'。非要借机饱览一下江南美景，姑丈这才买了船票。我们就从武昌一路漂到安庆去了呗！"

听到"安庆"两字，孟庆霖的脑袋就像被针猛地扎了一下似的。登时疼痛难忍，眼前天旋地转，竟从椅子上跌落下来，吓得李虎臣赶忙去接，却还是晚了一步："表哥！"

孟庆霖倒地，口中却仍喃喃地念叨着："安庆……"

此刻，世恩堂西跨院。

孟昭铭正在院子当中张弓射箭。

这是老爷子近五年来的日常晚课。

没人知道，也没人敢问，为什么叔老太爷一把年纪了，反倒要重新拾起年轻

第七回

时的武艺。但也只好由着他的性子，图他乐呵就好。

只听"嗖"的一声，箭矢离手。虽力道十足，却遗憾未中红心。

"到底是老了！三年前，我箭无虚发！去年，十箭有二三箭不中。如今，十箭只有三四箭正中。唉！一把老骨头了，本还指望着能教我孙儿射箭呢！"孟昭铭不胜唏嘘感慨。

"父亲，都怪我没看好庆霖。路上到底出事了！"

孟宪济站在一旁，心事沉重地如实汇报。

孟昭铭叹了口气："你一入山东，就给府里发了急电，要我们多派些人手去接，还要带着郎中昼夜兼程赶来，我就大概知道了。按理说，我这孙子不是个惹是生非的人啊！你们到底出什么事了？又是在哪出事的？老实回话！"

孟宪济犹豫半天，只吐出两个字："安庆！"

孟昭铭听了，不由得一阵惊愕："安庆？"

孟宪济："是，安庆！"

孟昭铭的神情，瞬间变得有些紧张，又问："今儿什么日子？"

孟宪济："六月……六月初五！"

孟昭铭恍然大悟："这就对上了！你们从安庆坐船，顺长江东下。然后，又沿运河北上。这中间约莫用了六七天的工夫。我看报上说，七天前，也就是五月二十七，行刺安徽巡抚恩铭的光复会党魁在安庆闹市引颈就戮。据说，那人是被挖心剖肝、凌迟处死的，可是真的？"

孟宪济的语气已近乎颤抖："是！是！确实如此，父亲说得一点不错！"

孟昭铭知道自己虽已猜中，却始终不愿相信："你们遇到的，该不会就是这事儿吧！"

孟宪济见在自家内院，又无旁人经过，竟扑通跪倒，声泪俱下："父亲，庆霖这回是捅了天大的娄子啊！实不相瞒，那天安庆的官兵已经杀红了眼，要不是我们跑得快，只怕再也见不到父亲您了！"

孟昭铭心里咯噔一下，果然是应了最坏的设想。但令他不解的是：孟庆霖在同龄人中已属少年老成，平常也不好舞刀弄枪，他又能闯下什么大祸呢？

于是，孟昭铭先将儿子扶起，定了定心神，劝慰道："别怕！回来了，就没事了！谅他安徽的官兵，也不敢杀到咱府里，还反了他不成？依我看，八成是那边的人借题发挥……对了，庆霖的伤怎么样？"

孟宪济倒也觉得父亲说的在理，便渐渐收了心猿，答道："庆霖一路上高热不退，我们也不敢在安徽地面上停留，直到靠岸扬州，方才请了个郎中诊治。郎中说，这孩子能自己熬过头五天已是桩奇事！换作别个，只怕早就断气了。这两天接连服药，倒也康复大半。只是有些事情，他似乎想不起来了……"

这时，只见管家老吴风风火火地跑将过来，打个千儿，对这父子二人说道："二位爷，快去瞧瞧吧！四爷在房里晕倒了！"

孟宪济大喊："快去请郎中啊！"

老吴："请了！请了！眼下正诊脉呢！"

孟昭铭连忙收起弓箭，一边走一边将卷起的袖口挨个放下，与孟宪济、老吴二人一起，跨步向孟庆霖书房走去。

路上，孟昭铭不无埋怨地说："武昌那地方，我是素来不忍过去的！可也怪我，当初一门心思地送他外出求学，却不顾他年纪尚小的事实。如今，他这般模样回来，我这做爷爷的真是……真是罪莫大焉！"

说着，几乎就要老泪纵横。

孟宪济只听着，却未敢搭话。他眼瞅着自己父亲这五年来日渐衰老，却也只能感慨岁月无情。父亲，这原本强壮如山的汉子，如今早已是满头华发，视力、听力也大不如前了。只有腿脚还算利索，每日清晨、傍晚必练些导引吐纳的功夫。或者，独自演练一番刀枪、弓箭，聊作慰藉。

老吴见主翁家悲痛，也不禁劝道："老爷子，您这也是为了四爷的前程着想嘛！如今，科举都废了……唉！只怕老祖宗的东西，越来越不遭人稀罕喽……"

却说这三人来到书房，见孟庆棠、李虎臣、李若雪三人早已站在榻边探望。孟庆霖半躺着，看来已然苏醒，只是眼含泪光，神情黯然。

第七回

孟宪济问郎中："怎么样了？"

郎中："老爷们宽心。复诊过了，头上确实没什么大碍。刚才，只是气血攻心，肝气郁结所致。只要静心调养，自会好的。老朽先去抓药。"

孟庆霖声音略带些嘶哑地呼喊道："爹！我……我好像想起来了！"

说着，就是泪如雨下，泣不成声。

孟宪济忙使个眼色，示意儿子不要作声。他实在是害怕，这还有外人在场，万一孟庆霖失口说出那日的情景，被人听去告官，诬良为盗，可怎么得了？

孟庆棠见状，忙吩咐老吴将一应外人支走，只将孟家至亲留下。

这时，孟宪济本想再宽慰儿子几句。但这趟回来，他也实感心力交瘁。因此，不愿多言，只劝儿子安心睡下便是。

当天夜里，天色渐晚。

一阵凉风吹过，吹灭了盛夏蝉鸣。

新月升上夜空，繁星点缀其间。几只老鸹惊起，匆匆飞过枝头，在原本静谧的空气中甩下了一行行令人心烦的啼叫，直引得护院的狗儿跟着"汪汪"犬吠。

孟庆霖猛然从床上惊醒，用手一摸，竟发了一脑门子汗。

他接连喘着粗气，而脑海中也一直闪现着徐锡麟临终时悲愤的眼神，久久不能消逝。

是的！

就是曾深受安徽巡抚恩铭器重，出任省巡警学堂会办的青年大员徐锡麟！

就是后世所知的公元1907年行刺恩铭，与秋瑾共同发动浙皖起义，却因失败被杀的革命烈士徐锡麟！

也就是：孟庆霖在安庆闹市遇到的正被挖心剖肝、千刀万剐的徐锡麟！

当日，孟庆霖和家人乘坐的轮船刚到安庆码头靠岸，双脚甫一踏上这片土地，就被往来巡逻的衙役兵丁吆喝驱赶着，像是驱赶牛羊一般，赶往城中一处闹市，去围观"杀头"。

孟庆霖本想跑回船上，却无奈被人群裹挟着，与家人走散。

说起这闹市杀头，也算旧时官府乏善可陈的统御之术吧！

无非是借着处决的机会，在行刑前狠狠羞辱一番在他们看来"罪大恶极"的人犯，也让旁观的百姓亲眼看看，并好好记住反抗朝廷到底是什么下场！

所谓"杀鸡儆猴"是也！

只不过，当时有些人竟乐意去瞧个新鲜，觉得闲着也是闲着，权当看个热闹罢了。这些人，大概就是鲁迅先生笔下所谓之"群氓"吧。

但更多的人，压根儿不想掺和这残忍且无聊的"热闹"，好端端地为自家平添了许多孽障！

有人说，往日的"杀头"，安庆城里可能恰如北京菜市口行刑一般喧闹无比。

有官身的，被缚在骡马拉的站笼囚车上，游街示众。白身的，则身披镣铐，徒步行进。前面是鸣锣开道，周围是人头攒动，沿街的店铺往往要在门口置一张条案，上面端着三碗酒，以表送行之意。上讲究的，还要摆上几碟热腾腾的饭菜，以示隆重。

行进至此的人犯可以不停不看、不吃不喝，但沿途送行的地方却不能缺了这点儿意思。若是有哪个人犯心血来潮，伸手在谁家门口喝酒吃饭，押解的差役一般是不管不问的；而那被吃的人家，可就觉得这回总算是积了阴德，立马就要挂上红绸子庆贺一番。因为，人们口耳相传"阎王爷有知，亦会在生死簿上记下一笔"！

来到法场，只听报时官高唱"午时三刻"，监斩官则朱笔勾画。

刽子手口含烈酒，喷在鬼头大刀上。

手起刀落间，一颗人头滚落在地。

围观的人群，随即爆发出山呼海啸般的叫好声。有的，还要争相购买勾画人犯的朱笔。有的，还要去吃那蘸了人血的馒头……

若说沿途送行尚可理解，为何还要欢天喜地地去欣赏那极其残忍的行刑场面？为何又会极尽所能地去为生命的异常终止，而喝彩叫好？这或许，只能归因

第七回

于专制高压下的变态宣泄，抑或是教育的匮乏，或者同理心的缺失吧。

然而，令人意想不到的是：那天处决徐锡麟，场面却比以往任何时候都要更加野蛮，更加血腥！

当时，孟庆霖远远地望到有数百兵勇前驱开道，扬起的尘土遮天蔽日。监斩官身着红袍，骑着高头大马行进于后，周围是一圈荷枪实弹的卫兵随行拱卫，个个面容狰狞、杀气腾腾。

之后，则是重枷重镣，赤脚行走，背插"犯由牌"的徐锡麟。而两侧的押解兵勇更是刀出鞘、箭上弦、神情紧张、煞是森严。这一切，都是为了防止光复会余党可能趁乱劫法场而预设的。为此，甚至就连沿途店铺想要端上"送魂酒"，也都一概不准！

孟庆霖本想冲出人群寻找家人，却被一拨又一拨涌进来的观众重新挤在里头，动弹不得。

这时，只听一声高喝"午时三刻已到"！

高坐台上的监斩官便厉声质问起来："徐锡麟！恩铭大人待你恩重如山，又提拔你做了巡警学堂会办，年纪轻轻的你还有什么不知足？你……你为何要恩将仇报？你还有心肝吗？"

徐锡麟被强按在地上，却拼命抬起头，面无惧色地说道："恩抚待我，私惠也；我杀恩抚，天下之公也！"

监斩官："你就不怕挖心剖肝，千刀万剐吗？"

徐锡麟："恩铭已死，余愿足矣！只恨起事仓促，不然岂能留尔等到今日？"

监斩官咬牙切齿："来呀！行刑！先将他的下体击碎，再挖出他的心肝。然后……然后，千刀万剐，凌迟处死！！！"

说着，一道令牌从高台掷下，重重地砸落在徐锡麟身旁的黄土上，像是激起了一团迷幻的烟雾。

烟雾中，几名凶神恶煞的刽子手，头缠红布，口喷烈酒，各执兵刃，肃杀而至……

少年孟庆霖被这骇人的一幕吓得几乎魂不附体,赶紧将身子背过去,但耳边却又分明听到徐锡麟痛苦的嘶吼。那吼声一声接一声地响彻天地,任凭掩上耳朵也无济于事。这一幕,亦惊得围观百姓,再也没了看热闹的心气儿,无不愣在原地,目瞪口呆;而其中的老幼妇孺亦皆感于心不忍,纷纷掩面垂泣。

行刑间隙,刽子手累得需要休息片刻,而痛苦的吼声也逐渐弱了。但随之而来的,却是徐锡麟几乎一字一顿,像是硬生生从胸腔里面挤出来的四句诗。若是听了,倒比那痛苦的嘶吼,更让人悲从中来,肝胆尽碎!

诗曰:

军歌应唱大刀环,
誓灭……誓灭胡奴……出玉关。
只解沙场……为国……死,
何须……马革裹尸……还……

"住口!住口!快住口!来人,把他舌头割了!"

监斩官后悔自己为什么不先命人割掉"罪犯"舌头,反而由着他在这儿继续"蛊惑"人心。

只解沙场为国死,
何须马革裹尸还?

孟庆霖在心中反复吟诵这句诗,却因此不再躲避行刑的酷烈。他不禁瞪大了双眼,开始揣摩起眼前这人。为什么临终之际,这人心里装的不是自家安危,也不是祈求尽早结束痛苦,却是满腔为国赴死的决心与勇气?

孟庆霖从未见过如此强悍的生命。他的脑海中不断涌现出,古今多少仁人志士那一心报国身死的悲壮场面:岳飞、文天祥、于谦、史可法……

121

第七回

威武不能屈，此大丈夫之谓也！

蓦然间，他恍惚看到了血红而又残破的战旗在迎风飘荡，地上堆满了尸体，有自己人的，也有敌人的。乌云遮蔽了日光，霎时降下倾盆暴雨，仿佛苍天垂下血泪，在冲刷着地上的泥泞，亦在净化着逝者的亡魂。

孟庆霖又仿佛看到了自己，看到自己就跪在战友的尸体旁，地上是无尽的草原，直与地平线相连。那一刻，他昂起头，迎接着暴雨的洗礼，洗去脸上的血污，洗掉一身的疲惫。那一刻，他哭了，泪水、血水与雨水交织，顺着脸颊与军装流落下来。

孟庆霖并不知道幻境中的自己究竟是胜是败？却分明听到一个声音对他说："快起来！我们要战至最后一刻，最后一刻……"

这时的孟庆霖尚未从军，之前也并未见识过战争与流血，但脑海中的这一幕却仿佛近在眼前，让他一时区分不得现实与幻境。只有"战至最后一刻"的声音，持续回荡在耳边。

这声音，就仿佛暗夜中的一根火柴，刹那间点亮了他的内心，并燃起冲天火焰，开始蔓延天际。

火焰熊熊，直将心中的恐惧烧得荡然无存。

言犹在耳，恍若灵魂深处的呐喊，从此开始指引着孟庆霖的行动与人生。

于是，令人惊奇的一幕发生了……

"大清早已废除凌迟肉刑！若这人有罪，明正典刑即可，又何必百般折磨？"

这句话问得振聋发聩，出乎所有人意料。居然还有人敢为乱党鸣不平？这是不想活了吗？

回头一看，竟是个十几岁的少年，正是孟庆霖无疑！

监斩官反倒被气乐了："你个小子，懂什么？他刺杀恩公，以怨报德，还不该死吗？"

说到底，少年的孟庆霖终究有些怕，却也只好硬着头皮答道："无论身犯何罪，总该有司定论，按律制裁，又何必酷刑相加呢？"

按理说，这原是少年的书生意气，本不值得上纲上线。

可监斩官却不知为何，竟被这话气得暗自咬牙。于是，叫嚣着：“好你个乱党余孽，今儿算是赶上了！我也不怕跟你说，这挖心剖肝、凌迟处死可不是我说了算的，是两江总督端方大人亲自过问的！为的就是要震慑你们这些个乱党分子，挖的就是你们这些兔崽子的不臣之心！来呀，有人拦截法场，将这小娃娃擒住，乱棍打死！”

"嗻！"众衙役齐声大喝！

"呸！连个小娃娃也不放过！"

围观的百姓大多也是一家老小观斩，故对此举多少有些嗤之以鼻。在衙役进来抓人的时刻，竟都有意无意地用身子加以阻挡，直到监斩官的卫队在后面鸣枪示警，方才被吓得纷纷后退。

"表哥！表哥！"不远处传来李虎臣的呼唤，像是发现了孟庆霖的踪影。

监斩官见衙役不行，马上又命令卫队出列两人上前捉拿。

荷枪实弹的兵勇确实手段非常，立马就锁定了目标，三下五除二就将孟庆霖抓住。有一人，手持枪托猛地向孟庆霖的额头砸去，登时血流如注。另一人也不甘示弱，用皮靴狂踩孟庆霖的腹部、前胸。在这一番折磨之下，孟庆霖几乎就要失去意识。

正在二人施虐之际，监斩官厉声质问："还不动手？"

于是，他们不得不举起步枪，准备结果孟庆霖的性命。

"表哥！"

李虎臣目光如炬，确定那被打伤的少年就是表哥孟庆霖。在这千钧一发之际，他趁着百姓骚动，奋力冲开人群，一个箭步就冲到兵勇跟前。趁其不备，使出一招扫堂脚将其中一人绊倒。另一人见同伴遇袭，忙举枪瞄准。

情急之下，李虎臣索性豁出去了，竟朝着枪口方向攻来，却又在关键时刻，变了身法，使出一招鹞子翻身，将那枪口踢开。但子弹却还是擦到了胳膊，留下一地鲜血。

第七回

枪响过后，百姓纷纷惊叫躲避。

再看二位少年，却是早已没了踪迹……

后来的事，无须再忆。

此刻，孟庆霖回到了亚圣府，躺在了自己卧房的床上。

这一夜，他被噩梦惊醒，却终于回想起来自己曾经遭遇的诸般痛苦。可是自己再痛，却也不及徐锡麟所受的万分之一！

回家的旅途，虽说长路漫漫，却也原本有说有笑。只是未曾料到结局竟是这般模样。还在无意中连累家人，真是让他又气又恼，又怨又恨！

难道失忆，也只是重伤之下的刻意遗忘吗？

孟庆霖不知，但他眼角的泪水却早已沾湿衣襟。

他终于体会到：为何家里人对他受伤的原因只字不提，甚至讳莫如深了。因为，若是被人知道那天是亚圣府的小公子当众冲撞刑场，恐怕府里又要大祸临头！

"男儿有泪不轻弹！今夜过后，此生流血流汗，绝不再流泪！"

孟庆霖望着窗外的繁星点点，心里暗暗发誓。

"对了，表弟的伤势……他可是为我受的伤！"

孟庆霖一边想着，一边伸手向枕边摸去，只想赶紧穿上衣服，奔到表弟房间。

黑夜里，他一番摸索，才想起来衣服本就不在床上，却不意摸到一方手帕，甚是好奇。

孟庆霖："有人吗？掌灯！"

朦胧之间，他闻到远处飘来一阵清凉而又甜蜜的幽香。

好奇之余，孟庆霖抬头。

只见一位少女，约莫十六七岁的年纪，身着银缎背心，白绫细折裙，纤纤玉指，手捧灯台，袅袅婷婷，款款而来。

原来，这香气竟是少女的芳香，氤氲在空气中，让人不觉心醉。

少女谦恭地行了个礼。继而，轻声细语道："四爷怕是做噩梦了。天还早呢。

爷再睡下，奴家就在旁侍候着。"

孟庆霖："你是谁？我房里的小厮呢？"

少女："爷莫怪！前些年，您多数日子不在。所以，原来当值的仆人就被分到其他房去了。您今儿刚回来，太夫人不放心您的身子，就临时派我过来侍候了。"

孟庆霖叹了口气："你是太夫人房里的？难道老祖宗不喜欢你？竟把你这可人儿派来侍候我这不肖子孙。当真是……委屈你了！"

少女噘着嘴："才不是呢！府里谁人不知，四爷你可是辜先生的弟子。这身上啊，总有一股子心气儿！"

孟庆霖："你这又是从哪儿听来的？"

少女："我爹说的啊！噢，他是咱府上一处祀田庄子的管事……"

"啊？我却未听说过。你叫什么名儿？"

少女重又喜笑颜开："翡翠！"

"噗！"

孟庆霖差点笑出声来。眼前这个妙龄少女，怎么就偏偏安了个忒俗的名儿？

"这是家里原名，还是进府时取的？"

翡翠："当然是我爹取的呗！太夫人说了，不给我取名，让我等有缘人！"

孟庆霖突发奇想："那你家里高姓？"

翡翠歪着脑袋，眨着水汪汪的大眼睛，俏皮地说："姓姜啊！我全名姜翡翠！"

这话倒是让孟庆霖有了点印象。毕竟，父亲孟宪济常年掌管祀田管理处，他手下好像是有这么一个姓姜的管事。

"按理说，你家里应该不愁生计，为何又让你进府为婢呢？他们可怎么舍得？"

孟庆霖虽嘴上一问，但起初并不甚在意翡翠其人。

在他看来，这翡翠的父亲莫不是个逢迎上司的小人吧！

竟连亲生闺女都舍得拿来当筹码。

第七回

翡翠却莞尔一笑："我爹说了，他这差事全是靠当年救过先老太爷一命，才被恩赏的。可是呢，他又总觉得救人一命是造化，更是功德，本无须重谢。于是，就打发我进府，一来是侍主之情，二来也能为家里省下些口粮，权当弟弟学费！"

孟庆霖一听，不免感觉自己方才多虑了，就好奇地问："那你之前见过我吗？"

"岂止……是见过？我十二岁进府那年，恰巧是腊月，天上飘着大雪，我一个人站在雪地里冻得发抖，鼻子都要冻掉了，却还是等不到管家吴爷出来。偏巧此时，爷从外面回来过年，见我可怜，就不顾别人阻拦，硬是把身上的大氅脱下来为我披上……爷还说，说什么'北方……佳人'什么的。"

言及此处，翡翠不免有些难为情。

孟庆霖："北方有佳人。"

"对，就是这句……"

"欸？我怎么不记得这事？唉，我这脑袋真是！"

孟庆霖遂意识到自己原来还是有些事情没想起来，不由得唉声叹气。

翡翠忙上前阻止："爷！您才刚好，又要把伤口裂开吗？"

这一瞬间，二人的手指不小心触碰到一起，惊得孟庆霖慌忙抽离。

他略一思忖，即脱口而出："不如，就叫齐玉吧！姜齐玉！倒也不算丢了自家姓名。"

"翡翠？齐玉！"

翡翠想了想，倒也觉得"齐玉"的名字好听，就傻傻地与孟庆霖笑作一团，直笑得前仰后合，仿佛没了主仆界限。

"这手帕是你的吗？"

孟庆霖拿出在床上搜到的手帕一问。

姜齐玉接过手帕，见上面白白的一片，只在右下角绣了朵粉色的牡丹，却是一个字也没有，但摸上去手感倒是极佳，必是十足的真丝面料，绝非寻常人家用得起的。于是，就酸酸地问："爷在外面有女子了？"

孟庆霖："你瞎说什么呢？我这几年只跟着老师学艺，哪有心思想这些？"

姜齐玉也在疑惑："那怎么会无端多出来一方帕子？好奇怪呀！"

这时，孟庆霖的脑海中突然闪现出一个身着长裙的女子背影，而单看背影，就已断定她必是倾国倾城无疑！

尽管眼前的姜齐玉已生得十分娇俏可爱，但在气质上却远不及那个未名女子清雅高贵。犹记伊人一颦一笑，恍若仙子临尘，大约也只有传说中的洛神才能差强比拟。

也似乎正是伊人，在第一时间发现了中途倒地的自己，以及背着自己逃命，却因负伤和体力不支而昏死过去的李虎臣。印象中，她先为自己清洗额头上的伤口，又在其上敷好草药。这才让自己勉强挺过头几天，直到扬州地面上，方得延医诊治……

若不是她，我何以死里逃生？

可是，她又是谁呢？

孟庆霖苦思冥想，却实在想不起来。只记得她走时，曾无意中落下了这方牡丹手帕，而自己则趁着短暂的清醒，拼尽全力将其攥在手中，直到今日重现。

"我一定会找到她的！"

孟庆霖心想。

偏此时，耳边传来雄鸡高唱，天边已渐渐泛出鱼肚白。

崭新的一天又开始了！

孟庆霖推开窗子，望着天边红霞，仿佛看到了火焰在燃烧，而他的心里也跟着再次激荡起来。

他不由得想起，老师临别前曾为自己占出"革"卦一事。

"革，鼎革之相……"

真是言犹在耳啊！

念及此处，孟庆霖不禁感慨万千。

或许，他的心中，已在此刻被播下了一颗寻求改变的种子……

第八回　痴情女无悔入侯门　少年郎福深不知福

宣统二年暮春的一个午后，亚圣府里莺飞草长，百鸟争鸣，池塘边的柳树也抽了新芽。散养在院子里的小花猫，正躲在墙根儿处，挨个舔舐着刚诞下的一窝猫崽，彼此欢快地叫个不停。

春天，一片生机盎然，万物复苏之象。

这时，管家老吴扶了扶架在鼻子上的老花眼镜，独自在房里核算着各项开支账目。近年来，他的视力大不如前了。如今，已是须臾离不开这劳什子。可任凭他在算盘上扒拉半天，珠子都被磨得铮亮，有些账目却还是对不上。做得久了，他也乏了，索性端起桌上的浓茶一饮而尽。这才勉强抖擞精神，准备到院子里随意走走。

只见，院子里有几个未当值的仆人，正聚在一堆，远远瞧着那一窝相互依偎的小猫，相互间东拉西扯，聊个不停。

有一仆人名曰郑显，好奇问道："欸？我说，你们看是不是这个理儿？这猫娃子生下来这么点儿，若是母猫被人抱走了，那它们岂不是就得饿死？可咱府上的却是不同，生下来就有人照看，到底不缺吃喝。别管日后长得如何，总归饿不死吧！你们说，这是不是人家命好？"

众人七嘴八舌，像是听出来弦外之音，却也只能掩口一笑，暗表赞同。

另一人，不知名姓，且唤作小乙吧，不禁戏谑道："你狗日的倒也想呢！可惜啊！你生得不好，这辈子你就踏实待着吧，也好修个德行。说不定来生啊，你也能托个猫身，也甭往咱府上投胎了，直接奔宫里吧！若是被哪个贵妃主子瞧上，兴许还能搂着你一道睡觉呢！哈哈！"

众人闻之，哄然大笑。

郑显："嗨！到时，我指定带上你，有这好事可不能忘了兄弟们。大家一起进宫！"

小乙："怎么着？还一起进宫？一起净身啊！"

又是一阵哄笑。

郑显收了笑声，言道："你们瞧见了吗？这三年来，咱那四爷可是越发出奇了！"

众人："怎么着？"

郑显："那日，轮着我去打扫西跨院。还没进院门，就听见里面传来一阵不知哪来的曲子。听着，也不像是咱们这边的调调儿。待我走进去一看啊，你猜怎么着，四爷正和他房里的丫鬟在那儿搂搂抱抱地转圈儿呢！书房正中还摆了个老大的柜子，我听那声音就是从柜子里面发出来的。你说奇了不是？"

小乙："嗨！我说什么呢，你这就露怯了！其实他俩这事儿啊，我也撞见过几次。人那叫跳舞！至于那个发声的柜子，叫什么……什么留……什么留声机，就是专门放西洋小曲儿的！据说，这家伙可不便宜啊！但好在咱也不是拿钱买的，而是有人送给了那个辜先生。辜先生蜗居京城，家里摆不下这劳什子，便就近拉到了咱府上。记得那天，还是我带人去接的。到那儿才发现：一人一个柜子腿儿地往下搬，竟有些吃不消——那叫一个沉呢！"

郑显："我说呢，敢情还是个洋玩意儿！不当吃，不当穿的，倒是方便大白天的和丫鬟搂搂抱抱，成何体统啊！"

又有一人大甲，插话道："哎！这就你多事了！房里的大丫鬟，多少都是合心意的，就是收作姨娘，也并不意外啊！更何况，咱这四爷也老大不小了，合该有个通房丫鬟给他开开那方面的窍儿啦！"

说着，不禁坏笑起来。

众人亦付之一笑。

小乙："那小丫头叫什么来着？"

第八回

大甲："还小丫头？她人比四爷还大上个一两岁呢！我记得，以前是叫翡翠。后来到了四爷房里，就改名齐玉。瞧瞧人家混的，再看咱们，唉！"

郑显："我就瞧不上这些个骚狐狸！天天指望勾搭爷们儿，好混个姨娘名分，真不害臊！记得四爷小时候挺机灵一孩子啊！可自打那年从武昌回来，府里给他配了这么个丫鬟，也不知怎么的，竟越发不爱说话了！平日里，只一个人闷闷地读书，或是坐在那儿出神。要不，就是大白天地和这小娘们听着洋曲儿搂搂抱抱。再者，长袍马褂也不穿了，竟不知从哪儿淘换来了洋人的衣裳，还天天穿着臭显摆。呸！说不定，就是她在旁挑唆的！"

"咳咳！"

有人故意清了清嗓子，倏忽打断了众人的牢骚。

回头望去，原来是老吴站在身后，正目光灼灼地盯着他们。

瞧那架势，想必已听了好久。

众人面面相觑，正要快快散开。

老吴却说话了："干吗去？再聊会儿啊！"

这几人心知自己满口荤段子，还一肚子牢骚，已是大大坏了府里规矩，忙连连赔着不是，心想走为上计。

孰料，老吴却冷冷一句："这就聊完了？"

语气极为平淡，仿佛不带有任何情感。

郑显不明就里，但说话已有些哆嗦："吴爷，我们……我们再也不敢了！"

老吴："嗨！都是大老爷们，本不当事。只不过，以后可别再犯了忌！这什么能说，什么不能说；什么该说，什么不该说？我平日里，没教过你们吗？"

众人连连点头，纷纷认错。

老吴也不再理会，让他们各自散去干活罢了。可实际上，即便是在老吴的心里，也或多或少地存了一些对孟庆霖的非议。只是碍于管家的身份，他不能带头坏了规矩。

这才一直隐忍……

正当老吴长吁短叹之际，当家人孟庆棠，穿了一身绸制黑色长衫，带着小九，风尘仆仆地从外面赶回来。

老吴："老爷！您不是去省里谘议局开会吗？这才几天，就回来了！"

孟庆棠："没法子！连夜回来，还不是为了咱们家'四爷'！他人呢？快带我去找他！"

老吴眨着眼睛，听孟庆棠这一番夹枪带棒的讥讽，差点笑出声来，却又努力忍住，并尽可能一本正经地回道："这时辰，估计四爷还在房里跳那什么兹呢！"

孟庆棠听了，一边往里走，一边头也不回地纠正道："那叫华尔兹！"

……

转眼，孟庆霖书房。

只见孟庆棠进门，戏谑道："哟！四弟，你好生惬意啊！"

这情景，果然不出老吴所料！

孟庆霖还真就一边听着西洋交响乐，一边自顾自地端起架势，一个人哼哼着，翩翩起舞，却仍是有模有样，将节奏把握得恰到好处。

然而，听到有人来了，孟庆霖却头也不回，依旧舞步不停，只不紧不慢地回了一句："三哥来了！"

孟庆棠："嘿！我说你小子现在出息了，一个人还就跳上了？我走前交代你的文章作好了吗？拿来我看！"

此刻，孟庆霖仿佛只一心沉浸在交响乐那时而慷慨激昂，时而优美舒缓的动人曲调中，对周围的一切充耳不闻。他微微后仰着头，略微倾斜着身子，踏着三拍节奏，跳出踌躇舞步。又一个转身，再一个回旋，正好稳稳地落在孟庆棠身旁，笑着问道："哥！你刚才说什么来着？"

孟庆棠不禁摇头，叹息道："我说文章！"

孟庆霖却嬉皮笑脸："你先听听这《春之声圆舞曲》，旋律是不是和眼下时节挺配的？"

孟庆棠无奈："我的乖乖，我哪有心思去听这劳什子！人家这调调儿倒是和

第八回

你挺配的！至于我嘛，我就想听个《春江花月夜》。可眼下，就只剩《林冲夜奔》喽！"

孟庆霖不禁被三哥的牢骚给逗乐了，笑着说道："条陈就在桌上，你自己看吧。不就是整理些新政建言吗？看你紧张的，该不会是刚选上谘议员，现在新官上任三把火吧！"

孟庆棠拿起条陈，端详了一阵，继而颔首言道："这把火就是得烧起来！只不过，这烧洋火的功夫还真得你来做。你可是在辜先生那里，喝过洋墨水的！"

孟庆霖没理这茬儿，只伸出一只手说道："拿来吧！"

孟庆棠却佯作不知："什么？"

孟庆霖："我都看见了，你还装！"

孟庆棠哈哈大笑："原是有你一份儿！但看你一个人跳舞这么尽兴，我还打算省下来给你嫂子和繁骥呢！"

"繁骥还不到四岁，他哪里吃得下哦？你少哄我！"

这时，老吴站在孟庆棠身后，双手捧过小九递上来的竹篮。

掀开一看，那熟悉的黄油纸包霎时映入眼帘。

老吴殷勤侍奉道："四爷！两只葫芦鸡，还是城西那户关中人家烹制的。我这就吩咐膳房拆了，再给您端上来！"

孟庆霖却说不用，只一把揭开还略有些发烫的纸包，扭下一只鸡腿自己留下，又回头吩咐道："齐玉，你拿去拆一下。爷爷牙口不好，你记得先挑软烂的啊！"

齐玉闻声，笑语盈盈地从卧房里出来，说道："爷！我正要去给您准备晚饭呢！"

一转眼，却望见孟庆棠，忙问候道："老爷也在呢！给您请安！我这就上茶！"

孟庆棠："不必了，我说两句话就走！"

又扭头对老吴轻声叮嘱："吴叔，你也先回吧！多余几只，你拿到延绿楼给各女眷趁热分了。太夫人持斋，不要惊扰。"

待支走老吴和齐玉，孟庆霖也刚好啃完了手中的鸡腿，而孟庆棠则寻了个圈椅坐下，开始"发难"："你先说说你这身行头，是怎么个意思？"

原来，孟庆霖嫌天气炎热，早就悄悄地将长袍晾在一旁，穿起了不知从哪里淘换来的宽衣窄袖。料子也不再是丝绸打底，全是一水的浅蓝色细棉布衣衫。虽不修边幅，倒也干净利落。

一听三哥这话，孟庆霖不禁仰天长啸，又用手轻轻抚着额头上一道浅浅的疤痕。这正是那年在安庆遇袭时留下的印记。只听他颇为戏谑地回应道："哈哈！我不就是这样的汉子？"

孟庆棠突然神色紧张："你瞎喊个什么！雍正爷岂容你这般亵渎！"

然而，孟庆霖却依然我行我素："你怕个什么？这不是在自己家嘛！"

孟庆棠显然有些不悦，忙站起身来，一本正经地问道："好吧！我也管不了你。那你就说说，你在条陈上列的那几项主意，究竟是个什么意思？"

孟庆霖许是乏了，此刻也懒得讲究尊卑规矩，只将双腿搭在椅子扶手上，半坐半卧地侃侃而谈："无非就是整顿新军防务，广开新学教育和鼓励工商实业这三条嘛！如今，立宪方兴，谘议甫开。先将这三条做稳了，便是底定大计。其余的，反倒不是急务。"

孟庆棠拈须默然，听得出神。

孟庆霖又坐直了身子，补充道："这会子立宪刚兴，若是一时说深了，或是说浅了，恐怕你在那边儿都不好过。何如'约法三章'，示人以诚，总归占个理字！"

孟庆棠这才拊掌称是，说道："先前，你极力说服我去参选谘议员，我还不大上心。如今看来，确是有益。嘿！你这小小年纪的，倒是颇有主见嘛！行啊，没白疼你！只不过，还要再加上一条……"

"啊？"

孟庆棠："总要透着些底色吧！到底不能偏离孔孟之道。否则，那些个科举出来的老功名，可要坐不住喽！"

第八回

孟庆霖原以为谈完条陈的事情,也就万事大吉了。可未承想,这三哥依然是一副欲说还休、心事重重的样子。于是,调侃道:"哥!每次你有心事,甭管多忙,你都会先到西关街口逛上一阵,见着可心的东西就顺手买回家。这次,你一下子就捎回来许多熟食,该不会以为咱家的厨子都卷铺盖走人了吧?依我看啊,城西那几户外地厨子,眼下就要拿你当财神爷喽!"

孟庆棠却始终唉声叹气:"不瞒你说,这官场上的事,实在是身不由己!如今,朝廷改革官制,决议施行'新政',又将原来的兵部裁撤了,反在其基础上,新设陆军部,执掌全国陆军事宜。为此,朝廷已明发上谕,说要拓宽兵源,征辟适龄世家子弟入京当值,编入禁旅,而不再局限于满蒙八旗。你说,这可怎么是好?"

孟庆霖颇有些意外:"这跟咱家有关系吗?"

孟庆棠:"怎么没有?我原本也是不热心的。只是新上任的巡抚孙宝琦直接点名要咱府里出一个大宗户子弟,以为表率!连荐书都写好了!"

孟庆霖听了,既疑惑又不安:"什么?荐书都写好了?你现在跟我说这些,难不成……你是要我去?我说……这事儿要轮也得先轮着他曲阜孔家吧。人家那身段、那地位,总比咱们要高上许多呀!"

"你少跟我揣着明白装糊涂!那孔家衍圣公如今将近四十岁了,可到现在还没有儿子,只有几个未出阁的女儿!你让他找谁参军去?花木兰啊!"

然而,任凭孟庆棠说什么,孟庆霖都听不进去,完全是左耳进、右耳出的状态。毕竟,那年在安庆的惨痛经历,以及近年来的陆续见闻,时刻在提醒着孟庆霖:这朝廷,谁稀罕为它卖命?

可即便放下私怨,因公而论:这大清的江山还能再坐上几年,大概也是要打个问号的!且看这官场上乌烟瘴气,作风僵化,官员党同伐异,尔虞我诈。对内是层层盘剥,对外是丧权辱国。上至皇亲贵戚,下到基层小吏,甚至就连个竖子阉宦都能颐指气使!

爷爷当年,不就是因此而差点枉送了性命吗?

这样的大清，我保它做甚？

见孟庆霖半晌不语，孟庆棠只得好生劝慰："我知道你不愿去！可是，论起血缘，兄弟辈中只有你与我最亲。论起年龄，也只有你岁数相仿。总不能，让你那不到四岁的繁骥侄儿去吧！也不能我去吧！新任巡抚的面子，我又怎么好去反驳？更何况，人家连荐书都写好了，都给钤印了！我还从未见过有如此简捷便当的公事呢！"

说着，孟庆棠从怀中摸出一封信笺，上用火漆封缄，又分明钤盖着省、道、州、县四级官印，以及从巡抚至道台，从知州到知县的各级官员名章，一应俱全。

看来是有进无退，绝无回旋余地！

"不对吧，三哥！我记得你好像说过，'若是自家也可出一个领兵之人，纵横乱世，进可封官拜爵，扬威天下；退可固守一方，保境安民。岂非两全其美'？这……是你说的吧！"

孟庆棠的表情瞬间变得凝重起来，也就不再隐瞒："不错！四弟啊，这一字一句，都是我的肺腑之言！也是咱家里的血泪教训！光绪二十六年除夕，那年你才不到六岁。可是，那晚却有上百号'团民'闯进咱家，吃拿卡要什么的也就算了。最可怕的，是他们还杀人越货！更在我面前，洞穿了一个丫鬟的胸膛！到现在，我还会梦到那丫鬟临死时的眼神。她到死都在喊着'老爷'。她想让我去救她。可那时，我又哪里救得了她？"

说着，孟庆棠泪光闪烁，低头不语。

"三哥！你别……"

过了一会儿，孟庆棠粗重地喘了口气，继续说道："后来，八国联军侵华，双面圣旨那事儿，险些害死了叔老太爷！如今，他老人家身上的病，焉知不是那时起落下的？四弟，这可是你的亲祖父、亲爷爷啊！这一桩桩、一件件，说到底不就是咱们不够强吗？你到底，听明白了没有？"

"三哥，你……你别说了……"孟庆霖的语气也变得愈发哽咽。

"这些年来，咱们家最多只落个虚名儿！可实际上呢，既没实力，也没权力，

135

第八回

更没武力！犹如一个粉妆玉砌的小姑娘，手上捧着一大盒敞开盖儿的珠宝首饰，独自一人行走在兵荒马乱的大街上……不出事才怪呢！"

这时，孟庆棠已说得口干舌燥，却又不好在此时让仆人进来侍奉。只得咽下孟庆霖喝剩的半盏茶，以解口渴之急，又郑重地叮嘱道："四弟啊！今天当哥哥的，跟你说句掏心窝子的话。哥哥希望你跟我一起，共同支撑起这片家业，可别让她在你我兄弟手上断送了哇！"

至此，孟庆霖的心情已然十分复杂。

过了好半天，他才挤出一句不冷不热的话："哥！你就没听过曾国藩当年的预言吗？'方州无主，人自为政，殆不出五十年矣！'那会儿，是同治六年，于今已过去了四十三年……"

一听这话，孟庆棠也不禁背着手，来回踱步，却最终说出了那句点睛之语："大清还能挺多久，我也不知道！但是，你从速入局为妙！若非如此，你就永远无法融入，更无法改变！别跟我说革命党推倒重建那一套。我承认，我是没读过什么革命的书。但我料想，到头来还是一样。四弟，你记住，你将来扶保的可不止大清，而是咱们这个国啊！"

孟庆霖沉默，他心知自己左右为难。

前些年，他在辜先生那里系统学习过西洋经典，多少懂得些粗浅的宪政理论。可当他学得越深入，就越对大清的统治产生怀疑！

这样一个对内残酷镇压，对外奴颜婢膝的满人政权，要我去为它卖命，为它效忠，我怎么做得到？

君不见，那年惨死在自己面前的徐锡麟吗？

因此，这三年来，孟庆霖才故意让自己看上去吊儿郎当，不务正业，且常常与府里的传统做派格格不入。生活上，更是醉心于跳舞玩乐，就连仆人、丫鬟都对此议论纷纷，嗤之以鼻。

然则，一切都是表象！

只有最亲近的人才知道，孟庆霖实则每天都在悄悄思索着自己的出路与家国的命运。为此，他不惜重金，暗地里搜罗诸如《警世钟》《猛回头》《革命军》等启蒙书籍，而且认真思索其内在的合理性乃至局限性。

多少个日夜，他常独自一人秉烛夜读，静心思考；却猛然发现一处如今看起来毫无新意，却在当时鲜有人察觉的书中谬误。那就是：革命与宪政固然是大势所趋。然则，一味诉诸"排满"与"暴力"，又是否有失偏颇？

于是，为了找寻真相，他继续刻苦钻研政治学与宪法学奥义，从马基雅维利的《君主论》，到洛克的《政府论》。凡是能够找到的，可谓无书不读。

须知那个年代，许多外文书籍是没有中文译本的，而他的英语又全是少年时在辜先生那里学的，只是个二把刀。当年，除了偶遇个别外交人员，会跟人家说些简单的客套话。平日里，那是半点儿语言环境也没有。

因此，为了读书，他是一边手捧着英汉字典，逐字逐句地去抠意思；一边不定期地与辜先生通信，对不懂的地方详加请教，交换意见。甚至，他还突发奇想地将儒、法、道三家思想与西洋宪政理论相结合，对比中西方的文化差异，总结出各自的经验教训。

有一次，他曾比喻说："宪政，犹如道家无为而治，又似法家霸道治国，更似儒家大同理想。君主端拱于上，设政府行政，并以霸道、权术制衡之。君主无为，实则借政府无不为。政府作为，又必依法而为。以此无为、无不为，士农工商方能百业兴旺，进而天下大治。此可谓，孟子'仁政'之本意！"

就这样，三载寒暑，只为涵养内心，并洞察社会之演进，直到如今……

如今，沉默半晌。

为打破尴尬，孟庆霖不得不主动转移话题，大声呼喝道："齐玉！在哪呢？快来给孟老爷斟茶！"

"来了！来了！我的爷！"

只见姜齐玉从外面推门而入，脚步轻盈，语态娇嗔如故。

孰料，刚一进门，又迎来孟庆霖一顿劈头盖脸的呵斥："没看见孟老爷坐这儿半天了！也不知道上茶！忒没个规矩！"

第八回

齐玉被这一通无端的责骂委实吓了一跳，心里正暗自叫屈，泪水也直在眼眶里打转。但她终究忍住了，她知道此刻孟庆霖的心里或许也并不好过。于是，不去分辩，只默默收拾了茶盏，又换上新茶进献。

待孟庆棠呷了口新茶，便不禁揶揄起来："孟老爷？你什么时候开始叫我孟老爷了？非得跟我生分起来，你才称心？"

齐玉也嘟着嘴："老爷！您别跟他一般见识，他就这么个脾性，动不动就对我大吼大叫的！"

孟庆棠听得出来，齐玉这是在明贬暗褒，只一心护着孟庆霖罢了，便不无艳羡地笑出声来，说道："好个心思乖巧的丫头啊！看来，我这弟弟多了个红颜知己，难怪不想跨出这府门一步呢！"

齐玉一听，竟十分不好意思，忙寻个准备茶点的理由，悄然躲出去了。

孟庆霖则不甘示弱，眼望着齐玉的婀娜背影，矫情地说："你喜欢呀……那就领到你自己房里去好了！"

"我的老天爷呀！我哪消受得了这艳福哟！不过啊，你小子也甭狂，总有人能收拾得了你！这不嘛，你也老大不小了，家里准备为你说上一门亲事。婚期就定在今年，在你去京城陆军部报到之前！怎么样？想知道新娘子是谁吗？"

孟庆霖刚呷了口茶，闻听此话，惊得一口喷出来，好不狼狈。

这时，齐玉也正端着点心进来，却突然心里一慌，脚下不稳，差点就跌了一跤。但仍在暗自嗟怨：我这是怎么了？我又是他什么人？一个寻常丫鬟罢了……

孟庆霖实在没想到：三哥此番到来，竟怀揣了这么多心思！

难怪他这次不辞辛苦地连夜从省城奔回来，一口水都顾不上喝……

敢情，这小半天的工夫，就连珠炮似的抛出来条陈、应征、成亲等几桩大事，让人应接不暇。

孟庆霖仍旧是一脸惊愕的样子："什么？成亲？这么早？哥，你娶嫂子时，也比我这年纪还要再大上个三四岁吧。如今，人人讲求新风尚，连女子缠足都不准了。你居然还想给我定娃娃亲？"

孟庆棠不语，只尝了口齐玉端上来的点心，竟感觉十分惊艳，不禁赞不绝口："这点心酸甜可口，很是不错！哪儿弄的？倒不像是咱膳房的手艺！"

齐玉："老爷！这是四爷寻来的方子，让我试着做的。这小小的面皮里呀，可是包了一十八种馅儿呢！有陈皮、桂花、枸杞、冰糖、山楂……还有一些，连我都叫不上来名儿。"

孟庆棠："我说呢，倒是别有一番滋味在心头哇！这叫什么？"

孟庆霖插话道："这是我参照汉法，拿着唐代宫廷的点心方子改良的。不过，也多亏了这丫头心灵手巧，寻常人家可是做不来呢！之前那名儿，让我给忘了。但现在，我管这个叫'汉唐酥'！"

汉唐酥！

孟庆棠仿佛"怦然心动"，但很快又平静下来，连忙岔开话题道："刚才，咱们说到哪儿来着？哦，对了！说到成亲。其实，这桩亲事早在半年前就已定下了。只不过，那时看你心绪不佳，也就一直没提！"

言语间，孟庆棠像是十分满意这个安排，便继续笑着说："如今，太夫人做主，叔老太爷点头！叔和婶子，也都对新娘子十分满意。作为咱孟氏子孙，你早日成婚，传承衣钵，还不是好事一桩？"

"什么？半年前就已定下了？结果，到现在才告诉我？"

此刻，潜藏在孟庆霖心底的那股子叛逆劲儿，竟愈发上头了："合着府里上上下下，就全都瞒着我一个！既如此，我才不管她新娘子是谁呢？你们谁去说合的，谁就去结这门亲！反正啊，我——不——去！"

孟庆棠一听，脸上实在挂不住，而心里也十分憋闷，不禁失望地叹了口气。对他而言：这些年来，自己与其是把孟庆霖当作弟弟，不如说是当作儿子一般照看。说到底，长兄如父！可为何突然间，自己就感觉对面这手足兄弟竟愈发陌生起来？

他不禁扪心自问：自己到底图什么？

即便别无所图，可这样一个机智有余，但心性却尚未成熟的弟弟，又如何才

第八回

能在乱世之中独立支撑起门户呢?

念及此,孟庆棠徒叹无奈,只好匆匆告辞。

望着三哥离去的孤独背影,孟庆霖的心中似乎也在懊悔……

当夜,万籁俱寂,已到了就寝时分。

齐玉见孟庆霖仍在伏案写作,且桌上的灯台已被烟气熏得乌黑,不由得心生怜悯,便轻声问道:"爷!夜深了,还不歇吗?"

孟庆霖随口回了句:"你睡你的!"

见劝阻不成,齐玉只好手捧檀香,来到桌案前,将那狻猊香炉里原先的一支换了,说道:"那我也不睡,陪你!"

片刻间,只见袅袅香气正透过狻猊张大的嘴巴流淌出来。不多时,就已弥漫了整间书房。轻嗅之,到处都有醉人的幽香。

几乎是同时,一壶桐木关小种也泡好了。

茶汽升腾,茶香四溢。

朦胧的烛光下,齐玉面容清秀,娇俏可人,一双眼眸更是婉转多情。

孟庆霖接过茶杯,正欲啜饮,却闻得茶香之外,更兼有女子异香,却又分明不同于那弥漫屋内的檀香雾气。

这层层香韵,直让人迷醉。

于是,他一边品茗,一边低吟着曹植的诗句:

置酒高殿上,亲交从我游。

中厨办丰膳,烹羊宰肥牛。

秦筝何慷慨,齐瑟和且柔。

阳阿奏奇舞,京洛出名讴。

……

见孟庆霖仍忧思不止,齐玉又宽慰道:"爷!是因为白天那事儿吗?其实呀,您大可不必放在心上,或许还有转机呢!"

这时,孟庆霖也想起白天一幕,总是心有不甘,便对齐玉说:"要不,咱们逃出去?"

"不要乱说!这才是你家,又往哪儿逃?"

"唉!你说的是啊!要不,你去我房里把那瓶葡萄酒拿出来,就是贴着'姹紫嫣红'的那瓶。咱们俩,'举杯邀明月,对影成三人'!"

待孟庆霖高举酒杯,学着以往辜先生的样子,一杯接一杯地饮下殷红如血的酒体。这一刻,他才真切地感受到何谓生而不自由。

"爷!别再饮了,当心身子。"齐玉轻声劝慰道。

但孟庆霖酒兴正浓,丝毫不以为意。

"爷!我只尝到这里面的酸涩,反倒是甜甜的绍兴善酿,才更好喝呢!"

齐玉浅酌一口,倒是将两种酒的区别,形容个大概。

"这点酸涩算什么?人生八苦,可比这酸涩多了!至于爱别离、求不得,那才更教人痛彻心扉呢!"

说着,孟庆霖提笔,借着酒力,将案头那阕未赋完的词,填上了最后两句。

齐玉好奇地问:"你这写什么呢?"

"自己看!"

于是,她轻捧烛光,小声诵读着:

喝火令·烟雨笼长安

款动宫娥步,重闻汉乐篇。

鼓声深处舞缠绵。

一曲晚星如坠,

烟雨笼长安。

第八回

  饮罢刘伶醉，丝竹续续弹。

  玉盘珠落扣心弦。

  此去经年，

  此去梦难眠，

  此去雁声惊浦，

  最是泪潸然。

  齐玉："呀！又在填词呢！还怪上口的！只是，这'长安'在哪儿啊？"

  孟庆霖："在汉人的心里面！"

  齐玉傻傻一笑，却无意中道破玄机："别人不知，我却清楚！你既不是老派，也不是众人所说的洋派！"

  "哦？那我是什么？"

  "你就是你！骨子里，偏是个写诗填词的清闲公子！"

  齐玉这话，倒是直戳孟庆霖心里。

  可不是吗？

  对孟庆霖来说，哪里分得清什么新、旧、土、洋？

  圣人之道，本就不在书里，只在心中。孟子云："尽信书，则不如无书。"方今天下，唯有学贯中西，才能略窥治乱兴替之根由。这三年来，孟庆霖所致力思索的，也正在于此。

  即所谓："宇宙便是吾心，吾心即是宇宙。"

  他，不过是希望以自己内心的方式去实践圣人之道罢了！

  这时，齐玉又问："我怎么感觉，你这词倒像是在写一个人……"

  孟庆霖意味深长地一笑："还记得三年前的那个夜里吗？"

  说着，就从心口处摸出了那方绣着粉色牡丹的真丝手帕。

  "呀！好美的牡丹！我见过！"

  尽管齐玉的脸上或曾闪现过一丝不快，但旋即又被自己开朗的笑声遮掩过去。她就是这样，总能以最开心的模样，去迎接属于自己的每一刻时光。即便那如坠烟雾般莫名的委屈，偶尔也会萦绕心头，却从未让她就此迷失。

孟庆霖："我想，我会找到她的！"

齐玉："你都不知道人家叫什么，又上哪儿去找？"

"不知为何，我就感觉她仿佛近在咫尺，可我就是偏偏想不起来！多少次午夜梦回……你知道吗？就差那么一点点！"

"别着急！总会想起来的，一定会想起来的！大不了，我陪你一同去找！"

孟庆霖呆呆地望着齐玉，眼神里流露出难以言说的复杂感情，既有不舍，又似决绝。最后，却归于惋惜。

"你何苦在我这儿呢？"

齐玉心头一紧："爷！你这是……何意？"

孟庆霖抚弄着齐玉垂肩的长发："你这模样，全府上下再也挑不出来第二个，加上性子又乖巧，难道还愁嫁人吗？你何苦跟我纠缠！我听说，有些房的爷们，别说看到你，就是远远地闻到你身上的香气，也要禁不住多巴望几眼。若是……"

孰料，齐玉竟罕见地恼怒起来："你只说，是谁在耳边传了这样的混话！"

孟庆霖也不生气，仍旧去问："三年前，太夫人原本只是将你临时派来照顾我的。可自那以后，你却从此留下了。其中的缘故，你可从来没说过！"

齐玉有些吞吞吐吐，不觉将脸颊扭向另一边，轻声说道："我就是自己不想走……"

孟庆霖："所以，你去找太夫人求情了？不怕人笑话？"

齐玉小声"嗯"了一下。

终于，孟庆霖体会到齐玉对自己一片痴情。

可是，他并不想就此耽误妙龄少女的青春，仍旧毅然决然地说："去我三哥那儿吧！我想，他比我更适合你。如今，我的心里只有那个未知名的姑娘……"

饶是齐玉脾气再好，这会儿也被孟庆霖彻底惹毛了。

"你当我是什么人？一个物件吗？说要就要？说不要就不要了？我是个丫鬟，

第八回

可我也是个活生生的人呢！我不是婊……"

齐玉失口，险些说出那两个字，反倒玷污了自己。

孟庆霖则从未见过一向恬静的齐玉竟会发火，反倒有些慌了："好姐姐！你别生气！我不是要赶你走。我只是……只是不想耽误你。毕竟女儿家，也就只有那么几年好时光。若是错过了，你可要追悔莫及！"

"要你管？我虽没念过几年书，但好歹知道从一而终的道理。从那年，你在雪地里见我一个人冻得发抖，为我披上大氅开始，我就觉得你跟其他公子哥儿不太一样。这三年来，我一心一意地服侍你，你以为我就是图你日后给我个虚名儿吗？要那样，我早走了！也不劳你催！谁愿跟这儿，受你的冤枉气……"

说着，眼泪再也止不住，从眼眶里吧嗒吧嗒地滚落下来。

"好姐姐！都怪我，你别哭了行吗？我最见不得女孩儿落泪了。"

"那你还赶我吗？"

孟庆霖扑哧一笑："不赶了，以后你就接着受气吧。可别后悔就行！"

齐玉也破涕为笑，与孟庆霖笑作一团。

正在二人情窦初开、情欲方炽之时，却忽闻院外传来一阵"嘭、嘭、嘭"的沉闷砸门声，倏然扰动风月。

齐玉整理云鬓，擦干未尽的泪水，走到门口问道："谁啊？这么晚了！"

"是玉姐姐吗？是我！李虎臣啊！"

"是表少爷来了！等着，我给你开门！"

只见，李虎臣风风火火地闯将进来。

一进门就四处嚷嚷："表哥睡了吗？表哥！表哥！听说，你要做我姐夫啦？"

一听"姐夫"两字，孟庆霖心里猛然一惊。

难不成，家里为我选的新娘子就是自己的表妹李若雪？

这倒有些让人意外，但仔细推敲下来，却也在情理之中。毕竟是亲上加亲的事情，且一听就知道是母亲提议。只不过，我这心里分明有人了。眼下，又当如何是好？

正当孟庆霖愣怔之际，李虎臣却早已欢脱地蹿到他跟前，说道："姐夫！姐夫！你知道吗？来的路上，我只听说姐姐是许给了这府里，却不知究竟是许给了哪房的少爷？但我心里想的，却是许给你多好！咱们三个从小玩到大，数你最疼我！所以，我连赶了三百里路，只为了一个答案！结果，还真让我给猜着了！真的是你，姐夫！"

孟庆霖已然蒙了。

此刻，他完全听不进去李虎臣说的话，也不知如何回应，只是愣愣地坐在原地。

"姐夫！你这是又失忆了吗？不认得我了？"

孟庆霖这才回过神来："虎子，今儿晚了，你先回房睡吧！有什么事儿，咱们明天再说。齐玉，你带虎子到客房歇着去。"

齐玉远远地答应着："哎！知道了！"

路上，李虎臣欢呼雀跃，少年气十足，又顺手折下几只粉红色蔷薇，凑近去嗅那沁人的花香。

待转过头来，他回望身后擎着灯笼的齐玉。月光下的伊人，显得分外娇艳欲滴，就仿佛手上的蔷薇，花开正浓，香气袭人。

这时，齐玉教随行的小丫鬟绯云为李虎臣披上斗篷，并亲自叮嘱道："表少爷，夜里春寒，别着凉了！"

这一举动，让李虎臣立感暖意融融。于是，他竟动情地说："玉姐姐！这花儿就戴你头上吧。"

说着，那朵蔷薇已然插在了齐玉乌黑的云鬓之上。

当着众人面，齐玉既惊又羞，忙将花儿摘下，一手交还给李虎臣，说道："不好好走路！小心我告诉四爷！"

"我姐夫正忙着成亲呢！哪儿有空管我？"

齐玉索性停住脚步，将灯笼也一并递了过去，对他说："前面就到了，表少爷自个儿去吧。我回了！"

第八回

李虎臣一愣，却也只能眼睁睁地望着齐玉远去的背影，不知如何自处……

事实上，不知如何自处的，不仅李虎臣，还有他那姐姐李若雪。

李若雪，此时刚过及笄之年，正当二八豆蔻的好年纪，且出落得花容月貌，又兼性子和顺。故而，内外远近到家里说媒提亲的并不在少数。

可李若雪的心里，似乎只有孟庆霖一人。

这不仅是因为二人从小一起长大，更多的，是因为孟庆霖身上所散发的独特气息，着实令她着迷。

对李若雪而言，那是一种既书生意气，又聪明狡黠；既率性而为、英烈果敢，又思虑周详，且愈见洞若观火的睿智与心性。更为特别的是，孟庆霖的心里，仿佛封印着一头洪荒巨兽，一旦破壳而出，立时便有毁天灭地般的汹涌力量澎湃四溢。

记得那年，安庆城里，孟庆霖孤身犯险，为濒死之人率性发声，便是个中体现。虽是初生牛犊不怕虎，却也看得出为人底色。碰巧，李若雪也在其中，目睹了事情的整个过程。最后，又是自己亲为表哥处理伤口，调配草药。只不过，彼时为避官兵追捕，原本一致行动的家人被迫分路返回。这才错失了后续照料表哥的机会。

如今，当爹娘突然来了句：你要嫁人了！且夫君是表哥孟庆霖的时候，李若雪的心里起初并非只有喜悦。更多的，反倒是茫然不知所措。或者说，是既惊又喜，又爱又怕。她爱表哥这个人，却也怕表哥对自己只有兄妹之情，并无男欢女爱。相对而言，表哥对他身边那个叫姜齐玉的小丫鬟，都要比对自己更加上心呢。有时候，就连李若雪自己都会莫名觉得，似乎对方才与表哥更加般配……

可任凭男女双方是何心情，是忐忑也好，是憧憬也罢！哪怕仍旧是一味拒绝……

在那个年代，都抵不过岁月流转与父母之命！

河东李家，作为亚圣府的两代姻亲，是当地有名的士绅大族，且对子女的教育极为严苛。历来以诗书、武艺并行传家，亦曾涌现过不少卓越人物：或从政，或经商，或从军报国，或守持家业，不一而足。但不知何故，近年来却男丁凋零。偏又逢天下大旱，庄子上常年颗粒无收。在天灾人祸的接连打击下，光景才大不如前。

但这并不能改变家里人，特别是孟庆霖的母亲对李氏姐弟的偏袒与喜爱。为表一番挚诚，也是顾念历来的姻亲情分，孟家郑重决定：成婚的一应开支费用均在亚圣府账上支取，无须李家为此出金出银；一应丫鬟侍女也从府里择人充任，亦无需李家为此出人出力。家里人看上的，就是这份出身家教与亲上加亲。再者，就是少时李若雪即展现出来的仪容风采与知书达礼。

"真我儿妇也！"孟宪济曾如是评价道。

……

转眼到了这年秋天，正所谓：

一声梧叶一声秋，一点芭蕉一点愁。

又有诗云：

> 蒹葭苍苍，白露为霜。
>
> 所谓伊人，在水一方。

孟庆霖和李若雪的婚期，终于定在了这年阴历八月二十四。

是日，天清气朗，惠风和畅，是个成亲的好日子。

尽管已是秋凉乍起，但亚圣府里却仍是暖意融融。

经过半年的筹备，历经纳采、问名、纳吉、纳征、请期、亲迎"六礼"；又先后下了聘书、礼书、迎书等"三书"，这对新人终将完婚。

众所周知，彼时，家里最为看重礼法和规矩，而婚礼无疑是其中最好的体现。因此，这场婚礼竟被设计得十分庄重大气而又低调奢华。在不逾礼的基础上，其规模与理念皆是空前的。甚至说，有些超越时代。

那日，自早及晚，来亚圣府贺喜的宾客络绎不绝，流水席筵开三十二桌，取

第八回

卿大夫"四佾"之意。山东巡抚衙门亦派员亲临庆典，曲阜衍圣公孔家及宗圣曾家、复圣颜家等，亦选大宗户子弟携礼而至。

孟庆霖的老师辜鸿铭，此时已辞去外务部的职务；转而赴上海任南洋公学监督。得知此事，便亲自刻了两方田黄名章，皆用阳文小篆，一曰"长乐"，一曰"未央"，着人快马送来，自己却因故未至。后来，常与学生提及此事，谓之"人生之大遗憾也"。

见宾客悉至，吉时已到，头戴进贤冠，身着大红礼服的赞礼官一声高唱："静！"

此刻，见山堂外，大红灯笼高高挂起，映衬着落日的余晖，一片霞光绚烂。

鼓点铿锵，鼓乐齐鸣。

一班女伶，着玄色曲裾深衣，起舞吟唱：

> 维鹊有巢，维鸠居之。
>
> 之子于归，百两御之。
>
> 维鹊有巢，维鸠方之。
>
> 之子于归，百两将之。
>
> 维鹊有巢，维鸠盈之。
>
> 之子于归，百两成之。

女伶的舞姿颇具先秦古韵，既简洁明快，又难掩长袖之下婉转多情；而曲调时而缠绵悱恻，时而清扬婉转，让观者无不沉浸其中，感慨不已。

一曲终了，已是齐声喝彩，欢动如潮。

歌舞毕，典礼正式拉开帷幕。

只听赞礼官高唱："八抬花轿进门！奏乐！"

乐班及时变换了曲调，奏"百鸟朝凤"。

八抬花轿，依次被抬过大门"亚圣府"，二门"礼门义路"，三门"垂花门"，并一路行至正厅见山堂外停驻。

这时,一名孟氏幼女来当出轿小娘。

仔细一看不是别人,正是孟庆霖的同胞妹妹,彼时年方十岁的孟晚晴。作为小妹,帮哥哥迎娶嫂子,真是再合适不过了。

曲调再次变换,却是一支既磅礴大气,又婉转悠扬的曲子,仿佛在诉说着男女初见时的美好与青涩。

两名身着蓝靛镶金长裙的侍女,从两侧缓缓步上前来,轻轻拨开了轿帘。

万众瞩目之下,一位头戴金凤冠,面遮珍珠冕旒,身着朱红色吉服,覆鹅黄,点绛唇,容颜天成的窈窕少女,款款步出花轿。

继而,又在侍女的搀扶下,跨过烧得正旺的火盆。再跨过一只朱红漆的马鞍,步上红毡。

侍立中道两侧的众仆人、丫鬟,齐声高呼:"借来天上火,燃成火一盆。新人火上过,子孙一轮轮!"

又高呼:"一块檀香木,雕成玉马鞍。新人迈过去,步步保平安!"

同时,再有十名侍女,亦身着蓝靛镶金长裙,分列两队,趋步至新娘跟前,小心地为她穿戴上绛红色细纱披肩。

这披肩是由一整块细纱缝制的,不仅质地轻柔,而且做工细腻,颜色娇艳,更让新娘平添了几分飘逸之美。只是由于尺寸极长,故需要两侧共十二名侍女各自手捧一角,方可不染微尘。

这便是成婚的入府仪仗。

只见仪仗最前,新娘子双手交叠,下颌微收,姿容端庄,典雅容光,正款动莲步。

她的身旁,是出轿小娘孟晚晴,正欢快跳跃着引导前行。

她的身后,是十二名侍女手捧披肩,烟视媚行。

她们一行人沿着一路红毡,缓缓地步向见山堂。

珍珠冕旒碰撞出清脆的声响,珠玉首饰散发出耀眼的光泽。这一幕,身着朱

第八回

红色吉服的新娘恰如仙子临尘,洛神再世,让观者无不惊呼:此莫非天人哉?

甚至,就连无心成亲的孟庆霖,也不由看得心旌摇曳。恍惚间,他感觉这才是与表妹的初次相遇!

彼时,李虎臣亦穿了件新制的礼服,侍立孟庆霖身旁,对他耳语道:"姐夫!小心眼珠子掉了!"

然而,或许只有一个人心里不是滋味,自然是姜齐玉。

尽管她深知自己与李若雪本就无法相比,也无须相比,但此刻成婚的欢喜与盛况,仍令她悲喜交加,如泣如诉。

外面的鼓乐越喜庆,她的内心也就越孤独,双眼也就越落寞……

婚礼,仍在继续。

见山堂内,已布置成喜堂,一个大红"囍"字悬挂正中,供桌上燃着红烛,并摆放着各式茶点供品。

太夫人在中间席落座,孟昭铭坐其右手边,孟庆棠夫妇坐其左手边,孟宪济夫妇坐西侧位,其余长辈依府里排行,依次落座。府里平辈、晚辈则分昭穆排班立定。贺喜嘉宾或在席间就座,或在堂外观瞻,摩肩接踵,言笑晏晏,好不热闹!

赞礼官高唱:"新人见礼,乐起!"

伴着欢天喜地的调子,侍女为新娘李若雪取下细纱披肩,又扶着她与新郎孟庆霖一起,站在堂内正中,准备行礼。

"新人皆跪!敬拜天地!叩首,再叩首,三叩首!"

孟庆霖与李若雪如是叩拜。

这一幕,喜得太夫人合不拢嘴,直与孟昭铭说:"可真是一对儿天仙配呢!"

李氏则看着心头肉一般的两个孩子走到一起,不胜欢喜欣慰,竟是喜极而泣。

孟宪济只得小声劝慰道:"大喜的日子,怎么哭哭啼啼的?"

"恭读祝章!"

赞礼官重新整理衣冠,又向来宾致意,便将孟昭铭特意起草并手书的祝章缓缓摊开，诵道：

盖闻
易正乾坤，夫妇为人伦之始；
诗歌周召，婚姻乃王化之源。
《关雎》起化，士好逑而女于归，
琴瑟和鸣，日始旦而冰未泮。
良辰始届，嘉礼观成。
凤卜其昌，正三星之在户；
雀屏入选，复百辆之盈门。

是以，
蘋藻芬芳，衍宗支于奕冀；
夭桃灼灼，歌好合于百年。
今孟君庆霖，世泽贻芳，才誉素著；
李氏若雪，名门淑媛，绣阁名姝；
允称璧合珠联之妙，克臻琴谐瑟调之欢。

是日，天朗气清，惠风和畅，良缘永结，匹配同称。
笙歌迭奏，欣此时宜室宜家；
门庭有耀，祝他日尔炽尔昌；
爰于此良辰美景，欢言嘉礼。

伏愿
佳偶天成，永定三生之好；
五尽其昌，早协熊罴之庆。

第八回

> 谨以此白头之约，书向鸿笺，
> 好将那红叶之盟，载明鸳谱。

> 谨以敬告天地、祖先！
> 伏惟尚飨！
> 此誓！

整篇祝章，可谓"一言均赋，四韵既成"。

诵读完毕，赞礼官高唱："礼成，退班！将新人送入洞房！"

府里家人、贺喜嘉宾均高声喝彩，伴着欢天喜地的调子，簇拥着新人涌向了一片崭新的天地；而整个典礼，更是被推向了高潮……

当晚，尽管婚房内不知究竟，但前院却是一片欢声笑语，觥筹交错。戏台子上唱着连本儿的《西厢记》，老少爷们儿要么嘴里叼着点心听戏，要么三五成群地聚在一起大碗喝酒。

太夫人素来持斋，但今天实在高兴，就多饮了两杯素酒，却也早早地回房歇了。未出阁的女眷，回到延绿楼里，或在自个儿房里吃茶，或是姐妹几个闲话家常，但话题又总绕不开姜齐玉和李若雪二人。甚至有人押注，说这二人日后必定不能处到一块儿去。还有人说，李若雪到底是八抬大轿迎进门的正房太太，一个丫鬟又能拿她怎样？

然后，就是姐妹间的哄笑玩闹……

孟宪济和孟庆棠还要再陪贵宾小聚一会儿，聊些官场趣事，用些茶水、点心，便嘱咐李氏和孟晚晴娘俩儿，领着人先扶叔老太爷孟昭铭回房歇息。今儿个，老人家先是服了药，却又跟没事人似的没少与人痛饮，劝都劝不住。酒后，还要喃喃讲起曾经鏖战瀚海沙漠的一段又一段热血传奇。可每次提到新疆，他就老泪纵横，以至于无人可解其意。只当其追忆昔日同袍，感慨物是人非罢了。

但有一人特别钟意今夜豪饮的盛大场面，就连同席的宾客也要被他喝到桌子底下为止，弄得对方好不狼狈。直到被自己爹娘一顿数落，骂他贪杯误事，他却还咯咯直笑，全当没事发生。

这人不需去问，自然是李虎臣无疑！

只见李虎臣晃着醉步，摇摇摆摆，任情乱撞，却是有意无意地撞到了婚房之外。模糊中，他见一少女独坐阶前，举头望月。皎洁的月光洒向她姣好的容颜，月色和美人，竟一齐框在这诗画一般的景象中，倒让这院子显得格外静谧。

李虎臣醉眼蒙眬，看不清那少女的长相，只依稀感觉像是齐玉的身形。正要上前攀谈，却恰好有一片云朵被风吹动，遮住长空。

那少女低头环顾四周，闻到了冲天的酒气，也见到了几乎酩酊大醉的李虎臣，忙问："是表少爷吗？怎么喝了这许多？我扶您回去歇息吧！"

李虎臣却醉意蒙眬地摆摆手："不要！不要！我就是来看看我姐和我姐夫！你不知道啊，要是没我姐夫，我可能也活不到今儿个。有一年，他从武昌只身一人回家过年，顺道经过我家。正好我爹娘不在，而我又跟人打架，被人打破了脑袋，流了一地的血啊！那时，是我这姐夫，连拖带扛地，把我拽到了郎中家里。又是他，愣是敢跟郎中一起，漫山遍野地寻访草药。据说，还遇到了冬眠的熊瞎子。他们是自己死里逃生，才救了我一命啊！那时候，他才十二岁……"

"没听四爷提起过呀？"

"他是脑袋受过伤！有些个事儿啊，他一时想不起来了。但最可气的，是他跟我姐曾经的海誓山盟，居然也全都忘干净了！可他不记得，不等于我李虎臣不记得！"

李虎臣眼含热泪，用手比划着心口的位置。

"表少爷，您说四爷十二岁就一个人千里独行？这怕是不太可能吧！"

李虎臣也寻了个台阶坐下，靠着那少女，大着舌头继续讲述道："不……你不了解他。虽然，他丁点儿武艺也不会，可人家箭术了得！又喜好与人攀谈。还能让那么多素不相识的人，诚心诚意地去帮他。你说，这是不是一种……本事？"

"还好没遇着人贩子呢！"

第八回

  李虎臣笑着说:"嗨!人家十二岁的个头长得跟别人二十岁似的!哪有人贩子拐他?不过,据说他那次回到府里,可是被姑丈打了个半死呢……"

  那少女听了,也捂着嘴一起笑出声来。

  "绯云!你在这儿做什么呢?"齐玉的声音,莫名从婚房门口传来。

  一听到这,李虎臣的酒意瞬间清醒了大半。他努力睁开双眼,用力拍打着醉意蒙眬的脑袋,仔细看过去。

  原来,坐在身边,听自己闲话半天的只是个身形酷似齐玉,却又从不知名的陌生丫鬟。李虎臣心想:"想起来了,半年前那个夜里,我摘了朵蔷薇戴到齐玉头上。旁边好像就是这个丫鬟,看样子她是叫'绯云'。"

  "玉姐姐!表少爷喝醉了……"绯云试图解释。

  "玉姐姐!刚才有个外面来的小厮,敢背地里对你指指点点,竟说些淫词浪语。我讲了他两句,他就敢借着酒劲儿,跟我拉架势!还说,我只是这府里的一条狗。你说我不揍他行吗?不过,你们放心,我也没下狠手,只折了他两根肋骨罢了!哈哈!"

  "我的老天爷!你这还叫不下狠手?人家又没怎么着,你怎么就这样没个轻重!这可都是客人呢!明儿个,让老爷们知道了,肯定又要罚你!"

  齐玉厉声斥责道。

  李虎臣红着脸,似乎也意识到自己酒后下手太重,心里也对即将到来的"暴风骤雨"感到后怕。

  "绯云!扶表少爷回客房歇息!有什么事儿,明天再说。"

  "是!表少爷这边请!"

  正待众人即将散去之时,婚房内却仿佛传来打斗之声。

  继而,是金器撞击声。再就是,留声机里传来的西洋交响乐声。

  李虎臣一个愣怔,大喝一声:"不好!"

  一个箭步就冲了进去。

  齐玉闻声,仔细一听,却好似孟庆霖所钟爱的《春之声圆舞曲》……

第九回　俏佳人剑舞动四方　伶歌女唱尽悲欢曲

宣统二年八月二十四，孟庆霖和李若雪的新婚之夜。

只见婚房内，李若雪正手持一柄鲨鱼皮鞘的龙泉宝剑，眼波流转，顾盼生辉，对孟庆霖言道："表哥！你若输了，该当如何？"

"我怎么会输？有多少手段，尽管使来！"

"那你可看好了！"

说着，李若雪将秀发盘起，又将鞘中宝剑迅疾抽出。

刹那间，寒光乍现，剑声铿锵，犹如电闪雷鸣，龙吟虎啸。

酷爱刀剑的李虎臣，着实看呆了，不禁惊叹道："好一把八面汉剑，入鞘朴实无华，出鞘则锋芒毕露！"

这时，只见李若雪手腕轻转，长剑便如灵蛇般周游吐信，嘶嘶破风；又似蛟龙巡海，绕走全身。继而，她刺剑而出，骤如闪电；又收剑而起，身轻如燕。渐渐地，她手中的长剑越舞越快，竟将事前洒落在房内的桂花瓣也一并卷了起来，形成一道花墙；而空气中，也满是醉人的花香。

"哇！好美的剑舞！之前，只听说四奶奶擅长此道，却是从未见识过！对了，这舞有名儿吗？"齐玉看得啧啧称奇，忙问李虎臣。

"嗨！你说这是剑舞也行，是剑术也行，反正都一样。这段，倒是有个名儿，叫西河剑器！听过没？"

"啊？啥是西河剑器？"绯云也按捺不住好奇，悄悄地溜了进来，许是看了好一会儿。

李虎臣正不知如何解释，只好抓耳挠腮地费劲说道："呃……我也说不上来。

第九回

对了，好像有首唐诗是专门写这事儿的。哎呀……实在背不出。反正啊，这'西河剑器'舞就一直在我们家流传，还偏偏传女不传男。我想学都不行！真气死我了！"

这时，偏巧有一片落花掉落在孟庆霖的嘴唇之上，散发出一阵香甜。

孟庆霖轻嗅花香，嘴角轻扬，随口吟诵道：

昔有佳人公孙氏，一舞剑器动四方。
观者如山色沮丧，天地为之久低昂。
霍如羿射九日落，矫如群帝骖龙翔。
来如雷霆收震怒，罢如江海凝清光。

"对！对！就是这首！"李虎臣恍然大悟，不觉惊呼。

"唉！"孟庆霖却一声长叹。

李虎臣："怎么样，姐夫？这下，你可要认输了吧！"

孟庆霖："认什么输？早呢！我想领教她的舞技，她却考验我的胆量！"

随即，孟庆霖起身，在空中随手拈了片落花，捧在掌心，又轻轻吹起。

待他望向漫天落英，便不禁问道："不是说，这西河剑器早就失传了吗？你姐又怎么会的？之前，也没提起过呀！"

李虎臣："那当然啦！这压箱底儿的宝贝，哪能轻易示人？"

正当孟庆霖想要打破砂锅问到底之时，留声机里的乐曲已渐进高潮，竟变得愈发激昂澎湃起来。

李若雪手执长剑，剑锋也拈起数瓣落花。随即，一个转身，长剑在空中划成一弧，花瓣直向孟庆霖的胸口飞去。

孟庆霖原本是想趁势用手接住的。可未及行动，那些花瓣又早已被李若雪的长剑再次迎了回去，只留下主人嫣然一笑，摄人心魄。

众人望去，只见李若雪在方寸间辗转腾挪，舞姿极尽美妙，又极是潇洒洗练，端的是"翩若惊鸿，婉若游龙"。看得人心潮起伏，久久不能自已。

不知何时，李若雪已将剑鞘收入怀里。众人原以为她即将收势，却不料一道剑光划在当空，而她的腰肢亦随之倾倒，却又在马上着地的瞬间，翻转了身子，并将剑鞘稳稳地掷到了孟庆霖的手中。

这一刻，李若雪一跃而起，作飞仙之状，而那原本盘起的秀发也早已自行散开，反倒愈显飘逸之美。

只有那寒光一般的剑锋，直指孟庆霖而来。

"四爷！"

齐玉慌乱之下，不顾一切地向孟庆霖跑去。

"啊！"

绯云也不觉捂住了嘴巴，瞪大了双眼，显得异常惊恐。

只有李虎臣反倒狂笑不止，颇不以为然。

此刻，孟庆霖似乎明白了表妹的心意。

于是，他强行按住躁动的心猿，只将鞘口朝外伸出。

眨眼之间，那长剑正中剑鞘，不偏不倚，干脆利落。只有剑声嘶鸣，徘徊于这小小的婚房，余音绕梁，久久不去……

宣统二年深秋的一天。

清晨，李虎臣正在世恩堂院内习武。

虽已是秋风萧瑟，红叶满地；但李虎臣却丝毫不惧严寒，依旧只穿了件棉布坎肩，好让结实健壮的肌肉彻底舒展，酣畅淋漓地沐浴在冰凉的晨雾之下。

迎着旭日东升，他独自一人操练起来，先练拳脚，后耍棍棒，又使刀枪。一招一式，尽皆虎虎生风，直把这小小的院落震得地动山摇。甚至，就连栖息在枝头的鸟儿也被这骇人的声势惊起一片，匆匆携家带口，飞离了自己的安乐窝。

待他将十八般武艺演练一通，已是大汗淋漓，浑身燥热。

"看招！"

一柄木制短刀，嗖地飞来，直冲李虎臣面门，却被他轻易躲过。

第九回

电光石火间，又一支长枪，猛地向其头顶刺来。

李虎臣面色平静，只以手中的苗刀迎敌。且看那苗刀向上一挥，对方的力道便已被卸去大半；而那人，也被震得勉强后退半步。

"咦？这力道似乎弱了些！"

李虎臣心想不对，定睛望去，原来正是祖父孟昭铭在与自己对敌。

"爷爷！小虎给您请安了！"

"哈哈！后生可畏！再来！"

又一招直刺，正向李虎臣胸口刺来。

李虎臣不慌不忙，反倒将这招让了进来。随即，转身躲避攻击，又以苗刀贴住枪头。任凭孟昭铭是左是右，是进是退，苗刀却始终寸步不离，就仿佛与长枪粘到一处似的，二者紧紧地咬合在一起。

孟昭铭："八卦门的路数，好刀法！"

李虎臣暗暗较劲，渐渐占了上风，待稍寻到对方破绽，便使出全部腕力，又以刀刃击砍枪头。

孟昭铭也运丹田之气，全力招架。

只见这兵器相交之处，陡然迸射出一片火花，而耳边，亦闻得一阵"噼里啪啦"。

刀枪分离，二人也各归原位，胜负却似乎未见分晓。

然而，说时迟，那时快！

枪头，已干脆利落地断作两截……

李虎臣垂刀拱手："承让！小虎冒犯了！"

"真的是老了！不过，今儿打得痛快……"

说完，孟昭铭猛然一阵咳嗽，李虎臣忙上前搀扶。

院里的家人早就被这一番"龙争虎斗"给闹醒了，却也无可奈何。只得纷纷起身梳洗，准备开启新一天的生活。

"虎子，你倒是去前院操练呀！公婆还在歇息呢！"

说话的，正是李若雪。

李虎臣扛刀，笑着说道："嘿嘿！是我姐夫赖床，才让你出来赶我的吧！这都什么时辰了，太阳都要晒屁股喽！"

听了这话，李若雪的眼神却不知怎的，竟突然黯淡下去，心中也愈发不安起来，忙问："你姐夫没和你在一起吗？他昨晚说，要跟你彻夜喝酒，好给你饯行呀！"

"姐，你知道我的！这都要收拾行装回家了，我怎么敢在这节骨眼儿上喝酒？一路上，土匪可多呢！"

对啊！弟弟再浑，可也从来没有不知轻重过，我怎么这么傻？

想到这儿，李若雪的心都要跳出来了。于是，她有了一种不祥的预感，竟急得直咬嘴唇。

"欸？有谁看到四爷的玉佩了？往常都是临睡前取下，我给他包好放起来的。今儿早上，我去原地找，却怎么也找不着了？"

正是齐玉赶来，开始询问起院子里的仆人、丫鬟。

"四奶奶歇得好？"

见李若雪也在，齐玉忙请安问候。

可情急之下，李若雪哪里还顾得上回话？只转身回房，想要再去查勘一番。

"奶奶！奶奶！这儿有封四爷的书信，好像是专门留给您的！"

绯云匆忙跑来，双手捧着一封信笺。好在上面的字她认不全，不然早就喊开了。

李若雪接信，拆开一阅，却是：

若雪卿卿如晤：

　　余自拜别恩师，至今已逾三载，心中颇为挂念。

　　本以为年中与卿成婚之日，当为余同恩师重逢之时。然事与愿违，终不能得见师颜。此诚为人生遗憾，亦有亏于弟子之道。

第九回

　　余辗转反侧,夜不能寐。故临别之际,决定先赴上海,再听恩师耳提面命,以洞悉未来,以避歧路。

　　试观方今天下,金瓯有缺,山河蒙尘!

　　纵论史书:五十年来,风云激荡,列强觊觎,神州陆沉,已是迫在眉睫。余苦思冥想,实不知将以何法挽救我族前途于万一,亦不知泱泱大国、亿兆斯民终将何往?

　　此行事关你我,事关我族,不得不为!

　　奈何,余又将北上京城……

　　唯恐斯时离家,必遭父母反对。故此行仓促,谨留书作别。

　　长则半月,短则数天。

　　余缓缓而去,速速而归。

　　勿念!

庆霖手书
庚戌年九月

　　读罢此信,李若雪已是泪眼婆娑。

　　这些日子以来,表哥成了丈夫,原以为青梅竹马、两小无猜的二人,婚后也必定画眉深浅、琴瑟相合。不料,他就这样一声不吭地走了,就不能当面同我说一句吗?

　　难不成,我还会误了他的大事?耽搁他的前程?

　　表哥啊,表哥!你究竟何时才能体会得到我对你的用情啊!

　　此时,家里长辈也悉数到齐,纷纷劝解;又无不指责孟庆霖行事癫狂,颇有些"恨铁不成钢"的意味。反倒是李若雪率先止了哭泣,一再替丈夫辩解。只说他就是想出去散散心,过几日不就回来了吗?自己则会代他尽孝,请公婆勿忧。又悄悄嘱托李虎臣,尽速南下寻访为宜。

　　却说孟庆霖这边。

他抚摸着玉佩背面一角，上用蝇头小楷饱蘸着朱砂，分明刻画着"亚圣第七十三世孙庆霖乙未年秋"字样。

此刻，他心潮起伏，似乎也意识到此行过于仓促，实为不妥；却又鬼使神差地选择独自前往。甚至，就连换洗的衣裳和随行的盘缠都没带够。于是，只得就近雇了辆骡车，不再讲究是否干净舒适。只一心期盼着早日见到恩师，再来请教"应征"及前途之事。

孟庆霖知道：自己心里这些念头，保不准哪天就要被治个"大不敬"的罪名。毕竟，大清可是有"文字狱"的传统。因此，他自然不敢轻易付诸纸面。并且，这世上除了老师以外，恐怕也没有谁具备这个学识和能力可以为自己答疑解惑。即便是有，又岂敢交浅言深？

眼下这条路，只能自己走下去！

于是，他坐着骡车，颠簸一夜，终于来到了运河码头。

这运河码头，位于独山湖东岸，属于闻名遐迩的南四湖湖区。三年多以前，孟庆霖自武昌、安庆返回故乡，就曾取道于此。

说起南四湖，这是一片北接齐鲁，南控徐蚌，浩然横亘于山东、江苏两省交界之地的巨型湖泊；其走向自西北蜿蜒至东南，依次是南阳湖、独山湖、昭阳湖、微山湖，总长度约一百三十公里。

这片水域原本并不是彻底连通的。只是因为京杭大运河的开凿，才最终得以连成一脉；并从此为运河持续提供巨量水源，俨然成为千年以来勾连南北的交通大动脉。直到1912年津浦铁路建成通车，才渐渐淡出了人们的视野。

翌日清晨，红日初升，烟波浩渺，湖面上云蒸霞蔚。

孟庆霖沐浴着朝阳，心情却有些恍惚。此时的他，自然不知道远在亚圣府的妻弟李虎臣正与爷爷孟昭铭相互间切磋武艺，刀枪碰撞，好不痛快！当然也不可能知道，自己的新婚妻子表面上克制而又笃定，实则已经急得快要落下重病……

这一刻，他独自一人伫立在湖边，倒是更关心去哪儿寻一条渡船，最好是直接驶往江南的。

第九回

"有船吗？有船家出水吗？"

孟庆霖心里焦急，连声呼喊三次，却始终无人应答。

说来也巧！

原本晴朗温暖的天气突然转了向。

顷刻间，乌云密布。

豆大的雨滴说下就下，"啪啪"地砸落到人的脸上，一阵生疼。

孟庆霖用手不断地擦拭着脸颊，才勉强不让风雨遮挡住视线；却又无意中，发现抹下的早已不再是雨水，而是硕大的冰雹！

这时，深秋的北风呼啸而至，犹如一把把锋利的尖刀，用力刮擦在早已湿透的身上，让原本就饿着肚子的孟庆霖，冻得直打哆嗦。

孟庆霖想：这湖区的天气真是怪得很！一会儿天晴，一会儿下雨，又一会儿冰雹，弄得自己上天无路、入地无门，竟连个躲避的地方都没有！恐怕还没到上海，自己就先要病倒了！

"哎！是谁要坐船呢？"

一个苍老的声音，穿过水面的薄雾，从远方悠悠荡荡地飘来。

"老伯！是我！我要坐船！"

孟庆霖强忍着寒冷，扯开嗓子回应道，仿佛在抓紧最后一根救命稻草。

"来喽！"声音越来越近。

孟庆霖这才辨认出原来是条小渔船。船头，有一位精神矍铄的老人，头戴斗笠，身披蓑衣，正徐徐摇橹而至。

"来吧，上来烤烤火，暖和！"

孟庆霖抓住橹桨，一个箭步就迈了过去。

只见这条小渔船，实在是空间局促。只能在不大的船体上，开一个异常低矮的船舱。顶上，则用白漆草草地刷了一个"乔"字。猛然间被身材高大的孟庆霖一跃，多少还有些吃不消，免不了摇晃一阵，却是引来老人开怀大笑。

"我想沿运河南下，您能送我去吗？"

"去哪儿？"

"扬州！到了扬州，我自己换船！"

"客，你是想下江南吧！可是，俺这小船，还从没到过扬州。只怕，帮不上忙喽！要不，你再等等，看是否有大船经过？"

"别！老伯，既然上了船，就您了！您老尽管往南走，走到哪儿算哪儿！"孟庆霖一边说得斩钉截铁，一边"嗖"地钻进船舱，并紧挨着火炉坐下。

那架势，就仿佛打死也不愿挪窝。

"恕老汉多嘴！看你这身行头，又孤身一人，八成是从家里跑出来的吧！听俺一句劝，近来这路上可不太平，你还是尽早回家得好！"

"多谢老伯，但是这趟我必须得去！"孟庆霖的眼神愈发坚定。

"那行！俺只收你二两银子，不多吧！从这儿到扬州，老汉我全包了！"

"也不便宜呢！"

孟庆霖不由得感叹一声。

他知道，当时一户庄稼人，一年到头最多也就实际收入个四五两银子。

于是，孟庆霖摸遍了身上所有的口袋，好不容易从香囊和内衣夹层里摸出来两张面值各一两的户部官银票，还有一枚大清金币，以及十块墨西哥鹰洋。这就是全部盘缠了。

"唉！"

孟庆霖深深地叹了口气。

官银票和鹰洋，倒也是那年月司空见惯的流通货币，本不足为奇。只是这大清金币，实在是舍不得就这样花出去。毕竟这东西紧俏得很，任你有钱也买不到；而府里也是近年来逢了节庆，才蒙朝廷恩赏，得了这十数枚的。由于其内在价值极高，又是钦赐之物，故平常根本无法流通，只能躺在库房里面睡大觉。

后来，有一枚金币不知怎么地，竟被孟庆霖给发现了！他把玩之余，觉得这里面的铸造工艺十分精湛，简直是让人爱不释手。愣是软磨硬泡，跟三哥孟庆棠要下了这枚；且常年贴身携带，权当读书之余，多个乐子罢了。

第九回

孰料，眼下这枚被人视若珍宝的大清金币，竟也要被拿来当作寻常盘缠了……

"还好齐玉平常小心，总会在我的衣服里面塞上些银钱，以备不时之需。不然，这下可就惨了！"

孟庆霖的心里仍在惋惜，却见这小船已然悠悠地荡出了码头，漂进了碧波万顷的南四湖，并一路朝向东南，向着运河的方向驶去。

孟庆霖脱下湿漉漉的衣服，拿火烤着，又一把拉过来老人的破旧铺盖将自己全身包裹起来。缓了半天，才终于不像先前那么冷了。他也重新穿戴整齐，一股干燥的暖意瞬间贯通全身。

于是，孟庆霖抖擞精神，跨出船舱，极目远眺。

只见水天相连，一望无垠，风霜在耳，远山在望。

好一派山河壮丽，人间美景！

孟庆霖触景生情，随口吟诵道：

> 曾游方外见麻姑，
> 说道君山自古无。
> 云是昆仑山顶石，
> 海风吹落瘦西湖。

"看来客也是位读书人，只是你念的是个什么意思耶？"

老人顶着风霜，裹紧了身上的蓑衣，一边奋力摇橹，一边好奇地打听。

"沧海桑田，没有什么是一成不变的！就算是昆仑山顶的补天顽石，也可能作了瘦西湖里的青翠小山。"孟庆霖这样解释道。

"昆仑山、瘦西湖，俺都没去过！"老人笑呵呵地继续摇橹。

"哈哈！我也没去过！"

二人谈笑之余，孟庆霖瞥见老人只在蓑衣之下披了件破旧的夹袄，且棉絮逸出，四处漏风。于是，心中不忍，便脱下身上的罩衣，为其披上。

"客！可不敢受！俺再给你弄脏喽！"老人激动得满脸通红。

显然，这老人内心淳朴，羞于接受无端的馈赠。

"老伯，天太冷了！我年轻力壮，又是坐船的，倒也无妨。若是连你都病了，我才彻底完了呢！来，我替你将蓑衣拿下来！"

孟庆霖一边帮老人解去蓑衣，一边帮他扶着橹桨，并饶有兴趣地观赏起水下不时蹿起跳跃的鱼儿，好不欢快。

老人腼腆地套上罩衣，也立刻感受到一阵温暖，脸上泛起笑意，本想再次表示感谢，却在本能地望了一眼船尾后，连忙示意孟庆霖低头，躲进船舱，勿要出声。

孟庆霖一阵狐疑，正不知所以，却也在转身的瞬间，瞅见一队渔船迤逦而至。

那嚣张的气势，显然绝非善类。

"喂！乔老头儿！你见着一个二十岁不到的小子没有？一看就是有钱的那种！"

领头的大船上，有一人凶神恶煞似的傲慢发问。

"没有啊！王八爷！"乔老人镇定如常。

"留心着点儿！见着就给我逮起来，送到爷这儿，可是重重有赏！"

"好嘞！欸？站您旁边的几位，面生得紧呢！"

"少打听！你个不知死的老东西！"

"王八爷"厉声斥责道。

乔老人也不计较，依旧赔着笑脸，目送着船队离去。

"好险！好险啊！"乔老人独自一人站在船头叹气。

"怎么了？"孟庆霖走出船舱问道。

"一伙湖匪！只是他们干吗非得盯着一个二十岁不到的小娃娃？"

乔老人自言自语，眼光却不时地往孟庆霖身上瞟，瞟得孟庆霖浑身发毛。

"孩子，你别怕！虽然俺觉得他们就是在找你，但是俺们湖上人既然收了钱，

第九回

就一定得好好地把人送到。不然，可是要丧良心呢！只是，俺不明白，你这小小年纪的，又怎么招惹他们了？"

乔老人忙宽慰起孟庆霖，却又抛出了自己的问题。

"我根本就不认识他们啊！"

孟庆霖心想：这伙人必定不是自己家人派来的。一来，没这么快；二来，父祖兄弟何等身份，又岂会同此类人有来往？

"这就怪了！旁边那几人也不像是本地人。先不管了，你只说你是要回家，还是继续往前走？回家，俺一分钱也不收你的！"

孟庆霖稍微犹豫了一下。他似乎也能明显感觉到此行必定凶险异常，却仍旧鼓足勇气，斩钉截铁地对乔老人说："往前走！"

"行！那你就伏在船舱里，不要出来！咱们尽快赶路！"

此刻，原本稍停的大雨再一次瓢泼而下。

雨滴重重地砸落在飘荡着雾气的湖面上，恍若升腾起无边无际的白纱。

乔老人撑起橹桨，奋力划行，小船悠悠地荡在茫茫的云水之间……

数天之后，只听乔老人立在船头吆喝道："客！到岔路口了，往东是里运河，通淮安府，据说风平浪静，却行船太慢。往南是洪泽湖、高邮湖，据说风大浪急，却顺流而下。两条路都能到扬州！这也是我到过最远的地方啦！"

孟庆霖斜躺在狭窄的船舱里睡得正香，突然被乔老人这一嗓子唤醒，颇有些不知所措。他起身一看，方才想起自己这条小船已日夜不停地在运河水道里漂了几天几夜。

这下，终于快到扬州了！

他兴奋地探出头，用手舀起半清半浊的河水梳洗脸面，却看到唇边的髭须已经冒出来老长。又遗憾身边竟然连把剃刀都没有，而衣服也多日未换了。真是好不邋遢，不由得对自己一阵嫌弃。

"老伯，到了扬州，你别急着回去。咱们一起上街购置些新衣裳，我再请你吃顿好的！"

孟庆霖轻轻掂量着口袋里的十块鹰洋。这笔钱虽然不多，却也足够用上好一阵子了。若是不出意外，至少撑到上海是没有任何问题的。

乔老人点了袋旱烟，默不作声地抽着。隔了好一会儿，才回道："不了！到了那儿，俺就回了！"

"家里有人等您回去？"

"没有了……儿子和孙子，生前入过义和团。庚子那年，朝廷和洋人打仗，他们就都死在北边儿了，到现在也没寻见尸骨。去年，老伴儿也去了……没办法，瞧不起病啊！"

孟庆霖也不禁有些黯然神伤，却又听乔老人叮嘱："往后在船上，客不要露富，不中！"

"嗯！听您的。欸？老伯，你看！好像又是那支船队！"孟庆霖用手指着前方，高声惊呼。

"真是阴魂不散啊！他们横在河上，咱们过不去。看样子来者不善！"

乔老人拿鞋底捻灭了旱烟，已是眉头紧锁，计上心头。

"那怎么办？"孟庆霖问。

"不能往东走里运河了！只能往南，走洪泽湖，就是有些冒险。"

"能有什么险？"

"听人说，那湖口风大，又有些暗流漩涡，越是大船越难经过。俺也没走过，只能赌一把！"

"这大船都过不去，咱们这小船能行吗？会不会太冒险了？"

对此，孟庆霖心里实在没底。

正在二人犹豫不决之际，那伙湖匪像是发现了正在河面岔口处徘徊的乔家渔船。

"咦？前面那条小船，顶上刷了个'乔'字，倒像是乔老头儿家的渔船。他怎么也来了？这胆小如鼠的老东西，往常多走出家门一里地，都怕得要死。难不成，这回接了桩大买卖？走，咱们瞧瞧去！"

167

第九回

说着，便升起风帆，向着孟庆霖所在的小渔船急驰而来。

"王八爷！不要节外生枝吧！阿拉，可是来抓姓孟的小子！"

说话的，正是湖匪王八爷身旁，一个不知名姓之人。只有这蹩脚的白话，暗示其是打南边儿来的。

然而，王八爷却不耐烦地回道："误不了你们的事！"

"不好！被他们发现了，这回你准藏不住。不能耽搁，调头！进洪泽湖！"乔老人已发觉事情不对，几乎是发自本能地作出判断，忙撑起橹桨，向南驶去。

"妈的！敢跑？给我追！"

湖匪的主船上已同时打出旗语，命令属下所有船只分进合击，试图一举将对方包围。

刹那间！

这不大的河面上，若干只大船正集体转舵，并逐渐地从四面八方围拢过来，却是因自身体积太大，仍旧慢了半分，始终不能再靠近一步。只得坐视乔家小渔船顺流而下，不能阻挡。

眼见得对方即将逃出生天，王八爷气急败坏。于是，"怒从心头起，恶向胆边生"，索性一不做、二不休，一声令下："放箭！"

一阵箭雨，倏然袭来。

乔老人和孟庆霖几乎就要性命不保。

就在这千钧一发之际，小渔船却也仿佛使出了全部力气，飞一般地冲进了洪泽湖东口。

顷刻间，湖口狂风大作，吹散了追击船队的阵势，也吹落了大半的箭矢。继而，一团巨大的白雾从湖面生起，无边无际，遮天蔽日，直将大小船只全部包裹进来。这里面夹杂着狂风的肆虐与暴雨的侵袭，下面是数不清的暗流漩涡，声若奔马，势若惊雷，犹如大军过境，铁骑突行，让人无不胆战心惊，直欲伏地痛哭。

孟庆霖死死地抓住船舱里充作扶手的粗麻绳，任凭耳边各种声音尖锐划过，却只充耳不闻。在这万分危急关头，他也只能寄希望于乔老人高超的驾船技术，并无条件地付诸信任。随着湖口中心的风速越来越快，粗麻绳绑在船尾的一头，已被吹落下来，飘荡在空中。对此，孟庆霖虽有意识，却也被狂风吹得睁不开眼睛。只好凭着感觉，拼尽力气，将绳子拽下来，绕住全身，并努力打了个死结，却是全程不敢松懈半分。

待他再次睁开眼睛时，已是云销雨霁，彩彻区明。

鱼儿正在水中欢快地嬉戏，而湖面上却依稀盘旋着几只水鸟，仿佛随时准备俯下身子，好寻觅些猎物果腹。

"老伯！老伯！"

孟庆霖走出船舱，举目四望。

只见乔老人正立在船头，手里依旧把着橹桨，面色凝重而又笃定。

"老伯！你没事吧！"

乔老人微微摇头，却是嘴唇惨白，满头大汗，又始终说不出来一句话。

"滴答……滴答……"

殷红的鲜血，正从乔老人的身后一滴接一滴地掉落。

原来，一支长箭狠狠地贯穿了他的后腰。

待孟庆霖发觉时，船头的甲板上早已是血流满地，无处落脚。

"老伯！"孟庆霖几乎就要哭出来。

乔老人依旧摇头，似乎已然知晓结局，便示意孟庆霖不要靠近，而他自己则选择拼尽所有力气，再一次将橹桨握紧，驾驶小船继续向着天边驶去……

当晚，孟庆霖终于平安地踏上了扬州的土地，而泪水却再也难以抑制，并最终夺眶而出。

"老伯，都怪我！"

这时，乔老人已平静地躺在孟庆霖的怀里，身子愈显干瘪精瘦。老人的眼中仿佛也有泪光，却只在末了留下两个字"到了"，便溘然长逝。

任凭孟庆霖如何捶胸顿足，悲恸哭号，却全都无济于事。这段日子以来，若不是遇着这位孤苦无依的老人，自己恐怕早就死于非命！

第九回

他实在是为了我才死的啊!

悲痛之余,孟庆霖也在回想:那伙匪徒到底是什么人?说他们是湖匪,但湖匪为何会紧追着我——一个与外界并无多少联系的年轻人不放?他们可几乎就是指名道姓地在找我啊,而我又有什么东西值得他们穷追不舍?

还有,跟在湖匪身旁"面生得紧"的外乡人,他们又是谁?这一切的疑问都远远超出了孟庆霖此刻的认知,而眼下他能做的,也只是尽可能妥善地安葬这位可怜的老人。

由于城门已关,在码头上来往的行人一时进不了城,闲来无事便三三两两地凑了过来。在得知老人是遇袭过世后,翌日一早便有人主动报了官,却只被官府敷衍塞责几句,便草草结案。

至于那伙肇事的匪徒,则以"又不是在扬州地面上行凶,关本府何事"为由,始终不肯派兵搜捕。

无奈之下,有人帮孟庆霖请来城里棺材铺的掌柜,为老人打造了一副上好的棺木。封棺那天,孟庆霖一念萌生。他在想:这样无能下作的官府,我要他何用?这样尸位素餐的朝廷,配得上这锦绣河山、亿兆斯民?

想到这里,他摸出了随身携带的那枚大清金币,同两张户部官银票一起,全部摆在老人胸前,并与其一起葬在了脚下这片土地。

千百年来,这里曾是名动一时的富贵温柔之乡,而这里也曾是江山易主,无端杀戮的修罗战场……

这里,就是扬州!

有诗云:腰缠十万贯,骑鹤上扬州。

李白也曾说:"故人西辞黄鹤楼,烟花三月下扬州。"

无论是"上扬州",抑或"下扬州",人人都夸扬州好,恰似那"风景旧曾谙"。孟庆霖原也以为这次江南之行必将是一段快意人生之旅,却未曾料到竟会落得如此悲惨结局。他不禁懊悔自己当初的冲动之举,若不是自己一意孤行,说不定乔老人也不会因此客死异乡……

然而，就此打道回府吗？

不！岂能半途而废？

在匆忙料理完丧事之后，孟庆霖已无心在此多作停留。他换下了之前的血衣，重又置办了衣衫，刮净脸面。待一切就绪，便急切地赶往瓜洲渡口，想要买一张去往上海的船票，却被告知近日无船可渡。

见天色不早，他只好先去了城里最为繁华热闹的东关街，且寻一间旅店住下。

傍晚时分，月上柳梢，街上的行人已渐行渐稀。

孟庆霖独自一人漫步在房间里，吟诵着"淮左名都，竹西佳处，解鞍少驻初程"的人间佳句。本想着借千百年来扬州兵燹的悲剧历史，填一阕借古讽今的诗词，一抒胸臆，却是只填了上半阕，就失去灵感，不知后面如何落笔。

这或许正应了那句诗"丹青难下笔，造化独留功"。

传唱至今的句子，实在是天地间自然成就的无价瑰宝，只是被诗人偶尔拾得罢了。

正要入睡，耳边却又分明传来轻柔的吴侬软语之歌。

虽然听不真切，又对当地方言知之甚少，但基于其中的个别词语，孟庆霖还是依稀分辨出：这唱的，正是白居易所作《长相思·汴水流》一阕。

只听那低回婉转的曲调和着天籁之音的女声，夹杂着银铃抖动与琵琶铿锵，听上去就像是一女弹唱，众女起舞的模样。

这缠绵悱恻的曲子，这如泣如诉的唱词，这娇憨可人的吐字，仿佛是一束束摄人心魄的檀香，正香气弥漫地笼罩着孟庆霖那异常苦闷的灵魂，又仿佛是一道道潺潺流水的小溪，正润物细无声地滋养着他那几乎干涸的心田。

那歌儿唱道：

汴水流，

泗水流，

流到瓜洲古渡头。

第九回

> 吴山点点愁。
>
> 思悠悠，
> 恨悠悠，
> 恨到归时方始休。
> 月明人倚楼。

一曲终了，孟庆霖几乎都能听到台下观众那如潮水般的喝彩声，几乎都能想象到他们那如痴如醉的眼神。

究竟是何人在唱歌呢？

孟庆霖不免心里痒痒地想去一探究竟。

只见不远处的一座木楼上，竖着一块招牌，上用楷体书写着"乐府清音"四个金字。

那歌声，想必就是从这里传来的。

这里的屋檐处，高高悬挂着今日唱曲儿的名伶头牌，有杨晨曦、沈酣月、柳香侬等人。其中，又以杨晨曦的牌子最为引人瞩目。每有客人经过，无不上前摸一把，以示狎弄。

"原来是个妓馆！"孟庆霖小声嘟囔着，正要离去。

"欸？我说这位客官，我们这儿可不是寻常地方。我们这儿，可真真是个大地方呢！"

一个仆役摇着把蒲扇，正嬉皮笑脸地迎来送往。突然听到有人暗自抱怨，忙出口辩解。

"哇！我这么小声，你都听得见？"孟庆霖不免被这仆役的敏锐听力所震撼。

"哈哈！乖乖隆地咚！这算个啥！主顾有需要，我们有办法！您只管吩咐就是！"说着，已是满脸堆笑，一副谄媚的模样。

"那你说说什么是'大地方'？什么又是'小地方'？"

孟庆霖也被对方这卖力迎合的态度引来了兴致。

"大地方就是大地方，大地方自然不同于那些小地方。我们大地方诗词歌赋，至于那些小地方则是进去脱裤！嘿嘿！您进来瞧瞧就知道啦！"

"你这绕口令似的！走了！"

"乖乖！板板六十四，没看出来还是个鬼六三枪！"

看孟庆霖实在不像是个嫖妓宿娼的人，仆役反倒更加来了兴趣。

"啊？啥意思？"孟庆霖一脸茫然。

那仆役清了清嗓子，尽量说些白话解释道："就是说，我今天居然遇到个正经人！真是稀奇！"

"再会了！兄台！"孟庆霖转身就走。

"别！我也不图做您生意，我只请您进来看一眼，就一眼！您瞅见没有，'乐府清音'，这可不是白叫的！就算您最后看上哪个姑娘，那也绝对不可能弄到手！"

仆役殷勤地拉着孟庆霖的袖子，想让他亲身感受一下自己店里是多么别具一格，多么与众不同。

"乐府清音？"

"没错！这话怎么说来着？哦，对！且歌且舞，载歌载舞！还大多是些清雅的唱词儿！说到底，就是个交际之地。如今，城里面有头有脸的人物，可都爱到我们这儿来饮酒宴客。没别的，就图个牌面！"

见仆役盛意拳拳，孟庆霖反倒不好推辞。毕竟，"乐舞"两字对他来说，那也是分明刻在骨子里的记忆，犹如苏东坡"宁可食无肉，不可居无竹"一样。于是说道："也罢！咱们走着！若是不像你所说的，我可要兴师问罪！"

"不劳您动手！若是有半句谎话，您直接把我骟喽！"

"我呸！谁稀罕？"孟庆霖直在心里翻白眼。

待步入"乐府清音"那金碧辉煌的大门，便有两名身着长裙的美艳侍女，笑容款款地飘了过来，正一左一右地陪着孟庆霖，为他引导前行。

173

第九回

"阿嚏！阿嚏！"

孟庆霖被这两名侍女身上的异香弄得喷嚏连连，却逗得她们掩嘴偷笑。

来到大厅，眼前豁然开朗。

一水儿的电灯照亮了中心的高耸舞台。

那舞台四周又用粉红，又用绛红，又用正红的细纱，包裹着木制的栏杆。但扶手处，却又全都是哑光的金铜，显得既有档次，又内敛深沉，品位颇高。

然而，舞台上竟然空无一人。

尽管如此，环绕舞台的三层小楼上，依旧是人山人海，座无虚席。无论是身处包厢、出手阔绰的豪门巨富，抑或是盘桓大厅、三五成群的市井小民，无不在翘首以待，期盼着主角儿尽快登场。

一时间，竟是人声熙攘，热闹非凡！

冷场许久，见主角儿还没上来。包厢里的豪门巨富已经被撩拨得急不可耐，纷纷叫嚷道：

"乖乖隆地咚！那晨曦不出趟！"

又喊道："马马！快出来喽！"

……

孟庆霖在侍女的引导下，好不容易在一楼寻了个偏远的位置坐下，只点了一壶碧螺春，一个人自斟自饮。

这时，只听得一个声音，似在耳边低诉："晓风残月，铁板红牙。低唱浅斟，冶游胜事。在座公子无恙乎？"

无须任何扩音，这句天籁般的女声已然悠悠地飘进了楼里每一个客人的耳朵眼儿和心里面，挠得人痒痒的。

"对！就是这个声音！"孟庆霖的内心亦为之一颤。

几乎是同时，现场爆发出一片热烈的掌声，叫好与喝彩更是此起彼伏。

只见一窈窕少女，身披红裳，头戴珠钗，面若桃李，明眸善睐，正怀抱琵琶，婀娜多姿地步入舞台。随即欠身坐下，学着一口地道的吴侬软语，自弹自唱起南朝乐府名篇《子夜四时歌》：

　　春林花多媚，春鸟意多哀。
　　春风复多情，吹我罗裳开。

在座男人的魂儿，几乎都要被这几句妩媚的唱词给勾走了。

那女伶又唱道：

　　镜湖三百里，菡萏发荷花。
　　回舟不待月，归去越王家。

"这怎么又转到李白了？"孟庆霖听着，倒也颇觉有趣。

女伶的纤纤玉指轻轻拨弄着手里的琵琶，却更像是在撩拨着男人敏感而又脆弱的神经。

待一段过门的曲子弹完，她又婉转多情地继续吟唱道：

　　仰头窥桐树，桐花忒可怜。
　　愿天无霜雪，梧子结千年。

　　果欲结金兰，但看松柏林。
　　经霜不堕地，岁寒无异心。

　　渊冰厚三尺，素雪覆千里。
　　我心如松柏，君情复何似？

一曲终了，全场观众仍然屏息宁神，如痴如醉。无数双眼睛直勾勾地盯着台

第九回

上的女伶，生怕漏过她哪怕一丝一毫的眉眼与动作。

少顷，人群中爆发出比以往任何时候，都要更加热烈的欢呼与喝彩！

掌声持续不断，随之而来的则是数不清的铜钱、银票，乃至金锭。或是直接抛撒上来，或是特意递给侍女转交，聊作打赏。

与此同时，包厢里的豪门巨富更是大呼小叫，直诉衷肠：

"天呐！我的马马！哥哥的心都要被你唱碎喽！"

"好晨曦，再来一个！"

"美晨曦，我的乖乖！"

女伶抱起琵琶，行礼致谢。之后，便自顾自地步出舞台，退至幕后。或许是习以为常，她未尝多言一句，也对撒在地上的银钱视若无睹。但她的一颦一笑，万种风情，却都被在座的男人看在眼里，记在心里。

这份娇媚，已经足够让他们为之神魂颠倒，为之意乱情迷……

"怎么样？我没骗您吧！"

孟庆霖转头一看，正是刚才那个仆役。

"你倒是格外关注我呢！"

孟庆霖邀请仆役就坐，又让侍女递上一只茶盏，并为其亲自斟上。

"嗨！实不相瞒，我看您衣着锦绣，气质华贵，又举止不俗，想必是个富家公子哥儿。只不过，眉宇间自带一团黑气，久久不散……若是独自一人在外，怕是要生出祸事呢！"

仆役也不饮茶，倒是说出了自己的一番见解。

"老兄还会看相？我又能有什么祸事？"

"会……倒也谈不上。只是做这行见的人多了，也就渐渐地懂了一些。比如，谁是来喝酒听曲儿的，谁是来一心猎艳的，谁又是背着太太偷偷过来找相好的，我一眼便知！"

"哈哈！你这茶博士倒是称职！看来我这壶清茶，你是指定瞧不上了！"

说着，便准备将仆役面前的那盏茶也端过来，自行饮了。

"别！山水有相逢，说不定哪天我就得求到您的门下。这茶，我自己喝！"仆役端起茶盏一饮而尽，又顺势问孟庆霖今晚的曲子如何。

"还行！一般！"孟庆霖也呷了口茶，不紧不慢地说道。

"哟！您这腔调可老高了！那怎么样才算合您心意？"

"还有第三支曲儿吗？"

"您等着，我这就去问问！"仆役一溜烟儿地蹿进后台。

……

"哟！杨二姑奶奶！您辛苦！"说话的正是那仆役。

"别这么叫我！你还是叫我晨曦吧！"

刚才的女伶甫一回到梳妆台坐下，后面的侍女便立刻围拢过来为其解下红裘，捧上茶点，又端来热巾，轻轻为其擦拭着额角渗出的细微汗珠。

杨晨曦呆呆地望着镜子中的自己，莫名地叹息……

仆役则小声套着近乎："晨曦姑娘，您今晚可是没少给咱妈妈挣下银子！接下来，您准备再唱个什么曲儿？"

"妈妈还没催我，你倒先来催我了？今晚就这些，我不唱了！"

杨晨曦有些恼怒。

她知道自己再红，也不过是有钱人眼中的玩物，是这里的一株摇钱树而已！等到人老珠黄的那一天，自己彻底失去利用价值，势必会流落凡尘，孤独终老的。

那凄惨的景象，简直不敢想象……

未等仆役答话，妓馆的老鸨已然眉飞色舞地闯进后台。

见着杨晨曦就是一阵亲热地猛夸："乖乖！我的好闺女！我的亲闺女！自打你来了我们这们这儿，那些个老爷们啊，可是每晚都要过来！还有阮管带、宋公子、伊侍郎，他们个个儿可都拿你当心肝宝贝儿啊！你就不能好好陪人家一次，哪怕吃顿饭也好啊，就当哄他们开心了！闺女啊，要我说，你还挑个啥？那宋公子就挺好，出手也大方，说不定以后还能将你纳过去。别跟为娘似的，老了老了，还要抛头露面的……"

第九回

说着，竟从袖中抽出个手帕，装作拭泪的模样。

可当老鸨的戏全套演完，也不见杨晨曦搭理自己这茬儿，心里正不自在。一回头，又瞅见那个碍眼的仆役也在，便顿时将一股邪火转移，怒骂道："孙天山！你个挨千刀的大茶壶，净往后台窜什么啊？你小子也配跟我闺女说话？你个永世不得翻身的死龟奴！你娘也是在小地方被万人骑过的腌臜货，到现在都不知是死是活！你还不赶紧滚得远远的！瞧见你，我就来气！真是造了八辈子孽，遇上你这个磨人精！"

显然，这是在指桑骂槐。

但孙天山却早已怒火中烧！

虽然，他表面上仍旧愣愣地不敢言语，但心里恨不得立刻就将这老鸨碎尸万段，生吞活剥。

杨晨曦闻言则反唇相讥："我说王妈妈，我只是被养父借到您这儿的。过段日子，还得回到京城里去。这陪不陪公子哥儿们吃饭，不在您跟我爹的约定里边儿吧！"

"哎哟！我的好闺女，你还回去做什么？你那师姐可不是个省油的灯！回去哪能有咱们这儿舒坦呀？你看这些个丫鬟，她们可就单单侍候你一个人啊！何必再回去受那窝囊气呢？"

这话倒是直戳杨晨曦心里的痛处！

老鸨口中的"师姐"，就是自己养父的头牌女伶杨翠喜。那个出入上流社会，被诸多文人名士追捧，甚至曾经搅动朝局的女人。但对杨晨曦而言，与其说这人是"师姐"，还不如说是"仇人"为妥。

杨翠喜，仗着自小跟随养父学艺，名声又大，可是没少刁难过自己，还嘲笑自己是个"未缠足的下贱货"。就连这次南下扬州，在某种程度上，也是杨翠喜极力促成的。为的，就是不让自己留在京城里"抢"她的男人，却没想到，这反而成就了自己的艳名。

如今，扬州城里谁人不知"乐府清音"的杨晨曦！

反倒是你傍上的那些纨绔子弟、酒囊饭袋，诸如什么贝子载振、北洋段芝贵、天津王益孙的，他们可有一个真心待你的？

这都是些什么货色？送上门儿我都不要！

杨晨曦越想越来气，可是话说回来，现在又能怎么办呢？难道真的就此罢唱不成？

"妈妈！刚才，酣月和香侬已经跳过舞了，下面是杨姑娘上台吗？包厢里的客人可都等急了！说再不来，就要带人砸场子呢！"

一名侍女匆匆跑进后台请示。

老鸨听了，马上换了一副嘴脸，殷切地劝慰起来："我的好闺女！你再给他们唱上一曲啊，就当为娘求你了！"

"他们不就是稀罕我的身子，而你……不就是眼馋银子嘛！好！我唱！我指定给你把银子挣够！你出去告诉他们，这最后一曲只能点唱！谁出价高，我就唱谁的曲儿！"杨晨曦颇不服气地说道。

此刻，舞台四周的坐席上已是吵吵嚷嚷，一片喧嚣；而观众的情绪也即将被彻底点燃，纷纷起哄道：

"好晨曦、美晨曦，我的心肝儿，快出来喽！"

"我的马马！哥哥想死你了！"

"今晚跟我走吧！我出一万两要定你了！"

又有人喊：

"我出一万五千两！"

先前那人也不甘示弱：

"我出两万两！"

"你成心跟我作对是吗？"

"是又怎样？"

"操你妈的！"

……

第九回

孟庆霖冷眼旁观这些豪门阔少竞相斗富，深感无聊，便准备起身离去。

不料，老鸨却慢悠悠地晃上台来，面向观众行了个礼，说道："今儿晚上，多蒙各位老爷、公子捧场。晨曦的身子原本有些不适，但碍着各位厚爱，她还是准备再次登台，并献上毕生所学，为您弹唱一支更加香艳动人的曲子，你们说好不好？"

"好！"

"好！"

"好！"

老鸨两句话就引燃了场内的气氛。待一片叫好声稍稍平复，她又继续说道："只不过啊，这最后一支曲儿，咱们要换个规矩，来个限时出价！我数十个数，这十个数以内，哪位公子出价高，晨曦就唱谁的曲儿！咱可说好，要先把价码亮出来，要现银！就算不成，也是事后退还！"

说时迟，那时快！

老鸨已经开始计数："十、九……"

同时，仆役孙天山也在指挥下，忙不迭地跑东跑西，托着个硕大的铜盘，挨个儿去承接豪门巨富的价码和曲单。

"我出一百两！"

有一公子将一张山西银票，郑重地拍到桌案上，随即将价码响亮地吼出来。

"好家伙！一百两！"

大厅里的观众无不惊叹，彼此窃窃私语。

"我出二百两！"

另一阔少也不甘示弱，命人将一张外国银行存单举过头顶，展示给观众查勘。

"他妈的！老子出一千块大洋！"

"哎哟，这不是阮管带吗？您老也来捧场了，奴家这厢给您请安了！"

老鸨套路娴熟，一脸谄媚地问候道。

"我说王妈妈，老子出一千块大洋可是一时半会儿撂不下呀！这么着，唱过这曲儿，你派辆车跟我回巡防营去拿。在座各位也都听了，我老阮可是说话算话！"

"哪儿能不信您阮爷呢？我们在扬州地面上混口饭吃，还指望您老多加照看呢！行！就按您说的办！"老鸨一脸鄙夷地勉强答应下来。

"说好了是现银，怎么又能赊账了？我第一个不服！我出现银二千两！来哦，银票在这儿！"

"宋公子！还是您最疼晨曦！哈哈！"老鸨喜不自胜，像是如获至宝一般。

"他妈的！敢跟老子叫阵！你算个什么东西，一个盐商的混球儿小子，不想活了是吧！"对此，阮管带颇感颜面尽失，几欲拔刀相向。

"你他妈骂谁妈呢？"

宋公子一拍桌子，立时便有十数个彪形大汉一跃而起，立于身后。

"这姓宋的妈，是江苏巡抚的妹妹！"阮的部下忙向长官耳语一番。

"啊？！"阮管带不由得率先蔫儿了下来。

一场即将引爆的恶战，瞬间消于无形。

"我出一万两，就听晨曦唱个曲儿！"

一个苍老的声音从一楼前排中心悠悠传来，声音不大，却是力道十足，显得极具威严和压迫感，全场立刻鸦雀无声。

这时，老鸨的计数刚要喊出"一"。未及张口，就被这句"一万两"给镇住了！不由得心花怒放，连声道谢。

"伊……伊侍郎，大人好兴致啊！没想到您老从京城一回来，就给晨曦丫头捧场，我代她多谢您啦！"

"欸？这人谁啊？"底下，开始有人窃窃私语。

"这你都不知道，这是京里来的伊侍郎，是个旗人。据说，他就是专程来看杨晨曦的！"

"哟呵！一万两银子，可真是大手笔！怕是……不止为了听曲儿吧，哈哈！"

"你管人家呢？有钱有势的，想怎么花不行？"

"那倒也是！"

……

第九回

此刻，也曾一度激烈叫阵的阮管带和宋公子，反倒不再插话。又竟然不约而同地，制止手下继续举牌。看来，这二人十分识相，而那个伊侍郎也必定大有来头。

然而，经此一闹，原本的风雅乐事。如今，却演变成一场无聊的"斗富"游戏。

不知为何，孟庆霖竟本能地犯起恶心，并深感绝望。

这是因为，当时一户庄稼人，一年到头最多也就实际收入个四五两银子。而刚刚离世的乔老人拼上性命，将自己从山东带来扬州，往返才只敢收二两银子。又即便是自己这样的世家子弟，全年正常花费也就在二百两银子左右，还涵盖了一应穿戴。

一万两银子，意味着什么呢？

这恐怕早已超出了银钱的概念。这实在是数以千计老百姓的命啊！

若是用在灾区，多少户人家可以不用流离失所，不用卖儿鬻女，不用易子相食？

这些个畜生，还他妈侍郎？

如今，富者连田阡陌，贫者无立锥之地。富者不仁，耽于玩乐；贫者生计无着，流浪漂泊。国家早已是内忧外患，以至于山河破碎，神州陆沉……却从来无人问津，听凭去留。

这怎一个末世了得？

"我看这大清是没救了！至于这唱曲儿的女伶，也多半不是什么善类！"

想到这里，孟庆霖反而文思泉涌。于是，迅疾抽出桌上填写曲单用的纸笔，情之所至，急就写下了心里反复酝酿的那阕词。

继而，又唤来孙天山，将唱词与酬金一并交给他。

"兄弟！我拿你当兄弟，你何苦耍我？"孙天山手上端着孟庆霖交给他的一块鹰洋，气愤地说。

"我就出这一块大洋！买晨曦姑娘一支曲子！放心，这词儿虽是新的，但词牌总归是老的,她指定会唱!你尽管拿给她!再说了,不就唱个曲儿吗?我就出这价儿!"孟庆霖表示毫不在乎。

"那还给您唱价吗?"孙天山又问。

"唱啊!就说,亚圣府的孟公子出价一块大洋!请杨姑娘唱段新词儿!"

"行!真有你的!反正,我他妈早就瞧不惯那老鸨子了!大不了,明儿个我也不干了!"看了眼唱词,又瞅了眼孟庆霖,孙天山不禁两眼放光。

或许此刻,他从心底里也与孟庆霖这位新相识,达成了些许"共鸣"。

"亚圣府的孟公子出价一块大洋!请杨姑娘唱段新词儿!"

孙天山有样学样,一声吆喝,逗得全场观众前仰后合。

"什么?这还有敢出一块大洋的?"

"哈哈!这人怕不是疯了?"

"还什么亚圣府的孟公子?现在谁还信孔孟呀?真让人笑掉大牙!"

孟庆霖坦然自若,依旧自斟自饮。

梳妆台前,老鸨一边嗑着瓜子儿,一边对着身披红裘,依旧作"昭君"打扮的杨晨曦,漫不经心地说:"阮管带出了一千块大洋,但还没拿到。宋公子出了二千两,倒是现银。伊侍郎……伊侍郎可是出了整整一万两啊……"说到这儿,老鸨几乎喜极而泣。

杨晨曦却不屑地回道:"这些个达官显贵,也就是在抢女人的时候假装大方,又几时见他们对穷苦百姓伸过援手?若是那年,他们也能像今天这般出手阔绰,哪怕只出一半儿呢,我们镇上的乡亲,我的亲爹和哥哥还用无端枉死吗?"

说着,她不由得咬紧嘴唇,而眼泪也几乎就要掉落下来。只因顾念即将登台,才不得不平复心情,又重新整理好妆容如初。

"欸?那是什么?"

杨晨曦瞥见侍立于旁的孙天山,手上正拿着一张曲单,上面似乎完整地记录了一阕词。这显然不是寻常点曲儿的路数。

"噢!我有个兄弟,现场为姑娘填了阕词,希望姑娘能唱这个!"孙天山忙解

第九回

释道。

"他出多少钱呀？"老鸨紧张地问。

"一……一……一块大洋！"孙天山不免有些结巴，生怕又挨顿臭骂。

"什么？就出一块大洋？就敢让我们晨曦唱曲儿？"老鸨气得差点昏死过去。

"拿来我看！"杨晨曦指着那张曲单说道。

……

少顷，乐班奏乐，为杨晨曦暖场。

豪门巨富和市井小民无不翘首以待，期盼着主角儿尽早登台。至于那出了一万两银子的伊侍郎更是志得意满，兴趣盎然，正翘着二郎腿，准备大饱耳福。又悄悄嘱托仆人联络老鸨，以便散场后，能与佳人一亲芳泽，甚至颠鸾倒凤，窃玉偷香。想到这里，他不由得喜笑颜开，忘乎所以。

终于，杨晨曦描着淡妆，怀抱琵琶，依旧是那样千娇百媚，步履轻盈地走上台来。

四周立刻响起了雷鸣般的掌声，而伊侍郎更是深深地陶醉于其中。因为，在他看来：这些掌声全都是自己带给杨晨曦的！

台上，杨晨曦动情地说："今晚最后一支曲子，奴家就唱给情意最重的那位公子听！"

伊侍郎一听，不禁涨红了脸。而旁边的人也是齐声恭贺，纷纷表示艳羡不已。

孟庆霖有些失望。

果然，这女伶只是个爱钱的歌妓罢了！

于是，悻悻然离席而去，却在即将迈出大门的那一刻，闻听身后的舞台上竟然传来了一阵金戈铁马般的琵琶声。

随即，那熟悉的天籁女声深情吟唱道：

回首望中原，遍地狼烟。

宫娥垂泪改朱颜。

清管素弦弹几曲,世道悲欢。

忆宋祖龙鸾,挥斧山川。
披坚执锐踏雄关。
敢救苍生离乱苦,换了人间。

孟庆霖怔怔地愣住了。
他不禁惊愕地回首望去:这不正是我刚作的《浪淘沙》吗?
山河奄有中华地,日月重开大宋天!
这一刻,他与杨晨曦四目相对,而杨晨曦也似乎只为他一人反复吟唱:

披坚执锐踏雄关。
敢救苍生离乱苦,换了人间……

伊侍郎大为光火,突然变得歇斯底里:"这不是我点的曲子!你们怎么搞的?怎么搞的?"
却是再无人理会。
全场观众,无分豪门巨富,抑或市井小民,无不被杨晨曦那动人的歌喉所倾倒,又似乎对其中的唱词若有所悟……

第十回　瓜洲渡离别遭暗算　飞雪天白马诛群凶

李虎臣几乎是悬着半条命才从亚圣府一路赶到南方地界儿的。

先是，跟随他许久的枣红马因为长年奔波，竟在途中累死了。未及伤心，又在苏北群山脚下遇着土匪打劫。他也曾想过硬拼，但奈何敌方人多，总归双拳难敌四手。万一有个闪失，反倒误了正事。于是，不得不强忍屈辱，赔着小心，含恨缴纳了一笔巨额过路费，才得以勉强通过。

至于那打劫的土匪，只知道匪首浑名"花豹子"。

谁也不清楚这花豹子原本叫什么。只晓得其大约是姓"花"。

据说，花豹子曾是个武艺超群、行走四方的镖师。尽管读书不多，却颇知礼义，又喜好结交天下豪杰，并凭借一身本事，娶妻生子，倒也"老婆孩子热炕头"。

然而，好景不长！

花豹子的师父，也就是他所在镖局的总镖头终因年迈多病去世。自那以后，花豹子失去庇护，行事也就愈发艰难。再加上他只认死理，亦曾偏好打抱不平的性格，终于遭致同门嫉恨，不仅处处给他使绊子，更勾结外人，诬其"受贿失镖"。之后，就稀里糊涂地将他扫地出门。

祸不单行！

花豹子因丢了饭碗，便每日浑浑噩噩，酗酒无度。偏又抽起大烟，染上毒瘾。终于，败光了家里为数不多的积蓄。最后，竟连老婆孩子也都跟人跑了。

悲愤之下，他砸烂烟枪，重又拾起大刀，与交好的兄弟一道手刃了仇人，杀光了镖局上下，直奔苏北群山脚下落草为寇。

自那以后，花豹子招兵买马，日渐得匪名远扬。尽管行事狠辣，为人倒还算仗义。这次，他非但没有出尔反尔，反倒是对李虎臣无端生出几分喜爱，便十分豪爽地约其回程比武，并承诺公平较量，绝不偏私，且刀枪、拳脚任选。

甚至，还一度动过拉其入伙的念头："小子，若你有朝一日落难了，我花豹子就在这儿等着你！你今年来行，明年来行，后年来也行！来了不满意要走，还行！自古英雄出少年，我准你来去自由！"

"你放心！这笔账，我迟早要算回来！"李虎臣冷冷地回应道。

事实上，府里也曾为李虎臣配了几名仆人，沿途随行。但李虎臣却嫌他们走得太慢，每到城邑还要进城留宿，甚至玩乐一番，全然不将寻找孟庆霖一事放在心上，气得他直拿马鞭子上前抽打。

被打急了，仆人就纷纷不干了，索性未出山东就开始撂挑子走人！

临了，那为首的郑显还放话说："府里各位正主子还舍不得责骂我们一句呢！你个表亲，愣在这儿充什么大尾巴狼？还不是一家子指着女人上位！操！"

李虎臣被他们骂得面红耳赤，却奈何自己嘴笨，不知如何还击。

曾有那么一瞬间，他手按苗刀，杀心陡起，几乎已是利刃出鞘，却终究还是忍住了。他想起来姐夫孟庆霖常说的一句话——"小不忍则乱大谋"……

这才有了李虎臣只身一人独闯匪巢的故事。当然，若干年后，他又将与花豹子再度交会，暂且按下不表。

自走出土匪地盘后，李虎臣便到邻镇换了马。

这一日，终行至淮阴渡口。

秋风萧瑟，他立在一片湖泊草甸处驻马沉思。天气愈发寒冷，任凭他是铁打的筋骨，此刻也下意识地裹紧了身上披的黑貂裘大氅。这还是姐姐李若雪带过来的陪嫁，更是家里祖传的宝贝。据说，"可化雪于三尺之外"，实在是件稀罕物。

李虎臣清楚记得：临行那一日，姐姐见自己衣着单薄，便亲自从嫁妆里挑出了这件御寒利器，并为自己披上，嘱托早去早回，且要带姐夫一起回家。

自那时起，他就仿佛觉得：这衣服上面，承载的似乎已经不只是皮毛之物，

第十回

而是与姐姐生死相依的血脉亲情。

这正应了那句"季子正年少，匹马黑貂裘"！

至此，李虎臣的好戏才正式上演……

"还好那花豹子说话算话。不然，这黑貂裘怕是也要被人盯上了！"

他一边想，一边骑着马绕圈儿，思索着下一步找寻的方向，却又徒生感慨。如今，秋草黄了，秋叶落了，北雁南飞，天地一片肃杀，却还是寻不到姐夫的半点儿踪迹……这可如何是好？

姐夫啊，你到底在哪儿？

此去上海千余里，我又该到哪儿去找你？

为什么这些日子以来，你音讯全无？莫非你出事了？

你又是否知道，自你走的那日，我姐就病倒了！

前些天，她还硬撑着，装作没事人一样。甚至，还反过来劝慰公婆。可一到了晚上，她就高热不退，半点东西也吃不下，却又偏不让郎中过来瞧病，生怕再让家里多出一份担心……她只一个人悄悄地躲在房间里流泪……

你总说我不通人情世故，但你又是否知道"新婚出走"这件事对一个女人的伤害到底有多大？我姐又有什么地方配不上你？现在，无论多少流言蜚语，她全部一个人默默承受着！

你……你对得起我姐吗？

孟庆霖！你等着！待我找到你，我一定要狠狠地揍你一顿，为我姐出口恶气！

所以，你一定要活着！

一定！

"虎子！虎子！"远处传来一声声亲切的呼唤。

李虎臣怔了一下，还以为自己听错了。结果，回头一看，却是孟昭铭连同孟庆棠的贴身小厮小九，二人正策马奔腾，朝着自己急驰而来。

这太让人意外了！

"爷爷！您……您怎么来了？"

孟昭铭强忍咳嗽，憋红着脸，对李虎臣说："虎子！你撵回去的那些家人已经受过罚了。他们确实不该抛下你就走。这一路上，你没遇着什么麻烦吧？"

李虎臣犹豫了一下，只说道："没……没有！"

他到底没说苏北群山独闯匪巢的事情，主要是怕老人担心。

孟昭铭从怀里取出一小瓶丸药，倒出来几粒，又硬生生吞下，方才勉强压制住气喘咳嗽的病症，言道："那就好！回来的家人说，你一个人正顺着官道走。我算了下日程，紧赶慢赶总算是追上你了！"

李虎臣："小虎惭愧！不过，您身体有恙，我还真没想到您会亲自前来！"

"哈哈！这点小病算什么？想当年，跟着左大帅出征。行军路上，我们营里兄弟一个人一天也分不到半壶水！多少人是靠喝马尿硬撑下来的，又有多少人是半路上渴死的！到了两军阵前，待那漫天的弹雨袭来，任你英雄一世，也只枉作了无名之鬼。唉！这些兄弟们……死得冤呢！"

见孟昭铭悲痛，李虎臣也是唏嘘不已。

他平日里最敬重的就是舍生取义、视死如归的英雄豪杰，常感慨自己生不逢时。若是早生三百年，何惧他满清、李闯、张献忠？就凭这一身武艺，还愁不能杀敌立功吗？省得天天被姐夫嘲笑，总说自己有勇无谋！

"叔老太爷执意要来！其实，老爷他们都不同意，但也实在拦不住。这才派了小的一路跟随侍候，也好有个照应！咱们只是打个前站，后续还有人马。我也会沿途留下标记，好让他们及时接应！"

小九倒是眼睛里透着股精明，适时递上几句话，既缓解气氛，又让主翁宽心，难怪屡受重用。李虎臣看在眼里，倒也颇有感悟。

"您看这茫茫千余里，我们又该从哪儿找起呢？"李虎臣问。

孟昭铭："我临行的前一天，泽南专程跑了趟兖州府，并用府衙里的电报机，给南洋公学发了一封电报。结果，人家告知并未见到庆霖来人。现在，辜先生那边也在差人寻找。"

第十回

李虎臣:"这都多少天了!难不成姐夫还没到?"

孟昭铭:"应该不会!从府里到上海,水路、陆路皆通,又不是'蜀道难'。就算走得再慢,那也早该到了。另外,庆霖这孩子,我是知道的,他可是个急性子!认准的事情,只会一门心思做到底,绝不可能半途而废!"

李虎臣一怔:"难不成……"

孟昭铭手捂胸口:"不会的!"

小九也连忙递话:"不会的!不会的!四爷这么机灵!我只是担心他身上银子不够,可能会遇到些难处……"

听到"银子"二字,孟昭铭想了一下,反倒又理清了些思路:"庆霖骑术不精,此行千里,势必不会骑马。他身上又没带多少钱,自然也无法雇车。唯一的可能就是走水路。那么,只有运河一条道!此去上海,最好是在扬州换乘海轮。除非……"孟昭铭轻声咳嗽,又接着说道:"除非他是先渡江,从江宁或者镇江换船,但那样显然太麻烦了!"

"您是说,姐夫可能人在扬州?"李虎臣终于面露微笑。

"依着日子,大抵不差!"孟昭铭面色笃定。

刹那间,骏马嘶鸣,马蹄阵阵。

李虎臣吆喝着,呼喊着。只一溜烟儿的工夫就飞出老远,又拨转马头,大声喊话道:"我先去前面找船!你们跟上!"

……

却说孟庆霖这里。

他是在一阵晕眩中费力醒来的。

醒来时,他模糊地发现自己正身处一间破屋之中,身旁还卧着依旧昏睡不醒的杨晨曦。

"杨姑娘,杨姑娘,快醒醒!"

他蹑手蹑脚地轻轻摇晃着倒地不起的杨晨曦。

"我的头好痛!"

杨晨曦慢慢地睁开了双眼，手捂额头，脸上红晕未消，似乎酒劲未醒。

"我们这是在哪儿啊？"杨晨曦问道。

"看来，我们这是被人绑架了！"孟庆霖马上意识到情况不妙。

"啊？！怎么会这样？"杨晨曦也不由得小声惊呼。

杨晨曦环顾四周，她发现这里除了屋子尽头的一张老旧架子床之外，别的什么物件都没有。而且，屋内蛛网遍布，地上落着厚厚一层灰尘。屋顶上也透着几处孔隙，星光从此处照射进来，倒是透出几分难得的静谧。

"这虽然破了点儿，但要是可以一直这样安安静静的，倒也挺好！"杨晨曦莫名感慨道。

"你在说什么呢？现在，'人为刀俎，我为鱼肉'，我们连谁做的都不知道！那天，到底发生了什么？"

"那天……"

杨晨曦努力回想起那天的情景，试图复原事情的来龙去脉。

那天，也就是眼前人——孟庆霖出现的第二天。

至于孟庆霖这名儿，她也是后来才知道的。

她记得前一天晚上，自己一共唱了三支曲儿。这最后一支《浪淘沙》正是眼前这人现场作词，自己现场弹唱的。这阕词，读起来倒也算志向远大，诉尽了男儿抱负，多少比那些个达官显贵、豪门巨富强过一些！

呵！说起那些人，他们也就会在人前显摆，以为施舍几个臭钱，就可以让我俯首帖耳，为奴为婢了？真是笑话！

后来，她又想起自己早起梳妆打扮，还特意穿了件素色夹袄，便立刻让仆役孙天山去旅店敦请昨晚那人，也就是孟庆霖。她本想着约其同到瘦西湖游玩，再借机试探一下这人的品性究竟如何。未曾料到，孟庆霖早就结清房钱走了。据说，是直奔瓜洲渡而去，像是有什么要紧事等他。

杨晨曦听了，便嘱咐侍女道："去雇条花船，我要出门！"

……

第十回

与此同时，孟庆霖也在竭力拼凑还原那天的情状。

他记得：那天中午，自己居然意外购得了一张通往上海的递补船票，本是一阵欢喜，却又在临近登船之际，听得身后有个熟悉的女声在呼唤自己。一回头，竟是昨晚艳压群芳，却又任由万两白银化作一场空的红妆女伶——杨晨曦！

"是杨姑娘！"孟庆霖如是问候。

"公子何往？莫非昨晚上大闹一场，今儿个就要脚底抹油了？"

杨晨曦立于船头，虽已是一身素妆打扮，却仍在举手投足间散发着难以言说的魅力。正应了那句"巧笑倩兮，美目盼兮"，让来往行人无不驻足停留，情不自禁地多看两眼。

"哈哈！可不吗？断了人家财路，我还不赶紧溜之大吉！"

孟庆霖这话惹得船上的侍女无不窃窃私语，又气得随行的保镖面露不悦，纷纷叉着腰、扭过脸，权当没看到此人。

"说真的？"杨晨曦莞尔一笑。

孟庆霖哈哈一笑，反倒来了兴致，一步跨上杨晨曦的花船，弄得小船摇摇晃晃，而上面的侍女也不禁身子趔趄，花容失色。

只见他言笑晏晏，条分缕析："我只是看不惯那些人穷奢极欲罢了！好端端的风雅吟唱，却被他们搅闹得乌烟瘴气。不过话说回来，那个伊侍郎可是足足省下了一万两银子呢！等他回过味儿来，只怕还要感谢我！至于那老鸨，她又能奈我何？何况你正当红，她又怎会因为这区区一支曲子，就同你撕破脸皮？你看，你这不是好好的嘛！"

"公子倒是好见识呢！对了，我这有壶毒酒，敢来一饮吗？"

"毒酒？好啊，你我一同饮了！"

杨晨曦回身让侍女温酒端来，又步入船舱，跪坐于几案前，亲自斟上两杯说道："公子既有事，小女也不便强留！只是，昨晚听人喊道'亚圣府的孟公子'，敢问您可是孟子后裔？"

孟庆霖也走进船舱，盘腿坐下："是啊，我叫孟庆霖！'庆'是排行，'霖'

取雨露甘霖之意。但我只是个没甚出息的孟氏子孙罢了！枉称后裔，让姑娘见笑！"

杨晨曦浅笑不语，只用袖子轻遮脸面，先干为敬；又将杯底示人，说道："祝公子一帆风顺！"

"后会有期！"几乎是同时，孟庆霖也干杯如故。

二人遂笑作一团。

"酒也饮了，话也说了，我也该走了！"

孟庆霖起身告辞，但总觉得有些头晕目眩，心想这酒看上去甚不起眼，却没想到后劲这么大！

尚未迈出船舱，孟庆霖已然"醉"倒在地。

头晕目眩之际，他仿佛看到了随后倒地的杨晨曦，以及身旁一阵刀光剑影……

思虑重回现实。

孟庆霖竟不觉笑出声来："真是毒酒啊！"

"你还说笑！这都什么时候了！"杨晨曦嗔怪。

此刻，这二人虽已理清了前因后果，却仍被困在小小的破屋之中，徒叹奈何。

"奇怪！你明明是带着保镖和一众侍女来找我的，怎会轻易束手就擒？"

"我也纳闷！若说是妈妈报复，那也不至于断送了自己手下性命，她何苦来的？"

"什么？你是说他们都死了？"孟庆霖心中虽已猜到结果，却仍旧不愿相信这一残酷的真相。

"不然呢？但我那时也被迷晕了，只是模糊中见到，并不真切。不过，我依稀记得那些人出手极狠，几乎是一招致命。这都是什么世道啊！大白天的，就敢行凶杀人！"

"究竟是些什么人呢？又为什么单单袭击我们？"

孟庆霖既像在自言自语，又像在和杨晨曦交换着意见。他心里多少有些不寒

第十回

而栗,直觉告诉他:这些人或许和前些日子在运河上遇到的那拨,存在着某种程度的关联。只可惜,如今再也没有"乔老人"出手拯救自己了……

不知不觉间,二人的谈话已经引起屋外看守的注意。

一个蛮横粗重的声音,正气势汹汹地冲着房内骂道:"他妈的!这么晚了,怎么还在说话?老子就该拿裹脚布堵住你们的臭嘴!"

"这粗夯汉子,狗嘴里吐不出象牙!走着瞧好了,天无绝人之路!"

孟庆霖努力让自己镇定下来,并开始思索起对方领头儿的可能提出的要求,是要钱还是别的什么?他们又到底是谁?

结果,屋外看守仍骂得起劲:"还有屋里那个小浪蹄子!装什么卖艺不卖身的清纯?其实,心里早就馋坏爷们的身子了吧!别着急,等我师父明儿个回来,让他老人家先上!剩下,可就是我们兄弟的了!"

杨晨曦被这人一顿骚话激得羞愤不安,性烈如火的她可不会忍辱负重,索性开战:"只在嘴上使什么劲?够胆子,你就进来啊!可别是个公公吧!银样镴枪头——软货!"

说着,就是一阵放浪大笑。

"你他妈……"

看守刚想对骂,却硬是将吐出半截的字儿给吞了回去。随后,毕恭毕敬地小声问候道:"师叔,您来了!"

"开门!"

"是!"

听到开门声,孟庆霖和杨晨曦不免感到后怕,正彼此对望着,渴望从对方的身上寻求一丝慰藉。

微弱的星光折射出一道长长的黑影,从门口洒落进来。

有一人身着大褂,摇着扇子,正笑容满面地进屋,随口说道:"孟老弟,这半夜不睡,莫非是和我们晨曦姑娘互诉衷肠呢!我这门外的兄弟心直口快,说话也没个遮拦,你们可不要生气呀!哈哈!"

"是你？！"孟庆霖和杨晨曦，几乎是异口同声地喊了出来。

"乖乖隆地咚！不能是我吗？"

原来，正是那个终日受人驱使，又成天备受欺压的妓馆仆役孙天山！

"是妈妈叫你来抓我们的？"杨晨曦质问道。

"你说什么呢？我怎么会听那个老鸨子的！我可是专程为了咱们孟老弟而来的！"

"为了我？"孟庆霖丈二和尚摸不着头脑。

"是的呀！倒也不怕告诉你，那晚我原本还不知道你是谁，只当又结识了个江湖兄弟。可是，万没想到啊，得来全不费功夫！你竟亲口告诉我，你是亚圣府的孟公子！这不正是我大哥日夜找寻的人吗？真是天意啊！"

孙天山志得意满，正摇着扇子笑个不停。只是那笑声可怖，直让人起鸡皮疙瘩。

"你大哥又是谁？"孟庆霖追问。

"这你别问！到时候，你就知道了！"

"看你这般威风，又何必藏在大班里面做个受人欺压的茶壶呢？有什么话索性讲出来，岂不是更潇洒？"杨晨曦讥讽道。

"哈哈！说起这事……整个大班里面，也就你和你那几个小丫鬟拿我当人看。可惜啊，她们都死喽……算了，告诉你们也无妨。我打生下来，就在扬州城里的妓馆讨生活，而我娘早就不知道哪儿去了，兴许是跟什么野男人跑了吧。反正没人管我，我也就习惯了这行。我心里总觉得啊，只要留下来，没准还能再遇到她。可惜，这些年来……唉！反正，我受的气，那可真是太多了……"

"所以，你就借着这份见多识广的差事，广结天下好汉。明面上，依旧是个妓馆仆役。暗地里，净干些见不得人的勾当，是吗？"孟庆霖径自打断了孙天山的自白。

"差不多吧！反正我吃喝讲究惯了，也不愿意跟着那些人混码头，索性做个眼线，一样少不了我的赏钱就是！"孙天山像是总结陈词般地形容道。

第十回

"卑鄙！小人！"杨晨曦一声怒斥。

"哈哈哈哈！我小人？你跟我装什么名媛淑女呢？你自己也干净不到哪里去！别以为我不知道你过去那些花花事！"

杨晨曦羞得涨红了脸，正要反驳，却见孙天山另一手下风风火火地闯将进来，手上还提了个布包裹，说道："师叔，您交代的差事，我们办妥了！"

孟庆霖蓦然发现这个布包底下似乎已经全部湿透，正在疑惑。

孰料，孙天山竟一把将布包裹接了过来，又旋即将其丢到地上，一边用胳肢窝夹着扇子，一边不紧不慢地解开，嘴上还哼哼着小曲儿。

霎时，恐怖的一幕出现了！

一颗人头，一颗血淋淋的人头，赫然出现在眼前！

只见那人头的眼睛半睁半闭着，正是妓馆的老鸨无疑。

"平日里欺压我也就算了，还总说我娘如何如何！你个老东西，这下不能耐了吧？"

孙天山蹲在地上，用扇子指点着老鸨的人头骂骂咧咧，像个十足的疯子，却又回头，对孟庆霖笑语盈盈地说："多谢你啦，孟老弟！要不是因为你，我还不能让大哥出人出力，去结果这老东西呢！人家为了从我口中换得你的消息，那可真是下了血本儿喽！哈哈哈哈！"

此刻，孙天山笑得愈加狰狞可怖，犹如一个恶鬼，正贪婪地觊觎着鲜血的滋养。

"妈妈！"杨晨曦早已是泣不成声。

虽说，她和妓馆老鸨之间并无多少实质的感情可言，可好歹一场相处，总难免心怀感伤。更何况，对方并不曾苛待于她。甚至，还百般关照体恤，已是殊为难得了。

"是做女儿的连累了你！"杨晨曦哭得愈加悲伤，也就因此更加担忧自己本就身如浮萍一般的悲剧命运。

她恨透了孙天山这个卑鄙小人，暗暗发誓一定要让他血债血偿！

"对了！话说回来，你们也要感谢我呢！若不是我派人杀了这老鸨，你们俩想要在一块，那可不知要出多少银子呢，不是吗？如今好了，只要你们答应我大哥的条件，任你俩往后双宿双飞，再也没人阻拦，这不好吗？"

"我何时说过，要同杨姑娘怎样？你们到底要什么？我又究竟有什么，值得你们这样穷追不舍？你也不用不承认，你那大哥一路上都在找我吧！从山东到扬州，他到底图什么？让他来见我！现在！快！"

孟庆霖已经出离愤怒了！

虽然并无直接证据，但孙天山刚才一席话也算变相承认他们一直在找自己。如此说来，这伙匪徒就是曾在运河上遇到的那拨。从山东到扬州，他们可真是不离不弃啊！

"不急！不急！我大哥明天就回来，有什么想不明白的，你直接问他好了！"孙天山依然不紧不慢地应付着。

"三师叔，二师叔叫您过去！还让您少跟他们俩掺和！"刚才的看守进门汇报说。

"晓得了！在这儿装什么老大！我乐意跟老朋友聊两句，还用得着他来管？"孙天山一边用脚尖踢了踢地上的人头，让来人收走喂狗；一边摇着扇子，吊儿郎当地迈步出门。

随着"哐啷"一声，大门沉重落锁。破屋内，便只剩下瘫软倒地，痛哭失声的两个人……

花开两朵，各表一枝。

此刻，远在亚圣府的家里，李若雪已然病体沉重，并持续多日高热不退。之前，她感觉自己并无其他症状，兴许再熬两日也就好了。为了不给公婆再添心事，她决定继续隐瞒病情。

然而，事与愿违！

这病竟是越来越沉重了，眼见得瞒不过去，姜齐玉遂主动向孟庆霖的父母诉说了此事。又赶紧召来郎中诊脉，却发现李若雪早已陷入昏迷多时。

第十回

一番救治之后，郎中擦了擦额头上渗出的豆大汗珠，道出了病因："表寒未解，里热已盛。忧思成疾，忧思成疾啊……"

待服过药，当日深夜。

李若雪忽地从梦魇中惊醒，身上冷汗涔涔，神色紧张地叫道："齐玉！爷有危险！快！快带我去！快呀！"

继而，痛哭失声，泪湿罗衾。

"四奶奶！您做噩梦了吧。"

一听呼唤，睡在耳房的齐玉随意披了件衣服，立马就赶了过来，连忙好生宽慰。

"我……我梦到表哥，他有危险！"

李若雪半睁着眼睛，却仍是泪流不止。她说，在梦境里依稀看到了孟庆霖正身处险地，且随时有性命之忧。

"那都是梦！都是梦！四爷过几天就回来了！先前，不是让表少爷去寻他了吗？叔老太爷他们也都赶去了。您放心，爷吉人自有天相，遇难呈祥。您就养好身子，等爷回来啊！"

说着，齐玉又用手背试了试李若雪的额头，却被吓得赶紧抽身回来，心里一惊："呀！还这么烫！"

于是，齐玉的心里也不免担忧起来：这男的不知身在何方，女的又卧病在床，好好的一家子，怎么就成了这般模样？

"唉！四爷你可一定要平安回来！"齐玉心中默默祈祷。

"我一个人，怕……"半梦半醒之际，李若雪拽着齐玉的手不肯松开。

"嗯！我陪着您呢！"齐玉侧卧一旁，哄着李若雪重新睡下。

"我知道……他的心里有你……"

不知道是不是出自李若雪的呓语，但这句话却让齐玉的心里好似打翻了五味瓶……

翌日清晨。

孟庆霖所在破屋的四合院，一时人声鼎沸、人影幢幢。

在众多匪徒的簇拥下，那个传说中的匪首正带着一班贴身手下，威风凛凛地跨进院子。边上，还押着个用黑布套头的高个子男人，双手反缚，显然是新近俘获的另一名人质。

"度阿古，噶是侬雅岛搞来的伐？"

只听一个尖细嗓音，操着一口流利的江浙方言，像是在问匪首："这新押来的，是不是昨天晚上搞到手的？"又像是当众暗示自己与匪首的特殊关系。

"对头！老二，侬也不赖！听说，扬州城里的头牌都被弄过来啦？册那！快带过来！"

匪首似乎飘飘然，以为自己大权在握、成竹在胸，可以任意决定他人生死。反而，对费了九牛二虎之力才抓来的孟庆霖早已不甚关切，却先对女人上心，一副急不可耐的样子。

"这还不多亏了阿拉老孙！"二掌柜抚着孙天山的后背，表现得极为亲切熟络。

匪首只点头表示赞许。

转而，又让手下赶紧把杨晨曦、孟庆霖以及旁边的新人一起押到正堂，他要亲自问话。

"遭了！他们要带我们过去！"

杨晨曦贴着门缝偷听外面的谈话，不免慌张地向孟庆霖转述道。她虽不是江浙人，却因久在江南唱曲儿，倒也识得几片方言。

"是福不是祸！来吧！我早就等着了！"

孟庆霖躺在脏兮兮的地上，跷着二郎腿，随口答道。他虽感无奈，却也十分想见一下这个曾经害死乔老人，又为自己接连带来灾祸的强盗匪徒、罪魁祸首！

反正，疖子总是要破的！

须臾，到了这破旧四合院的正堂，深秋的寒风亦紧随而至，穿堂而过。

匪徒全员依排行站定，匪首坐北面南，左、右分别是二、三掌柜。一时，

第十回

场面肃杀、气氛威压，空气沉重得几乎让人喘不上气来。

"哎呀！原来侬就是孟老弟呀！长这个样子！"

匪首似乎是想客套一下，尽量让自己说些白话，却反而说得不伦不类。

孟庆霖抬眼望去，只见这匪首的脑袋顶上长了个异常醒目的肉瘤，就像是另长了副小脑袋似的，语气便不无讥讽地挖苦道："哎呀！原来你就是领头儿的呀！就长这个样子！哈哈！"

匪徒们立刻变了脸色，正要上前对孟庆霖拳脚一番，以表忠心，却被匪首按住了。

"大噶都叫吾范高头！因为吾头上还有个头，所以叫高头——高人一头！侬也这么叫吾好伐！"匪首自报家门。

"哦？你把名字告诉我？看来，你是没打算让我活着离开了？"孟庆霖倒是直截了当。

匪首范高头笑了笑，似乎是感觉这"孟老弟"上来就把话全都挑明了，虽显突兀倒也十分有趣。于是说道："既然侬把话港开了，吾也不好隐瞒。实话说，为了找侬，阿拉不知使了多少银子，找了多少帮手，又死了多少兄弟！侬是个好命人呢！生来就不用为生计发愁。不像阿拉，每天都是刀尖上舔血讨生活哦！"

"你费这么大劲找我，不会是来诉苦的吧！"其实，对范高头的话，孟庆霖只能听懂个大概。幸好身旁有杨晨曦实时翻译，这才不至于窘迫。

此刻，坐在范高头一侧的尖细嗓音、白净面孔倒先插话了，且俱是白话："吾姓应，应该的应，是这里的二把交椅。实不相瞒哦，我们找你不为别的，只是为了……为了革命！"

"啊？"孟庆霖和杨晨曦一听，皆是一脸茫然。

已经"荣升三师叔"的孙天山，则兴奋地补充道："不错！孟老弟，前些日子我大哥知晓了一件事情，不巧就是牵涉你家里的。现在看来也不能称作秘密了，索性就讲与你听吧。"

他扭头瞅了一眼范高头，见其并未反对，便放着胆子讲开了："乖乖隆地咚！

据说，曾、李、左、张四大督抚曾各自命人藏匿过一批宝藏，或是自备军费，或是应急储备，又或是用作将来重整天下的财富根本！"

孙天山特意强调了这最后一句，又摇头晃脑地继续说道："其中，左大帅那笔，似乎……是与你家有关呢！"

范高头则直击要害："吾晓得，侬噶大大从前跟着左宗棠伐？"

孟庆霖看看身边的杨晨曦，忽闪着眼睛，像是在思索对策。

杨晨曦也不确定孟庆霖是否听懂了，只好复述一遍："那人问你，你爷爷之前不是跟着左宗棠吗？"

"上几辈子的事情，我哪里会清楚？"

孟庆霖并未说谎，他之前确实是从未听说过这则秘闻。于是，心中不免疑惑：这都是从哪儿知道的呢？至于那所谓的"宝藏"，又究竟是真是假？

"你不清楚也没关系！我们合计着让你家老大人亲自过来一趟。一来嘛，我们当面请教。这二来嘛，也正好把你接回去！你看可好？"姓应的二掌柜趁机提议道。

孟庆霖本想说些什么，却又被马上打断。

二掌柜仍自顾自地说起来："原本，是期盼着你家老大人哪天出门，我们也好顺路前往拜会。未承想，却先得知孟老弟你一个人独自离家！这可是千载难逢的机会哦！所以，我们这才一路上寻你，生怕你出了半点闪失呢！"

"呵！你们不寻我，我倒是半点闪失也没有！"孟庆霖眼神中透着轻蔑。

二掌柜："我们已经查明了，你家老大人之前曾在左大帅的幕府担任军机幕僚，还是最为倚重的一个。有些个事情，要说左大帅的子侄避祸不知，我都相信。可要说，孟老大人丝毫不知，我想就是换作你，那也是不信吧！当然，至于将来是否有所起获，能够起获多少，倒也不打紧！反正，全都用作反清复明的革命大业嘛！"

孟庆霖总算听明白了。这合计着，是要拿自己当诱饵，来坑害自家祖父啊！难怪这一路上磕磕绊绊，原来他们早就打定了主意！只是，我何时离家，我自己

第十回

当初都不确定,他们又是怎样掌握我的行踪的?好奇怪啊!

正在孟庆霖飞速思考之时,身旁的杨晨曦却先开口了:"哟!我道什么'革命'呢?原来,还不就是寻个借口装点下门面罢了!做的全都是些见不得人的勾当。就你们这样,还敢妄称'革命'呢!真是欺负我小女子没读过书吗?要我说啊,这野狗就说野狗,愣充什么宫里细犬呢?"

"你!"二掌柜面色阴狠,刚要发作,却被范高头压下。

"这小囡,吾好欢喜!有劲!"

"是,度阿古!"二掌柜的脸上一扫阴霾,重又平静如常。

"嘿!'兄低'!把我的头套摘了好吗?我很……我很难受!求求'尼门'了!"一口怪异的腔调,从那个新绑来的高个子口中说出,竟惹得在场众人忍俊不禁,似乎瞬间就缓解了原本压抑沉重的气氛。

范高头起身,一把扯下那人的黑布头套。

原来,竟是位金发碧眼,身着黑衣,又说着口还算流利汉语的高个子洋人!

"啊?"孟庆霖和杨晨曦不由得瞪大了双眼。

"哈哈!孟老弟是大财,这个赤佬是洋财了!"

范高头一声狂笑,步下堂来,与孟庆霖对视,又拍拍他的肩膀,指着一众匪徒继续说道:"阿拉这些兄弟,虽然各有本姓,但一入吾门,皆为老祖师的潘姓子孙。伊们与吾一道,同生共死,晓得伐!至于侬走的这条运河,那可是门里大大们走过数百年的,沿途俱是吾门堂口,哪能让侬走脱了?"

"吾是侬啥宁?"范高头突然转身,同时问向二、三掌柜。

"度阿古!"二掌柜低眉顺眼。

"大……大哥?!"孙天山犹豫半天,没想明白如何作答。

"吾是侬啥宁?"范高头,又面向匪徒帮众一声高喝!

"师父——老头子!"帮众齐刷刷跪倒,异口同声,山呼海啸。

"阿拉又是啥宁?"范高头取下腰间的金属酒壶,猛灌了一口烈酒,随即将其狠狠地砸到地上。

帮众见状，连忙参拜，又用手势比划着，齐声答曰：

雀杆点头，青洪一家。
行走四方，忠义青帮！

正当孟庆霖和杨晨曦身陷绝境之际，李虎臣和孟昭铭一行，已来到扬州城里，正沿街寻找线索。

"请问，您见过这个人吗？"

"劳驾，您见过这个人吗？个子高高的！"

李虎臣不知从哪儿找了位画师，让人家依着自己描述画了一幅孟庆霖的肖像，正端在手里，到处比划，四下打听。

"么得！"

"么得！"

路人纷纷摇头。

失望之余，李虎臣回头望向孟昭铭，内心已是极度焦躁不安。

"别急！我想庆霖此时并不在城里，但距我们应该也不远了！"孟昭铭轻声安慰道。

"那姐夫又会在哪里？"李虎臣不解。

"我有一种预感，庆霖这次大概是要靠自己才能走出来！"

"我不明白，您是说姐夫会主动找到我们？"李虎臣茫然。

"也许会吧！但我想这就是他的宿命！若是走出来了，则前途一片光明。若是走不出来……"

"会怎样？"

孟昭铭摇摇头，只说："或许，这场宿命的起因终究还是在我身上。"

"您越说我越糊涂了！"

"那好，你先去找家旅店吧！到东关街上，那里人多热闹，也好打听！"

第十回

孟昭铭，的确见多识广！

要说，这扬州城里最为富庶繁华的热闹地儿，自然要数毗邻运河的东关街了。也多亏运河的福，这里水陆交通便利，又可直达城里，是个天然的航运中转码头。所以，自古以来就是人流熙攘、商铺林立，士农工商、一应俱全。从米面粮油到笔墨纸砚，从私家园林到文物古迹，这里比比皆是。只愁你没钱买，不愁你买不到。而孟庆霖之前，也是选择住在此地，就是看中了这里的交通条件和生活便利。

巧了！

李虎臣和孟昭铭一行刚刚在东关街寻了间旅店住下，就遇到兵勇上门盘查。听人说，这是因为近日在瓜洲渡码头，有人白日行凶，连害了七八条人命，还劫走了城里花魁。这才格外引起官府注意。因此，凡是遇到外地生面孔，无不挨个查问，生怕放走了嫌犯。

"这嫌犯，还会坐等着上门被抓？"李虎臣面带惊诧。

"谁说不是呢？不过，民不与官斗！就劳烦各位多帮衬帮衬。小店谢过了！"店主向客人挨个作揖拜谢。

"怎么会是绿营兵来管？衙门的差役呢？奇怪！"

店主也是一脸无辜："小店哪儿敢去问？"

"你叫什么啊？"有一兵勇甲，趾高气扬，已来到李虎臣和孟昭铭的客房。

"李虎臣！"

"来这儿做什么？"

李虎臣本想打个马虎眼，说个"行商"两字应付一下得了，却不知为何竟脱口而出"找人"，许是执念太深所致吧。

"哦？找谁？"

"我姐夫！"

说着，李虎臣鬼使神差地从怀中掏出那幅孟庆霖的肖像，展示给兵勇。

"欸？这人？这人我好像在哪见过呀！我想想，他是不是那晚去过'乐府清音'？喂！你过来看看！"兵勇甲挠挠头，忙呼唤同伴过来验证。

兵勇乙："你别说，看着是有点像啊！"

又问李虎臣："这是你什么人？叫什么？"

"是我姐夫啊！孟庆霖！"

"哦？你们打哪儿来的？"

"山东，亚圣府！"李虎臣实话实说。

"亚圣府的孟公子？"两个兵勇异口同声，一脸惊喜状。

"对啊！你们见过？"李虎臣半惊半喜地问道。

"哈哈！这下阮管带那边可有交代了！"两个兵勇仍在自顾自地谈笑。

"二位军爷！你们见过我这孙儿？"孟昭铭听到动静，也赶来房门口说话。

兵勇甲："见老人家面善，也不怕告诉你们！前几日，城里出了桩大案，花魁被人白日里劫走了，还连带了数条人命。府衙自认为管不了，就交到我们巡防营来管。巧的是，案发前一晚，我们二人正陪着管带大人听曲儿……"

话说到一半，兵勇乙忙用胳膊肘顶了一下兵勇甲，示意他嘴下留神。

兵勇甲忙改口强调道："那晚，我们正陪着管带大人巡查！"又接着说："所以，确实见过画上这人！亚圣府的孟公子嘛！一块大洋听曲儿那位，错不了！只不过，案发以后我们再去找他，就再也找不着了。又去找老鸨子，也没人知道她去了哪儿。后来，听码头上的人说，被劫走的其实是一男一女。女的，自然就是花魁。至于这男的，就……"

"就什么？！"李虎臣双目圆睁，单手揪起兵勇甲的脖领子，将人轻松提了起来。那气势，就仿佛要将眼前这人生吞活剥一般。

"虎子！住手！"

孟昭铭忙制止了李虎臣的冲动之举，又对兵勇致歉："军爷！不好意思！我家孩子性子急了点！不过，你可知道这一男一女往哪边去了？"

兵勇乙却气愤地说："不知道！要是知道还挨个盘问？我也没见过你们这样的，到底是我们问话，还是你们问话？都反了不成？信不信，我把你们全都抓回去！"

第十回

"是我不对！是我不对！哈哈！您二位别生气！"

李虎臣立刻意识到自己方才失态，也破例地赔着笑脸，主动为兵勇甲整理衣装，又殷勤地打听着，却是难掩心中激动之情："军爷！您是说，这被劫走的男的，就是画上这位？"

兵勇甲本想再跟眼前这位少年一较高低，却见对方虎背熊腰，力大无穷，既然人家赔礼道歉了，也就索性低头认怂，长叹一声道："唉！估计是吧！那天在瓜洲渡码头，许多人也见到了那艘花船……"

兵勇乙却冷冷地嘲讽道："谁知道这人是被劫持的，还是协助劫持的？是人是鬼还分不清呢！"

"自然是被劫持的啊！"李虎臣情绪激动，急忙分辩。

"那这二人是朝什么方向去了？"孟昭铭面色笃定，看来非要问出个究竟不可。

兵勇乙却叉着腰不再言语。

兵勇甲见这祖孙二人风尘仆仆，似乎也动了些恻隐之心，就说："听人讲，是一直往西边渡江去了！反正，我们也不能出防区。不如，就由你们去找找看吧！若是能将花魁完好地带回来，我们管带大人可就……"

没等兵勇把话说完，李虎臣已手按苗刀，飞身出户，并径直跨上骏马，向西急驰而去。

身后，则是孟昭铭等人紧紧跟随。

偌大的东关街上，只留下一连串急促的马蹄声，渐行渐远……

这时，破旧四合院的正堂。

孟庆霖仍在和范高头一伙青帮匪徒作正面周旋。

至于刚才那个被取下头套的洋人，则在本能地环顾一圈后，几乎要被这里的骇人声势吓得瘫软在地。

只听他口中一阵念念有词，既像是在祈祷，又像是在恳求。最后，他结结巴巴地用一口怪异的腔调说着："嘿！你们……你们不要这么看着我好吗？我只是个……传教士，就是……就是你们口中所说的和尚。和尚明白吗？我可没有那个……啊……Money！就是 Money！"

这洋人大概是紧张到想不起来"钱"到底用汉语怎么说，一时语塞；又被反缚双手，无法打出手势，竟是中西夹杂，表情窘迫。

这情景，不禁让在场匪徒捧腹大笑。

尽管孟庆霖是懂些英语的，但此刻也完全顾不上理会。

洋人又环顾了一眼形势，静下心来，努力观察着这里每个人的细微表情。最后，他锁定孟庆霖，问道：

"Sir, you can understand me, all right? I know you can, you are different."

孟庆霖不再回避，默默点头。

杨晨曦则小声嘀咕："他说什么呀？"

"问我是不是可以明白他说的话。"

这时，洋人见堂上三位大佬似乎正为后续分赃一事彼此争吵不休，不再关注这里，便适时地加快了语速，

"Sir, listen to me. I don't know who you are. But we could get you out by the way. Trust me. OK? If you understand me, please blink your eyes."

孟庆霖真不敢相信自己的耳朵，这洋人是要救我出去？为什么？他又是谁？他刚才说的，可是"We"！难道，他并非一人到此？或者说，他根本就不是被绑来的，而是专门混进来的？

这一切的问题现在都无法得到解答，却也只能孤注一掷！

洋人又重复了一遍刚才的问话，并强调道：

"Can you understand me? If yes, please blink your eyes."

终于，孟庆霖用力地眨了眨眼睛。

"你们在说什么呢？"二掌柜注意到这洋人似乎正与孟庆霖对话，难不成他们在密谋什么？

孟庆霖并未回答。

第十回

"说！你们刚才到底在说什么？"二掌柜急了，也带来了全体帮众的目光。

"啊？我根本听不懂好吗？我家可是读圣贤书的，哪里会懂洋人的东西？"

帮众咂摸一下，想想倒也是。按常理论，这孩子家里还不都得是一群老学究的模样，便也不再理会。

"洋人的东西不会没关系，写封信总会吧！"二掌柜又说。

"什么信？"

"自然是敦请你家老大人，也就是你的爷爷，前来一叙的信！"

"你怎么不写？"

"有你的亲笔信，胜过千言万语！"

"要我出卖自家人？真是说笑！来，命就在这儿！有本事拿去好了！"

孟庆霖索性拉起杨晨曦就往外走，却当然被人拦住去路。

他这才想到：哎呀！一时情急，竟差点忘了那洋人的嘱托。都怪自己平日里只喜欢舞文弄墨，吟诗作赋。眼下到了关键时刻，以往的这些全都没了用处。若是我也有李虎臣的身手，何惧这一群宵小之徒、乌合之众？哪里还用得着指望洋人的外援？

孟庆霖心中无奈，却也只好退了回来。

这一刻，他悔不当初！

并非单纯因为独自离家而悔恨，倒是因为自己明明守着上好的条件，却一味地重文轻武而悔恨。记得，爷爷每次要传授一些强身的套路或是实战的技巧，自己都要躲得远远的，生怕内心因此滋生出哪怕一丁点儿强横好战的冲动。毕竟"利刃在手，杀心自起"，这句话绝非虚言。

事实上，彼时孟庆霖唯一的武艺记录，就是在每年的乡射礼上，能够凭借几乎是天生的箭术，射他个百步穿杨！但除此之外，则基本是个武学白痴。反观李虎臣，凭借多年来的勤学苦练，如今，无论是招式抑或体能，都早已今非昔比，寻常人等绝非其对手！更让人惊喜的是：李虎臣又在原来武当内家功夫的底子上，生动地融入了从孟昭铭那里学来的军队独有的技击之术，以致格斗水平稳步提升，武艺也日臻精纯。

"吾晓得，吾晓得！现在就是卸了侬的胳膊，或是切下侬的耳朵，也不顶事，只会让侬家里更恨阿拉！不过，没关系，动不了侬，吾还动不了这个小囡吗？吾窥得出来，侬欢喜伊！伊也欢喜侬！"

范高头轻松一句话，却是十足的威胁。

"啊！"杨晨曦听得真切，一声惊叹，恐惧却早已贯穿全身。

范高头终于收起了那虚假的客套，逐渐显露出凶残的本性。他摸了摸头顶上冒出的肉瘤，颇为怡然自得地命令道："先将那女宁给吾扒光了！再找二十个兄弟……"

立时，便有多名帮众，神态猥琐，笑容狰狞，跨步上前按住杨晨曦，准备脱掉她那早就凌乱不堪的衣裙。其余头目，则各带着手下站在一旁，眼巴巴地期待着接下来发生的"好事"。

"住手！"孟庆霖毫不迟疑地挡在杨晨曦身前。

"阿拉晓得侬会出手！逞英雄！不想那小囡出事，就速去写信，让侬噶大大过来！"范高头面露不悦，一拍座椅，再次起身警告。

孟庆霖转身望了一眼杨晨曦，心中虽有万千不忍，却仍旧斩钉截铁地对范高头说："不行！"

"那就怪不得兄弟们了！"

未待范高头下令，也不等二掌柜发话。孙天山早已按捺不住内心的冲动，索性起身将孟庆霖踢开，一脚正中胸口。

又有二人顺势将孟庆霖按到地上，以脸贴地，拿刀架住脖子。

实际上，这一脚也刚好踢中了在场帮众的兴奋点。他们早就被孟庆霖气得牙根痒痒，恨不得将这一对男女千刀万剐、生吞活剥，却是碍着师父范高头的面不敢发作而已。对他们来说，孙天山这一脚可谓恰到好处，恰逢其时。一时间，偌大的正堂里面污言秽语，吵吵嚷嚷，纷乱不堪。

场面已然失控，就连二掌柜也弹压不住。

第十回

但最可怜的还是杨晨曦,她被绑在椅子上,任凭如何痛苦挣扎,却仍被脱去鞋袜,掀开裙子,引得一片淫笑连连。然而,她却始终不吭一声,不发一言。既没有苦苦哀求,也没有哭天抢地。因为她见惯了男人,心里知道:自己的激烈反抗不仅无济于事,反倒会助长他们的兽性。索性做回"尸体",看你们还能怎样?

这一刻,她深埋在心底里多年的委屈,也只能化作一缕晶莹的热泪,滴落唇间。

刚才的洋人犹豫了一下,却还是鼓足勇气大声制止道:"住手!你们……你们就不怕上帝的惩罚吗?"

"上帝?啥是上帝啊?"

"就是老天爷吧!"

"噢!哈哈!"

在场帮众无不哄笑,又将那洋人打翻在地,连带拳打脚踢,直到鲜血迸出,却仍不停手。

"晨曦姑娘,对不起。是我连累了你!"孟庆霖的内心,已是无比痛苦煎熬。

"你们……你们还有半点人性吗?"孟庆霖忍无可忍。此刻,他积聚起全身的力量,顶住刀锋,试图从地上站起,任凭脖子上不住流下血滴。

"真是个痴情的种子!怎么?心疼你这小相好了?还说你们没有私情?我可听说,你刚在家里成过亲呀!这么快就想着出来'独占花魁'了?"

孙天山一脸鄙夷地望着半跪在地上的孟庆霖,就像是亲自将昔日所受的种种屈辱一并踩在脚下似的。他实在按捺不住内心的冲动,又上前猛踹几脚。直到踹得孟庆霖干呕不止,方才恨恨作罢。

"姓孙的,你真是个窝囊废!只会欺软怕硬,欺善怕恶。我看你八成就是个阉货!十足的龟奴!"

挨受了孙天山几脚,孟庆霖反倒趁机挣脱了帮众的束缚。只不过,他确实没想明白,自己哪里招惹过这姓孙的?自己从未计较那人的低贱身份,始终诚恳相待，视若知己。这姓孙的出卖兄弟也就算了，又何必落井下石呢？

其实，以当今的眼光来看：这就是少年孟庆霖的书生意气了。打你就是打你，哪里还需要什么原因？这与你待别人好不好，也并没有什么必然的联系。打你只是因为打得过你。或者说，眼下只打得过你。不找你撒气，还能找谁呢？

落后就要挨打！诚不我欺也！

孙天山，就是这样一个身处社会底层的边缘人物。他自幼失去双亲，生在妓院，长在妓院。每天承受着来自四面八方的委屈与痛苦，练就的是看人下菜碟的本事，是恃强凌弱的骑墙做派。虽然，他的不幸遭遇让人同情，但他却早已在这"养蛊"一般的无情社会中，退化为一只野兽，一只一味信奉暴力与强权，并视人间一切法律与道德为无物的嗜血野兽，根本无药可救！

此刻，孙天山正被孟庆霖一番诛心之论激得血气上涌，面红耳赤，索性也将话挑明了："对！你是没欺负过我！可我就是恨你们这些公子哥儿啊！凭什么你们锦衣玉食，我就爹娘不爱的？这些年，我当牛做马，做猪做狗！我没过上一天'人'的日子！今天，我也过回瘾！给这臭婊子开苞破瓜！放心！最后，我一定让你们共赴黄泉，做一对亡命鸳鸯！"

说时迟，那时快！

孙天山已将前面几名帮众拨开，又将杨晨曦彻底扒了个精光，自己则专心宽衣解带，准备在众人面前一逞淫欲，妄图以此证明自己。

就连在场帮众都看得明白：孙天山已经疯了！并且，疯得莫名其妙！

这一刻，杨晨曦无力反抗。

孟庆霖冲上前去阻拦，却也无能为力。

至于刚才那洋人则半昏半醒，始终倒地不起。

一切似乎都已成定局，这世上所有令人珍惜的美好终将黯然收场……

就在这千钧一发之际，二掌柜却悄然瞥见了孟庆霖脖子上挂着的那枚贴身玉佩。他当即起身，并悄无声息地一把夺过来。

"亚圣第七十三世孙 庆霖 乙未年秋"

第十回

二掌柜小声诵读着,又回头瞅了眼范高头。

范高头不由自主地用手摸了摸头顶上冒出的肉瘤,轻轻颔首,神情默然,仿佛在示意二掌柜临机全权处置。

杨晨曦本就心烈如火,岂能甘受屈辱,早就抱定了必死的决心,索性眼睛一闭,用尽力气咬舌自尽。

"晨曦!"

孟庆霖真的慌了,他不能眼睁睁地看着这如花美眷就此凋零。

这时,二掌柜赶紧从怀里掏出一方汗巾,快步上前,并用力塞进杨晨曦的口中。又让人给她解开绳索,披上衣服,与那洋人一起晾在一旁。

孙天山眼见得好事不成,哪能善罢甘休?正要跟二掌柜理论。

孰料,二掌柜却先笑呵呵地拍着孙天山的后背说:"兄弟辛苦!咱们行走江湖,无非就是求财嘛!眼下,可不是逗意气的时候。毕竟,咱们刚来此地,立足未稳。还是,先设法诱来那姓孟的老爷子为先。至于这男女之事,往后再说也不迟啊!"

趁着二位匪首说话之际,孟庆霖努力让自己冷静下来,并迅速理清思路,重新复盘刚才经历的种种磨难,以及众人言辞的漏洞之处。

"我并没有告诉孙天山在家娶亲之事,他又从何处知晓?若说,他是从青帮那里打听来的,那青帮又从何处得知?还有,这些人怎么这么清楚我家之事?甚至,就连我是哪房的子孙,都打听得一清二楚。这消息,到底是从哪儿得来的?"

更为诡异的是:我独自离家,几乎就是自己一念萌生的临时决定。就连若雪和齐玉都不知道,任你青帮手眼通天,又岂能全盘尽知?更何况,这一路上的行踪,也并没有像范高头所说的一样,被他们实时掌握。只是在刚刚离家的那段时间,被人盯上而已。待过了洪泽湖,就已经彻底摆脱跟踪了。直到我在扬州"乐府清音"偶然吐露身份,才被这吃里扒外的孙天山听去告密,方引来一堆麻烦。

这么说,我之所以落到如此境地,唯一的可能就是——府里有内奸!

并且,这个内奸一定不是至亲之人!

因为，他们根本就不知道我要走！

等等……那晚，我离开府门的时候，好像遇到过一个仆人。他还问我要到哪儿去，我心想，自己总归留书告知了行程，也就不再隐瞒，直接说出了"上海"两字。

想到这儿，孟庆霖不禁脊背发凉。

这实在太可怕了！家里居然出了这样的败类！

但我却不知：这样的败类究竟是只有一个，还是共有几个？既然青帮所谋者大，又岂会轻易放过自己家人？

遭了！

爷爷和三哥他们有危险！

我必须想起来那个人是谁！

究竟，是谁来着？

这时，仿佛有一个声音从心底轻声诉说："郑显！是郑显！"

恍惚中，孟庆霖仿佛又见到了那个衣袂飘飘的"牡丹仙子"。那个曾在安庆救治过自己的未名姑娘。此刻，她正悄然指引着自己前行的方向，却又转眼消失不见。

对！是郑显！

那晚遇到的，不就是他？

这些年来，他一直在背地里嫌弃我的洋派作风。甚至，还一度造谣中伤齐玉。又因偷窃房里财物，被冲动的李虎臣狠狠修理过一番。看来，他是指望报那一箭之仇了！可惜，我当初心软，没将他偷窃一事告知三哥，也不想因此砸了他的饭碗。

真是一时"妇人之仁"，铸成千古大错！

孟庆霖理清了思路，却见前方二掌柜拉着衣衫不整的孙天山混进了自己的贴身手下之中，像是要将他带回房间休息之状。继而，二掌柜抽身出来，又对身边人略微使了个眼色。那些围拢在孙天山身边的，就像是立马换了副面孔，从先前

213

第十回

的毕恭毕敬，到如今的眼露凶光。未待孙天山反应过来，他们已手持匕首，前后猛戳，皆是"红刀子进去，白刀子出来"！

帮众亦齐声高唱：

"一杀欺师灭祖！"

"二杀出卖同袍！"

"三杀贪心不足！"

……

顷刻间，血流满地。

孙天山倒在了血泊之中。

二掌柜十分鄙夷地瞅着如同泥鳅般挣扎的孙天山，并顺道教训起帮众："入吾青帮，本就是师访徒三年，徒访师三年。前前后后，足足要有六年的磨炼。你倒好，竟一口吃个胖子！给你做了三掌柜，已是大大坏了规矩。你却还不知足，还想妄图多分一份儿？你那点儿消息一经吐露，还能值钱吗？又凭什么讨价还价？如今，还要先碰老大的女人！找死！你们中，有谁愿意学他吗？"

帮众皆噤若寒蝉，不敢答话。

稍后，才有人问起这孙天山的后事如何处置。二掌柜则吩咐他们，随便找个地方丢了就是。

借着杀伐余威，范高头第三次来到孟庆霖的面前，以杨晨曦的性命相威胁，问他到底写不写信。

孰料，孟庆霖早已计上心头，对范高头说道："我的贴身玉佩，不是在你们手上吗？你们就将这个交到府里。对了！取纸笔来，我写个便笺就好，家里自然明白，也会知晓我现在的处境，如何？"

"痛快！来人，取纸笔来！"二掌柜擦擦身上的血污，连忙接茬儿。

孟庆霖提笔沉思，只写了几句话。乍看上去，让人摸不着头脑：

家尚圣贤，攘凶除奸。

恪行正道，岂惧兵燹？

弟孟庆霖手丰

"欸？你这'書'的底下怎么少个'日'？"二掌柜瞅了一眼，十分不解。

"嗨！暗无天日呗！我三哥自然会懂！给他就行！"

"哪能？"范高头伸着头也来观瞧，却满不在乎地说道："有个条条不就行了！"

"是！度阿古！"

二掌柜马上挑了两个最为信任的手下，带着孟庆霖的贴身玉佩与亲笔书信，骑快马直奔亚圣府而去；并轻声叮嘱他们，不到万不得已不要与其家人见面，只将物件想方设法交到……

正当众人的目光全部聚焦于孟庆霖身上时，二掌柜又注意到那个受伤倒地的洋人，似乎总觉得一见此人就心里烦乱，却又说不出个究竟。

这时，一名帮众惊喜地发现洋人随身的包裹里面，竟然有个带网眼的木头盒子，上面雕花锦绣，甚是好看。只是尺寸太大，显得不够精致。又听里面似有声音，难不成还有活物？

他情不自禁地拔出了插销，掀开了盒盖。

洋人见得这一幕，终于意味深长地笑了。

二掌柜一看，心想不好，刚要出手制止，却是为时已晚。

随即，一只爪白似玉、鹰眼离娄的海东青已扑腾着翅膀，傲然飞向了天际……

屋外，下雪了。

在这个不平凡的深秋时节。

只见大雪飘然而至，借着秋风，时而羽花纷乱，时而摇曳生姿，时而丝丝下坠。漫卷雪尘，直将那峥嵘大地覆盖了白茫茫一片真干净。

远远望去，一支不足二十人的骑兵小队，人人披着带风毛的羔羊皮斗篷，呈

第十回

锥字形在风雪中策马奔驰，卷起了身后一层雪雾。

小队停驻在一片高耸的丘陵台地之上，直望着山脚下那座破旧的四合院——正是孟庆霖三人被关押的地方。

领头的一人，是个少年模样。

他戴了一双狼皮缝制的手套，轻柔地抚摸着停留在左肩上久久不肯离去的海东青。只见那猛禽鹰眼离娄，爪白似玉，通体乌黑。正是刚才突出樊笼，翱翔天际的那只。稍许时光，海东青仿佛读懂了主人的心思。再次鹰击长空，盘旋于九天之上。

这时，少年俊朗的国字脸上，两道疏阔的剑眉已然轻轻扬起，高挺的鼻梁下，紧闭的双唇微微下吊，仿佛在向世人无声宣告着自己与生俱来的高贵与自信。

他究竟是谁呢？

只见他头戴红色簪缨，身披亮银色八旗锁子战甲，脚跨白龙驹，手执宝雕弓，左携马刀，右佩短枪，俨然是副少年勋贵的打扮，却又分明散发着远超同龄人的成熟与稳重。

单看他眼眸中不经意间流露出的王霸之气，就已然断定：这绝非寻常子弟可比！

这时，小队中有一侍卫出列，跃下战马，笑呵呵地拎起蜷缩在雪地上一个匪徒，问起话来："说！那里面有多少人？都用什么兵器？"

"这……我要说了，我全家……我全家可就都没命了！"

匪徒眼巴巴地瞅着须髯戟张的剽悍侍卫，手捂着肩上的贯穿伤。黑红的血液，顺着箭杆与箭头汩汩流下，滴落在皑皑白雪之上。

少年却冷冰冰地开口了："不说，你现在就没命了！说了，兴许我还会命当地关照你的家人！"

"当真？你……你又是谁？凭什么保证？"匪徒内心一阵激动，却又满腹狐疑。

"废话！我们主子何等身份，什么时候说话不算数了？真是瞎了你的狗眼！"侍卫怒斥道。

"那好，我说！加上师父和两个师叔，眼下还有百十来个兄弟，都在里面了。不过，那里还有三个被绑来的，两男一女。其中，一个还是洋人。"

侍卫急问："你们拿那洋人怎么样了？"

"昨晚上才绑来的，能怎么样？只是那一男一女怕是已经不好……听说那女的……那女的还是扬州城里的花魁来着。"

"那男的呢？"

"我只知道那人姓孟。我们在海门跟官军大战一场之后，实在走投无路。这才听说通过姓孟的小子，好像能够打听出来什么秘密……"

"什么秘密？"侍卫用力按压着匪徒的贯穿伤，痛得那人满处打滚，弄得一地血污。

"我……我实在不知道啊！都是师父和二师叔谋划的呀！我一个暗哨……还有，师父枪法极准，还能双手使枪，你们绝不是他对手！"匪徒怕极了这个须髯戟张的侍卫，索性全部交代，以免再受皮肉之苦。

说话片刻，少年的手下已纷纷跃下战马，四面出击。又悄悄地猎杀了数名匪徒暗哨，皆是一击致命，不留活口。

"这不劳你操心！我们自有办法！我只问你他们有多少条枪？"那侍卫松手，最后发问。

孰料，这匪徒眼见同伴陆续被杀，临时变卦，趁机起身逃跑，却在刚要大喊救命之时，被那少年一箭封喉，当场血溅五步。

"总归是你负约……"少年良久叹息。

侍卫重又跨上战马，行至少年身边，小心地试探道："主子！里面匪徒太多。奴才请主子示下，是否请人过来增援？"

少年则收了弓矢，闭上双眼，仰面对着天空，任由雪花飘落在自己俊朗的面庞之上。继而，他深吸一口气，竟有些心不在焉地感叹道："今年，这江宁的雪下得可真早啊！"

众侍卫大多已猎杀归来，见主人战前赏雪，似乎心情颇佳，便也跟着轻松活

第十回

泼起来,相互间小声说笑着。

"你们记得自己打哪儿来的吗?"

少年收起那片刻的悠闲,重又变回冷酷坚毅、器宇轩昂的领袖模样。

"白山黑水!"众侍卫答曰。

"你们跟我多久了?"

"七年了!"

"这七年来,你们的名字是什么?"

众侍卫沉吟片刻,纷纷收敛笑意。眉宇间,顿时杀气腾腾,竟齐声作答:

"巴图鲁!"

"巴图鲁!"

"巴图鲁!"

侍卫的怒吼一遍又一遍地响彻山谷,直到"巴图鲁"的呼喊声渐行渐远,并最终消散于天际。

少年,右手轻轻一挥。

眨眼之间,铁骑四出,个个奋勇,好一阵人喊马嘶。

众侍卫兵分两路,直扑阵前。

饶是那范高头再糊涂,却也注意到了刚才不同寻常的一幕。这破屋子里面竟然飞出一只猛禽,自己显然已经暴露了。他暂时顾不上追究到底是谁的责任,只是立刻命令手下将三名人质转移,并组织人手杀出重围。

百十名帮众裹挟着孟庆霖等人,陆续从破旧的四合院内冲出,却是遇到了来自骑兵小队的顽强阻击。

电光石火之间,双方弹矢齐发,杀声震天。

一颗流弹,穿过雪雾,"嗖"的一声呼啸袭来,距孟庆霖的眼睛不到一寸。饶是天气严寒,孟庆霖仍旧被惊出一身冷汗。

此刻,少年的人马凭借高超的骑射本领,并倚仗火器的优势,辗转腾挪间,就已将两队合一,绕着匪徒围成一个大圈,进而飞奔往复,枪声大作。只见那一波又一波齐射而出的子弹，恰如流星，快似闪电，几乎弹无虚发地打在众匪徒身上。不多时，范高头一伙已几近半数阵亡，且再无还手之力。

情急之下，范高头也顾不得江湖规矩，命人将三名人质拖出，挡在自己身前，并叫嚷道："放吾一马！否则，这三人里面，总有一个侬在意的！"

少年依旧冷峻，只轻蔑一笑，随即吹响了口哨，命人继续进攻，且攻势更加凌厉。

范高头大惊，对面究竟何方神圣，为什么区区十几个人就能将自己这百十号刀尖上滚过来的亡命之徒瞬间打得满地找牙？看他们这穿戴行头，这战阵身法，还有这舍生忘死的劲头儿，绝非寻常官军！更不像是哪里来的帮众信徒，他们又到底是谁呢？

见对面不作回应，范高头索性拉来双手反缚的洋人，以枪抵头，强令休战："再过来，吾先解决这赤佬！吾晓得，那鹰就是他带过来的。阿拉全都上当啦！"

话音刚落，之前盘旋于九天之上的海东青一听主人的口哨声，便迎着漫天风雪，俯身冲下，并以迅雷之势，叼走了范高头的手枪，又将他的胳膊狠狠抓伤。

正当范高头捂着伤口，大声喊痛之际，那少年已身骑白马，穿过雪雾，踏着烟尘，从骑兵队伍中信步而出。

白马不断吞吐着怒气，马蹄不时勾划着雪地。

少年在距敌约百步位置，手搭宝弓，瞄准范高头，信手一箭。

长箭穿过少年右手扳指，呼啸而去，穿过风雪，穿过荒草，穿过树林……眨眼之间，直中范高头持枪右手。

范高头应声倒地，痛得满地打转。

见匪首受伤，这群帮众立时没了心气儿，全作鸟兽散。二掌柜见状不妙，也不顾老大死活，马上带着贴身手下集中火力，凭借人多势众，终于杀开一条血路。逃亡路上，二掌柜才不管自己身边究竟倒下多少人，他只顾一路狂奔。直跑出十余里，见无人追击，方才气喘吁吁地倒在地上，开始苦思冥想自己未来将往何处……

第十回

说回少年这边。

众侍卫见匪徒纷纷落败，全员溃散，立刻组队上前追击，争取不让一贼漏网。却终因己方人少，难免放跑了几个。其中，就包括那姓应的二掌柜——这个曾经屡教不改，又终将祸乱天下之人。

然而，更令人意想不到的是：漫天风雪之下，竟有一骑突然杀来。黑衣黑马，孔武有力，正手持长柄苗刀，从远方杀至阵前，一路上接连砍翻几名匪徒，又与少年的侍卫短兵相接，却不恋战，径直杀将过来。

未待众侍卫回身阻挡，那黑衣人已如黑色闪电一般，瞬间就冲到了少年跟前，且上来就是一刀，招式凶狠异常。

说时迟，那时快！

二人已各举兵器，在马上战作一团。

一时间，互有攻搏，难解难分！

"快住手！"

孟庆霖揉了揉眼睛。他真的不敢相信眼前这一幕，急得不知是喜是忧。

"待我擒杀此人！"黑衣人边战边答。

"主子！侍卫听令：返身死战！杀！"

少年的侍卫已顾不得继续追击匪徒，立刻返身救主，准备以死相搏。

"不要……不要再打了！"杨晨曦一看孟庆霖脸上焦急的表情，马上回过神儿来，意识到这将是一场无谓的争斗。

"上帝啊！原本我们已经得救了，请不要再让流血的事件发生！已经够多了！阿门！"洋人双手反缚，只能跪在雪地上，紧闭双眼，不住祷告。

"汝是何人？年纪轻轻，身手倒是了得。可惜，还是缺乏战阵历练！"白马少年边打边问，仍旧语气轻松，临危不乱。

"看来你也是条好汉！不怕告诉你，小爷行不更名，坐不改姓！李虎臣是也！看招！"

欲知后事如何，请待下回分解。

第十一回　伤离别孤勇屠恶龙　喜相逢纵酒贺良辰

"不许近前！我要与这位兄弟好好过上几招！"少年厉声喝斥道。

"主子！这……"众侍卫奔袭而来，此刻却心情忐忑，稍显迟疑。

"汝等追击残匪，不得有误！"

"嘘！"众侍卫无奈，只得领命，却又留下二骑护持，以备不测。

这场面，尽管在一开始可能有所误会，但如今，李虎臣也早已瞧得明白，面前这少年和他的侍卫绝非歹人。可转念一想，他们也不见得就是什么善人！不顾人质死活地向前冲锋，万一刀枪无眼或者匪徒撕票，那结果可是不堪设想！我何不装聋作哑，再与他战上三百回合，定将其挑于马下……

于是，李虎臣持刀立马，严阵以待，仍作战斗之状。

孰料，竟不期等来少年一声怒喝，端的惊天动地："你叫李虎臣？"

"正是！请问尊驾高姓？"李虎臣见这少年气度不凡，又军容严整，不免礼敬三分。

少年策马近前，昂首微笑道："胜过我，就告诉你！"

"你……那好！今日，我们就放手一搏，生死不论！"李虎臣被这少年激得战意正酣，任谁也劝不动了。

"好！打就打个痛快！看招！"

只见少年挥舞马刀，穿过漫天飞雪，攻势凌厉地向李虎臣劈砍而来。刀锋沾上数片雪花，却又立刻将之化作几滴雪水，洒向空中。

李虎臣勉力招架。

"好沉的力道！"他心里一惊，不禁感慨人外有人。看来，今日棋逢对手！

第十一回

"能接住我这招的,倒是不多!你小子,功夫很不错……如今,朝廷正是用人之际,不如你就留在我身边,做个侍卫吧!少不了你杀敌报国的机会,如何?"少年依旧谈笑自若,且与李虎臣边打边谈。只是,少年每说一句话,便同时挥出一刀,刀刀凶狠,直击要害。

李虎臣左支右绌,只能勉强护住身体,却是几无还手之力。

"你这使的什么招数?我又报的谁家朝廷?旗人的?还是汉人的?"显然,李虎臣不依不饶,仍在故意激怒对方。

"呵!使的自然是战场上的招数!等你杀过千万人,就窥得其中奥义了!还敢说什么旗汉之分?旗汉本就是一家!我看你欠打!"少年面露愠色,一番怒斥,又一招突刺,直指李虎臣胸膛,力道却比之前更沉,攻势也更加迅猛,着实让人难以抵挡。

李虎臣急忙回身招架,虽躲过一击,却也被划伤手臂。

望着刀伤处渗出来的殷红鲜血,李虎臣恍然大悟:"我明白了,无论是力道还是速度,你后面一招永远胜过前面一招。因此,你胜的不是敌人,而是自己!你出手连绵不绝,任谁也是挡得住你一时,挡不住你一世。所以,要打败你就只能……"

少年一怔:这小子的悟性,竟如此之高!

刹那间,李虎臣以臂使腕,以腕挥刀,聚全身之力于刀尖一点,并以闪电之势袭来,直刺少年面门。

少年不得不收势抵挡。

二人刀锋相撞,奏出铿锵之音,迸射阵阵火星。

在这生死关头,一支鸣镝穿过层层雪雾,呼啸而来,稳稳地砸在兵刃相交之处……

北风渐息,雪花寂静凋落。

远方的地平线上,太阳重又穿透云雾,向大地倾泻出无尽的光芒,也为清冷的人间带来了一丝难得的温暖。

孟庆霖握着手上已经浸出汗水的短弓，仍旧紧张得气喘吁吁，许久才缓过劲儿来。

　　刚才那一箭，正是孟庆霖情急之下射出的。

　　鸣镝所至，双刀震落。

　　这"生死不论"的二人，总算被强行分开了，最终也没定个输赢，但李虎臣总归落了下风。

　　幸好，刚才孟昭铭等人及时赶到。否则，孟庆霖还真不知道如何是好，也更不可能寻得一件趁手的兵器。

　　"爷爷，我……我射中了……"

　　此刻，孟庆霖的内心没有丝毫激动，反倒感觉十分后怕。这"以武止戈"的做法，实在是有些迫不得已。

　　孟昭铭欣慰地看了一眼孟庆霖。随即，便将这个走失许久的孙儿紧紧地抱在怀里，眼含热泪，久久不去。往日，纵有千言万语。如今，却也只能如鲠在喉，任是一句话也说不出了。

　　此情此景，让一旁的小九看了，也是一把鼻涕一把泪的。最后，竟演变成号啕大哭，且自哭诉起来："总算找到你了，四爷！你不知道，这一路上可实在太苦了！我都三天没盥洗过了！身上都臭了！"

　　杨晨曦见孟庆霖与家人团聚，也不由得生出几分艳羡，又见那白马少年居然近在咫尺，却是急忙将身转去，生怕与其四目相对。

　　至于那洋人，则面朝天空默默祷告。末了，只来了句汉话："申冤在我，我必报应！阿门！"

　　比武被倏然打断，少年也并未计较，反倒十分欣喜地夸赞道："好箭法！昔有吕布辕门射戟，今有兄台鸣镝止战！好！自当流传佳话！哈哈！"

　　说着，他却只与杨晨曦略对望一眼，也立刻将目光躲避。

　　李虎臣不明就里，对少年抱拳拱手："尊驾气度非凡！刚才，恐怕还让了我半手。不然，我这条胳膊早就没了。惭愧！"

第十一回

"兄弟过谦了！你勇略无双，单枪匹马就敢杀来。这份忠义之情，世间罕有啊！我今日言之，你若久经战火淬炼，必成一代名将！"

又以马鞭遥指孟庆霖，问向李虎臣道："那是何人？值得让你如此奋不顾身？"

李虎臣："我姐夫！我发誓要将他带回姐姐身边！"

孟庆霖也自报家门，语气十分诚恳："在下孟庆霖！尊驾大恩，必当厚报！"

少年立于马上，昂首施礼，却依然声音洪亮，响彻山谷："不必客气！奉命而来，碰巧而已！对了，在下金碧云！镶白旗满洲！"

至此，孟庆霖心下稍定，方才看清周围的景物。

只见此地山峦叠嶂、山势蜿蜒、山环水抱、风景秀丽。远处，明楼高耸，宝顶在望，下立高大翁仲，威武雄壮。近处，又有诸多动物石像，如战马、麒麟、狮子、大象、骆驼、獬豸等等，皆是站卧各一对，无不栩栩如生，惟妙惟肖。

尽管这些翁仲石像，当时已被官府用木制栅栏结实包裹，加以保护，却仍难掩其雄浑本色，也烘托得此地更加庄严肃穆，气象万千。

这……这究竟是何地？

首先，这必是一处古墓陵园不假了。孟庆霖也总觉得此地似曾相识，却又想不起来到底在哪儿见过？是在史书中？还是听家里老人提到过？抑或是多少次午夜梦回，曾在失忆前来过此地？

孟庆霖实在想不起来。然而，若仔细观察这些翁仲石像则不难发现：他们显然已经上了年头。不仅石料风化斑驳，就连石头缝隙里也早已顽强地长出了几株小草，并留下了一片苔藓的印迹。

再看这里山川开合，苍莽千里，气势巍峨。自宝顶、明楼到云龙石柱、翁仲石像，一应走势，蜿蜒曲折，恰如北斗之勺。

难道，这是一处帝王陵寝？

想到此处，孟庆霖心下一惊：扬州，可从没听说过有什么帝陵啊！

从瓜洲渡误饮毒酒，中道遇伏到现在平安获救，不过区区数天，势必走不了太远。那么，扬州附近唯一能有存世帝陵的所在，岂非……

这个名字，或者说这里自古及今的许多名字，曾多少次跃然史书，多少次闪现笔端，又多少次萦绕在孟庆霖的心头，让他辗转反侧，让他夜不能寐，更让他无比期盼！

他期盼着自己有朝一日可以亲临此地，亲谒此陵，却是始终无缘成行。如今，这一切竟然阴差阳错，在这个飞雪连天却终又拨云见日的时节里面，匪夷所思地实现了？当真不可思议！

孟庆霖无比感慨命运之奇妙！

他心里断定：若非意外，这座陵园必是明孝陵无疑，是明太祖朱元璋与发妻马皇后的陵寝所在！

这里就是江宁府，但她更是金陵，是建邺，是建康，是应天，是南京！

是东吴、东晋、宋、齐、梁、陈！

是我华夏典章，衣冠风华！

此刻，远方的天空，传来海东青的高亢鹰吟，鹰眼离娄，俯察万物。

只听金碧云正色传令："匪徒业已就擒，全队即刻下马步行。此乃孝陵重地，不得怠慢！一应草木，不得毁伤！违者军法从事！"

"嗻！"

众侍卫大多已追击归来，马后各自绑了一串匪徒。此刻，无不拱手领命，一阵齐刷刷下马，纷纷马袿抖擞，甲胄相撞，押着俘虏向山下走去。

"果然是明孝陵！"孟庆霖心想。

李虎臣虽然不知道什么是"孝陵重地"，但他也被这下马的浩大声势所带动，只得牵马步行，并来到孟庆霖和孟昭铭的身边。他瞅了眼旁边的杨晨曦，敏锐地察觉到了"问题"，不免为姐姐李若雪担忧，更为姐姐不值。于是，自然流露出一副不屑的神情。

"禀主子，与海门的缉捕文书反复核验过了！又经临时审讯，确是上海青帮范高头一伙。经此一战，除范高头负伤，其余头目或死或降外，我部歼敌九十八

第十一回

人,俘敌二十人,另有十几人溃逃。眼下……"那个须髯戟张的侍卫,突然变得吞吞吐吐起来。

金碧云横了他一眼。

"主子恕罪!怪奴才们无能,还是让十几人逃脱了。眼下,正不知所踪。"说罢,原本在人前威风凛凛的侍卫竟被金碧云的这一丝不悦,吓得长跪不起,磕头如捣蒜。

金碧云紧闭双眼,一声不吭,像是有所悔恨。要是自己刚才不逞一时之快,不与李虎臣比武,而是专心追击匪徒,说不定就可毕其功于一役,绝不使一人漏网。但事已至此,又何必抱憾?能结识两位少年英雄,倒也殊为难得。说不定这二人,未来将有益于朝廷……

"阿玉锡,兄弟们伤亡如何?"金碧云终于发话。

原来,那须髯戟张的剽悍侍卫名叫阿玉锡,并已做了这队人马的领班。

此刻,阿玉锡终于将那颗悬着的心放了下来,不禁舒了口气回道:"禀主子!敌众火器甚多,然被我部突袭压制,终不能派上用场。故我部十八骑仅二人轻伤,无人阵亡。如今,我部建制完备,斗志昂扬,誓死捍卫大清江山社稷!"阿玉锡激昂慷慨,感奋莫名。

金碧云颔首。

"奴才,再请主子示下:这为首的,如何处置?"阿玉锡指了指受伤倒地的范高头。

只见那范高头卧在一地血污之中,却仍旧忘不了拿他那未受伤的左手去抚摸头顶上高高突起的肉瘤,眼神里满是阴狠与不甘。

金碧云手执马鞭,正欲牵马而行,回头瞅见这一幕,也只得吩咐道:"额齐赫新任江宁将军。现在,又有急务交给我,是关于江南乱党的,我必须先走一步!你们抓紧跟上。至于这人……"他指着范高头说:"还要留着这人去审问!你吩咐人手,先将他押回江宁将军府。对了,也要带这几位新老朋友过去,我有话要说!"

又转身，高声对洋人致意："多谢你了！老费！回头，请你喝上好的女儿红！"

洋人点头微笑，右手装作脱帽似的，鞠躬致意。

"欸？你叫什么啊？我听他喊你老费？你不是个洋人吗？"李虎臣头一次见到洋人，甚觉稀奇，不由得连声追问。

"先生，我叫George·Fitch！用中国话说，就是乔治·费奇。"

"乔……什么？"

"哈哈！不是乔什么，是乔治·费奇！对了，你可以叫我的中国名字——费吴生，我是在苏州出生的。现在，是一名传教士。"费吴生依旧用一口稍显怪异的腔调说着流利的汉语，逗得李虎臣笑个不停。

"哈哈！他这汉语说得可真够利索的。是吧，姐夫！"

"这名字不错！费大叔，我叫孟庆霖。"

"我叫杨晨曦。"

费吴生耸了耸肩膀："中国人说患难之交！既然上帝让我们相遇，那么，我们就已经是兄弟了。所以，你们还是像贝子爷一样，叫我老费吧。这样，倍儿亲切！"

"好！就这么定了，老费！"李虎臣本就是个自来熟，一边笑着答话，一边揽过费吴生的肩膀，没大没小地与他称兄道弟起来。

"您说，刚才那位少年将军——金碧云，是位贝子爷？！"

孟庆霖的心里多少有些惊讶，倒不是因为那人的显赫爵位，而是感慨这早已糜烂不堪的大清朝廷，竟然还有如此披肝沥胆，不惜亲冒矢石，上阵杀敌的青年才俊，还是个天潢贵胄！这与印象中抽大烟、养戏子、提笼架鸟，再唱上两口好皮黄的八旗子弟形象，可是相去甚远啊！

"嗯哼！我只知道他是……他是肃亲王的第三个儿子！江宁将军铁良，可是他父亲的好朋友！"费吴生几乎要被热情的李虎臣勒得喘不上气。

孟庆霖不禁陷入了沉思。

第十一回

事实上,历史也终将证明:金碧云,的确是那个时代的异数!

他出身王府,可谓是含着金汤匙长大的,但他却没沾染上一星半点儿那年月贵族子弟的不良嗜好。甚至,都没真正享受过哪怕一天养尊处优的王子生活。

在他有限的生命里,只有无尽的军旅生涯,只有苍茫的大漠孤烟与寂寥的长河落日,只有为国杀敌建功的不屈雄心,只有对大清朝廷的无限忠诚!

金碧云,就仿佛一位铁匠,不停地用手里的铁锤奋力敲打在烧得发红的末世铁条上,为的只是锻造出一把更为锋利的宝剑,披荆斩棘,所向披靡……

再看此时,只见主人和大队人马走远了。

阿玉锡也匆忙吩咐一名年轻侍卫将卧在血泊中的范高头拎起,准备为其套上枷镣。自己则走到孟庆霖一家身边,盛情相邀道:"几位爷,我家主子请您过府叙话!望几位略赏薄面,请吧!"似乎没给他们任何拒绝的机会。

同时,孟庆霖也正向爷爷孟昭铭忙不迭地打听家人情况;当获知妻子已然重病时,他不禁摇头,连连追悔自己因一时冲动,擅自离家所引发的一连串麻烦,心中很是惭愧。

李虎臣则顺势抽了孟庆霖一巴掌,并冷冷地说:"这一掌是替我姐姐打的!若我姐有事,我还要慢慢跟你算账!"

孟庆霖也不躲避,只捂着热辣辣的脸颊一声不吭,心中虽万语千言,却只汇成个"好"字。

见孙儿有惊无险,平安无恙,孟昭铭这颗悬了一路的心总算暂时落了地,却又因一时欢喜,引发痰气上涌,继而咳喘不止。

小九忙递上绢帕。

杨晨曦也想上前侍候,却被李虎臣一把推开。

待稍一平复,只听孟昭铭语重心长地说:"要是再早上十年,我何用他们来救?垂垂老矣……垂垂老矣啊……"又对孟庆霖说:"刚才,我听费先生和杨姑娘大略讲了,那些人抓你是以为咱们家藏了什么宝藏的秘密。实话说,没有的事儿!左大帅公忠体国,哪里会擅自藏宝?就算有,远征新疆一趟也早就……早就没了！"

说着，孟昭铭又剧烈地咳嗽起来。

孟庆霖刚想再问究竟，却立刻被祖父的话头盖住："但是，因为这个由头，他们一路上追着你不放！说到底，你还是为我承担了这份罪孽。这都是，做爷爷的不是啊！"

孟庆霖好不容易与祖父重逢，却先听到老人自责，心里很不受用。他明显发现：这些日子以来，或许是因为时刻牵挂自己安危，孟昭铭仿佛瞬间就苍老了许多，而身子也愈发不如从前硬朗。这让孟庆霖隐隐感到不安。

"瘦了些，黑了些，却也长结实了！"孟昭铭强忍住咳嗽，轻轻拍打着孟庆霖的肩膀，依然像往常一样慈爱地说道。

孟庆霖："自今日起，我想好好学武，不再逃避了！至少关键时刻，还能与敌拼个生死！"

孟昭铭却说："学学也好，但是也不打紧！对你而言，与其学武，不如知兵！这才是家里让你去陆军部应征的根本……根本缘由啊！"

"你现在这个年纪学武，就算日夜苦练，那也断不可能赢过我了！你还学个什么？反正，有我在你身边不就够了？若那贼子来了，来一个，杀一个；来两个，杀一双！"李虎臣仿佛转眼就忘了对孟庆霖的恼怒，只荒腔走板地唱将起来；但眼神，却警觉地瞥向了身旁的杨晨曦。

孟庆霖沉吟片刻，倒是脱口而出："您是说，学那项羽——万人敌？"

孟昭铭没有往下说，也示意孟庆霖不要多言。一行人遂继续远远地跟着阿玉锡等侍卫步行下山。

阿玉锡原本在前面走着，却一直听不到后面枷镣拖地的声音，不禁心头纳闷，赶紧回身去寻派出去的年轻侍卫，又大声呼唤再三，却是始终无人应答。

他本能地警惕起来，右手摸向身后背的毛瑟卡宾枪。

这一刻，世界仿佛安静极了。

静得几乎可以听到银针泄地的声音。

第十一回

一阵寒风吹过,吹落了树枝上覆盖的皑皑白雪。待那雪花落地,则显露出原本光秃秃的枝干。

"嘭!"

突然一声枪响,阿玉锡慌忙躲到树后,用拇指推开了保险。长期的战斗素养,让他马上冷静下来,开始迅速寻找敌方位置。

然而,未知的敌人十分狡猾,并不给他以任何喘息之机。

第二颗子弹射来,像是在试探,紧紧贴着阿玉锡藏身的树干飞了过去,在空中划出一道完美的弧线,将其压制得无法还击。

几乎是同时,第三颗子弹呼啸而来,直接命中阿玉锡右肩。阿玉锡强忍住剧痛,极力克制自己不能呼喊出来,以免暴露位置,却又因此陷入对战友深深的自责,眼泪几乎就要倾泻而出。显然,刚才派出去的年轻侍卫,必定凶多吉少。

孟庆霖他们早就听到了动静,心想大事不好,纷纷回头赶了过来,伏在雪地上观察。

他们看到:那开枪的人,正是垂死挣扎的范高头!

只见范高头,左手拎了把左轮,身后还背着把像是抢来的卡宾枪。受伤的右手,则拖着奄奄一息的年轻侍卫,而他自己也早已成了个血人,从头上突起的肉瘤到右手的箭伤,从狰狞可怖的面容到浑身破烂的衣服,无一不在滴血。

那鲜血一滴又一滴,接连滴落在洁白柔软的雪地上,随即绽放出妖艳的花朵。只是不知那血,是他自己的,还是年轻侍卫的……

"出来啊!孟庆霖!册那!全都是侬,是侬让我一无所有!"

此刻,范高头已俨然一头发疯的狮子,正肆意咆哮。

"你咎由自取,反倒怪在别人头上,真是没种!"杨晨曦忍不住回骂道。

"是侬这个婊子啊!侬也一道死……"

话音未落,返身救援的另一名侍卫已然开枪射击,却被范高头敏锐察觉到了,提前躲过。

阿玉锡心里埋怨这侍卫太过冒失,未与自己协同就擅自开火,白白错失了

230

战机。

在激烈的交战中，范高头似乎早已忘记了右手伤口的剧痛，强拖着几乎是一具尸体的年轻侍卫，为自己挡枪；而后迅速移位，疯狂地射出第四颗子弹，直冲刚才开火的方向，并险些击中伏在雪地上的众人。

孟昭铭看得明白：对面这匪徒困兽犹斗，只是想趁机拼个鱼死网破，为自己多拉几个垫背而已。但这人又明显是个一流枪手，若是再这样相持下去，不知还要搭上多少无辜的性命……

李虎臣则顺手摸向了腰间的苗刀，却被孟昭铭及时按住。

孟昭铭："你做什么？"

"让我上去干掉他！"李虎臣奋力挣脱道。

孟昭铭："没用的，那人是个快枪手。而且，他那把手枪可以连发，必定不是件寻常之物。没等你近前，早就把你撂倒了！"

"那怎么办？他手上还有我们的小兄弟，就算死了，我们也得抢回来！"增援侍卫正在气头上，十分不喜欢听人说那匪徒的优势，认为这是在"长他人志气，灭自己威风"！

一旁的费吴生则摸出了紧贴心口佩戴的十字架，并诚挚地礼敬亲吻；而后说道："还是让我去吧！让我去换回那个受伤的孩子！"

孟昭铭一声感慨："费先生大仁大勇，老朽钦佩！只是您已经走过一趟鬼门关了，又何必再次冒险？既然事情的起因在我，我不入地狱，谁入地狱？"

"爷爷！"孟庆霖急了，紧紧拉住孟昭铭的手。

孟昭铭也曾有过片刻犹豫，但他仍旧义无反顾地推开了孟庆霖，说道："我若不去，这事情就永远不会结束！"又嘱托费吴生："费先生，拜托你了！"一句话，似乎意味深长。

费吴生心绪难平，却也只能默默地点了点头。

须臾，孟昭铭取出口袋中治病的丸药，索性全部吞下，借以压制越来越严重的咳喘病症，又将手摸向腰间。这里有他最后一件兵器，是若干年前军中挚友衰

第十一回

保恒赠送的一把匕首,削铁如泥,却是许久未用。

匕首的柄端用黄铜制成,上面生动地刻画了一只传说中能食虎豹的猛兽——狻猊!

孟昭铭抚摸着这把狻猊匕首,心中无限感慨。

旋即,抽出利刃。

霎时,寒光乍现。

一行楷体小字映入眼帘——"保恒自用"。

袁保恒,这是袁世凯叔父的名字。数十年前的字迹,如今依旧清晰可辨,只是故人安在哉?

此刻,他仿佛是在心中与逝去多年的众多同袍战友对话:"岂曰无衣,与子同袍!你们的浩然英气必将长存于天地之间,英雄永不消逝,只是终将凋零……是时候了结这场劫难了!"

身旁的小九竟蓦然发现:多少年来,孟昭铭的目光似乎从未像今天这般熠熠生辉。

随即,孟昭铭起身,信步走出,对范高头喊话道:"阁下……阁下,可是姓范吗?听说,您也是位门里人,敢问是何辈分,头上烧几炷香?"

"侬是啥宁?"范高头正躲在一株大树背后不敢示人,以防偷袭。

"在下孟昭铭!你不是一直有问题想问我吗?我来了!"

"哈哈!侬是左宗棠的那个师爷?"

"正是!"

"把宝藏的线索交出来!不然,你们全都要死!"

"哪里有什么宝藏?全都是江湖上的传言!若是真有,为何左大帅的子孙不去取得?为何这些年来,我自己又不去取得?反倒来这里纠缠?"

"吾哪里知道?但是,吾敢断言此事千真万确!"

"你又是从哪儿听来的?"

"侬以为我会说吗?"

"好！那你出来，放开那名侍卫！我来给你当人质！"说着，孟昭铭已然现身雪地，身旁空空如也，无遮无拦。

范高头观察了片刻，也终于走了出来。

阿玉锡伏在暗处，本想举枪瞄准，却奈何刚才一记枪伤。如今，竟连胳膊都动弹不得。

"不要想着打吾黑枪！吾手上这个小赤佬还没死！你们要是敢动手，吾先宰了他！"

于是，增援侍卫犯了难。

阿玉锡也急了。只这片刻工夫，连同自己在内，队伍里竟然两人同时受伤，又如何能跟主子交代？他不禁回想起这七年来，曾经多少场大战，也没像今天这般窝囊！终究，还是自己太轻敌了……

"妈的！这老东西的确是个高手！若不是主子一开始就打了他一个措手不及，今天的伤亡肯定更大！"阿玉锡心里嘀咕。

"想不到吧！吾平时就使双枪，就是怕哪天遭人暗算了……这小赤佬还是嫩啊，自己就敢走过来。结果，被吾一枪爆头。现在，求生不得，求死不能！"范高头仰天大笑，愈见猖狂。

此刻，众人也看得清楚：敌方手上确实端了把连发左轮，且那枪体短小，上面的金属光泽却煞是耀眼。看上去，确实不像件寻常之物。

孟昭铭则在回忆着范高头的击发次数——已经第四枪了！那人最多还有两颗子弹，绝不能再让更多人受伤！

于是，他慢慢地走近，双手环抱后颈，以示未带武器，但右手的拇指与食指之间，却紧紧握住了那把削铁如泥的狻猊匕首。

"哈哈！侬过来！侬过来！只要有侬在，不愁找不到宝藏！"范高头得意忘形，竟然喜不自胜地张开双臂迎接。但基于多年为匪的本能，又马上意识到"这似乎不太对"……

就在这电光石火的瞬间，孟昭铭使出了全身之力，甩动手腕，朝着范高头的

第十一回

咽喉,将匕首稳稳地掷了出去。

范高头也几乎同时开枪,瞄准了孟昭铭的胸膛……

"爷爷!"孟庆霖像疯了一样,不顾众人的阻拦冲了出去。

待硝烟散尽,孟庆霖伏地,失声痛哭,已是两眼充血,竟倏然流出血泪。而孟昭铭的身下也不断有鲜血汩汩涌出,染红了皑皑白雪,染红了山河大地……

秋风吹走落叶,吹来绵绵细雨。

细雨淅淅,却更像是在冲刷着前尘往事、岁月峥嵘。

众人已纷纷上前救治孟昭铭,在雨中乱作一团。而孟庆霖却仿佛悟到了什么。于是,毅然起身,瞪着血红的双眼,朝着倒地的范高头走去。身后,像是凝聚起了冲天的怒气。

我必须完成祖父未竟的事业!孟庆霖心想。

"侬!……侬!杀了侬……大大!哈!"范高头倒地,却仍不忘激怒孟庆霖。

然而,令人奇怪的是,尽管范高头脖颈中刀,却匪夷所思地擦过了气管和动脉,故并未立刻咽气。相反,他仍在喉头发出"咕咕"的狂妄笑声,并站起身来试图再度还击。

孟庆霖立在雨中,鄙夷地看着这个似曾相识的野兽,用手抹净脸上的雨水。就在范高头准备重新举枪的瞬间,孟庆霖飞起一脚将其踹翻在地,又不顾一切地夺下他那把左轮手枪。

就在这生死瞬间,孟庆霖毫不迟疑地扣动了扳机,射出了弹巢内最后一颗子弹——这是复仇的怒吼!

"你记住,这一枪既是为了爷爷,也是为了被你害死的乔老人!"

"嘭!"

……

时光,如白驹过隙。

转眼到了这年冬天,天气格外清冷,连绵的冬雨就像冰刀子似的,一遍又一遍地冲刷着原本干涸龟裂的大地。等到了三九严寒的时节,又卷起漫天鹅毛大雪,洋洋洒洒地飘落在一望无际的鲁西南平原上，覆盖了一层又一层，直到人间一片银装素裹、万物冰封。

这一日，远在亚圣府的家里。

管家老吴冻得直打哆嗦，却依旧不停地用袖口擦拭着额头上不断冒出的豆大汗珠。他这是被生生吓出了一身冷汗。饶是饱经风霜，见惯了世面，此刻的他也显得愈发忐忑不安。

只见他手里捏着个毫不起眼的软布兜，战战兢兢地，像是捧着堆随时会引爆的火药桶。苍老的面容上写满了风霜与窘迫，却也不得不连连喘息着，到处去找当家人孟庆棠。

这时，孟庆棠正在自己的书房里拥炉读书，神情颇有些黯淡，像是难以排遣心中长久以来的抑郁。

"我心即宇宙，宇宙即我心。可是，我这心里面却是一片混沌，凌乱不堪……"孟庆棠有些自责。他后悔自己平常对孟庆霖逼得太狠，压得太重，完全忽略了四弟尚未弱冠的事实。

或许，庆霖有他自己的人生，我不该将全族兴旺的重担压在他一人肩上……

若是庆霖还在，大雪、火炉、诗书、老酒，足够我们兄弟乐上好一阵子了……

孟庆棠一个人胡思乱想，长吁短叹。

"老爷！老爷！四爷有信儿了。只不过……"老吴风风火火地闯将进来，带起一阵白雾，却欲言又止。

"你说什么？"孟庆棠仿佛被点醒一般。

尽管老吴多年来执掌家事，又深得宠信，本没有什么他不敢说的话，但这一刻，他却本能地唯唯诺诺，吞吞吐吐起来，像是有口难言。

孟庆棠再也按捺不住这份煎熬，颇有些气急败坏地吼道："吴叔，你倒是快讲啊！"

"是，是，是，老爷！这是四爷的亲笔信，你看！"

老吴将那个软布兜递到孟庆棠手上，却是不知道该说什么好。毕竟，他也一

第十一回

言难尽,更说不清楚这东西到底打哪儿来的。只知道自己一大清早起来巡查,却偏巧在大门上发现了此物,像是被人刻意用弓箭射上去的。

打开一看,却不得了!

里面竟然是四爷孟庆霖的贴身玉佩,以及一封亲笔信。

好家伙!出走许多天,敢情是被人挟持了!

这真是亘古以来从未有过的奇事、怪事,简直骇人听闻!但更让人费解的是:亚圣府虽然并非铜墙铁壁,但在十里八乡也称得上守卫森严。到底是谁能有这样的本事,可以悄无声息地传递这只言片语,却又成功地不引人注意呢?

想到这儿,老吴不由得一阵脊背发凉。

孟庆棠还是头一次见到老吴这副模样,心里好生奇怪,便急忙将软布兜打开。

孰料,孟庆霖的贴身玉佩竟直接掉落出来,并险些砸到地上,摔个粉碎。

"好险!好险!"

孟庆棠手忙脚乱地将玉佩接住,又轻轻抚摸着背面一角。其上,用蝇头小楷饱蘸着朱砂,分明刻画着"亚圣第七十三世孙 庆霖 乙未年秋"字样。同时,他隔着衣服,下意识地摸了摸自己胸前那块,除了本名与生年的刻字不同以外,二者是几乎一模一样的和田羊脂玉。

毫无疑问,这就是孟庆霖的贴身之物!

孟庆棠忍住激动的心情,又展开其中附带的一页书信,虽是寥寥数笔,却依然铁划银钩。这孤绝嶙峋的瘦金体,确实是出自四弟的手笔,上面写道:

家尚圣贤,攘凶除奸。

恪行正道,岂惧兵燹?

弟孟庆霖手书

信的背面,则显然是另一人的手迹,歪歪扭扭的,只有一行小字:"为保贵府公子平安,恭请府上老太爷,亲往江宁府朝阳门一叙。届时,自有接应。"

"这……这什么意思？"孟庆棠一屁股跌坐在椅子上，口中呢喃。虽然不愿承认，但他已经明白过来四弟已被歹人挟持。难怪今天老吴吞吞吐吐的，半句话也不敢多讲！

当然，这里面有个时间差。

就在孟庆霖特意写下这阕字谜并刚刚被匪徒送出后不久，金碧云就率军突袭了范高头匪窝。那天，范高头终被孟庆霖所杀。而这，也是孟庆霖生平第一次杀人！

只不过，远在亚圣府的孟庆棠，眼下并不知晓这一切。此刻，他捶胸顿足，痛心疾首，只以为四弟仍身陷险境，亟须拯救。

"报官！报官！"孟庆棠收拾情绪，捏皱了这封书信，咬牙切齿地说道。

"老爷！您听老奴一句劝！报官确是要的，只是依老奴来看，这信上实在有些蹊跷。但一时半会儿的，我也说不上来。您看，这一般的绑架勒索，无非就是提出银子的具体数目，好让事主家里做足准备。可是，到了咱们这儿，偏偏就成了指定叔老太爷一个人，亲自前往赎人。他老人家可是常年闭门谢客，半步不出府门的！如今，又破例南下，寻访四爷良久……"

老吴意味深长地感叹道："这里面……有文章啊！"

"哦？听你这意思，庆霖受难莫非是与老爷子有关？"孟庆棠如梦方醒。

"可是，这字条又作何解？写的都什么啊？简直狗屁不通嘛！'手书'两字，偏写作'手聿'，底下缺个'日'。这可不是四弟的一贯作风啊！"孟庆棠手里抖着那封书信，焦急地补充道。

"这……老奴也猜不透。大概四爷有苦难言，不好明说。"

孟庆棠冷静下来，重又端详起书信，喃喃自语："俗话说，日升月落，如日中天。那么，'日'在上就是白天；'日'在下就是黑夜。若是黑到半点光亮都不剩……"

沉吟片刻，孟庆棠顿悟，却又痛心疾首地说道："庆霖这是在告诉我们，他正身处'暗无天日'的漫漫长夜之中啊！"

第十一回

老吴思忖了一下，觉得是这么个道理。又见主翁伤痛，只得好生劝慰："唉！难为四爷了！他哪儿受得了这个罪哟！"

说到这里，老吴也拿衣袖轻轻擦拭眼角，神情颇有些复杂。

孟庆棠尽量让自己平复下来，好思索出应对之策："吴叔，叔老爷从乡下的庄子回来了吗？"

"还没呢！祀田管理处那边的差事也实在太烦琐了，尽是些零零碎碎的，还都指望着叔老爷处置。旁人也不敢擅自做主不是？"

"既然叔没回来，那就先不告诉婶子。毕竟她上了年纪，别让老人家担惊受怕！"

"老奴知道！"

"若雪的身子可好些了？"

"禀老爷，听四爷房里的齐玉说，四奶奶的身子还是时好时坏的。昨晚上，又高热不退。今儿一早，已经请郎中过来瞧了。眼下，估计服了药正在歇息吧！"

"走！咱们去看看若雪。"

"啊？"

"听我的！你别看庆霖特立独行，嘴上也对若雪冷冰冰的。但我敢说，这世上唯一能够降住我这弟弟的，就是若雪一人！并且，唯一能够破解庆霖字谜的，也只能是她！"

老吴竟不敢相信自己的耳朵："您是说四奶奶有办法？"

"当然！因为若雪……才是最懂庆霖的人啊！"孟庆棠不无感慨地说道。

"可是，四奶奶这身子……"

"我知道，但眼下也没有更好的法子。毕竟这事能瞒住老人，却不能瞒她——她可是庆霖的结发妻子啊！"

"是！听老爷安排！我这就去办！"

……

片刻之后，世恩堂西跨院。

一迈入孟庆霖和李若雪的婚房，就闻到一股沁人心脾的淡淡幽香。那香气持久弥漫，似有还无。房间里也整洁依旧，窗明几亮，就连多日无人使用的书案也被擦得光可照人。完全就是老屋新居的模样，全然不似久病之人的卧房。

孟庆棠原本还以为会闻到些草药的气息，却是让他失望了。

"这屋子倒是收拾得比我那儿还要亮堂！"孟庆棠不由得生出一丝艳羡。

"给老爷请安！吴爷！"齐玉款款而来，分别向孟庆棠和老吴施礼。

"起来吧！这屋子平日里归你打理？"孟庆棠本想夸赞几句。

"有时候是，有时候不是。不过，多数情况下，还是由四奶奶亲自操持的，不让旁人插手！"

"若雪不是染病在身吗？你们就忍心让她一个人操持这么重的家务？真是猪油蒙了心，没点眼色！"

"老爷，您别生气！我们……我们也劝不动。四奶奶常说，四爷不在，她就是这家里的主心骨、顶梁柱！所以，只要她还有一丝力气，就一定要把这里亲自打扫得干干净净的，好等爷回来！"

说着，齐玉不知是委屈抑或共情，竟不觉潸然泪下。

孟庆棠听了也是好一阵唏嘘，心想庆霖这家伙可真是好福气啊！偏偏就遇到了若雪这样的女子！倒不负了同年同月同日生的天作姻缘！

"三哥哥！给您请安了！吴爷！请坐！"李若雪拖着病体，仍旧殷勤地向孟庆棠施礼，又顺道向老吴致意。

这天，她头上缠了个帕子，身上穿了件珍珠白绸裙，俏丽的瓜子脸上洗去了胭脂，衬着因病而略显惨白的肤色，无怒无喜，无娇无嗔，却是美丽依然，神韵依旧。手腕上，又戴了只温润的白玉镯子，仿佛消弭了原本雍容华贵的无限容光，只留下内敛矜持的无声光芒，反倒映衬出她的娇柔与内秀。

"四奶奶安好！"老吴干练地请安施礼。

李若雪则尽力展现出女主人的风采："吴爷快请起，您可是家里老人了！玉，去端些点心。再将四爷平日里最爱的桐木关小种，泡上一壶来。"

第十一回

齐玉轻轻擦去泪痕，小声答应着："哎！"

"弟妹，不劳烦。你好生歇着！我来只是……"孟庆棠犹豫了一下，却还是决定如实相告，"恕做哥哥的直言：庆霖有消息了！"

"当真？"李若雪瞪大了双眼，难掩心中的激动。

孟庆棠将那封孟庆霖的亲笔信郑重地交到了她的手上，又沉沉地叹了口气。

李若雪接来一看，便紧紧地蹙了下眉头，又强忍住心头的悲痛，像是已对丈夫的处境感同身受："梦里面……竟然都是真的！"

说着，便小声抽泣起来。

此时，齐玉已端来茶水、点心，侍奉众人品尝；又见主母伤心，只好将她揽进怀里，二人相互宽慰。

"梦？什么梦？"孟庆棠呷了口热茶，一脸茫然。

老吴也是摇摇头，不知其所以然。

"禀老爷，是我家奶奶这几日做梦。梦里面……竟全是关于四爷的。还说那场面可吓人了，有人……被砍了脑袋，还有人被连捅了十数刀，血流了一地……"齐玉看看李若雪，又望望孟庆棠，结结巴巴地解释道。

"那有没有看到庆霖到底怎么样了？"孟庆棠忙不迭地问。

齐玉："梦里倒是看不清楚四爷。只晓得，他有……"

"有什么？快说啊！"老吴也按捺不住，想要一探究竟。

齐玉："有……性命之忧……"

这倒是奇了！

难道做梦，都能感受到千里之外丈夫的所见所闻，所思所想吗？这世上，当真有心灵感应不成？又或许，这只是出于若雪的思念太深之故？

孟庆棠不由得陷入沉思。

"玉，你去将房门关上！"李若雪有气无力地吩咐道。

"哎！"

话音刚落，李若雪竟不顾病体，扑通给孟庆棠跪了下来，声泪俱下："三哥哥，他在外面吃尽了苦，受尽了罪，却还惦记着家里。你可要想办法救救他！我的嫁妆，家里全部拿去。若是不够，我再让娘家想办法。就是……就是把我自个儿卖了，也要把爷赎回来！"

"哎呀！这怎么话儿说的？弟妹！唉！"孟庆棠哪里还坐得住，赶紧和齐玉一道将李若雪搀扶起来。

"四奶奶，您不必如此！四爷是老爷的兄弟，老爷哪能放着自己家兄弟不管呢？"老吴也赶紧在旁劝慰。

"弟妹啊，一家人不说两家话！"

此刻，原本缠在李若雪头上的帕子已被这一番折腾弄得掉落在地，却也使得她那一头乌黑靓丽的秀发得以自然下坠垂肩。伊人长发飘飘，梨花带雨，显得是那样楚楚可怜，妩媚动人。

李若雪一边握着丈夫的贴身玉佩，一边轻抚云鬓，轻声解释道："三哥哥！你看，爷在这字条上写了——咱家有内奸！"

"啊？"孟庆棠和老吴几乎异口同声。

"这四句诗，第一句第一个字，第二句第二个字，依此类推。你再读读？"

　　家尚圣贤，攘凶除奸。

　　恪行正道，岂惧兵燹？

　　　　　　　　　弟孟庆霖手书

"家……凶……正……燹"，孟庆棠一字一顿地诵读。

"家……凶……正……燹"，老吴也如是读了一遍。

"正燹？"

"郑显？"

"家凶郑显？"

"家凶郑显！"

第十一回

孟庆棠和老吴如梦方醒，原来如此！

"不过，你又是如何看出来的？"孟庆棠心里总觉得还有那么一丝不踏实。毕竟，他自己之前什么也没瞧出来嘛！

李若雪则有些动情地说："爷在外面必定是受了大苦，才会将这落款故意写作'手聿'。他也一定是探知了什么秘密。这才想方设法地提醒咱们提防家贼呢！"

老吴一边听着，一边回想仆人郑显平日里的所作所为，刻意提醒道："老爷！那郑显确实是有些不同寻常！先是，背地里乱嚼四爷的舌头根子。后来，又在寻访四爷的路上，鼓动大伙抛下表少爷李虎臣，自己带人跑了回来。据说……"

"据说什么？你快讲啊！"孟庆棠越听越不对劲，心想：这府里岂容吃里扒外的小人？若此言非虚，我非上家法不可！

"是！恕老奴直言！据说，四爷走的那天晚上，门口当值的就是这个郑显！旁人好像还看到，他同四爷讲了几句话……"

孟庆棠几乎出离愤怒了，心想：好你个老吴！知道这么多情况，你却不早说？偏偏等到一切真相大白，你才如数抖搂出来，你瞒得真够可以的！

见孟庆棠不悦，老吴下意识地赶紧闭嘴，并请命由自己带队，先将郑显其人押住再说。

"吴爷，让我去吧！"李若雪艰难地起身，像是拼尽了全身的力气。

孟庆棠："这如何使得？弟妹，你将息身子要紧！"

李若雪："不！我要亲自会会这个郑显！我要问他，我家爷们到底在哪儿？"

来到前院的西内花园。

隔壁，就是供仆人居住的东、西厢房。

这一处地方，冬日里本也没个风景。只有几株蜡梅配着依旧翠绿的冬青，相互映衬着，聊胜于无。如今，花园里的草木又无不覆盖着皑皑白雪，仿佛在低调且谦卑地隐藏着自己对来年春天的热切期盼。

这时，小九正带着几名小厮趁天气晴好，十分勤快地扫雪清道；又彼此边干边聊，不时嬉戏打闹。正当他们相互追逐，玩兴方浓之时，却突然听到一连串脚步声正往这边传来。仔细听去，那脚步极为匆忙，直踩在松软洁白的雪地上，带起一片吱吱作响。

须臾，抬头一看，更不得了！

竟是管家老吴亲自引着孟庆棠、李若雪和大丫鬟姜齐玉等人来到，边上还站着几名护院。个个神态紧张，举止严肃，全然不似往日风度。吓得众小厮立刻收了玩心，止了嬉闹，赶紧请安道："瑞雪兆丰年！给老爷请安！给四奶奶请安！吴爷安好！姜姑娘安好！"

"嘘！你们小点声！"

老吴刻意压低声音，又问："那郑显可在房里？"

小九也附和着轻声答道："啊？郑二爷前些天就告假回家了呀！说是，家里老母过世……"

人群里，李若雪披了件素雅华贵的玄狐大氅，手捂着一只铜鎏金暖炉，十指纤纤，尤为醒目。她轻拽领口，用大氅两襟的柔软风毛，遮挡住风雪，却仍旧难以克制住内心的不安与焦躁，问道："小九，他可说过几时回来？"

小九先抬头瞥了一眼老吴，又低头沉思片刻，方徐徐说道："这……倒没听说。毕竟，请的是丧假，我们……我们也不便催他……"

齐玉却反应过来："不对吧！我记得，他家高堂前些年就过世了呀！他这把年纪，又无儿无女的，也没听他提到过兄弟姐妹。这……哪里来的丧事？"齐玉说着，又瞅了一眼孟庆棠。

孟庆棠早就看不下去了，索性指挥护院："我看，是他自己有事！来人！搜！"

又转头瞪了老吴一眼，似在埋怨他管的一副好家业！

老吴无奈，权当没看到，径直带着护院冲进了郑显的卧房。

众人亦紧随而至。

只见这卧房，坐落在东厢房紧里面，室仅方丈，可容一人居。然而，离奇的竟是这里早就被人提前搬空了。当然，除了大件的床铺家具，因无法挪动，不得不留在原处之外，其余的，诸如小件摆设、生活物件、私人用品之类，早已是不

第十一回

知所终，留下个空空如也，一览无遗。

这情景，浑似在讥笑府里的管理失当与反应迟钝。

正在众人愣在原地，手足无措之际，一声声清亮的呼唤从大门、礼门、垂花门一路传来，显得异常兴奋高亢："姐！我回来了！"

李若雪听到这亲切的声音，心中像是燃起了无尽的希望："我在这儿！"

她冲出房门，正与弟弟李虎臣撞个满怀。

"姐！你看，我把谁带回来了？"

终于，孟庆霖从李虎臣的身后走了出来。

"我的爷！"

这一刻，李若雪的心中五味杂陈，那颗悬了许久的大石头总算落了地。她这才体会到何谓"相顾无言，惟有泪千行"之意。于是，喜极而泣，不顾一切地扑向孟庆霖，一头钻入丈夫的怀抱，并借此抚慰自己因苦苦支撑而独自承受的诸般痛苦。

这一刻，她多么希望时间就此停驻，哪怕永远地倒在丈夫的怀里……

但是，孟庆霖却显然有些尴尬。大庭广众之下如此亲昵似有不妥，便憨憨地笑了笑，轻轻推开妻子，只轻声唤道："表妹！"

"表妹？"

听到这个称呼，李若雪的内心不免有些失落，就仿佛大雪天里被人当头浇了盆凉水，心中的热情瞬间就被冲醒了。她重又恢复理智，变得像往常一样端庄淑雅，并慢慢地从孟庆霖的腰间松开了手指，眼角几乎垂下泪来……

几天后的一个清晨，老吴正在账房里核算账目，一边扒拉着算盘珠子，一边勾画着账簿上的各条数字，显得是那样一丝不苟，有板有眼。

这时，小九眼见四下无人，便悄悄地溜了进来，又转身将房门轻轻带上。

"给吴爷请安！"

"小九啊！说，差事办得怎么样了？"老吴仍旧专注算盘，头也不抬地问道。

小九则附在老吴耳边轻声禀报："吴爷，那郑二爷……找着了！只不过……"

"嗯？只不过什么？"

"只不过，找到他的时候，他人已经没了。"

老吴一听顿时来了精神，旋即摘下眼镜，仔细盘问起来："说说，人是怎么没的？"

"经过这几日连番查找，终于在前天夜里找到了郑二爷入住的旅店。不过，说是旅店，其实就是个农家院子改的。院子里，还摆着把铡草料用的铡刀。我们几个就站在院子当中喊了半天，却一直无人理会。眼见得夜里北风呼啸，嗖嗖地刮得瘆人，我们便合计着先在这店里住上一晚再说。可是，当我们一推开房门，就明显感觉味道不对。点了火把一照，可把我们吓坏了！只见两个人遍体鳞伤地倒在地上，其中一人满头银发，七窍流血。走近一看，居然是郑二爷！拿手一摸，已经凉透了！那房里，还散落着些许银圆、银锭。还在另一人身上搜到了一块牌牌，像是南边儿帮会的信物。至于店主，压根儿就没见到过，许是不知为何逃了吧……"

"哦！依你看，这是怎么一回事啊？"老吴合上账簿，依旧面色平静地询问，似乎只是在冰冷地复核一遍寻常的账目。

"这个，小的可拿不准！听说，郑二爷平日里好赌，又好显摆，兴许这次是遇着黑店，被店主谋财害命吧。又或许，郑二爷本就与帮会勾结，却又因分赃不均，二人互殴，双双死在店里……"

"那会不会是你们几个合谋……"老吴意味深长。

"哈哈！吴爷，可不敢开这玩笑！"

"行吧！衙门上的人过去了吗？"

"过去了！但过去又能怎么着？"小九的语气颇有些轻蔑，又接茬儿补充道："只是，小的不明白。这郑二爷跑都跑了，您又何必让我们……"

"咱府里老爷太过良善，要是让他提前找到郑显，最多家法伺候。然后，送官处置。可是，这送官又能怎么样呢？一来二去，说不定又审出些不合时宜的。你别忘了，这郑显可是府里的老人儿啊！"

第十一回

　　说着，老吴像是想起了什么，便摊开账簿，拿起毛笔，蘸得朱砂，找到其中一条，在上面轻轻打了个红钩，方才心满意足。

　　"是！是！是！小的明白！"小九连忙点头附和。

　　"不！你不明白！我纵容他许久了，只是因为年轻时候，他曾帮过我几次。后来，又助我当上管家。可是，这次不同了。他吃里扒外，坑害主翁，偏偏又知晓那么多本不该让他知晓的秘密……"

　　老吴一边叹息着，一边漫不经心地瞥了一眼小九："死了好啊！死了，才一了百了！"

　　"吴爷！小的知错了！小的什么都不知道！"小九连忙跪下，磕头如捣蒜。

　　老吴则扶了扶架在鼻梁上的老花眼镜，手指竟有些颤抖。

　　突然间，不知怎的，他竟猛一用力，径自将镜架折断，又顺势捏碎了镶嵌于其中的玻璃镜片。于是，碎玻璃扎进了老吴的手掌，血流满地，通体黑红。

　　"吴爷！"小九起身，想帮忙止血。

　　老吴却说："不用慌！你先把账簿搁到架子上去，依着次序摆好。可别让我的血把它们弄脏了！也别弄乱了！记得！"老吴顾不得手上鲜血如注，先用未受伤的另一只手将账簿递了出去。

　　"哎！"

　　老吴忍痛自己拔出了碎玻璃，又拿嘴吸吮止血。继而，他带着满脸血污说道："你没错！错都在我！是我不该一直这么放纵他，让他没了规矩，终致酿成大错！所以，老爷想做但不敢做的，就由我们来做吧！只要为了这个家，我这条命豁出去都不算什么！"

　　"吴爷！小的斗胆，您只是个外孟子孙，又何必呢？"

　　"呵！老爷是我一手带大的！从他降生到失去父兄，再到他继承这府上的世职，我可是陪着他一路走过来的！我啊，只心疼老爷一人！你呢，你永远不会懂……"

　　"小的愚钝，那小的先告辞了！"

"等等！你去支上二百两银子，给那几个小兄弟分了吧。然后，让他们变猪变狗，有多远滚多远！若是让我知道，日后谁敢编出半点故事，我让他们全家……猪狗都变不成！"

"是！"

"那个……小九！"

"哎，吴爷您吩咐！"小九又转身回来。

"打明儿个起，你就先到祀田管理处当几天差吧！我跟老爷说过了，那儿事情多，让你给叔老爷打打下手……"

小九一听自己能补这个肥缺，心里早就乐开了花，但面上，却依然低调且谨慎地答应着："哎！我听吴爷吩咐！"

二人遂心照不宣。

偏此时，孟庆霖正在自己房里照顾病体初愈的李若雪。

李若雪追着丈夫，要听他讲述路上的所见所闻。孟庆霖无奈，只好绘声绘色地说起了一个传奇人物。

那就是，他新近结识的少年将军——贝子爷金碧云！

说到金碧云，金姓只不过是他满洲姓氏的汉语译称罢了。而"碧云"也只是他的台甫表字，并非本名。

孟庆霖刚要讲述自己和金碧云相处月余，相得甚欢之事，齐玉却手捧着一个木制支架，上面悬挂有一只造型精巧的铜鎏金镂空香球，香气袅袅，款款而来。

"哟！这'被中香'倒像是件古物。端的灵巧！你从哪儿弄来的？"

孟庆霖好奇地把玩着这个喷芳吐麝，却又无论如何都不会洒出半点香灰的稀罕玩意儿。

"四爷真识货呢！这个啊，据说是叫作葡萄花鸟纹香囊，是省里一位喜好古物的盐商送给咱家老爷的。老爷也觉得好看，就嫌太女气了，便赏给了我。说是四爷不在的日子里，幸好有我来照顾四奶奶。这才慢慢地让奶奶养好了身子，夫妻好团圆呢！"

第十一回

说着，她眼神与李若雪相交，彼此会心一笑。

"别是什么墓里得来的吧？"孟庆霖可真会煞风景。

齐玉娇嗔道："你说什么呢！听来人讲，这香囊是明代那会儿照着传世的唐宋宫廷之物仿制的。制成以后，也是富贵人家祖传的宝贝。哪里有人舍得埋到地下呢？"

李若雪也咯咯笑了。

这几日，她心结既消，身体也恢复得很快。此刻，已是"凤眼半弯藏琥珀，朱唇一颗点樱桃"，便也打趣道："相公，这香可是齐玉从古书上学来的，就是为了讨你喜欢呢！你闻闻这氤氲的味道，是不是独一无二？"

孟庆霖倚在榻上，陶醉地闭上眼睛，手里不时把玩着祖父刚刚送给自己的鎏金怀表，说道："还真是！果香、花香混合着檀香、沉香，似有还无，似浓还淡，恍若天上……"

齐玉略有些羞涩："可别笑话我了！我哪有那个本事啊！这都是四奶奶整理的方子，我就是动动手罢了。"

孟庆霖似乎很是喜欢这个味道，便问："这香叫什么名字？"

"哈哈！我只记得如何调制，名字倒先忘了，好像是叫什么贵妃香吧！"

齐玉娇憨地看看李若雪。

"是'贵妃帐中香'！取自明代《香乘》一书。据说，这香原是杨贵妃就寝时，燃于床帐之侧的，有安神驻颜之效呢！"

孟庆霖评价说："这袭袭香氲既恬淡自适，又透着股高贵典雅，仿佛一个美人，还真有点儿贵妃的意象。只不过，'沉鱼落雁，闭月羞花'，我却独爱王昭君一人！"

"为何？"李若雪问。

孟庆霖："唉！因为……'我本汉家子，将适单于庭'。我对昭君感同身受呗！"

李若雪："原来是借古讽今！你又在烦恼北上京城一事了？"

孟庆霖："是啊！不过，眼下更没有办法脱身了。老金……噢……就是我提到的金碧云。他在表章里，详尽地描述了那伙匪徒的来龙去脉，还列出了祖父和我的临阵杀敌之功。所以，又为我写了封荐书。据说，已由江宁将军转呈摄政王了。只是，有一点我始终不太确定。依着爷爷的手段，当初他明明可以将匪首一击毙命，为何又刚好偏了半寸？难不成，这人一旦上了春秋，傍身的手艺就自然生疏了？"

"就算不偏这半寸，他老人家也是抱着成仁之心吧。我的爷，你已经报仇了。现在，咱们照顾好老人要紧！"

孟庆霖："这倒是！但我多少心有不甘！难道，真就没有回头路了？"

李若雪调侃道："人家都嫌没个仕途呢！我的爷，你可不要学了只爱吃女孩儿胭脂的贾宝玉呀！"

孟庆霖实在笑不出来。他表情略有些痛苦地说："我只是……只是不愿为这朝廷卖命罢了！你看如今这些当官儿的，一个个敲骨吸髓。有钱的，一个个为富不仁……咱这朝廷已经烂到根儿上了！所以，若不是家里做主，断了后路。我是宁肯这辈子混吃等死，也绝不做这满清的差事！"

李若雪示意齐玉检查一下门窗，又开导孟庆霖说："爷！这话可千万别在外面说了！我也不劝你，你愿意怎样便怎样，我都依你。只是，刚才那番话，可别让外人听到。我怕……"

孟庆霖："无妨！老金也说咱们家世受国恩，更应当忠心事主，竭诚报效。我却不这样看！世受国恩不假，但世受国恩不代表就应当以愚忠报效吧。这些年来，我也算行走四方。可我一路上看到的，只有饿殍遍野，民不聊生。这样的朝廷早就无可救药！所以，我在想：我们究竟是为朝廷卖命？为社稷卖命？还是为百姓卖命？我想了好多天，现在终于想明白了！答案，显而易见！"

李若雪："是什么？"

孟庆霖摸出了他那块象征孟子后裔，又失而复得的贴身玉佩，动情地说道："孟子云'民为贵，社稷次之，君为轻'！"

第十一回

李若雪听了他这话，不免有些感动："那……爷不打算去京城了？"

"相反！这趟我必须得去，更要凭着自己的本事考进去！"

"这又是为何？"

"既然为天地立心，为生民立命，就更应主动抓住这千载难逢的机遇！这次的江南之行，似在冥冥之中告诫我：任你如何才高八斗，孤零零的一个人，始终是无法独立做出一番事业的！甚至，就连最基本的安身立命，守护家人都做不到，更休提造福一方了！以前，我排斥学武，拒绝兵事，只因我不喜欢这凶狠暴戾的杀人手段。但现在，我想明白了，可以杀人的东西，自然可以救人。只看这人怎么用，就像金碧云一样……"

李若雪听得入迷，孟庆霖又说："若不主动融入，岂能有所改变？我不确定能够改变多少，也不确定最后是环境改变我，还是我改变环境。但这条路，我必将一个人走到底！"

李若雪眼含秋水，情意绵绵："你还有我！"

齐玉也欢脱地跑来插话："还有我！还有我！"

"那我呢？"

书房的大门轰地敞开。

冬日凛冽的寒风瞬间就冲了进来，好似千军万马，席卷八荒。

来人，正是李虎臣！

真是"云从龙，风从虎"。这李虎臣无论走到哪儿，都能带来一阵罡风。

孟庆霖哈哈大笑："对！还有你！"

"那我呢？"

又传来一个更为雄浑洪亮的男声，霎时惊起众人。

这声音好熟悉啊！

莫非……

只见一人身穿青狐皮端罩，高挺鼻梁，俊朗面庞，从李虎臣身后闪现。他轻叩门扉，问道："这家主人！天色已晚，远客前来投宿一宿，可否行个方便啊？"

孟庆霖抬眼望去，一阵喜出望外。

"老金！"

"小孟！"

"兄弟！"

"安答！"

来人正是金碧云！

这真是缘分使然。

前些日子，金碧云刚接到其父肃亲王的家信，上面转述摄政王钧令：要其火速赶回京城。有线报称：近畿陆军第一镇眼下军心不稳，似有叛意，需有可靠之人立即驰赴军前效力，以便进一步探听虚实，以策万全。

"来得匆忙，只是顺道经过。所以，也没想惊动府上和地方，只叫门房通报一声故人金碧云到此，却没想直接遇到令弟。如今，冒昧闯入内宅，望请恕罪啊！"金碧云笑容疏阔，心底坦荡，正侃侃而谈。

李虎臣表示："哈哈！这有什么？我姐夫也是喝过洋墨水的，他才不管这些俗套呢！"

"确实如此！我来给你介绍！这是内人李氏。"孟庆霖一边吩咐齐玉上茶，一边落落大方地向金碧云介绍起自己的内眷。

"这……"李若雪稍稍犹豫了一下，看了丈夫一眼，又想起来刚刚提到的金碧云其人。如今见之，两相对照，果然是器宇轩昂，仪表不凡！观其谈吐，也想必是个挚诚君子！

于是，李若雪左手扶膝，右腿轻屈，道了一声："大人，万福金安！"便悄然退回卧房，思忖着晚上如何安排膳食，并恭请贵宾下榻何处等事。

书房这里，孟庆霖、金碧云、李虎臣三人谈笑风生，正彼此回忆着击毙匪首范高头之后发生的种种过往。

时间回到孟庆霖夺下手枪，射出弹巢内最后一颗子弹之时。

金碧云原本先行牵马下山，却听到背后激烈的枪战之声，心想不妙，没奈何，

第十一回

便再也顾不得"孝陵重地"的禁忌规矩，径直跨上战马，准备率部再次返身血战。

回来，却只看到倒在血泊之中，正被数人围拢抢救的孟昭铭，以及手持左轮，满身血污，呆呆愣在原地的孟庆霖。

对面，则是匪首范高头那具依旧狰狞可怖的尸体。

金碧云心下已知大概，他一时顾不得惩治侍卫领班阿玉锡，只能赶紧吩咐众人将受伤的孟昭铭抬上战马，火速送医！

在当时的江宁城里，唯一能够医治枪伤的地方，就是一处叫作"基督医院"的地方。这里，自然也是城里医疗水平最高的医院。而偏巧费吴生与时任院长马林同为基督教青年会的教友，彼此相识已久，十分熟悉。费吴生便极力要求马林大夫亲自为孟昭铭主刀。最终，历经数小时手术，总算完整取出子弹，化险为夷。

尽管孟昭铭老爷子大难不死，但多年的积劳成疾、郁郁不得志已极大地摧残了他的身体。如今，又遭受重创，健康情况自然更加不容乐观。原来，只是咳嗽气喘的毛病；现在，却连吃饭行路都已成困难。在江宁府好歹将息月余，才勉强可以承受长途颠簸之苦。这才在孟庆霖与李虎臣等家人的陪伴下，艰难地返回家中。

只是，上天留给孟昭铭的时间已然不多了。

这一点，他心知肚明。

只不过，他一直放心不下这嫡亲的孙子孟庆霖。如今，孟庆霖即将远赴京城，即将走上那条既波澜壮阔又云波诡谲的朝局之路，一如年轻时的自己。这条道路，他再清楚不过了……

眼下，大清江山已是危如累卵，仅凭几个年轻宗室反复折腾，是根本不足以挽回大局的！

他必须想到一个万全之策，既可以为孟庆霖铺就前途——最起码能够保驾护航，免受无妄之灾；又可以多一条退路，以防万一。

姜还是老的辣！

此时的孟庆霖一心只想着谋事，却下意识地忘了谋身；而他的爷爷孟昭铭却早已提前预知此处关节,并为他悄然布局。

只是这一切,孟庆霖尚被蒙在鼓中……

再说回眼下。

书房里,孟庆霖打趣道:"老金!何不多住上几日?我家齐玉可是做得一手好菜,恐不输给京里的大厨呢!"

金碧云沉吟片刻,摇摇头说:"我也想在你这儿多盘桓几日啊!毕竟你我兄弟三人一见如故,又惺惺相惜,也是一番因缘际会!"

他起身走向窗台,望着窗外稀疏栽下的几株蜡梅,良久叹息:

墙角数枝梅,凌寒独自开。

遥知不是雪,为有暗香来。

孟庆霖像是听出了其中深意:"梅花仅有数枝,尽管暗香浮动,却依然无力扭转寒冬啊!老金,你是在感慨自己生不逢时,独木难支吧!"

李虎臣没听明白这两人在打什么哑谜,索性自己出去跟院子里仆人打起雪仗,一阵追逐嬉闹,好不快活。

话说到这一步,金碧云也认可孟庆霖实在是自己的知音。即便碍于世俗的身份,他不能在公开场合与其称兄道弟;但他心中,却时时珍视这份高山流水般的兄弟情谊。

想到这里,金碧云感到内心无比光明,也就不再隐瞒:"打从一开始,你就叫我老金,真不知谁给你的胆量!好吧!既然你不拿我当外人,我也就坦诚相告。北洋那边,老袁虽已不在了,可他的旧部,这两年来一直蠢蠢欲动,极不安分。现在,近畿陆军第一镇因为兵源抽调和待遇给养问题已经生出叛意……我这趟回去,就是为了此事!"

孟庆霖:"这么严重?你会不会有生命危险?"

"放心!我带着贴身的十八个兄弟……不,是十七个了……"金碧云想起来自

第十一回

己最年轻的那名侍卫。前不久，被困兽犹斗的范高头打了冷枪。最后，竟死不瞑目。于是，不禁扼腕叹息。

孟庆霖也想起来舍生取义的爷爷，如今重病在床。即便不缺照料，却也不免令人感到暗自神伤。

李虎臣打完雪仗，兴尽而归。

回来，却看到这两人愁眉苦脸，好不扫兴，便提议进屋饮酒，来个一醉方休！

终于，金碧云舒展眉头，爽朗地笑道："也好！管他明日如何？今天，我们兄弟三人一醉方休，终不负这良辰美景！"

孟庆霖也一扫阴霾，振奋精神："好！今日，老友美酒，踏雪寻梅！这才是快意人生！"

李虎臣人未进门，嗓子却先喊开了："玉姐姐！上酒，要祭祖时的好酒！"

"来了！"齐玉款动莲步，依旧笑语盈盈，手上已捧了一坛陈年黄酒。

三人亦回到书房围坐一起，边上燃着火炉取暖。炉中火焰"噼啪"作响，似为这次意外的欢聚鼓掌助兴。小小的书房，因为这三人的到来，而变得异常温暖生动起来。

正应了那句"炉中火焰炎炎起，紫气腾腾"。

"费牧师近来还好吗？"孟庆霖饮不惯黄酒，只能轻抿一口。

这时，齐玉又端上几碟佐酒的小菜，外加一只热气腾腾的肥羊炖。不多时，已冷热齐备，招待周全。

金碧云稍加品尝，已是赞不绝口，认为这手艺惊绝，不输给京里任何一位王府大厨，便对孟庆霖说："老费可没兄弟这般福气！他还是老样子，每天忙着教会的事情，有空就到处找人喝喝咖啡。至于那苦了吧唧的劳什子，我是无福消受了。对了，如今跟在他身边的随从，咱们倒也认识。"

李虎臣想起来说："他的随从，不是老早就被范高头一伙给杀了吗？我记得你曾说过，他是因为决意报仇，才冒死做了内应，假装被范高头掳走的。"

"这新人是谁？"孟庆霖一时没反应过来。

金碧云一拍脑门，后悔自己酒后失言。但如今话已出口，只能良久叹息曰："晨曦……"

"是她……"孟庆霖恍然大悟，却又默然不语。

"哼！又是这个女人！这杨晨曦竟连和尚也不放过？"

李虎臣的心中，像是燃起了一股无名之火。在他看来，外国传教士应当和中国和尚一样，都需严守清规戒律，特别是在女色方面。

"虎子，你想多了！人家是新教，规矩和咱们不同，也就本不在意这事。再说，费牧师这个年纪，这般品性，我想他绝不是贪恋美色之人。依我看，大概是出于怜惜吧。实际上，那女子早就无家可归了。收留她，或许就是出自他们常说的博爱之心。"

"也有可能是出于朋友之谊！"金碧云涨红着脸，意味深长地补充道。

仅一步之遥的卧房里，李若雪和姜齐玉不得不悄悄听着外面的谈话。

李若雪："刚才我还在想，要准备什么吃的，现在好了，还是你有办法。看他们饮酒，你就适时添些冷热小菜，再配上一只肥羊炖，倒是极为应景。这方面，我就不如你体贴周到了！"

齐玉心里也颇为得意，却不好表现出来，只说："四奶奶过奖了！我就是侍候人多了，熟能生巧而已。不过，他们刚才说的'杨晨曦'是谁啊？听上去，有些不太寻常呢！"

"别偷听爷们谈话啦！多不好！"

齐玉掩嘴而笑："我倒不想听呢！就表少爷嗓门大！"

李若雪也欣然一笑："以后没外人，你就别一口一个四奶奶了。你还比我大上几岁，私下里我们就以姐妹相称如何？"

"这……使不得吧！"

李若雪拉着齐玉的手说："这些日子多亏有你，我和相公的小家才得以保全。就听我的吧！"

齐玉想了一下，也笑了："是，四奶奶！哦……应该叫若雪妹妹才对……"

第十一回

"嗯！玉姐姐！"

外面书房里，孟庆霖三人的饮酒欢笑之声越来越大，似乎已近高潮。

李虎臣大着舌头说："金大哥，你跟我姐夫，骨子里真是同一类人！这不是醉话，是心里话！"

"那倒是！虽说这年头谁怕贝子爷啊？"孟庆霖调侃道，"但是，我心里却十分清楚金大哥的为人，也知你英雄盖世，豪气干云！实话说，这朝廷里面我谁也看不上，可你却是个例外！我真没想到，现如今的八旗子弟里面，竟然还有你这样的漂亮人物！明明可以养尊处优，却时刻亲临战线，以命相搏！就冲这份忠义果敢，我也铁定要交你这个朋友。实不相瞒，打从江宁第一眼看到你，我便认定你！既然大哥与我们只以兄弟相称，我孟庆霖今生今世便也与金碧云同生共死，同舟共济！"

"我也一样！我也一样！"李虎臣酒兴正酣，举杯痛饮。

三人觥筹交错，一杯又一杯、一碗又一碗地干个不停。

孟庆霖从未像今天这般豪饮。起初，还只是小口轻抿。到现在，已是鲸吞海吸，全然不顾满脸潮红的样子。只觉得浑身发烫，痛苦中带着酣畅；却是越喝越清醒，也是桩奇事。

不多时，一整坛上好的陈年黄酒就已见底。

"玉姐姐！没酒了！"李虎臣大喊。

齐玉应声而来，手上却托着个茶盘。上面摆有各式茶具，像是来给三人送解酒茶的。

"都喝光一坛子了……不要命啦！"齐玉一边说着，一边主动收起桌上的酒器，任凭李虎臣阻拦也无济于事。

紧接着，李若雪也从卧房出来，亲自为三人斟上香茗，并先为金碧云奉上："这是我家相公最爱的桐木关小种，还请大人饮下解酒！"

"若雪！今日良辰美景、云雾雪消，你为我们跳支舞如何？我来击节助唱！齐玉，你再点上一笼'贵妃帏中香'。那滋味我还挺受用的！"孟庆霖酒劲方退，雅兴正浓。

"好！都依你！跳支什么舞呢？"李若雪心疼地看着丈夫。

"《长相思》！眼下，我只能记起李白的三阕《长相思》了。明天一早，老金就要走了。过些日子，我也要走了。今夕何夕，我一定会想念这一刻的！"

金碧云心下十分感慨：他也好久没能体会到知音相处之乐。这种心心相印的感觉真是奇妙，让人欲罢不能，却又完全不似浴血沙场的同袍之谊，二者各有千秋。眼下社稷维艰，外有孙文革命起事，内有朝廷党派林立。那袁世凯也时不时地在暗地里和摄政王较劲，只是不敢明目张胆罢了。像今天这般快意人生，日后怕是再难遇到了……

他又转念一想：若能得此二人同心协力，共同效忠朝廷，那社稷中兴的局面岂非奢望？特别是孟庆霖作为亚圣嫡裔的身份，不正好为天下读书人做个表率吗？这也是我向摄政王举荐孟庆霖的个中情由啊！

这时，齐玉打开房门，驱散了房中酒气。而后轻掩门扉，重又点上一笼熏香，任由香囊喷芳吐麝，直将这小小的书房熏染得香气袭人，温暖如春。

李若雪已换了身淡雅的广袖流仙裙，显得飘逸灵动，飘飘欲仙；正踏着孟庆霖吟唱的节奏翩翩起舞，恍若仙子临尘。

孟庆霖动情地唱道：

> 长相思，在长安。
> 络纬秋啼金井阑，
> 微霜凄凄簟色寒。
> 孤灯不明思欲绝，
> 卷帷望月空长叹。
> 美人如花隔云端。

金碧云和着节拍，看得出神，也不禁跟着哼唱起来：

第十一回

> 上有青冥之高天,
> 下有渌水之波澜。
> 天长路远魂飞苦,
> 梦魂不到关山难。
> 长相思,摧心肝。

孟庆霖看着妻子飞袂拂云,舞姿绰约,仿佛就看到了昔日在安庆救下自己的"牡丹仙子",心里十分感动,便喃喃自语道:

> 低回莲破浪,凌乱雪萦风。
> 唯愁捉不住,飞去逐惊鸿。

"姐夫,你说什么?"
"没什么,只是想到了几年前……"
"四奶奶可真是举世无双的美人啊!人好,舞好,心更好!"
齐玉虽听不懂他们唱的这阕《长相思》究竟是在表达什么,却能分明感受到其中穿越古今的孤独与苍凉,心里十分难受。
孟庆霖慷慨悲歌,继续吟唱道:

> 美人在时花满堂,
> 美人去后花馀床。
> 床中绣被卷不寝,
> 至今三载闻余香。

唱完这几句,孟庆霖的内心就像是被什么东西给击中了似的。他莫名感觉心里空落落的，再也提不起兴致。只有一行行热泪奔涌而出，沾湿了衣襟。

李若雪眼波流转，也轻唱起来，似在宽慰丈夫：

昔时横波目，

今作流泪泉。

不信妾肠断，

归来看取明镜前。

窗外晚风依旧，天色已然昏沉。

这三男二女且歌且舞，载歌载舞，直将星辰舞上天际，直待月光照耀大地。他们闻香品茗，把盏言欢，尽数风流，指点江山。虽然身处小小的亚圣府书房，却似纵情天下，策马疆场，尽情挥洒着自己的青春与梦想！

翌日清晨，雄鸡报晓。

金碧云的扈从侍卫已身着便装，恭敬地站在大门外等候。

金碧云也换下了那身青狐皮端罩，只着素色棉袍，随孟庆霖一道向家里长辈请安行礼，却只通报姓名，不谈身份，以免尴尬，反倒不美。

尽管孟昭铭是知道金碧云真实身份的，但他毕竟见多识广，人情练达。此刻，又重病在床，起居困难，不太可能与旁人多言，更何况直接点破晚辈的一番美意。

这次"登堂拜母"，也进一步加深了金碧云与孟庆霖之间的兄弟情谊。家里老人曾回忆说：他们初次见到那个高大挺拔、英气逼人的少年之时，就有一种莫名的亲切感。那似乎是一种潜藏在心底久违的热情，就好像只要此人登台一呼，立时便有千军万马汇聚于此，并心甘情愿地为之出生入死一样。这或许，就是现在常说的人格魅力吧。

那天，金碧云曾向孟庆霖的母亲李氏讲述道：自己的本名叫作"宪平"，生于光绪十四年，比小孟整整大了七岁，并已承父母之命，在家娶了一房妻室，是位八旗蒙古女子。

第十一回

尽管孟宪济觉察到了一丝端倪,却也无从知晓这位英姿勃发的金姓少年究竟家世何处。只是心里感觉此人必定大有来头,绝非凡夫俗子可比,"难不成还是个闲散宗室?"

之后,因当家人孟庆棠近日不在府里,故孟庆霖和李虎臣等人便自行去送金碧云。

大门外,一见到主人到来,金碧云的侍卫立刻齐刷刷跪倒,大声呼喊道:"给主子请安!"

一时间山呼海啸,惊得孟府仆人个个面面相觑,心想:这人到底是谁啊?好大的气派!

金碧云却不紧不慢地,从战马一侧的枪套中掏出了一把左轮手枪,而后,郑重地交给了孟庆霖。

孟庆霖却发觉这手枪异常眼熟,但一时半会又想不起来到底在哪儿见过,心里正犹豫接还是不接?

"欸?这枪?"孟庆霖一声惊呼,不禁感叹这把手枪的高超制造工艺。

只见这钢制的枪体上,金银镶嵌的纹路勾勒出鲜花和云朵的线条,看上去极为惊艳,简直就是件艺术品,却反而不似一把杀器。

奇怪,到底在哪儿见过来着?

"啊!这不是……这不是那个匪首的武器吗?"一旁的李虎臣灵光乍现。

这句话猛烈地刺激到了孟庆霖的神经。几乎是同时,他开始恨得咬牙切齿。因为范高头就是拿这把枪,打伤了爷爷,以至于老人家至今不能正常起居,也让自己不得不落下个"不孝"的骂名。

孟庆霖:"老金!我带你'登堂拜母',你这是何意?"

"别急!那姓范的匪徒死了,可他这枪实在是件宝贝。就说价值连城,也是毫不为过啊。你当初不也是夺下了此枪,才射出了那颗复仇的子弹吗?"

金碧云右手持枪,左手不时抚摸着异常短小的金属枪身,好一阵感叹。

"总归是件不祥之物!"孟庆霖不依不饶。

"你知道吗？这是美利坚国生产的柯尔特牌双动左轮手枪，带弹六发，难得的稀罕货啊！比起一般的左轮，它无须在扣动扳机时，用另一只手去拨动转轮。因此，可以单手连发，威力巨大！再者，这枪管短小，利于携带，便于隐藏。当真是令人难以提防！我的侍卫，不正是因此才命丧此枪之下吗？你再看这枪体成色，这枪口的光洁程度……我敢断定，这是把新枪无疑！也就是那匪徒常年混迹上海滩，与各国洋人周旋多了，才偶然得此利器。不然，就是我大清的王公贝勒，也不见得能有几人装备此枪，懂了吗？"

这会儿，金碧云就事论事，倒像极了一个武器贩子。

"老金！我之前怎么没发现你这么了解枪械呢！"孟庆霖揶揄道。

"枪械？这实在不算什么！虽然，我不是嫡子，可好歹三岁习文，五岁习武。阿玛为我请了最好的满汉师傅，教我诗书骑射各项本事。自十四岁起，又被编入军中。从此，隐姓埋名，只做金碧云，却几乎就要忘了自己的本名……"说到这里，饶是坚强如斯的金碧云，也不禁有些哽咽。

金碧云动情地说："这七年多以来，只有这些侍卫最清楚我的身份。他们同我一起出生入死，经历了数不清的大小战斗。多少次，我们从死人堆儿里爬出来……这才被朝廷破例封了'贝子'爵位。所以，这份恩典并不是我个人的，而是属于我们所有人的。我们早就融为一体，成了生死相依的袍泽战友——名为主仆，实同兄弟！"

在场的侍卫得到主人如此评价，无不感激涕零。

这份基于同生共死而产生的情感纽带，其作用甚至远远超过了朝廷赏赐的"巴图鲁"勇号。对他们来说，一开始确是为了朝廷而战，是为了完成肃亲王交代的差事。到如今，他们只为金碧云一人而战。就是金碧云命他们去死，他们也将义无反顾，前赴后继！

孟庆霖非常仰慕金碧云身上肆意流淌出的王者气概。这让他也不由得生出组建自己人马的想法，却不能对任何人讲起。

金碧云又回忆道："我们这些人，自己都不知道身上到底带着多少战伤。那

第十一回

天,我亲自为罹难的侍卫整理遗容,一道又一道地去数他身上的伤疤。这才发现他年纪不大,却已身负战伤十三处!这样的勇士,最终却惨死在一个只做困兽之斗的匪徒手上。你说,冤不冤?"

他又掂了掂这把柯尔特,沉重地对孟庆霖说:"就是这把枪,我的心痛一点不比你轻!"

孟庆霖沉默了,他终于接过了金碧云手上的左轮手枪。

"枪没有错,错的是人!这枪在匪徒手上,只是把杀人的利器。但若遇到明主,那可是件救人的法宝!"金碧云拍打着孟庆霖的肩膀,殷殷嘱托。

是啊!枪械只是工具罢了,真正决定正邪的还是人心!

孟庆霖抚摸着这把精美的杀器,心情有些复杂。甚至,还有些许的紧张和害怕。

最终,他握紧了鸟嘴型的枪把,俯视着枪体上金银镶嵌的纹路,眉头紧锁,心里却只浮现出八个字——除暴卫道,保境安民!

"这枪送给我吧!"孟庆霖说。

金碧云点点头:"正是此意!"

当真是千回百转!

这把柯尔特左轮手枪,从孟庆霖射出复仇子弹的那一刻开始,就与他结下了不解之缘。而后,则成为一件指控罪行的证物。这次,却又被金碧云特意带来,并再次交还到孟庆霖的手上。从此,便几乎与孟庆霖形影不离,相伴始终。

至于这把手枪后来屡立奇功,助孟庆霖成就一番功业的故事,却是后话了……

"你刚才说,范高头来自上海滩?"孟庆霖与金碧云边走边谈。

金碧云也开始讲述起范高头事件的真相:"对!他们是上海青帮的一支,却是极不争气的一支,只会做些杀人越货的勾当。我曾派人查过他,说他曾在上海滩开设过一家大烟馆,名叫祥园烟馆。虽说生意火爆,但租界当局为树立形象,近年来持续标榜'禁烟',又屡屡出手端掉了他几处走私货仓。故而,鸦片的货源,一直是他的困扰。于是,为了压低进价,他竟然敢从海外直接订购鸦片。不料,却在江苏海门，被地方官军查获！"

"原来是这样！那他们又是如何到了扬州？"

"海门的官军，可不买上海滩青帮流氓的账！一番沟通未果，范高头仍是一万个不死心，居然自不量力，率领帮众公然与官军开战。最后，只剩下落荒而逃。租界也趁机发出了通缉令。所以，他才不敢再回上海，只得带着一帮亲信，连夜北逃扬州，与那里的青帮码头会合。后来，他们又在荒凉的明孝陵附近寻了个破旧的四合院，充作匪巢。正当惊魂未定，前途渺茫之时，他们意外地遇到了一个人……"

"郑显？前段日子，府里确是派他去江南置办过一些衣服料子！"

孟庆霖恍然大悟。这一切都串起来了，也进一步证实了自己当初的判断真实不虚。

金碧云有些愕然："你怎么知道？行啊，你小子！我千方百计调查审问才得来的结果，却被你一下子猜中了！"

"郑显"这个名字，不出意料地引起了李若雪和李虎臣姐弟的注意。

特别是李虎臣，他马上插话道："这人常年跟帮派厮混，我们居然毫无察觉。唉！后来，我听管家吴叔说，那人老早就逃了，还顺走了府里好些东西……"

金碧云未置可否，继续与孟庆霖并肩而行。

孟庆霖的思虑则更为细致，他感觉众人无意之中就忽略了一个重要人物："老金，你知道那伙匪徒中一个姓应的人吗？"

金碧云似乎有所耳闻："哦？你知道他？"

孟庆霖："那伙匪徒中的二掌柜！还有一个三掌柜，名叫孙天山，因内讧被当场万刃加身……"

"那个姓应的似乎在官场混过，不过名字改了，眼下正不知去向。至于你说的那个三掌柜……"金碧云有些含糊其词，只说道："那个三掌柜，我们的人大概只听俘虏谈起过，却是未见尸首。放心，我迟早会找到他们的！"

送过十里长亭，冰封的界河赫然映入眼帘。

第十一回

北风呼啸,天边一朵乌云遮住了冬日愈见可怜的阳光。

不多时,竟飘起雪花来。

那雪花借着风力,时而羽花纷乱,时而摇曳生姿,时而丝丝下坠,像极了孟庆霖与金碧云初次相遇时的那次。

"送君千里,终有一别!老金,路上多保重!回到京城,更要保重!"孟庆霖依依不舍。

金碧云:"放心!我有这些兄弟时刻相伴左右!"

孟庆霖:"记得上次和你分别,还是在江宁……"

金碧云:"是啊!在江宁府的丰润门,旁边就是碧波万顷的玄武湖……"

随即,他翻身上马,回头对孟庆霖抱拳拱手:"海内存知己,天涯若比邻。我在京城等你。若到了,就去北新桥南船板胡同寻我!就说找平贝子,自有人引你来见!"

孟庆霖也如是抱拳:"好!一言为定!下次,我也送你一件特别的礼物!"

这时,李若雪披上了她那件素雅华贵的玄狐大氅走近前来,嘱托姜齐玉和李虎臣将家乡特产以及府里自制的糕点交付侍卫人等,并为每人赠上数枚盖有"亚圣府"戳记的银饼以作留念。又转身,对金碧云千恩万谢:"我家相公蒙大人相救。此恩此德,永世不忘!"

金碧云立在马上,只能默然拱手。

此刻,心中虽有离别之情,却终不能因一己偏私,而误了家国大事。

于是,在孟庆霖等人的注视下,他迎着北风,策马而去。

只留下一连串清脆的马蹄声,久久回荡……

这时,孟庆霖正欲返身回府,却见远处跄跄跑来一人,口中疾呼:"四爷!四爷!不好了!快!叔老太爷他……"

"不好!爷爷有事!"

第三章　兵戈行

车辚辚，马萧萧。

行人弓箭各在腰。

爷娘妻子走相送，尘埃不见咸阳桥。

……

孟庆霖不知道，他即将踏上一段常人难以迈入，却也从不令人过分歆慕的血色征程，一如自己祖父当年。

尽管有心抗拒，却奈何命运召唤，他终究还是走上了这条路。

从此，将军百战死，壮士十年归……

与此同时，金碧云和李虎臣等人也被迫卷入其中，不得不拼上性命，希冀挽狂澜于既倒，却终不能扶大厦之将倾。

又是一番乱世闹剧。

枪炮无眼，战火无情，却唯有兄弟情、战友情、手足情，长存世间……

第十二回　终身误英雄归离恨　血雨惊官场起腥风

送走金碧云的当天清晨，孟庆霖就急匆匆地赶回府里，心急火燎地去看望爷爷。

然而，当他迈步进门，却惊奇地发现爷爷居然穿戴好了旧时衣衫，发辫也让人打理得一丝不苟，正端坐于书案之后，信手抬须，满目慈爱地看着自己归来，依稀往日模样。

雪停了，和煦的阳光重又普照大地，映射在孟昭铭身上，散发出一片金色的光芒。

这一切，显得是那样温暖却又那样虚幻。

孟庆霖竟不敢相信自己的眼睛，难道爷爷的身体业已痊愈了？

这时，只见孟昭铭挥手，招呼孙儿前来，问道："若雪和虎臣呢？"

孟庆霖："在后面，马上就到。爷爷，今日可大安了？"

孟昭铭语气悠然道："无甚大碍……"

可事实上，这话甫一出口，孟昭铭就感觉胸口中枪的位置隐隐作痛，而额头上也不禁有细微的汗珠渗出，却仍旧强打精神，从衣袖中缓缓地掏出了那把铜柄钢刃的狻猊匕首。

待他稍显吃力地抽出利刃，便有一行楷体小字映入眼帘——"保恒自用"。

尽管早已物是人非，英雄迟暮，但他仍用这把匕首重伤了曾作困兽之斗的范高头，并以自己的牺牲换来孟庆霖成就人生首功，扬名于两江之地，上达于庙堂之高。

只是个中曲折，或许并不为外人所知晓。

第十二回

但孟昭铭十分清楚自己的功夫，即便上了年纪，也并不妨碍他五步以内，直取残敌之首级。毕竟，这手艺是经过血与火的淬炼，在战场上一刀一枪拼出来的，且愣是将原本不善武事的师爷，生生逼成了半个高手。

不然，当年的袁保恒为何要将自己的防身利器转赠于孟昭铭呢？就是因为孟昭铭曾在万军丛中，舍命拔出了这把匕首，方才拼死救下其一条性命啊！这才有了后来二人义结金兰之事。

再回首，这段尘封已久的往事，倏忽已过去四十余年……

孟昭铭仍在出神，却见李若雪姐弟来了，心里不胜宽慰。

"爷爷！我们回来啦！"

此刻，姐弟俩见老人气色尚佳，心里也不由得欢喜，便殷勤地为老人捏肩捶腿，奉茶问安。

孟昭铭环顾四周，见孙辈的三名俊俏后生齐聚一堂，心情大好，便坦然地将猰㺄匕首送回刀鞘，并递到了孟庆霖的手上。

"这？"孟庆霖不知何意。

"庆霖，正月十五一过，你替我走一趟河南，到彰德府洹上村，将这匕首还给我那故人之后！"

孟庆霖一愣："谁啊？"

"袁慰廷！噢，就是袁世凯！"

孟庆霖甚觉可惜："这可是您珍藏了几十年的宝贝，干吗要还回去？"

孟昭铭叹了口气，说道："物归原主吧！照做就是了！"

孟庆霖仍心有不舍："可是，您这身子……我不放心！"

孟昭铭摇摇头："孩子！我们都已经回不了头了。你记得，从彰德府离开便即刻赶赴京城，一刻也不要停！我相信，陆军部的加急公文已经在路上了，也就是这几天的事儿……"

孟庆霖手握这把猰㺄匕首，心里五味杂陈。他总觉得"我们都回不了头了"和"也就是这几天的事儿"两句话甚不吉利，却又不知如何宽慰老人，便只得默然领命，径直去了。

李虎臣望着孟庆霖的背影，又回头看看李若雪，心中思忖良久，方才说道："要不……我和姐夫一起去吧！他不会功夫，人又实诚。我担心……"

孟昭铭未置可否，只用愈见模糊的双眼望向李若雪，仿佛是在示意让她一道前往，却又不知何故，身子竟渐渐瘫软，仿佛再也支撑不住。

末了，只留下一句话："别……别告诉庆霖！不要让他有后顾之忧！"

"这怎么行？再说，我们也瞒不过去啊！"李虎臣有些着急。

"你别管！我想办法！"李若雪竟表现得十分坚定，又对弟弟交代说，"年后，你陪你姐夫去趟河南……"

转眼，过了正月十五。

孟庆霖让人牵出几匹"着实能赶路"的南番马，依依不舍地踏上了征途。然而，他却并没有让李虎臣陪同，反倒点了几名忠诚可靠的老仆，一路随行。在他看来，李虎臣也有父母亲人需要照顾，且好久没回自己家了，又何必次次劳烦？

另外，彼时的他可能不会知道，刚刚过去的这个新年几乎就是他在亚圣府里度过的最后一个新年了。尽管这"年"一如往常喜庆热闹，尽管爷爷的身体时好时坏，尽管他对家里的安排仍旧心怀不满，却也只能手握着那封陆军部经由山东巡抚衙门及兖州知府衙门，一路转寄过来的公文。

拆开一看，上面只轻描淡写一句话：

即日起，着尔转赴专司训练禁卫军大臣处遴选听差。

此令。

陆军部

宣统二年腊月十四日

这朝廷的葫芦里，究竟卖的什么药？

这"专司训练禁卫军大臣"又是谁？

第十二回

对此，孟庆霖的心里也曾一片茫然。

直到三哥孟庆棠满心欢喜地解释出来，他才如梦方醒。

记得那会儿，孟庆棠曾如是说道："别看大清立国近三百年了，可宫里只有禁卫之职，并无禁卫之军。宫廷侍卫，都是从八旗勋贵子弟里面挨个儿简拔的，论的是出身与门第，其次才是武艺与才华。表面上，大家均归'领侍卫内大臣'节制。可实际上呢，尽数掌于皇帝一人。这里面的玄妙……那可多了去了！"

孟庆霖："这我知道！"

"你别急啊！听我讲完。后来，圣祖康熙爷智擒鳌拜，设立善扑营，高宗乾隆爷收复大小金川，又设立健锐云梯营，等等。尽管也勉强算作禁卫，但只专习一项技能，并不足以独立成军。直到前些年，慈禧老佛爷在世的时候，曾调北洋新军第一镇和第六镇轮番宿卫宫禁。这才有了大抵比肩西洋的卫戍部队呀！可是呢，还是没有专门的禁卫军……"

说完，孟庆棠两手一摊。

"三哥，你这都是从哪儿听来的？"

孟庆棠则颇有些轻蔑地说："你当这些年我跟杨士琦他们白混的？这在官场上，又不是什么秘密！"

"也对！不过，这怎么又想起组建一支'禁卫军'呢？"孟庆霖索性打破砂锅问到底。

孟庆棠则感叹道："这事儿，可就得从咱这摄政王说起了……哦，对了！你若见到袁世凯，可千万别在他面前提起摄政王，也别提任何朝中亲贵，记住喽！"

"至于吗？"

孟庆霖在去彰德府的路上，一边骑马，一边回忆，借以安抚自己惴惴不安的内心。一想到家里人，他就不由得喜上眉梢，心情也跟着开朗许多。

"四爷！您这骑术可是精进不少呀！"一名老仆策马赶上，与孟庆霖并辔而行。

"那可不？在江宁府的时候，没干别的！除了侍奉爷爷，就是和人切磋骑射，能不长进吗?"孟庆霖所说的"人",自然就是金碧云。

"看来,您今儿个心情不错!"

孟庆霖:"也没什么!就是……想到三哥了。"

老仆一听,很是感慨:"您和老爷真是兄弟情深呢!临行前,老爷还再三嘱咐,说沿途一定要妥善护持。还给我们几个都配了枪,以防万一!"

"用不着吧!"

虽然,孟庆霖表面上毫不在乎,却下意识地瞅了一眼别在腰间的柯尔特左轮手枪,心里早就预设出了若干种应急方案。

俗话说:吃一堑,长一智!

前不久的范高头事件让他明白,最终还是自己更可靠。

如今,除了至友亲朋之外,孟庆霖已经基本失去对旁人的信任了。就连这几名老仆,也还是他和孟庆棠再三挑选才最终拟定的。但也只让他们充作沿途护卫,并不指望其出力多少。

事实上,自这次离家开始,孟庆霖就逐步自食其力,不再是从前的"少爷秧子"。

说话间,老仆手搭凉棚,朝前一指,说道:"四爷!前面就要渡黄河了!我们先去寻一处浅滩,可以趁着初春冰雪未消,牵马过河。"

孟庆霖极目望去:初春的大地,天地昏黄,草木疏离,一片又一片泛着白花的盐碱地,裸露在一望无际的中原田野上。

这里,是九曲黄河自河南流入山东的必经之地。

自此,一道河水分隔东西。

河东地接山东,河西紧靠河南,两岸风土人情迥然有异,但又因同处下游,故多年来全都饱受水患侵袭。再加上,此地曾连遭战乱,以至于原先风吹麦浪的万亩良田,如今早已化作了戈壁荒滩;原先鸡犬相闻的村落民居,如今也早已失落得杳无人烟。

这一带,渐渐地被人遗忘。

第十二回

孟庆霖所过，皆是寂寥萧瑟，难觅人影。只有离离荒草中，偶尔间杂着几堆白骨，伴着头顶上盘旋掠过的秃鹫，仿佛仍在向匆匆而过的行人，诉说着前尘往事，水火无情……

当真是：

白骨露于野，千里无鸡鸣。
生民百遗一，念之断人肠。

日落时分，孟庆霖一行人好不容易寻了处浅滩，正小心翼翼地踩着薄薄的冰面牵马过河。只见他们排成一列纵队，撵着前人留下的稀疏脚印，一步一激灵，战战兢兢地，真是大气也不敢出。

这时，落日的余晖倾洒在他们身上，初春的寒风夹杂着骏马嘶鸣，在耳边不时吹响。孟庆霖回望东方——那个生他养他的地方，似在告别，又似留恋。他依稀感觉，自己即将迈入一片全新的领域，却又不知前方究竟有怎样的命运，在迎接着自己。

此时此刻，他曾有过短暂的犹豫，却又转瞬即逝。

彼时彼刻，远在亚圣府的家里，李若雪和姜齐玉也正焦急地为孟昭铭服侍汤药。

自孟庆霖走后不久，孟昭铭就再度陷入了昏迷。郎中来了一拨又一拨，却还是束手无策。

眼见得，老人已届弥留。

原来，之前的一切终究还是回光返照。

只不过，凭借顽强的意志，孟昭铭足足支撑了将近一个月之久，直到过年，直到亲眼目送孙儿离开，方才了却心事。而他之所以如此，只因不忍打断孟庆霖原本的人生轨迹。

若依五服礼制，祖父母过世，嫡亲孙子必须身穿粗麻布制成的"齐衰"整一年。在这一年中，一切作为将被禁止，无论是公事还是私事。作为孝子贤孙，他们只能时时哀痛，刻刻守孝。至于为国建功，抑或考取功名，那更是几无可能。否则，便要被视作"不孝"，并在理论上失去所有人的尊重与信任。官僚士大夫尚有可能被朝廷"夺情起复"，身穿素服办公，但寻常百姓就没这个机会了。除非那人心里，压根儿就没把已逝亲人当作一回事，也完全不在意旁人的眼光。可事实上，这样极端的例子极为罕见。

因此，若非孟昭铭生前谋划，孟庆霖是断然踏不出府门一步的，也就没有接下来的故事……

正月里的一日午后，孟昭铭气息奄奄地躺在自家床上，眼睛似睁未睁，嘴巴似闭未闭，早已是滴水不进，药石罔顾，却还勉强撑着最后一口气。

因为，他必须完成人生中的最后一件事，方能彻底了无牵挂！

"爷爷，您还有什么心愿？我一定替庆霖完成！"李若雪面容憔悴，已伏在床头多时。这会儿，正痛哭流涕，悲伤不已。

"叔爷！我这就着人把庆霖请回来，您老可一定要撑住啊！"孟庆棠倒是担心，老人家因见不到自己嫡亲孙子，万一死不瞑目。

"爹！"

孟宪济夫妇已然双双跪倒，悲痛哀号。

这一刻，他们或许已在脑海中预想过很多次。原本，还以为自己想开了，放下了。孰料生死一瞬间，天人永隔，竟还是情不能自已。

又有一众仆人、丫鬟侍立门外，有的哭天抹泪，有的神情肃穆，也有的麻木不仁。

为避免遗漏老人临终遗言，孟庆棠起身将房门关上，只留家中至亲在场。

这时，孟昭铭缓缓地伸出手指，艰难地指向床板内侧。其间，似乎露出了一个檀木匣子。

继而，又望向李若雪，眼神久久不忍离去。

显然，这是让李若雪亲自寻得此物，并妥善保管之意。

第十二回

"不可将我之死……告知庆……霖。天时地利，机不……可失！为国……建功，正在此……时……"

李若雪有些迟疑。

孟昭铭却已口中呢喃："为国……建功……为国……建功！"

渐渐地，他闭上了双眼，仿佛睡着了一样。

无可奈何花落去……

宣统三年正月，一代人杰孟昭铭终于撒手人寰，享年七十三岁。

至于老人年轻时的故事，府里则很少有人知道。

只听说，他也曾直入青云，扰动乾坤。既曾觐见过两宫皇太后，又曾为同治小皇帝授课；既作为左宗棠的亲信幕宾，运筹帷幄之中，决胜千里之外，又曾亲临战阵，率军御敌。

当真是：继往圣，开来学，隽秀文章；斩叛军，诛暴乱，神勇无敌！

后来，不知为何，正当他荣归凯旋，封官拜爵之时，却被朝廷莫须有地定了重罪。幸好，有左宗棠出面力保，又仰仗祖上恩荫，这才逢凶化吉，保住性命。但名利等身外之物，竟被一口气褫夺干净，只侥幸留下块鎏金怀表，算作纪念。

不过，李若雪也曾听太夫人偶然讲起，说是：孟昭铭的一生中，曾遇到过两位女子。这第一位是他的发妻，姓任，原是江南学政家的千金。后来，生下独子孟宪济，便不幸早亡。至于第二位，太夫人则始终讳莫如深。只知道是位异域女子，是孟昭铭随军收复新疆时遇到的。但这段姻缘，不知何故，始终不被家里承认。至于原因，太夫人守口如瓶，只含糊地说与那女子的身世有关。

但无论如何，结局已然注定。

自那以后，孟昭铭闭门谢客，一心读书，仿佛变了个人似的。非但绝口不提当年往事，也不再续弦另娶，直到如今溘然长逝，魂归离恨……

当天，记得有那么一瞬间：孟庆霖行在路上，抬头仰望，却在恍惚间看到一只雄鹰，鹰眼离娄，振翅高飞，飞越了雪山，飞破了苍穹，最终飞向了天边一位美人的怀抱，又与其一道消失在茫茫的天际……

猛然间，孟庆霖心口一紧，似有凶事发生。

会是什么呢？

莫非爷爷有事？又或者，前方吉凶难料？

孟庆霖实在不敢往下细想，也来不及多想。

这一路上本就不太平，他不得不强打起十二分的精神。凡是打尖住店，只挑沿途城邑里人流密集的大型客栈；且三餐均以素食、干粮为主，喝水也要烧开晾凉，并只用自带的水囊饮水。在行程上，他们日落即寝，日出即行，在一个地方绝不多作停留。晚间，又差年纪稍轻的仆人，分作上、下两班，轮流在屋外值哨。一有风吹草动，孟庆霖便翻身惊醒，并本能地握紧了藏在枕下的左轮手枪。

这情景，用老仆的话说，就是："跟着四爷一路走来，那是真如行军打仗一般。老朽这把身子骨儿，迟早怕是要被折腾散架喽……"

约莫两三天之后。

"四爷！快看！前面就是彰德府了！"

孟庆霖抬眼望去，但见河水汤汤。其后，一座城关赫然映入眼帘。

中间一块牌匾，自右及左，上书颜体"彰德"二字。

终于到了！

孟庆霖不由得稍微松了口气。

这段日子以来，他们一行人连续奔波，辗转两省，行程超过六百里，却只用了不到四天。应该说，这速度已经很快了。因此，其间的辛苦不言而喻，但这还不是最让人讨厌的。

对孟庆霖而言，春寒料峭才是。而宣统三年的初春，又仿佛比以往任何一个年份都要湿冷得多。

他曾如是回忆道：那些天，人是分明骑在马上，却又经常感觉自己是骑在冰刀子上。每个人都身穿翻毛皮袄，却又不甚顶事。一有小风吹过，就是好一阵刺骨透心的寒冷，仿佛要将肝肠一齐冻上似的……

"之所以如此，大概半由天寒，半由心里羁绊吧。"

第十二回

他一边暗自嗟叹，一边顺手掏出了爷爷留给自己的鎏金怀表。

伴着落日的余晖，不禁睹物思人。

爷爷的音容笑貌犹在眼前，他这才想起鎏金怀表的来历。

据说，这表在瑞士国出厂时曾是一对儿。后来，作为国礼一并进献给了法兰西国皇帝拿破仑，而拿破仑亦曾佩戴此表亲临战阵。再后来，拿破仑战败。这对怀表就成了战利品，被英国人拿去献给了英王乔治三世。之后，则不知何故辗转大清，并在同治年间被慈安太后颁赐给年轻时的爷爷，以旌奖其战功与才学，盼其"时刻"效忠大清！

这也成了爷爷唯一保存下来的御赐之物。至于另一只怀表，孟庆霖就不得而知了，许是早就遗失了吧。

时光荏苒。

如今，这怀表就犹如一位老人，见惯了人世浮沉，阅尽了沧海桑田，看淡了风云变幻，却仍在高效且准时地履行着自己的使命，仿佛无悲无喜，无欲无求……

"现在，是洋人的下午六点钟了！"孟庆霖说道。

身边的老仆则催促说："六点？那合着，该是咱们的酉正时分了。四爷，还是快些进城吧。不然，这城门楼子可就要关喽！"

"嗯！先找个客栈住下，也好打听洹上村到底在何处？"

这一行人在城门口验明照身，又进城打尖住店，歇息用饭自不待言；却要先说说这彰德府，究竟是个什么所在？

就历史而论，彰德是座千年古城！

这里，先后有殷商、曹魏、后赵、冉魏、前燕、东魏、北齐等七个王朝相继建都，被称作"七朝古都"。地名也是几经更迭，从殷到邺，到相州，再到彰德、安阳等，无不昭示其或是作为政权中心，或是作为地方大郡的特殊地位。

就地理而论，此地西枕太行，东接齐鲁，北有洹水，南临洪河，二水又自西向东，夹城而过。府城位居其间，四四方方，端端正正。尽管城区面积不大，却也有"九府、十八巷、七十二胡同"之说。

又由于深处中原腹心，故每当朝代更迭之际，此地必饱受战火蹂躏。到了清末，这里又接连经历了太平天国和东、西捻军之役，已逐渐沦为一座并无甚特殊之处的小城。直到光绪年间，京汉铁路建成通车，在铁路和水运的双重加持下，这里才重又变得兴旺发达起来。

三年前，袁世凯终以"足疾"被摄政王载沣开缺回原籍之时，他不回故里项城，却偏偏来到此处，蛰居于洹上村。实在是因为这里虽不显达，却是地接南北，四通八达，又兼有铁路和水运之利，可与京城、直隶随时联系之故啊！

当然，可能还有另一个重要原因，那就是：这里曾经见证了袁世凯个人军事生涯的巅峰！

那是在光绪三十二年，朝廷为检验新建陆军编练成果，在彰德举办了盛况空前的"彰德秋操"。而彼时总揽大权的"阅操大臣"，正是袁世凯。

那时节，"风声所树，耸动环球"，南北新军在这小小的彰德府城外，展开了史无前例的激烈较量。双方参战兵力多达33958人，其中骑兵2743人，弹药车898辆，战线绵延40余里。

这既是陆军近代化演变的一次集中展示，也是当时规模最大的一次南北对抗军事演习。

北军由北洋新军组成，南军则由湖北新军组成。

值得一提的是：随后的武昌起义，正是由这些湖北新军士兵率先发难的，并由此引发了一连串连锁反应。从而，掀起了浩浩荡荡的革命浪潮，直到将这行将就木的大清王朝彻底埋葬。

"彰德秋操"仿佛就是一次预演，一次关于内战与革命的预演。而充作演员的一众乱世枭雄亦于此悉数登场。

君不见，黄龙旗下，鼓角争鸣。

袁世凯与其一手提拔起来的小站嫡系——徐世昌、王士珍、段祺瑞、冯国璋、杨士琦、赵秉钧、王英楷、孟恩远、曹锟、张勋、李纯等人在此歃血为盟，约定

第十二回

共进退、同荣辱！

至此，朝廷的北洋新军，日渐成为袁世凯攫取政治资本，一再进行政治投机的本钱和班底。至于这业已编成的新军六镇，则基本构成了陆军的主要战斗力。其中，除第一镇是由驻京八旗常备军改制而来，不全受袁世凯掌控之外，其余五镇则尽皆小站军人的底子，并由小站嫡系充任各镇统制，使得军权牢牢攥在袁世凯一人的手心里。换句话来说，袁世凯掌控了北洋，就等于掌控了陆军，就等于掌控了军队、掌控了朝廷，并成为那个时代的最强力者！

尽管他被开缺回原籍，可在这乱世当中，朝廷权威哪有个人亲缘来得实在？因此，袁世凯在北洋新军中的强大影响力，难以在短期内有所撼动。这也正是：孟昭铭临终前，一定要孟庆霖先来彰德拜访的真正原因。

只有获得袁世凯的认可，孟庆霖才有可能在陆军系统里真正站稳脚跟，并逐渐成长为一棵参天大树，为民遮风挡雨，为国戍守边疆；而不是沦为无足轻重的炮灰，或是任人献祭的牺牲。

待到其羽翼真正丰满，孟庆霖才有资格继往开来，一展抱负！

只是眼下，孟庆霖尚不知晓老人的良苦用心。

那晚，他们一行人住进了当时彰德城里最大的客栈——官封酒楼。

盥洗完毕，用过晚饭。

孟庆霖下楼找掌柜攀谈，希望打听些关于洹上村的消息。

孟庆霖："掌柜的，跟您打听个事儿。您老知道洹上村在哪儿吗？"

"啥？什么村？没听过！也没去过！客官要不找别家问问？"掌柜的本就极不耐烦，但见来人面相俊朗、衣着不俗，又一次性订了店里好几间客房，只得生硬地堆出些笑脸，借故打发了事。

孟庆霖心想：这就奇怪了，爷爷和三哥绝不会记错的！

"四爷，要不咱到外面走走？或许，街上有人知道呢！"见掌柜的一脸奸相，老仆便提议出去转转，也好见识下彰德府的世面，顺道打探消息。

于是，他们行在街上，逢人就问：

"劳驾！请问洹上村在哪儿？"

"您知道'洹上村'吗？"

"洹上村……"

却无一人应答。

要么摆摆手，要么直说"不知道"，要么想了半天，却仍旧无奈地摇摇头，更有甚者简直如临大敌，掉头就走……

直觉告诉孟庆霖：这城里之人的反应实在有些过度了！

按理说，袁家是世代豪强，并非小门小户。他们一家居住之地，既不可能人迹罕至，也不可能无人知晓。就算当真有人不清楚，也断不至于"如临大敌，掉头就走"吧。

简直莫名其妙！

孟庆霖正在苦恼，却忽闻一阵爽朗的笑声悠然传来："哈哈！小少爷好啊！在下久等了！"

来人五十岁上下，面相冷峻，留着八字胡，正拱手作揖。

孟庆霖抬眼望去，这人好像在哪儿见过，却又实在想不起来名字。

"大叔是？"孟庆霖回礼，心里正纳闷。

"你不认得我，我却认得你！你是亚圣府的小霖子，人称'四爷'孟庆霖！可对吗？哈哈！"

孟庆霖心里一惊！

"你今年也得……也得十七了吧！瞅瞅，这才几年不见，已经出落成大人模样了！"

孟庆霖听到来人对自己的姓名生辰了如指掌，不由得生出几分警惕。

这人是谁？

在这人生地不熟的陌生地方，又有谁会如此了解我呢？

他到底是敌是友？

这时，只见那身旁老仆，瞅准时机，赶忙上前打千儿行礼道："小老儿，问赵

第十二回

大人安！"

"免礼！免礼！我早就不是什么大人了。"

"赵大人？"孟庆霖一时没反应过来。

"对啊！这是十一年前闹拳乱时，曾带人到府里来赶跑义和团的赵大人啊！"

"噢！"孟庆霖恍然大悟。

原来，这人正是袁世凯的亲信幕僚赵秉钧。

孟庆霖也依样打千儿施礼道："常听人提起赵伯大名，说那年您带人解除府里倒悬之难。庆霖久仰了！"

"哪里！哪里！小少爷言重了！这都是奉了我家大帅之命！"赵秉钧摆摆手，故作谦虚。

孟庆霖起身："赵伯，您怎么会来这里？"

"哈哈！这不是已经赋闲在家三年了嘛！闲来无事，就常来此地看望大帅。实不相瞒，打你们一进城，我就知道了！"

这……难道自己的行踪，一直都在旁人的监控之中吗？

孟庆霖不由得感到脊背发凉。

赵秉钧似乎洞察了孟庆霖的心思，便安慰他说："莫怕！这都是为了你的安全着想。过去，我不是管着大清的巡警嘛！这点小事儿，实在不值一提！"

孟庆霖感觉自己也算有些见识，却又发现：自己这碗水还浅！特别是在赵秉钧面前，那简直就是个小透明，也就不再多言。

于是，他静静地听着街上行人你言我语的嘈杂声，听着各式小贩抑扬顿挫的叫卖声，又听着赵秉钧与家中老仆相互寒暄的谈笑声。

各种声音一齐袭来，不由得让人脑浆子生疼。

这时，只听赵秉钧问道："怎么着，小少爷，你家老爷子身子骨儿可还安泰？"

孟庆霖知道来人与爷爷曾同在左宗棠军中任事，便如是答复："禀赵伯，爷爷……身子虽不似从前，但精神还算康健。蒙您牵挂。"

当然，此时的孟庆霖尚不知晓老人业已去世的消息。

"想当年在军中,老爷子那可是万人之敌啊!特别是那一手飞刀绝活儿,能在乱军丛中取敌将之首级……我辈万不敢望其项背!"

赵秉钧来了精神,竟口若悬河起来。又悄悄对孟庆霖说:"是来找大帅的?那今晚,就随我去帅爷府里安歇,如何?至于你带的仆人,可还留在客栈。明儿个,再回来找他们就是。"

这是要我孤身一人前往?

孟庆霖总觉得似有不妥,却又说不上来究竟哪里不妥。但话说回来,这趟不就是为了找到袁世凯其人吗?要亲自将这把狻猊匕首交还给他,才算完成爷爷交代下的使命,也好早日北上京城。

既然如此,不入虎穴焉得虎子?

去就去,又能如何?

孟庆霖心意已决,便与众人一道返回客栈,取出礼物,又牵出两匹南番马,和赵秉钧一道,趁着夜色,直奔洹上村而去……

然而,孟庆霖不知道的是,此刻的家里,早已是漫天白帐。自太夫人以下,人人皆着孝衣素服。

尽管孟昭铭的后半生未能如意,但他仍旧是这府里辈分极高且一言九鼎的实际主人,亦是众人眼中的温厚长者。如今,老人在古稀高龄安然离世,虽是喜丧,却也不免教人悲痛。一念其音容笑貌,家中至亲便不由得愁容戚戚,神色黯然。

灵堂之上,前来吊唁的亲友络绎不绝。

然而,由于孟庆霖不在,李若雪只好代为服丧,且与公婆一道披麻戴孝,为老人守灵,已是一天一夜水米未进。

眼见得原本粉妆玉砌、容颜天成的绝代佳人,如今,日渐形容枯槁、花容失色,仿佛也要撒手西去了。

"四奶奶!好歹进碗热粥吧!"姜齐玉心中不忍,主动熬了些桂圆银耳粥,劝李若雪吃下。

"先给公婆吧!我现在……到底还是吃不进去……"孝衣之下,李若雪眼带泪

第十二回

痕，楚楚可怜，让人心碎。

"若雪！"

情急之下，齐玉竟喊出了李若雪的名字，语气十分不忍，却又饱含怜惜地劝说道："你好歹吃些东西！不然四爷回来了，看到你这样，他心里会怎么想？"

孟宪济主动接过齐玉手上的托盘，递给妻子和儿媳。

这才发现：原本春秋鼎盛的孟宪济，如今也已是两鬓斑白，渐露龙钟之相。

只见他有些怨气地说："依我看，还是得让人把庆霖叫回来！哪有爷爷过世，这嫡孙不在的道理？传出去，我府里的颜面可往哪儿搁？"

"爹！爷爷临终有遗言，要咱们暂时按住悲讯，不让庆霖知道！您看是不是过段日子再……"李若雪苦苦支撑，此刻已是身体虚弱至极，不得不用尽力气说话。

"过段日子……过段日子可就要入土为安了！哪里还来得及？"李氏也开始抽泣起来，或许更是因为思念爱子之故。

"就是！老人上了春秋，就一味纵容小的。我看我爹也是糊涂了，哪有临终前把嫡孙支走的道理？不知道的，还以为这孙子不是亲生的呢！"

孟宪济实在咽不下心中这口气，即便是在守灵期间，也依然不吐不快。在他看来：这实在于礼不合，又无端遗人笑柄，何苦来的？

李若雪不想在此时与公婆争执，只安静地听着，独自默默承受。

"四奶奶，还记得那个木匣子……"齐玉小声提醒道。

这句话，犹如一道闪电！

至此，忙中出错的婆媳三人方才想起来这件重要遗物。兴许，里面还有老人的最后嘱托。若是如此，正好明确眼下的局面，究竟该当如何处置。

只不过，这头一关就卡了壳。

因为这木匣子，四四方方的，是用一整块紫檀木雕凿而成的，且又被打磨得光滑平整，再加上保管妥当……

如今，不知多少年过去了，这上面依然光洁如镜，箱体也始终严丝合缝，甚至连个锁眼的位置都没有。

当真让人难以下手！

"天呢！父亲这匣子我怎么从来没见过？这东西可怎么打开呀？"孟宪济努力了半天，却仍是无能为力。

齐玉见了，忙去叫李虎臣，觉得他有办法，也有这力气。

然而，事与愿违！

这匣子的表面实在太过光滑，咬合得又太过紧密。所以，任凭李虎臣使出吃奶的力气，也无法将其撼动半分。

"真是气煞我也！待我寻把铁锹，将这匣子撬开！实在不行，就拿刀劈开！我还不信了！"

李虎臣正在恼怒，竟然一时忍不住，忘记了这是已故亲人遗物，更加忘记了这是在灵堂之上。话一出口，吓得孟宪济夫妇连连摆手，赶紧将那匣子夺过来，生怕做事风风火火的李虎臣言出必行。

"我看这匣子，是要用巧劲儿的！"李若雪冷静观察了半天，已做出判断。

接着，她恭敬地从孟宪济夫妇手上接过匣子，妥帖地将其安置在灵堂牌位之下，又焚香礼拜，虔诚祷祝，只为表明自己甘愿承受这份重托，并用一生守护之意。

而后，她用纤纤玉指大概丈量了一下木匣表面的中心位置，并突然用力按了下去。

奇迹就这样发生了！

只见匣子自动弹开，一阵檀香幽然传来。

"看来这匣子还是认主人的！"齐玉在一旁娇嗔地嘲笑起李虎臣。

李若雪又将匣子完全展开，却发现里面只有一封书信，一张照片，以及一支木笛。这木笛完全看不出何种木质，只觉得因陋就简，更像是即兴发挥所制。并且，音孔的排列与平常所见的笛子截然不同，更像是件异域之物。

奇怪！

第十二回

这费尽心思收藏的遗物，为何只有这三样东西？

还都是些，看起来并无甚特殊之处的寻常物件？

李若雪感觉事情不会这样简单，便开始端详起木匣中的照片。

这是一张异域女子身着戎装的半身照。虽是黑白色调，却在高鼻深目间，难掩其端庄俏丽的容颜；又在顾盼生辉处，彰显其飞扬俊逸的神采。单看照片，李若雪就已基本断定此女必定系出名门，举世无双！

莫非，她就是太夫人此前提到的那个一直不被承认的，"爷爷的第二任妻子"？

"唉！"孟宪济夫妇相互对望一眼，不禁摇头叹息。

李若雪本想去寻太夫人问个究竟，却又在不经意间，瞥见照片背后有一行小字，竟是用蹩脚的汉语写成的，大约出自这女子的手迹：

孟郎卿卿如晤：

纵然真主审判，亦不悔终为君妻。

汉人信来世，若真有来世，多好……

古再丽努尔·阿里木绝笔

其后，又有四句诗，皆用蝇头小楷写就，笔力遒劲，收放自如，一看就是孟昭铭的题字：

十里长亭霜满天，青丝白发度何年？

今生无悔今生错，来世有缘来世迁。

天哪！

这字里行间无不饱含着二人坚贞决绝的感情，即便相隔时空，亦让人心潮起伏，久久不能自已。难怪爷爷对这张照片视若珍宝，余生也再未续弦。只是，为何又在临终之际，偏要指定自己对其妥善保管，而不是让人将其焚化，也好长伴极乐呢？

李若雪本就心思细腻，这点倒与孟庆霖相似。但她一时半会儿，也想不出个所以然，只是好一阵唏嘘。

或许，是为那段跨越民族、超越宗教的旷世绝恋而感动不已。

又或许，是为相爱之人却始终不能长相厮守的悲剧结尾，而感到无比心痛。

一旁的李虎臣倒没这些心思，他只发现匣中的书信是留给姐夫孟庆霖的。

于是，便迫不及待地拆开一阅：

庆霖爱孙如面：

余自知不起，实已不能多言，故凝聚意志，书此绝笔。

若得见此信，必是余已归去，而汝夫妇亦与此匣有缘哉！务必妥善保管，其后或有助益。但应时刻牢记君子正心正念，方可求仁得仁，无愧先人于泉下。

袁世凯乃故人之侄，虽已下野闲居，然余观之，此公绝非终老田园之辈。据闻，三年以来，此公遥制北洋，暗中运转乾坤，隐隐有天下之望。只是蛰伏山野，待时而发。

日后，汝在军旅，或是有心或是无奈，实需借助此公之力。既如此，何不先赴彰德一见？至于余之归期，与汝继承遗志相较，与汝一生功业相较，与汝上报国恩、下安黎庶相较，区区一死，何足挂齿！

需牢记，此公若终不为非，则应尽力辅佐，全始全终。若其再三反复，则应尽速离去，不可片刻停留。

量余戎马半生，廿载悠悠岁月，纵然已负良人，幸终不负山河。

沉舟侧畔千帆过，病树前头万木春。

余将魂归天际，甚得极乐。

勿念。

第十二回

庆霖，盼汝时刻以全府上下为重，以圣人之心为重，以天下兴亡为重！

为国建功，不负此生！

此诚谓大丈夫也！

谋定之后，行且坚毅。

此心光明，夫复何言？

孟昭铭临终

宣统三年正月

阅罢此信，灵堂上的至亲皆已眼角湿润，更有甚者泣不成声。

至此，他们才逐渐懂得孟昭铭的良苦用心，也深深地感受到老人对爱孙的舐犊情深。

孟宪济也终于擦干眼泪，将书信封回，并郑重地交到儿媳手上，让她相机处置就是。

李若雪稍加思忖，却是一字一句道："既已嫁入夫家，我便与相公一体。相公不在，我来守灵；相公未归，我自服丧。今后一年，我只着齐衰，持斋念佛，清净度日。为夫家尽孝，为相公祈福……"

纵然世风日下，可这世上却偏有情深义重之人！

无奈，李若雪就是其一……

到了选定的出殡吉日。

说来也巧，原本还是雨雪交加的恼人天气，到了出殡的前一天晚上，却突然云销雨霁，彩彻区明。

翌日清晨，红日当空，雪后初晴。

淡黄色的迎春花次第开放，散发出阵阵清香，就连空气中都到处飘荡着沁人心脾的香甜。

正所谓"金英翠萼带春寒，黄色花中有几般"，亚圣府的出殡队伍沿着一路傲雪盛开的迎春花，伴着吹吹打打的节奏，庄严肃穆地行在路上。

走在最前面，高举引魂幡的是孝子孟宪济，之后是其发妻李氏，以及儿媳李若雪和孟庆霖的胞妹孟晚晴，却唯独不见李虎臣和大丫鬟姜齐玉。其余家眷则各分昭穆，神情悲戚，依次跟随。

这一行人不时向空中抛洒纸钱，高呼："魂魄归来兮！"

随后，有八名壮汉身着发丧的蓝白服饰，抬着巨大的松木棺椁，一步一个脚印地向前挪动，口中呼喊着整齐的号子……

他们的终点，是邹县东北约十五公里处的四基山南麓，也就是亚圣孟子和历代孟氏祖先的奉安之处——亚圣林！

亚圣林，北望岱岳，南俯溪湖，东接尼山，西连九龙山，山势回环，向阳濒水。其间，遍植苍松翠柏，林木葳蕤，神道巍然。每有阳光洒入，此地愈显神圣高洁。

待一切就绪，又献上猪、牛、羊三牲，孟宪济捧起一盏黄酒，缓缓洒到棺前，又跪地长拜："父亲！你在天上，可要时刻护佑庆霖啊！"

一众亲眷皆跪地长拜，悲泣哭诉，又齐声高呼："叔老太爷，安心上路！"

悲痛之下，孟宪济站起身，哭天抢地，砸碗摔盆，口中悲呼："父亲！安心上路……安心上路……"

此刻，只闻得身旁有人吹起唢呐，又吹响陶埙，乐班奏升天之乐。

那乐声，时而慷慨悲壮，时而缥缈空灵……

孟昭铭的人生结束了，但其孙孟庆霖的悲欢旅程却才刚开了个头。

话说，孟庆霖与赵秉钧相遇的那天晚上。

他们二人趁着夜色，直奔袁世凯所居的洹上村而去。

路上，赵秉钧不时提点孟庆霖。

"你可知为何打听不到大帅的住处吗？"赵秉钧总是一句话就能问到对方心

第十二回

里，仿佛早已将世道人心看透了似的。

"赵伯，我正想跟您请教这事儿呢！"

"这是因为：其一，地名你问得不对。这儿的人，从来不管那地方叫作'洹上村'，这是读书人的叫法，寻常百姓最多呼之为'袁家寨'。这其二嘛……哈哈……他们就是反应过来你问的是大帅府，可借他们十个胆子，也万不敢擅自同外人讲啊！这……你又知为何吗？"

骑在南番马上，赵秉钧愈发谈笑自若，显得很是潇洒随意。

看得出来，这人实在是个骑术高手。

这也难怪，人家出道之时就是军中斥候，而此职非借马力不足以胜任。至于那年，他随左宗棠大军出嘉峪关，身陷流沙之中，也是全托胯下战马舍己救主而生。自那以后，赵秉钧就成了个马痴，喜爱收集天下宝马。对他来说，或许只有和爱马相伴，才多少能够感受到这人间的一丝温情所在吧。

初春夜晚的寒风，夹杂着一丝细雨，猛地砸落到脸上，冻得人一激灵。

孟庆霖算是服气了！

不就是个住处嘛！

竟让全城的百姓都对此讳莫如深，噤若寒蝉？

这"洹上村"究竟是个怎样的所在？

难道，还是十八层地狱不成？

见孟庆霖苦笑不语，赵秉钧也就不再逗弄他，只说道："孩子啊，往后你就懂了。明枪易躲，暗箭难防。大帅……他也是有苦难言呢！"

不多时，二人行至彰德府北门拱辰门。

见已到宵禁时分，孟庆霖本想打马回去，等明日一早再来。但令人意外的是，赵秉钧既不下马，也不回头。只在口中轻轻吆喝一声，守门的兵丁立马躬身出迎，并合力打开了城门，殷勤且小心地礼送二人过去。

孟庆霖心中疑惑：虽说这宵禁的规矩只是细枝末节，夜晚出城也不是全无可能，但赵秉钧仅凭一介白身，就能役使官差，似御牛马。这人或者说这伙人，已经强大到何种地步？

是停留在与地方官府相互结交的层面上？

还是足以改天换日，颠倒乾坤……

孟庆霖不敢往下想，却不禁打了个哆嗦。

这时，他的脑海中依稀回想起来赵秉钧刚见到自己时说的那句话，简直言犹在耳："打你们一进城，我就知道了……"

说话间，二人出了府城，一路策马向西北而去。

待来到洹水北岸，但见灯火掩映之下，一座巍峨的坞堡兀然矗立在面前。

只见这座坞堡，四周均筑有上薄下厚的高大砖砌城墙。城墙有三四个成年男子一样高，城墙四角均建有上下两层的机枪碉楼。又在城墙南部正中，开了个拱券式大门。大门上方自右及左，用隶书赫然横刻着"洹上村"三个金字。

一队护院的家丁，正肩扛长枪，手执火把，往来巡逻，神气十足。相较彰德府城，虽说在规模形制上，"洹上村"坞堡仍旧较小，但若论气势雄伟，守卫森严，府城却已是相去甚远，不值一提。

进入坞堡，在众仆人一路的请安、问好声中，赵秉钧与孟庆霖二人骑着马穿过长长的走廊，经过二门、三门……

终于，来到了内院"养寿园"，天井正中。

只见院内遍植冬青翠柏、玉兰丁香，微风吹来，霎时香气袭人。这景致，即便是与亚圣府世恩堂相比，也是不遑多让。

夜色渐深，院内各处屋脊椽廊同时亮起数十盏购自西洋的电灯，发出耀眼的光芒，照得这里如同白昼一般。

按理说，孟庆霖并非出身小门小户。在府里时，他也偏爱追逐些西洋的时髦玩意儿。可这电灯，还当真是头一次见到。特别是数十盏电灯被同时点亮的情景，足以让他铭记一辈子。

这倒不是说电灯如何金贵。而是，寻常人家即便买了电灯，也实在没地儿使用。毕竟，那年月的发电厂寥寥无几，根本无法大规模供应百姓用电，更何况整

第十二回

屋整片地持续照明了。

"赵伯，这大帅府上不会是自己发电吧！"孟庆霖颇有些感慨。

"小子懂行嘛！不过，这还不是小事一桩？府里用电的劳什子，可多了去了……"看来，赵秉钧早就对此习以为常。

"是智庵回来了？"

屋内，传来一老者的声音，听上去略有些沙哑。

"禀大帅，是卑职回来了！"赵秉钧立时收了嬉笑，躬身答道。

稍停片刻，赵秉钧又神色谦卑地继续禀报："大帅，傍晚时分听城门回报说：有亚圣府一行人来到此地，专要找'洹上村'。于是，我前去查看，却不料是孟家小子来了。大帅，卑职怕他们在外头东打听、西打听的，就擅自做主把人带回来了，伏望大帅恕罪！"

沉默半晌，只闻得屋内勉强应了个"嗯"字。

赵秉钧顿时舒了口气，仿佛终于卸下了千钧重担，又连忙招呼仆人为孟庆霖搜身，再大略赔个不是，说这是情势所迫，不得已为之。

随后，便请其进屋叙话。

不知怎的，孟庆霖在进屋的一瞬间，仿佛看到爷爷的音容笑貌犹在眼前，似在提醒自己前方或许危机重重。

孟庆霖倒不担心自身安危，但是这种感觉实在遭透了。

难道，爷爷他已经……

不！不会的！孟庆霖如是安慰自己。

进入屋内，只见侍女袅袅婷婷地奉来两盏热茶，且用盖碗盖着。另有一碟点心，看上去也甚是可口。这晚，孟庆霖本就没吃饱，又跟着赵秉钧一路颠簸。此刻，早已饥肠辘辘。他本想拿起一块点心随手丢到嘴里，可终究还是忍住了。

"咦？这侍女……好眼熟！"

孟庆霖刚作如是想，便抬眼望去，却见对方也正愣愣地看着自己，显得很是慌张，又马上掉头离去，似在刻意躲避自己的灼灼目光。

"啊！是她！"孟庆霖差点儿叫出口。

一个熟悉的名字，瞬间涌上心头——杨晨曦！

显然，杨晨曦也早已认出了孟庆霖。

只是，这昔日名动江南的扬州歌妓，怎会沦落到在别人府里做个寻常的丫鬟？记得金碧云曾经说过，自打范高头案了结之后，杨晨曦就暂居费吴生牧师的教会之中，留在了江宁府。这才区区数月，怎么会发生如此巨大的转变？其间，又到底发生了什么？

孟庆霖百思不得其解。

这时，屋内老者将一口大烟枪缓缓放下，艰难地从榻上起身。

孟庆霖则赶紧上前，打千儿行礼："晚辈孟庆霖，奉家祖之命，特来拜见袁公大帅麾下！"

随后，孟庆霖用眼角余光，悄悄地和身后的赵秉钧对望了一眼。

赵秉钧心领神会，便教仆人献上孟庆霖带来的一应礼物，又取来那把意义非凡的狻猊匕首，径直呈递给了屋内老者。

那老者顺势将匕首拔出，一道寒光映射在他苍老的面庞之上。

至此，孟庆霖方才注意到他的模样：国字脸、八字胡，侧面有斑，身材虽称不上高大魁梧，却也显得十分粗壮有力。加之眉宇疏阔，双目细长，神态安详之下，甚是不怒自威。只不过，其人举手投足间，总不免带着些沉沉暮气，像是沉湎于物欲已深的模样。

咦？怎么老者身旁还站了个人？

那人巍巍立在灯影之处，一时瞧不仔细，只感觉年纪也很大了。或许，是这府里的老管家吧，孟庆霖作如是想。

这时，只听老者拖着沉闷且沙哑的嗓音，开口言道："小子一路辛苦！今晚，就先在舍下安歇吧。"

随后，就自顾自地端起盖碗，轻嗅茶香；似在陶醉，又似再也无话可说。

会客之时，若主人一方端茶自饮，则基本代表话不投机，借故送客之意。孟

第十二回

庆霖对此心知肚明，但又感到十分诧异：半句话都还没说呢，这就要赶我走了？

难道，袁世凯一点也不顾念世交旧情？

算了！反正使命已达，就此离去也好！

孟庆霖只得起身告辞，却又想实实在在地喝上一口热茶再走。毕竟来的路上，自己淋了冷雨，眼下，身子正不爽利呢。

孰料，杨晨曦却故作陌生地走上前来，并以迅雷之势将茶水撤走；且一路上尽可能躲避自己的目光，表现得素昧平生一般。

奇怪了！

这茶我正要喝呢，怎么一点礼数都没有？

这趟……可真是荒唐！

孟庆霖心里觉得好笑，只得摇摇头，准备离去。

此刻，他并不知道，刚才他与"侍女"杨晨曦的些许"眉目传情"，已被一旁的赵秉钧看在眼里，记在心里。

赵秉钧下意识地感觉到：这二人应该相识，却又故作不认。其中，是否隐藏了什么不可告人的秘密？

临当拜别之际，却忽闻屋外有茶碗碎地之声，接着便有人重重栽倒。

"喂！丫头，你怎么了？丫头，醒醒！"

"快！快去请郎中！"

有数名仆人路过，发现有人昏倒，便马上伏地救治。

孟庆霖站在屋内，心里也不由得一惊，莫非她出事了？

"不好了！赵大人，刚才那丫头昏死过去了！"有仆人慌张跑来，却只能小声禀报，生怕惊扰了屋内老者。

"欸？"赵秉钧先是一阵疑惑，随后略加思索，继而果断下令："封锁四门，就连一只苍蝇也不能放过！"

"是！"

就在这一刹那，原本处变不惊，甚至作壁上观的屋内老者，突然呼吸急促，面色潮红。接着，便猝然倒地，只留下身后一片狼藉……

翌日清晨，一缕朝阳透过半遮半掩的窗棂照射进来，洒落在铺就波斯地毯，并陈设山水字画的温暖卧房里。

孟庆霖极不情愿地从一张软绵绵的大床上爬起来。他不知何时被人换了衣裳，也不知何时被人安置在这房间之中。

唉！这一觉睡得可真沉啊！

他险些忘记了自己正身在洹上村；而昨晚，这里曾发生过诡异的中毒事件。

为何说是"中毒"呢？

其实，这是显而易见的。因为出现昏迷症状的两个人都有一个共同之处，那就是他们全都接触过桌上的热茶。而未接触者，包括孟庆霖自己在内，全都好端端的，毫发无伤。

虽然孟庆霖不是郎中，也并未留洋学医，但他少时，亦曾在博闻广识的辜鸿铭那里学到了一些基础医术，不仅对中医四诊法"望、闻、问、切"驾轻就熟，更加通晓西洋化学药物的配伍之妙。

当然，这在一定程度上也是托了自己"久病成医"之故。

正所谓"福兮祸之所倚，祸兮福之所伏"。那些年，孟庆霖少小离家，久别故土，身边又缺人照料，求学之余经常闹些头痛脑热的毛病，也没少染上时疫。万般无奈之下，辜鸿铭曾三番五次地延请西医为其诊治，又亲自抓了好些药，凡是能治病的，中药、西药都有。就这么着，孟庆霖看得多了，自己也就慢慢学会了。久而久之，一些小毛病，他自己能给自己开方子，从不求人，倒是惹得老师哈哈大笑，赞其是个"外行中的内行"。

值得一提的是：孟庆霖少时亦曾多次陪同老师前往汉阳铁厂，与当时的比利时工程师交涉铁矿石提纯事宜。因此，也多少学到了一些化学知识。不料，竟在此时此地派上用场。

在孟庆霖看来：仅仅接触过那两盏热茶，实际上并未啜饮，就能让人呼吸急促，面色潮红，乃至于当场昏厥，不醒人世。这里面，必是掺杂了剧毒之物。甚

第十二回

至，这种毒物都不大可能是从自然中获取，而只能是来自人工提纯。

他依稀记得，老师曾跟自己提到过一种无色无味，且杀人于无形的毒药——氰化钾。

莫非真是？这东西应该很难弄到吧！

对了！晨曦姑娘……她会不会有性命之忧……

这一连串疑问，惹得孟庆霖的内心无比焦躁。

他试图开门出去，却发现门居然从外面锁住了！

"我这是被软禁了？下毒的又不是我，软禁我干吗？"孟庆霖心里纵有一万种委屈，却也是秀才遇到兵，有理说不清。

说实话，他十分厌恶这样的场景。这让他感觉自己又回到了孝陵卫的那间破旧四合院，并再一次落入匪徒之手。

当真是才出虎穴，又入狼窝！

只可惜，这次没有乔老人和金碧云前来搭救自己！

"喂！有人吗？快放我出去！"孟庆霖摇着房门大喊。

可是，任凭他如何声嘶力竭，却始终无人回应，仿佛这世上就只剩下他一个活人似的。

到了正午时分，终于有人来了，但只从窗外递进来一只饭盒，并嘱咐道："公子勿忧！昨晚上有人行刺，这才将您安置在房中休息，也是为了您的安全着想。您啊，就少安毋躁。等刺客拿住了，自然放您出去！"

"喂！这位大叔，不用考虑我的安全，现在就放我出去吧！我还要去京城报到呢！晚了日子可是不成啊！"孟庆霖几乎是恳求的语气。

"对了！房内有自来水管，您一拧那龙头就有井水。还有西洋恭桶，您方便之后，一拉绳子就得！"

"啊？"这回答简直驴唇不对马嘴，孟庆霖听得莫名其妙。

眼见得来人越走越远，孟庆霖的心里也就越来越沮丧。他试图翻窗逃走，却发现窗棂之间的缝隙，压根儿不足以使人通过。

这真是上天无路，入地无门！

孟庆霖再一次陷入了进退维谷的两难境地。

记得上一次如此窘迫，还是匪首范高头劫持并强迫自己给家里写信。但那时，他多少还能勉强与之周旋。可如今，叫天天不应，叫地地不灵，连个说话的人都没有，又跟谁去周旋？

焦躁片刻，孟庆霖的内心突然响起一个声音：

"为将之道，当先治心。泰山崩于前而色不变，麋鹿兴于左而目不瞬。然后，可以制利害，可以待敌。"

经过这些年的磋磨，孟庆霖到底还是长进了。他努力让自己镇定下来，并回想起了《心术》名篇。其间，字字句句，言犹在耳，发人深省。

慢慢地，孟庆霖放下焦虑，开始理性分析起了眼下时局：昨晚的屋内老者，想必就是"袁世凯"吧。虽然此人遭遇毒杀，但想必并未因此丧命。否则，这儿的人哪里还有心思管我？若是果真拿我当刺客，也断然不会留我到今天。至少，不会将我安置在如此奢华的房间内，还有人专门送饭，叮嘱这那。看来，他们正在缉拿真凶，只是不想放走现场任何一人，好歹也要留我做个见证，这才将我软禁起来。

若是如此，"既来之，则安之"，我何不安心住下，静观其变？

只不过，家中老仆尚在客栈等我回去，我该如何捎句话给他们？

还有杨晨曦，怎么偏巧遇到她？

她到底在这儿干吗？

难道真的只是一介侍女？还是另有所图？

既然她也中了毒，那她会不会有性命之忧？

这一连串的疑问几乎占据了孟庆霖的内心，但又似乎遗漏了些什么。

是什么来着？答案仿佛就在眼前，却又毫无头绪。

对了！

昨晚，"袁世凯"身旁那人是谁？

第十二回

我怎么把他给忘了？莫非他是这里的老管家？或是"袁世凯"的什么至亲好友？能站得这么近，想必关系匪浅吧！印象中，那人的身形好像和"袁世凯"有几分神似。

这世上，竟有如此巧合之事？

"我好像有点儿明白了！"孟庆霖仿佛拨云见日。

思索了许久，他也饿了，便抓起刚才递来的饭盒，准备饱餐一顿。

结果，不看不知道！

这偌大的饭盒里面，花样儿倒是不少：四荤二素，外加光灿灿、油汪汪的大米饭，竟被一层摞一层地整齐码放在一起，就像叠罗汉似的，一层饭、一层菜，以此类推，足足摞了十二层，还能彼此相安无事。味道上，也纯正如一，几乎互不干扰。可谓：食不厌精之典范！

"看来，我还是客人！"

孟庆霖一阵细嚼慢咽，绝不辜负自己的肠胃。

饭后闲来无事，他又好奇地体验了下房内的"自来水管"和"西洋恭桶"。虽说这些洋玩意儿，他少时也曾在洋人的领馆中见识过，但匆匆一瞥，并无机会亲身使用。如今一试，倒也让人惊喜连连。偏爱追逐新潮时尚的孟庆霖当时就打定主意，将来非得在自己家里也安上一套不可！

如此安然度过几天。

除了长夜清冷，无人相伴之外，孟庆霖的生活倒也平安顺遂。到了第五日清晨，仍旧是除了一日三餐，再无一人前来"打扰"。别说带他到此的赵秉钧了，就连一路跟随过来的家中老仆也丝毫不见踪影，仿佛整个世界都已将他遗忘。

或许有人会问，五天不同人讲话，这怕是要憋疯了吧！

其实，对别人可能如此。但对孟庆霖来说，这点苦闷暂时还不算什么。至少，他可以通过丰富的内心世界，来短暂地舒缓一下抑郁的心情。

不过，饶是孟庆霖再沉得住气，他也不得不有所警觉。

毕竟困守于此，绝非长久之计。

正在此时，只听得门外有人高声下令："将房门打开！"

"是！"

这粗重的嗓音里面，透着若干尖细的声线。如此特别的音色，只能来自那个人——赵秉钧！

果然是他！

赵秉钧一进门就是几句调侃："我说小孟啊，这几天你倒是挺耐得住寂寞，也不怕我们把你忘了？"

"哟！赵伯！稀客！"

"待腻了吧！走！带你出去透透气！"

"去哪？"

"到了，你就知道了！"

说着，就将裹着孟庆霖来时衣物的包袱皮，一并抛了过去。

孟庆霖伸手接住。打开一看，却发现自己的衣物早已被浆洗干净，熨烫整齐，正散发着阵阵清香。

孟庆霖笑了，反问赵秉钧，说出了一句诛心之论："赵伯！受得了冷遇，耐得住寂寞，大帅的考验总该结束了吧！真佛也当现身了！"

赵秉钧略微一怔，也尴尬地笑了。

是日，晴空万里。

洹水边，惠风和畅，水波不兴。

这几日气温回升，总算有了一丝春日暖阳的味道了。

有一老叟，头戴斗笠，身披蓑衣，挽起裤腿，打着赤脚，独自坐在河边垂钓，身旁的鱼篓里偶尔会有一两条鱼儿跃起又落下，仿佛难以挣脱终被人捕获的命运。

这时，一位身着西式燕尾服，俊朗颀长，眉清目秀，留着一对八字胡，髭须两翼又修剪得十分尖翘挺拔的中年男人，在袁府仆人的引导下，信步走过伸入水中的木质栈桥。

第十二回

桥面，被男人的皮鞋踩得"咯吱"作响。

少顷，他来到老叟面前，二人相谈甚欢，几乎就是一对阔别良久，终得重逢的多年老友。只见他们时而俯仰大笑，时而缄默不言，时而又捶胸顿足，仿佛在各自数落着悲欢无常的命运，又彼此惺惺相惜，几乎难舍难分。

孟庆霖也在赵秉钧的引领下，来到此地。正要步入栈桥，却被赵秉钧一把拦住："且慢！"

不多时，那男人起身要走，老叟也欣然相送。待二人走近孟庆霖时，那男人不觉停顿了一下，望着碧波浩渺的洹水，不禁心潮起伏，随即吟诵道："宫保蛰居此地，静待时机。真是大泽龙方蛰，中原鹿正肥啊！"

二人遂心照不宣，哈哈大笑。

赵秉钧亦谦卑地低头微笑。

只有孟庆霖听得这只言片语，丈二和尚摸不着头脑。

那男人走时，看了一眼孟庆霖，点头微笑而去。

孟庆霖也对望一眼，却莫名地发现此人仪表堂堂，神采飞扬，给人的印象十分深刻。

尽管，孟庆霖对其一无所知，却察觉斯人雄姿英发，似乎对眼前的一切成竹在胸，而其眼神里，也充满了睿智与深邃。

那人究竟是谁？

未等孟庆霖细心琢磨，却听得有人呼唤自己。

"你是……小孟？"

原来，是那老叟。

老叟嘱托赵秉钧代自己再送一下客人。然后，背着手，故意弯下腰，朝着孟庆霖笑呵呵地轻声问道。

"是！在下孟庆霖。敢问您是？"

孟庆霖仔细端详着眼前这人，脑中对比良久，竟发现他与前些日子在养寿园内见到的老者，身材、样貌几无二致。只不过，那人侧面有斑，而举手投足间，又总带着些沉沉暮气，十足一个沉湎于物欲的老烟枪；并且，不大知晓猰貐匕首和自家祖父的往事。所以，对己无言，只好草草打发了事。

然而，眼前这人，尽管早已辫发苍苍且衣着朴实无华，但其面容光洁，眉宇间更平添了几分英武之气，像是久在军旅历练的模样。甚至，就连不可一世的赵秉钧都对他俯首帖耳，毕恭毕敬。

那么，他还能是谁呢？

只能是袁世凯其人！

不过！

孟庆霖"吃一堑，长一智"。他还是想再次确定一下，以防万一。

老叟并未直言，只摘下斗笠，摸了摸光秃秃的前脑门，笑着说："像！我看是像极了！"

"老伯，您说我像谁？"

"自然是像你家老爷子！嗯！你还别说，你比他老人家年轻时还能沉得住气，真是后生可畏啊！"

"您是说家祖？"

"哈，还能是谁？"

看来此人对爷爷知之甚深，又巧妙地回答了自己的问题，不会错了！

孟庆霖郑重地打千儿行礼："晚辈孟庆霖，奉家祖之命，再拜袁公大帅麾下！"

"免礼！免礼！贤侄啊，其实你我前几日，早就已经见过了！"

"嗯？噢！"

孟庆霖故作恍然大悟。

实际上，在被软禁的日子里，他早已猜到：前些日子，在养寿园内见到的只不过是个替身，却是不便拆穿。这下当事人亲口承认，总算再无悬念。并且，孟庆霖还认得出来：那晚，站在替身旁边的"老管家"，就是眼前这位老叟——袁世凯！

第十二回

此人心机,当真深不可测!

只见袁世凯仍旧披着蓑衣,打着赤脚,同孟庆霖畅叙往事,丝毫看不出来一点王霸之相。若非深知内情,恐怕任何人都会认为:这也就是个寻常老农而已!

"老爷子近来还好吗?"袁世凯问。

"这些年,爷爷的身子愈渐不佳,但此次临行前,却仍旧坚持送我到大门之外。我回头张望再三,也不曾见他回去……"孟庆霖有些动情地回忆道。

"老爷子至情至性,人间难觅啊!孩子,你有个好开端。这都是拜他所赐!"

袁世凯重重地拍打着孟庆霖的肩膀,又说道:"记得我年少那会儿,大约就是你这般年纪,老爷子正当盛年,又同我叔父相交甚笃,我们两家就时常走动。他还曾到府里亲自为我开蒙,又陆续点拨我的学业。只不过,光绪二十四年之后……唉!就突然断了交情……"

光绪二十四年?

等等,那年……那年不就是戊戌年!

戊戌变法那年!

听家里人说:当年京城里死了好多人,就连锐意进取的光绪皇帝都被软禁了……

孟庆霖念及此处,心下一惊。难怪爷爷与其断了联系,想必其中定有隐情,但此刻却不宜过分纠结,以免横生枝节。

于是,他主动岔开话题:"晚辈有一事不明。"

"嗯?"

"那晚的老者是?"

袁世凯并未回答,只是伸伸懒腰,舒展了一下四肢,又带着孟庆霖来到河边席地而坐。继而,他望着宽阔的水面,意味深长地说:"有传闻,这几日将有人对我袁某人不利。所以,我不得不有所防备。只是,因此牵连了我家五弟无端受难啊……三年以来,我都已经记不清,这到底是第几次了!至于主谋嘛,连查都不用查!哈哈,算了,今天不说这个。"

"啊!"

孟庆霖有些惊讶。他惊讶于袁世凯竟然真的让自己的同胞兄弟,来充作替身。难怪这身材、样貌几无二致!只是,这手段实在有些残忍……

袁世凯仿佛看穿了孟庆霖的心思,却转而言道:"小子,知道你家老爷子为什么让你来找我吗?"

"啊?不是让我来送还先人之物——那把猰貐匕首吗?"孟庆霖一时没反应过来。

"笑话!只是送件东西,何劳你这大公子亲自前来?"

这倒也是!

起初,孟庆霖也作此想,却又不愿因此忤逆长辈之意。这才一路跋涉而来。

袁世凯从怀中小心地取出那把猰貐匕首,心中无限感慨,又抽出利刃,霎时寒光乍现,那行楷体小字再次映入眼帘——"保恒自用"。

袁保恒,这是袁世凯叔父的名字。几十年前的字迹,如今依旧清晰可辨。只是先人已逝,自己也已韶华不再。

人间五十年,如梦亦似幻。

其实,不仅是叔父,就连自己的祖父、生父、嗣父等一应长辈均在五十岁左右的年纪,就因各种缘故而猝然离世。这不免让袁世凯的心里蒙上一层阴影。如今,他已然虚岁五十三了,自己又能否打破家族男丁"不破六"的"诅咒"呢?

"恕晚辈愚钝,这把匕首究竟有何不同之处?"孟庆霖的心中一直有个疑问,却是始终无人解答。

"没有!"袁世凯握着匕首,出神地望向波光粼粼的水面,看上去有些忧虑。或许,是因为自己随时有性命之忧。又或许,是因为不甘就此终老于林泉之下,有志不得伸!

但转瞬之间,他重又凝聚精神,仿佛将一切烦恼抛诸脑后,对孟庆霖说:"可

第十二回

里面的故事,价值连城!"

"感谢袁公开解!既然匕首业已完璧归赵,那晚辈就此拜别了!"孟庆霖转身要走。

"你就一点也不想知道,老爷子的真实意图吗?"袁世凯厉声责问。

这一刻,孟庆霖心潮起伏。

他又怎能不知爷爷的想法?

若只是来送还一把匕首,何需自己长途跋涉?就算当初不知,如今也已了然于胸。但是,他宁愿就此离去,也不愿同袁世凯这样的狠人有更多交集。毕竟,这人连自己的同胞兄弟都可以拿来出卖,又有什么世交恩情值得其珍视和守护呢?

留下来,岂非与虎谋皮?

"老爷子既将你托付于我……"袁世凯刚要继续说话,却适逢赵秉钧回来复命。

"大帅,河南巡抚衙门派人来了。"

"噢,这不年不节的,过来做什么?"

"来人说是奉了巡抚宝棻大人的钧令,过来看看大帅。还说,希望未来也有幸常来探望!"赵秉钧侍立一旁,不慌不忙地回禀。

"智庵呢,这意思你不懂?他们之前怎么不来?现在,就是想看我死了没有!"袁世凯哼了一声,不耐烦地说道。

"卑职……"赵秉钧尴尬地笑了笑,"卑职,其实也作此判断。"

"你吩咐管家,直接带来人去看五爷,看看他们做的好事,就说是我要死了!快去!"

"是,大帅!"

微风骤起,吹动河边的娇嫩柳枝。

只道是,乍暖还寒时候,最难将息。

孟庆霖立在栈桥上,看着这一主一仆,本想甩手而去,却突然想起杨晨曦尚在此处，生死不明，他必要问个清楚再走。

正在此时，赵秉钧已快步折回，手上还多了一沓信笺。

"大帅！这几日卑职以自己的名义，陆续向各处机要通报了中毒之事。现在已悉数回电，要给您念念吗？"赵秉钧抬头望了一眼孟庆霖，示意让他赶紧离开。

袁世凯则气定神闲地继续垂钓，然其眼中睛光四射，活像一只老虎。他抿了一下胡子，说道："嗨！又没什么见不得人的！就让孩子一道听听，也好让他知道什么是世道人心！"

"是，大帅！"

赵秉钧朗读如下：

"宪政编查馆提调杨度电：悉闻宫保遇刺，愤慨莫名，务使缉拿凶手，以正人心，以定人伦。嗟呼！非常之人不再，而宪政难成矣，此地余亦不做久留。俟君康复，余必随君退隐田园。盖因肉食者鄙，余羞于此间为伍也。弟度。"

"噢！晢子，张口闭口地忘不了他的宪政，还真算是袁某人的知己。还有呢？"袁世凯又抿了下胡子，一边垂钓，一边让赵秉钧继续朗读电文。

"中央教育会会长、江苏谘议局议长、江苏两淮盐总理张謇电：前日公退，昨日公危，今日宵小，明日安在？啬庵。"

"状元公！哈哈，还是这么个耿直的脾气，言简意赅！还有呢？"

"剩下的，主要就是咱北洋的，还念吗？"

"念啊！"

"是！北洋新军第六镇统制，赏头品顶戴，加侍郎衔，江北提督段祺瑞电：惊闻宫保遇袭，余痛心疾首，怒发冲冠。如今，先待缉拿凶手，若敢胆有包庇者，余不惜陈兵相谏，誓为大帅讨回公道！属下段。"

"嗯！"袁世凯放下鱼竿，许是拿得久了，不由得攥紧了拳头。

"陆军部军咨处正使、兼西陵值班大臣冯国璋密电：宫保无恙，祈盼祯祥，本是同根，奈何两伤？属下冯。"

"华甫说得倒是轻松，这事我一个人说了算吗？是人家谋我，不是我害人家！

第十二回

还发密电,生怕人家知道他是我的人?之前,朝廷赏了他个陆军贵胄学堂总办。这就以为能巴结上皇亲国戚了?他妈的!"袁世凯多少有些气恼。

"华甫可能也是有苦难言,大帅您知道他对咱北洋的一片忠心!"赵秉钧素来与冯国璋交好,便连忙为其开脱。

"这还有江南提督张勋电:吃宫保的饭,穿宫保的衣……大帅,这少轩的电文收到此处,下方就是一堆乱码,咱府里的译电员实在认不得。"

赵秉钧感觉张勋连发个电报,都像平日里带兵打仗似的,总打半截子仗,有头无尾。

"哈哈哈哈!少轩,这是逗我开心呢!不过,他心里的意思我明白。智庵呢,你也是忙糊涂了,脑子没转过来?"袁世凯听闻电报,一阵大笑,索性不再垂钓,只用手揉着光秃秃的前脑门。

"噢!是了!他若是在这儿,我都知道他下面要说什么,'大帅,您要俺老张怎么办,下命令吧!'"赵秉钧也难得嬉笑怒骂一次,学着张勋的样子和腔调说话。

末了,还立正敬个军礼,更是逗得袁世凯捧腹大笑。

正在这主仆二人谈笑之际,孟庆霖回头却瞥见一个面容姣好、体态妖娆的中年妇人,梳着云髻,身着绛色缎面华服,带着仆人、丫鬟,又领着一群欢脱的小孩子,有男有女的,正风情万种地向栈桥这边走来。

身后,还跟着个高大的中年汉子,梳着油头,前额刮得锃亮,脑后已剪了辫子,一路上闲庭信步,仿佛游山玩水似的。

"英子,你怎么来了?"袁世凯也看到那妇人来了,开口问道。

"许你来,就不许我来啊!我这不是帮你把杨大人带过来吗?"妇人一边说着,一边娇憨地偎依到袁世凯的怀里。

原来,这妇人正是大姨太沈氏。据说,本名是叫沈玉英的。

自打二人年轻时,在上海滩的青楼里相遇。从此,便是一个以身相许,一个誓不相负。

正应了那句：

商妇飘零，一曲琵琶知音少；
英雄落魄，百年岁月感慨多。

直到袁世凯被朝廷派往朝鲜平定壬午兵变，之后又常年执掌朝鲜军政，这才终于有实力把她接了去，做他的大姨太，并从此让其接管府里大小事务。

这会儿，沈氏正带着府里一群幼子幼女来找孩他爸玩，还顺道给亲信幕僚杨士琦带了路。

"噢！杏城来了！"袁世凯见到自己的左膀右臂均已到齐，心里很是高兴。

"大帅，您交代的差事……成了！"

杨士琦收起了刚才游山玩水的雅兴，变得谦恭有礼起来，说话也简明扼要，直入主题。

"成了？就这么容易就……成了？"袁世凯不免有些狐疑。

"成了！"

杨士琦再一次斩钉截铁，又补充道："五国财团表示，眼下这时局非常令人不满。并且，由于摄政王的政府自执政以来，并不能有效地压制住国内各方势力。所以，各国均对在华利益表示关切。他们希望中国可以再有一个强力人物上台，统筹全局，并愿意为此人，提供全方位的支持。最后，他们祝愿大帅您，再高升一步！"

"噢！差事办得还不错！"袁世凯并未流露出什么特别的喜悦，只是随口夸赞一下，却是意味深长。

"还有一事！"杨士琦瞅了一眼赵秉钧，又看了一眼站在一旁的孟庆霖，似乎有话要说。

赵秉钧立马心领神会，问孟庆霖："你这次来彰德，到底带了哪些人随行？"

"就是府里的几个老家人啊……那天你不是见了？"

第十二回

"那怎么又来个女人,还有个半大小伙子,一直在门外嚷嚷着要见你!"杨士琦追问。

"啊?女人?哪儿来的女人?叫什么名字?"

"唉!你自己看吧!征得嫂夫人同意,我便把他们带来了!"杨士琦指向栈桥入口处。

"啊!你们……你们怎么来了?"孟庆霖双目圆睁,表情诧异。

这事儿,倒是完全超乎他的预料。

这时,远处的天空突然传来一声惊雷。

继而,乌云涌动,遮天蔽日。

刹那间,狂风乍起。

真是天有不测风云!

原本还是晴空万里,现在居然风云突变。

眼见得,一场暴风雨即将袭来……

正当彰德风云变幻,洹水春潮带雨之时,远在千里之外的京城也是同样的黑云翻墨,无奈朝来寒雨晚来风。

一道闪电,就像一柄利斧,眨眼间就劈开了京城的天空,惹得路上行人纷纷加快脚步,急欲寻个地方躲雨,却又在这手忙脚乱的关头,偏巧遇着一队皇家仪仗,需要立即让道回避。

屋漏偏逢连夜雨!

春雷乍响,暴雨倾泻而至。

仪仗愈行愈近,行人也被开道的侍卫驱赶着。或是,冒雨就地跪下;或是,躲入沿街店铺,关门上窗。

继而,走来两列纵队,分明是太监打扮,正强忍着凄风苦雨,拍掌开道,似在高呼:

"监国摄政王至,官民人等回避!"

"监国摄政王至,官民人等回避!"

……

紧接着是全副仪仗：前有执吾仗侍卫四人，后有执立瓜侍卫四人，又有执卧瓜侍卫、执骨朵侍卫、擎红罗伞盖者、擎红罗花扇者、青罗孔雀扇者、举旗枪、大纛、条纛、豹尾枪者。最后，则是四名仪刀手，外加六匹骏马，浩浩荡荡，逶迤而行。

尽管侍卫个个穿戴整齐，人人拼上力气，却也不免在这大雨滂沱中走乱队形。他们踩在京城满是泥泞的土路上，徒剩一片狼藉。这使得原本声势雄壮的队伍，反倒因此显得有些狼狈与不合时宜。

似乎有那么一瞬间，他们的身影没入这漫天的风雨之中，渺小得仿佛宇宙中一粒尘埃……

此刻，一顶八人抬明黄暖轿，不再理会这拖沓的行进节奏，径直甩开了仪仗，只留数名戈什哈挎刀左右随行，轿夫也无不铆足了力气，正冒着雨一路狂奔。

"快！让他们再快点！"轿中的摄政王，一把掀起厚重的缎面轿帘，对着轿外一路小跑的戈什哈吩咐道。

"嗻！都加把劲儿！"戈什哈回头怒吼。

轿夫哼哧哼哧地，喘着粗气，拼上了全身力气，方才使得这顶暖轿行进得稍快一些。

摄政王如此急切，倒不是为了避雨，而是为了回府去见一个人，一个不可多得的心腹手足。他希望这位"手足"，能为自己带来期盼已久的"喜讯"。

"早知道是这天气，今儿早上就坐汽车了。对了，宪平到了吗？"

"回主子的话！府里来人传信儿，说是平贝子早就到了，正恭候摄政王大驾！"

"嗯！我只见小平子，其余人等一概不见！"

"嗻！"

顺着戈什哈的目光放眼望去，摄政王的模样依稀展现，且愈发清晰。只见他眉清目秀，面相雍容，却眉头紧锁，常显忧虑，心中仿佛藏着永远也解不开的诸

第十二回

多烦恼。

摄政王名曰载沣，这一年虚岁二十九。

他既是大清朝的第二位摄政王，同时也是现任醇亲王。既是业已薨逝的光绪皇帝的手足兄弟，同时也是如今宣统皇帝的亲生父亲。

可谓：普天之下，尊贵至极！方寸之间，运转乾坤！

只不过，民间曾有谶言曰："大清朝，以摄政王始，以摄政王终！"

载沣偏不信这个邪，他誓要收拾这江河日下的糜烂朝局，再补苍天！

这第一步就是集权，将天下之权重新收归于"我爱新觉罗一家"！

于是，这些年，他一边扶持宗室亲贵掌权，一边打压汉族士绅官僚；一边亲手组建拱卫皇权之禁卫军，一边分化瓦解袁世凯留在北洋新军中的亲信旧部。对于若干曾对皇家犯下不可饶恕过错之人，他更是手起刀落，毫不留情！

这所谓的不可饶恕之人，头一个就是袁世凯！

若不是袁世凯在戊戌之年投机告密，自己的兄长光绪皇帝也不至于被软禁于瀛台之上整整十年，直到最后都死得不明不白！

就算不念旧恶，这袁世凯和他的北洋新军也早已尾大不掉。若不当机立断，这大清江山迟早易姓！

因此，"杀袁"已是迫在眉睫！

"无论袁世凯身居庙堂之高，抑或久处江湖之远，我决不可能就此放过他！"载沣心中像是抱定了这一执念。因为，他深知袁世凯潜藏的政治能量，绝不容小觑。若不及早除掉，日后必成肘腋之患！

"都怪张之洞这个老东西从中作梗！不然，本王还能留着袁世凯到今天？"载沣时常对亲信之人如是抱怨。

至于，这个"亲信之人"是谁？

那自然就是他今日急切想见的平贝子，也就是肃亲王善耆的第三子宪平，也就是孟庆霖的好兄弟——白马少年金碧云！

话说，摄政王载沣匆匆返回王府，便将金碧云唤至一处密室。

密室内帘幕低垂，密不透风。

心腹太监手捧烛台置于几案之上，又奉上两盏清茶，就匆忙退出了，只留载沣向金碧云面授机宜。

只见那烛台火焰飘摇，恰似主客纷扰之心，充斥着狐疑与不安。

"宪平啊，交代你的差事有信儿了吗？"

尽管载沣还没来得及换下绣有五爪金龙的亲王朝服，就单独召见金碧云，但他说话仍旧慢悠悠的，始终表现得极为克制。毕竟他是真正的"一国之君"，万不可在臣工面前有失体统。虽然，他早已心急如焚。

"摄政王容禀！奴才之前已照着意思安排下了。只是……恕奴才直言，此计绝非上策，也……也并非王道正途。故而，奴才斗胆相劝：此事成与不成，皆点到为止，下不为例！"

金碧云跪倒在地，侃侃进言，语气极为诚恳。

饶是这密室僻静悠远，却奈何屋外电闪雷鸣，声音极为洪大。待一道闪电划过长空，室内的人影忽被照亮，映衬得载沣的脸上一阵惨白，又转瞬黯淡下去。

继而，只听得耳边雷声轰鸣，载沣也倏然变得怒不可遏，开口训斥道："我说小平子啊！你只说成与不成，本王何需你来教导？直说，那老贼，究竟死了没有？"

金碧云稍一迟疑，却又斩钉截铁，如实相告："没有！"

"什么？不是说那氰……什么万无一失？"载沣气得在房内踱步，心中似有冲天的怒气，却又无处可发。

"氰化钾！"

"对！那二千两银子一小撮的氰化钾！"

"摄政王息怒！人算不如天算！那两盏热茶，原本是按计划呈给袁氏兄弟的。但忽逢一客至，管家不明就里，阴差阳错地指定先给客人，以至于奴才派过去的人来不及临机处置……"

"然后呢？"

第十二回

"老袁命大！又躲过一劫！"

"唉！功亏一篑！"载沣气得跌坐在椅子上，神情极为忧虑，竟一时顾不得自己的君王形象。

过了一会儿，他望了望眼前的两盏清茶，心里泛起一阵膈应，便让人重新沏上两碗奶子，又进上沙琪玛等点心备用。

"你说的……那客人是谁？查明了吗？"自打清晨进宫奏事，载沣一上午还没用膳。这才勉强进了些点心，且边吃边谈。

"没……没有！"金碧云犹豫了一下，但终究没说实话。

其实，他早已查明：那晚，前往洹上村的客人就是他的好安答孟庆霖。但他又如何能将此事呈报上去？依着摄政王的脾气，若是让其知道，小孟恐将死无葬身之地！谁让这孟庆霖，早不去，晚不去，却偏偏赶在那晚去见袁世凯，生生坏了摄政王的好事！

"小平子啊！你是我的人！这些年，你也属实立过不少功劳，而本王对你，也可谓推心置腹。不然，你这贝子的爵位哪儿来的！"载沣突然变得语重心长起来，反倒让金碧云感到有些无所适从。

"摄政王知遇之恩，奴才铭记在心！宪平愿誓死报效，永保大清！"

金碧云这话绝非敷衍塞责。

这些年来，他是一门心思地为国靖难，不惜亲冒矢石，好几次险些殒命沙场，却在从死人堆里爬出来后，依然选择跨上战马，继续与敌血战！唯一令人欣慰的是，身旁的十七位巴图鲁勇士，与自己相伴始终，荣辱与共。事实上，他们早就融为一体，胜则同生，负则同死！

载沣用过点心，又悠然地说："嗯！杀袁一事，你还须尽心。眼下，你是最合适的人选。若是指望旁人，本王还不如亲自提刀上阵呢！你记住，这都是为了咱的大清！至于，是不是王道正途……唉！顾不上了……"

载沣看上去很是惆怅。

摄政三年以来，他已深感何谓"高处不胜寒"！

这是一种孤独到近乎绝望的状态。毕竟这年头,想再培养出一些既出身宗室,又颇具才干,还忠诚可靠之人,的确不是朝夕之功。宗室觉罗里面,像宪平这样的青年才俊,可真是太少了!

若有一百个宪平,何愁天下不太平?

"嘛……"

此刻,金碧云的回答却多少显得有些虚弱。

因为,他实在过不了自己心里这关。在他看来,自己行事但求光明磊落。他是宁肯战死沙场,也不屑做这见不得人的勾当。可是,又能如何呢?身为臣子,除了奉命行事,还能怎样?更何况,摄政王对自己有知遇之恩。于公于私,他都务必全力以赴,直至献出生命也在所不辞!

正当金碧云沉思之际,载沣又问:"宪平,近日北洋军中可有异动?"

"禀摄政王!北洋新军六镇,凡是袁世凯一手提拔的嫡系,如段祺瑞、张勋等人,无不通电反对行刺,力主捉拿凶手,并声称坚决保卫袁的安全。除此以外,各社会贤达、各地方士绅,亦对刺杀表达不满。只有冯国璋的态度稍显暧昧,且只去了封密电,待电文破译,再向摄政王回禀!"

"嗯!真没想到,这都三年了,老贼在军中竟然还有如此巨大的影响力……"对此,载沣深感芒刺在背。他接着问道:"小平子!依你看,如何才能消解老贼在军中的势力?"

"禀摄政王!仅在军队上层更换统帅,显然不足以动摇老袁的根基。咱们不如反其道行之,从底层渗透,或可收奇效!"

"说得有理!"

载沣也不由得感叹:"可惜我那些亲兄弟没有你这般见识,也没你这身本领。虽然,我同肃亲王政见不和,不过你放心,这次的内阁成员里面绝对少不了他!小平子啊,说句掏心窝子的话,只有当咱们自家人掌握大权,那些个洋人、立宪派、工商实业家才不会轻视朝廷,才不会上那袁世凯的贼船。至于孙文、黄兴、宋教仁那些个革命党,也才不敢轻举妄动。我大清方可保亿万斯年呢!"

第十二回

"奴才谨记!"

虽然,金碧云心里对载沣的集权主张持保留意见,但他仍旧选择忠于王室,与朝廷同心同德。

"那先帝爷的死因,你可查实了?"

"禀摄政王!查实了……"

"是什么?!"载沣突然面色铁青。

"砒霜……"

"确实?"载沣嘴唇发白,声音都变得有些颤抖,看得出他心里并不好过。

金碧云亦不忍回答,只点头默认。

"是谁?"

"禀摄政王!至于凶手,只是推测,证据尚未确凿。"

"你直说就是!"载沣急欲知晓凶手是谁。

对他而言,无论这人是谁,都必将被施以最严厉的制裁!

金碧云不由得握紧了拳头,一字一顿地答道:"前太监总管——李连英!"

"果然是他……"

载沣仿佛早就猜到了结局。他轻轻擦干眼角的泪痕,仰天长叹:"本王早该想到了。除了他,还有谁既能自由进出瀛台,又能让先帝毫无保留地付诸信任。真是千防万防,家贼难防!"

屋外依旧电闪雷鸣,密室之内依稀可闻暴雨之声。

载沣努力让自己冷静下来,他必须先听金碧云将调查原委禀报清楚。

"这三年来,奴才一边秘密委托洋人的实验室对先帝的遗物详加化验,一边暗中查访可疑之人,又找到了当时参与临终救治的御医数人。现在,奴才敢断言,先帝绝非死于疾病,而是死于砒霜中毒。经过数轮排查,当时能够自由出入内廷,往返瀛台,又深受先帝宠信的,有且只有李连英一人!但因时隔日久,又无旁证,故凶手其人,也只是推测……"

金碧云正极力克制自己的情绪,冷静且理性地详细回奏。

"可是，你觉得李连英为何要加害先帝呢？"

"这……奴才不知！但奴才探得，现任汉中镇总兵江朝宗将于近日进京述职，并将在什刹海会贤堂大宴宾朋，其中就盛情邀请了李连英。而原本足不出户的李太监居然准备前往赴约。届时，奴才一定将其秘密带回，详加审讯。"

"审什么？！"载沣质问道。

"动机！"金碧云不卑不亢。

载沣冷笑着："自打孝钦皇太后薨逝，李连英便称年迈，自请离宫。本王听说，这些年来他深居简出，闭门谢客……"

说着，他不由自主地拿手蹭了蹭鼻子，眼神阴鸷，就连原本雍容和善的样貌也瞬间变得凶狠起来。最后，竟总结道："李连英无非是为他人作嫁衣裳！不是为了袁世凯，就是为了……"

载沣有所迟疑，不肯说出这人的名字，却留下了一句意味深长的话："这些年，那老东西也着实过了不少好日子了……"

金碧云抬眼望去，几乎不敢相信眼前这人就是自己追随多年的载沣。

事实上，他俩年岁相仿，金碧云一直拿载沣当自家兄长一般看待。即便是载沣临朝摄政，他们之间的这份兄弟情谊也几乎未曾改变。外人常说，载沣空有虚名，却是名不副实，难以担当摄政重任，但金碧云却不作此想。对他来说，君臣之分已定。身为臣子，应时刻以匡正君王得失为己任，以为国征战为无上光荣，而非在背后窃窃私语，指手画脚。

毕竟当国之重，这份沉甸甸的感觉，绝非常人可以体会，谁也不敢肯定自己可以做得更好！

这时，载沣脸上的可怕笑容，逐渐凝固了。

随着屋外的电光一闪而过，载沣虽已变得语调平和，却在言辞间喷涌出冲天的杀气，并当即对金碧云下令："杀了他！务必身首异处！让他永世不得翻身！"

"这……是否等证据确凿？"金碧云反问。

"哼！没那个必要！这里面的事情，你哪里比我更清楚？"载沣不屑地说。

第十二回

见金碧云仍在犹豫，载沣已厉声训斥起来："我说小平子！你小子是真傻，难道你想让天下人都知道这桩皇家秘事？你打算让那李连英亲口招认，签字画押？一介老奴，贪污受贿多年，朝廷早已忍无可忍。若不是看在仙逝的孝钦皇太后面上，本王定将他满门抄斩，夷灭九族！"

金碧云无奈，只得应承："嗻！"

"小平子！等办完李连英这桩差事，你就去北洋赴任吧。就以你'金碧云'的身份，先在近畿陆军第一镇做个营管带。按你说的，'从底层渗透'。你记住，近日来，那里军心不稳，你要特别留意，一有风吹草动，立即向本王禀报！"

"嗻！"

一提军旅中事，金碧云立刻来了劲头儿，连应承的声音都显得格外雄浑有力。

直到下午时分，金碧云才从醇亲王府出来。

午后云消雨歇，淡淡的阳光穿过薄薄的云层，照射在他清秀俊朗的面庞之上。

这难得的片刻闲暇，终于使他的内心暂时做回那个一心只想在诗酒琴茶中，悠然度日的富贵闲人。

那个纵情于塞上草原，与红颜相伴，并与众兄弟醉卧沙场的豪杰猛士。

那个不止一次幻想自己辞官归去，但求勒马燕然，为国戍边的铮铮男儿……

然而，美好的时光稍纵即逝。

他不得不从自己的心结中走出来，不得不再次披挂上阵，做回宗室勋贵——肃亲王第三子，敕封贝子爵位的爱新觉罗·宪平；做回纵横沙场，让千军万马避之唯恐不及，杀伐果断的金碧云！

"这是我的命！今生，我必将无怨无悔！唯愿来生不复生于帝王之家！"

金碧云仰望苍穹，喃喃自语……

第十三回　两相负赌命生死情　初进京文武冠群英

彰德府，洹水边。

远处的天空传来一声惊雷。

继而，乌云涌动，遮天蔽日。

孟庆霖双目圆睁，表情诧异："啊！你们……你们怎么来了？"

来者不是别人，正是妻弟李虎臣与换作一身男装打扮的姜齐玉。

说是男装，却也只能糊弄来往路人，好作长途行路之便。若是走近一看，搭眼便可认出这是位绝色女子；且一身男装，更显英姿飒爽，别有风韵……

说话间，起风了。

初春的暖阳收回了对人间的恩赐，只留下乍暖还寒时节无休止的冰冷与晦暗。

姜齐玉欲说还休："不能来吗？四奶奶说，爷在京城不能没个家……就算……就算日后人在军营，也要在外面有个落脚之地呀！"

她表情窘迫，忽闪着眼睛，语无伦次地说起自己临时编造的借口。这些话，恐怕就连她自己都难以相信。

姜齐玉确实不善说谎，才讲了两句，就满脸涨红，眼瞅着身旁的李虎臣为自己解围。

"哈哈！姐夫你看，我姐……我姐那不是要侍奉公婆嘛！就让我护着玉姐姐先过来了！我们也就跟你前后脚离的家，相隔不过两三天吧。路上，我们估摸你还没到京城，就临时决定直奔彰德而来……"李虎臣右手捂着后脑勺，一脸憨厚地开始狡辩。

第十三回

事实上，自打这二人进来，孟庆霖就意识到他们必有隐情。此刻，再听这缘由，则判断必是说谎无疑。

于是，为免外人心生疑窦，孟庆霖遂主动岔开话题道："那几位老家人呢？你们可见了？"

"见了！我知道你性子，你一定会住这城里最大的客栈嘛！那几个老家人一见到我，就跟倒豆子似的全都说了。这几日，我们沿着洹水两岸好一通寻找，总算找到这儿！你还别说，像这样大的坞堡，我还是头一次遇到！"

齐玉也赶紧点头确认。

许是出于女人的直觉，她仿佛可以真切地感受到这里的不同寻常与杀机暗伏。因此，看上去多少有些神色惊慌。

"唉！"

孟庆霖叹了口气，正感慨这二人来得不是时候，心里嘀咕道：这洹上村又不是什么太平之地，我都已经失去自由了，你们再一来……这下，可就要被人一勺烩——差不多祸及满门了！

"行！我看你这一家子也快到齐了吧！那就跟我们说说，你到底干嘛来的？意欲何为？"

杨士琦本就与孟庆霖不熟。虽说中间还连着孟庆棠一层关系，但总归疏远许多。在大帅被行刺的敏感时刻，他更要主动与任何可疑之人撇清关系。

只听，孟庆霖正色答曰："送还先辈遗物！"

"是何遗物？"杨士琦逼问。

"狻猊匕首！"

"不会是'孟德献刀'吧？"杨士琦阴阳怪气，暗藏杀机。

"那先生……该不会是'吕布吕奉先'吧？"孟庆霖夹枪带棒，一语双关。

原本，杨士琦只想借"孟德献刀"的典故，暗指孟庆霖动机不纯，并无讥讽袁世凯之意；但孟庆霖却将计就计，将这套三国逻辑引向深处。既劝谕杨士琦勿要得寸进尺，学那"三姓家奴"，又捎带将袁世凯的"董卓"身份坐实。

好一招借力打力！

"一派胡言！"杨士琦有些动怒。他万没想到，这小子出言竟如此恶毒。

"杏城啊！行了，小孟是故人之孙，不要难为他！"

显然，袁世凯并未将孟庆霖的话放在心上，仍旧呵呵笑着，仿佛怡然自得，并开始收拾鱼篓，戴上斗笠，准备打道回府。

"变天了！走，英子！回家给你和孩子们炖鱼吃去！"

"就你会说话！"沈氏娇嗔地与袁世凯打趣，倒也丝毫不避讳旁人。

"哟！我看看，今儿这么多小馋猫呢！哈哈！"袁世凯喜上眉梢地逗弄着幼子幼女，正乐个不停。此刻，他享受着难得的天伦之乐，仿佛早已将那恼人的朝中往事抛至九霄云外。

直到赵秉钧听人禀报，又向袁世凯转述道："大帅！那女子醒了……"

"哦？"袁世凯胡子一动，若有所思，像是打定了主意。

这时，远处轰鸣的雷声越来越近，且愈发地震耳欲聋，摄人心魄，直让人胆战心惊。

紧接着，迅疾的暴雨倾泻而至，冲刷在洹水两岸。在水中，激荡起层层涟漪，又泛起一团浑浊……

少顷，孟庆霖一行人，冒雨再次回到养寿园正堂——那个案发现场，也正是初见袁世凯之地。

屋外，大雨滂沱，北风呼啸。

屋檐，水流如注，犹如垂下水墙。

屋内，吊着一顶电灯，散发出惨白的光芒，反倒映衬得此地愈显幽暗。

正中，一名女子悄然独坐。

只见她身披红裘，怀抱琵琶，头戴珠钗，仙姿玉色，"俏丽若三春之桃，清素若九秋之菊"。只是，唇边挂有血痕，面带戚戚病容，脸色亦略显憔悴，好似重病未愈。

须臾间，她轻动十指，"低眉信手续续弹"。

第十三回

弹的，却不是雍容华贵的《霓裳羽衣》；而是，万千愁绪凝聚成的一曲《十面埋伏》。似在用乐声提醒孟庆霖：此地凶险，及早脱身！

"晨曦姑娘！"

孟庆霖一眼就认出了杨晨曦，又仿佛听懂了她的心声；而她的这身妆扮，则宛如二人在扬州"乐府清音"初见时的模样。

"啊！杨……杨晨曦！她怎么会在这儿？"李虎臣却对此深感意外。

齐玉对"杨晨曦"这名儿似曾相识，却是素未谋面。如今见之，不禁叹其美目盼兮，楚腰高髻，好一个千娇百媚、艳冠群芳的美娇娘。即便是病容戚戚，却也如西子捧心，梨花带雨，我见犹怜。

"她……就是杨晨曦？！"齐玉轻叹。

"原本，只是想请您唱支曲儿的……赵姑娘！"不知从何时起，杨士琦已然站到杨晨曦身后，笑得委实有些狰狞。又接着说道："您看这身妆扮，和您在扬州那身……差不多吧！"

顿时，屋内一片死寂。

显然，杨晨曦的身份已被识破了。

只是，"杨晨曦"为何又会被称作"赵姑娘"呢？

于是，杨士琦开始揭露起前尘往事，并句句笑里藏刀："列位有所不知吧！此女原姓赵，名唤'晨曦'，既是本名，也作……艺名。因被京城乐班杨老乐户收留，做了他的徒弟兼义女，这才改姓'杨'。这位杨姑娘，自幼跟随养父学唱南北曲种，又专习乐器，最精琵琶。这才慢慢地凭借才艺崭露头角。及笄后，她更是出落得俏丽无双，风情万种，乃至艳名广播，引得诸多达官显贵、豪门巨富无不拜倒在其石榴裙下。记得那时候，她和她的师姐杨翠喜，被人并称作'京津二姝'。可有这回事吗？"

杨晨曦只是静静听着，并不答话，但眼角却偶有泪光闪现，仿佛是紧张抑或恐惧，但更多的则像是回忆起了许多心酸往事。

这时，杨士琦又说："可后来不知怎么的，这位杨姑娘偏偏去了扬州，终在那里落脚，做了城里花魁。去年冬天，一场演出之后，这杨姑娘又说消失就消失了，还连带着死了好些人。有传言说，她也死了；可也有传言说，她回京城了；更有甚者说，她是跟一个姓孟的小子私奔了……是这样吗，'赵'姑娘！"

杨士琦眼神轻蔑，条分缕析，正细细数落着"晨曦"的诸般过往经历。末了，更是不忘强调其本姓"赵"的事实。

孟庆霖这才意识到：杨士琦显然是"醉翁之意不在酒"。他要审的，绝非仅仅是一名女子，恐怕正是自己；并且，已点明了"一个姓孟的小子"，又还能是谁？

这样想来，行刺袁世凯之人极有可能就是看上去弱不禁风的"赵晨曦"，而他们也早已查明自己与其相识。

难怪那天，她宁死也不肯与我相认，更要阻止我饮下那盏热茶！

原来，她是在拼死保护我——一命换一命！

孟庆霖恍然大悟。

此刻，李虎臣也已察觉到危险临近，不由得暗暗攥紧拳头，并用身子护住齐玉；又眼观六路，耳听八方，敏锐地捕捉着屋内外袁府众人的一举一动。

袁世凯则吩咐堂前护院为自己搬来一把太师椅，遂与赵晨曦对面而坐；并从怀中掏出一把手枪，而后迅疾地划开保险，枪口朝天，举在手上。

孟庆霖立于袁世凯的侧后方，抬眼望去，这枪不正是自己被人搜走的那把柯尔特左轮吗？

这时候拿我的枪出来，袁世凯究竟打的什么主意？

"李中堂在世时，曾于两军阵前，以手枪赌命。袁某人不才，今儿也步李中堂后尘，小赌一把！诸公其有意乎？"袁世凯一手持枪，一手揉着光秃秃的前脑门，口中戏谑般言道。

赵秉钧侍立于袁世凯另一侧，便饶有兴致地问："大帅，您想怎么个赌法儿？"

袁世凯遂将手枪的转轮甩开又合上，并左右端详着枪体，感叹道："连发柯尔特！真是把好枪！"

"大帅！"杨士琦递上一句,"卑职倒有一主意,可否陈述一二？"说着,已将双手置于顶上。

"呵呵,杏城！听你的！"袁世凯遂将手枪抛过去,示意委以全权。

只见,杨士琦用枪口比划着赵晨曦姣好的脸蛋,又低下头,在她耳边诉说:"这枪里原有六颗子弹。现在,我卸去五颗,只留一颗。"

说着,被卸掉的子弹一颗接一颗地重重砸在赵晨曦的身上、腿上,吓得她不住发抖。她不由得咬紧嘴唇,拼命让自己镇定下来。

"我只请教姑娘……不多……一个问题！"

杨士琦伸出一根手指,在赵晨曦面前比划:"若是知无不言,咱这枪也就不必开了。若是知而不言,也无妨,只开一枪便是！至于,这一枪是否射得出子弹,就全看天意了！如何？"

"若是不答,而这一枪也没射出子弹,又当怎样？"李虎臣焦急一问。

"那这事儿就算过去了！公平吧！"杨士琦冷笑着。

"杏城兄,你这葫芦里究竟卖的什么药？"赵秉钧实在看不上杨士琦这弯弯绕的心思。按理说,审讯归审讯。若是不招,大刑伺候也就是了。实在不行,就一枪毙了,倒也省事！何需如此费尽周章？若是她当真不招,又当真未能射出子弹,难不成你还真的把她给放了？你到底想干什么呀？

"智庵啊,别急！一切均由大帅定夺！"

赵秉钧深吸一口气:"这万一……"他没敢把话说完,也将目光投向袁世凯。

袁世凯哈哈大笑,不置可否。

"此事……此事与他人……无关！都是我一人所为！你们不要……枉费心思！"赵晨曦眼含秋水,饶是紧张至极,却仍旧强打精神,将一应祸事揽在自己身上;但又仿佛备受煎熬,就连怀中的琵琶都被自己细长的指甲掐出了一道道深浅不一的印子。

随即,杨士琦将手枪递还,示意请袁世凯做最终决定。

袁世凯沉吟片刻，又拨了几下转轮，直说道："庆霖啊，你知道吗？三十多年前，你家老爷子给我上的第一课就是——置之死地而后生！这人啊，一入军旅，便应将生死置之度外，要把自个儿的脑袋拴在裤腰带上，得随时抱着一颗……不怕死的心！正所谓，视死忽如归！"

袁世凯突然变得声色俱厉起来。他回头，目光炯炯地盯着身旁的孟庆霖，倒像是寄托了某种殷切期望。

刹那间，全场竟诡异地安静下来。

袁世凯、赵秉钧、杨士琦，以及李虎臣、赵晨曦、姜齐玉全都将自己或是饱含期待，或是作壁上观，又或是紧张焦虑的目光，牢牢地锁定在孟庆霖一人身上。

孟庆霖业已替代赵晨曦，成为全场焦点。每个人都在看他如何应对。

雷鸣电闪，暴雨如注。

屋外，数十名袁府护院正冒雨持枪，将这小小的养寿园正堂围得密密匝匝，犹如铁桶一般。甚至，就连一处雨滴也别想飞溅进来。

孟庆霖正在脑中飞速思考破局之策。

在他看来，单就杨士琦对赵晨曦身世履历的掌握程度而言，这行刺之事哪里还用得着大张旗鼓地审讯？就连袁世凯自己也曾说，"审都不用审"，他早就知道是谁在幕后谋划。既然如此，这主仆二人，一唱一和，又是做给谁看的呢？

难不成是给我？

孟庆霖遂意识到，这可能是袁世凯的一石二鸟之计！明面上，是审讯赵晨曦。暗地里，却是给自己出了第三道难题。

前面两题，无非是"受得了冷遇"和"耐得住寂寞"，孟庆霖皆以自己的实际行动应付过去。如今，又来了一题——"置之死地而后生"，该如何是好？

唉！这袁大帅的考验怎么这么多？

自打进了洹上村，孟庆霖还从未见过哪个人像袁世凯这般，时而有如和煦春风，时而又有如凛冽寒冬。既可以真诚得像是要把心窝子掏给你，又可以阴鸷得像是要立刻将你挫骨扬灰。真是翻云覆雨，变幻莫测，委实让人难以捉摸，又让

第十三回

人忧惧万分！

说时迟，那时快！

孟庆霖稍有犹豫，杨士琦就已率先发难："这府里上上下下，全是跟随大帅和先老太爷一路走过来的老人，哪有几个生面孔？那天，怎么就轮到你这个小妮子独自一人在场服侍，不是你动的手脚，又还能是谁？我也问过了，侍女的花名册里根本就没你这人！"

说着，就拿起桌上的一本册子，重重地砸到地上。

杨士琦又瞥了一眼孟庆霖，有些不怀好意地问道："还有一条！那就是，当天你见这位孟公子也要饮茶，便立刻走上前来将茶水端走，有这回事吗？欸？我就奇怪了，你跟这位小爷到底是何关系？该不会是……瞧上人家了吧！到底是谁派你来的？同伙还有谁？还不快从实招来！"

赵晨曦方从鬼门关前走了一遭，此刻状态极差。

记得前些日子，她刚从昏迷中醒来，还没等回过神，就被人带到一处地下审讯室，亲眼目睹了袁府管家和茶房所受的非人折磨。

这二人，甚至不惜以死明志！

好在被及时赶到的杨士琦救下，这才堪堪保住性命。

但是，既然前面俩人已然洗脱嫌疑，那她自己就岌岌可危了！

如今，她已被折磨得虚弱至极。所以，当她再次面对提问，早已一个字也说不出口，仿佛失语一般。

这一刻，她的灵魂仿佛飞离了自己空洞的躯壳，飞向了远方。尽管神智未苏，但她却仍在心底里笃定地坚守秘密。她意识到，自己必须保护好远方那人。即便酷刑加身，她也只求一死，绝不能吐露半个字。

模糊中，赵晨曦回忆起了自己与他的初次相逢。

那是许多年前的一桩往事……

赵晨曦出生于直隶东部一个临近渤海的小县城。她的母亲早逝，父亲靠给当地大户人家做教书先生，才勉强养育了她和她的哥哥。按理说，这种寄人篱下的日子，并不好过。但即便艰辛如此，这段童年光景却依然是她一生中为数不多的甜美回忆。她早已记不清母亲的样子，却分明记得父亲和哥哥都待自己如同掌上明珠一般。家里凡有美味，都先尽着自己享用。偶尔得了几尺新布，也要攒下来，待逢年过节好给自己添置一套新衣裳。凡此种种，虽是细枝末节，却犹如初春细雨，浸润人心。

孰料，好景不长！

那年庚子国难，八国联军自天津登陆，兵锋直指京城。她家就在离天津城不远的位置，自然也在战火荼毒之下。至于他们寄居的那户人家，眼见得朝廷不支，便想在联军入城前，弃家南逃，投奔亲戚。又因这家人素来喜爱小晨曦，觉得她年纪虽小，却模样俊俏，身段高挑，便想给自家的独生子结下门娃娃亲。于是，就连哄带骗地拉着晨曦父女三人一同逃离故土，混入了绵延百里的流民大军。

福无双至，祸不单行！

逃难的路上，这家人以及晨曦的父亲、哥哥均染上了瘟疫。不出几天，就相继发病去世了。唯独她一人在经历过一番病痛折磨后，奇迹般地活了过来。

但是，他们身上携带的盘缠却被同行的流民抢了个精光。饶是如此，她还要磕头如捣蒜一般地，去恳求那些强盗，求他们大发慈悲，施舍几个银钱，好让她稍有体面地安葬亲人。

然而，她等来的却只有多人上下其手的猥亵与调戏。那些强盗竟全然不顾她还只是个孩子，且是有孝在身。

对方甚至理直气壮地宣称："你不是卖身葬父吗？还不能验验货啦？"

这一刻，她恨透了男人。

直到那个人的横空出现。

危急关头，他的侍卫赶跑了流民，又帮助自己妥善安葬了逝去的亲人，却从未提过要自己如何报答。

临别时，他也曾伤感地言道："小妹！如今国难当头，我亦有急事在身，实在无法将你带在身边。这些银子你且收好。你一人在外，更要千万珍重，不要负了

第十三回

父兄在天之灵！日后若是有缘，你我定当在京城相见！"

京城相见！

这句话，仿佛成了他们之间彼此许下的诺言，且牢牢地钉在了小晨曦的心里。从此，就一直牵引着她的人生。

当时，她不由自主地解下了自幼挂在脖子上的小银锁，作为对那人的回赠，亦是留作念想。

她还记得那把银锁之上，镌刻着"云衣才半解，鸣凤遡晨曦"这般诗句。

上面，有她的名字！

她期盼着这位豪侠义士、伟丈夫能将自己永远铭记。

那一刻，她朦胧中决定不再南逃，而是迎着炮火，逆着人流，虽千回百转，却终于踏上了返乡之途！

只不过，再回故乡之时，她已不再是一名欢乐活泼、备受宠爱的天真少女，而是机缘巧合之下，被杨老乐户收作了徒弟兼义女。从此，走上了一条戏子名伶之路。

那一年，她才九岁……

"说！到底是谁派你来的？"赵晨曦被杨士琦这一番咄咄逼人的问话无情地拉回了现实。

如今，她虽已清醒，却仍旧大病未愈。她轻声哀叹，仿佛是在悲伤自己薄命如斯。她藏在心里多年的爱慕之人，能够再次与之相逢本就是一场意外，且直到重逢的那一刻，她才知晓：原来，那人竟是个宗室子弟！

然而，一阵喜极而泣，却只换来对方的无情与决绝。他说，自己早已娶有妻室，又曾立下重誓"此生不蓄姬妾，只将一腔热忱献身家国"。

所以，他无法接受再多一个自己，而他的家族也无法容忍自己的歌妓身份。

毕竟，庆亲王之子载振就是因为和自己的师姐杨翠喜相好，闹得满城风雨，终被褫夺一切公职。

殷鉴不远！

与儿女私情相比，他实在更加在意一生之功业与社稷之福祉，以及宗室形象神圣不可侵犯！

那一刻，他们从未如此贴近，却又从未那般遥远。

咫尺天涯！

赵晨曦知道：任凭她如何洗刷自己，或许在那人眼中，她都只是一名歌妓，一个任人消遣的戏子罢了。

就这样，曾经支撑她苦熬过无数个日日夜夜的精神寄托竟一朝破灭了。她变得心灰意冷，变得敏感多疑，变得自暴自弃。最后，不得不出走京城。人人都以为，她是被师姐杨翠喜挤对走的。可是谁又知道，她实在是不想留在京城那个伤心之地，哪怕多留一天！

直到后来，她在扬州登台献艺，遇到了前来听曲儿的孟庆霖。

"这孟公子，偏要和那些豪门巨富唱唱反调儿，倒也真是有趣！"

那一刻，她与孟庆霖四目相对，也曾心潮起伏，几乎就要动心。

然而，天意难测！

她竟然在第二天，就莫名其妙地和孟庆霖一道，被歹人劫持了……

但更加出人意料的，却是来救自己的，竟然还是"他"！

当真是缘分使然！

这已经是"他"第二次从危急中拯救自己了！赵晨曦曾作如是想。

虽然，赵晨曦也知道这只是一场意外，"他"并非专为自己而来。但那一瞬间，她仍旧情不能自已；却是只能独自忍耐，将一腔炽热的情感全部埋藏进心底无尽的深渊。

她装作若无其事，装作忘记一切。任凭二人之间的点滴情愫，化作一缕烟云，散入风雪，飘向了诗和远方……

屋外，又是一声惊雷！

彻底唤醒了尚且沉浸在回忆中的赵晨曦。

她被这突如其来的雷声吓得一激灵，还以为那是一声枪响。于是，惊叫着捂

第十三回

住耳朵,以至于怀中的琵琶竟不觉摔落在地。

"都这时候了,你还护着你那主子?他若是管你,何苦让你这般活受罪?"杨士琦仍在一旁不停地撩拨赵晨曦。

"他……他不是我的主子!这都是我自愿的!"赵晨曦努力摇头,试图将他的身影从脑海中驱逐出去。

杨士琦:"不是你的主子?还是你的情郎?"

赵晨曦不语,痴望远方。

素来脾气火爆的李虎臣实在看不下去了。

虽然,他本能地排斥赵晨曦其人——主要还是怕她抢占自己姐姐在孟庆霖心中的位置,但他却更加反感一群大男人如此急迫地去威逼一个弱女子。若是说她有罪,大可送交官府,依律治罪。即便私下了结,至少也要给她个痛快!何必如此恫吓折磨?

枉我一世男儿,岂能袖手旁观?李虎臣心想。

"够了!既然她不肯回答,大不了我来替她挨这一枪!"李虎臣怒吼道。

"你疯了?!"齐玉忙拉着李虎臣的衣襟,示意让他勿要逞强。

"小兄弟和她认识?"一旁的赵秉钧倒先插话了。

"不!算不得认识!"

"那你干吗要替她出头?知道会出人命吗?你们到底和她什么关系?"杨士琦真是纳闷了!这非亲非故的,还有赶着送死的?从未见过如此胡搅蛮缠之人!

孟庆霖见事已至此,若一再隐瞒,怕是无端坐实嫌疑;何如简明扼要,道出实情,也好将主动权牢牢地攥在手里。再者,赵晨曦甘冒风险,几乎就是从自己嘴边将那掺了毒药的茶水抢过来,这才换来自己平安无虞。若非如此,中毒之人怕不就是我了!

就冲这一点,也不能坐视不管,更不可能见死不救!

想到这里,孟庆霖昂首言道:"杨伯,您老别动气!舍弟心直口快,却并无恶意!事到如今,晚辈也就不再隐瞒。去年冬天,晚辈曾在扬州与这位姑娘一同为歹人所擒……"

"如何？"赵秉钧也多少有些紧张。他实在不想在这时候，让人逮到孟庆霖的任何把柄。毕竟，这小孟可是自己带进来的。

"说下去……"袁世凯眯缝着眼，饶有兴致地听孟庆霖说上一回书。

孟庆霖尴尬地回顾了自己曾因一时冲动，仅带了十块大洋只身下江南的故事。又说到"乐府清音"，并在此偶遇了登台献艺的头牌歌妓——赵晨曦。至于后来，二人同被上海青帮范高头一伙掳去，却又侥幸获救的传奇经历，他是一笔带过。对于自己被掳的真正原因，他则只字未提，而对于亲率虎贲，击溃匪徒，又顺道营救自己的金碧云，他更是笼统地称之为官军。因为世人皆知，袁世凯与朝中少壮派亲贵龃龉日深，已到了势同水火，剑拔弩张的地步。他才不触这个霉头呢！

希望就此蒙混过关吧！孟庆霖心里始终有些忐忑。

然而，事情的发展却完全出乎所有人的预料。

就在此时，有府内斥候匆匆跑入，对袁世凯耳语一番。

袁世凯听了后也略感惊诧。他拍了拍自己光秃秃的前脑门，笑着说道："他妈的！这家门口通火车……倒真是把双刃剑呢！"

说到这儿，就不得不提一下"袁家车站"的故事了。

话说，自彰德府北上京城足有千余里地。原本，驿马出行总要花上个六七天的工夫。但自从光绪三十二年京汉铁路全线通车以来，这路上的时间已大大缩短至仅需一两天的光景。即使是从京城一路坐到汉口，也不过三天的路程。凭借这份迅捷与便利，乘坐火车出行，已逐渐为时人所接受，并慢慢地融入了百姓生活。

由于当时沿途站点颇多，故火车每行至一处，皆有各式小商小贩进至车前吆喝叫卖，或是食品特产，或是报纸书刊，又或是烟酒洋货，一片喧嚣，好不热闹。铁路的兴起，也极大地带动了周边地区商业的繁荣，并因此催生了诸如汉口、郑州、石家庄等一批新的交通枢纽与经济中心。

袁世凯早就预判到了铁路带来的巨大优势。在当政之时，就已协调京汉铁路

第十三回

方面为自己在洹上村西头修建了一座供他一人独享的袁家车站。

这里,距村子坞堡不足一里路。由此出发,或是北上京城,或是南下汉口,又或是从汉口转轮船,沿长江航运干线驶向大海,均是畅通无阻,极为方便。对此,朝廷上也只能睁一只眼,闭一只眼,听之任之。

孰料,时局多变!

眼下,这家门口的火车站倒真成了把"双刃剑",不仅方便了袁世凯,更加方便了朝廷。

这不,一支百余人的巡警部队经由京汉铁路,已从京城连夜进抵至袁家车站。

这支巡警部队甫一下车,就冒雨直扑洹上村坞堡。

眼下,正声势浩大地与袁府护院持枪对峙。

暴雨之下,双方荷枪实弹,人喊马嘶,皆已拉开架势,随时准备大动干戈。人人神情紧张,汗毛直竖,彼此叫嚷着让对方先放下武器,却又谁都不肯率先就范。

此时,双方中若有一人擦枪走火,那局面必将不可收拾!

眼见得这样僵持下去不是办法,巡警中遂有一人出列,再次向坞堡南门上的护院宣示身份:"在下阿玉锡!烦请通报府内掌事:因袁公实属社稷老臣,朝廷格外体恤,故特命我等巡警前来此地,会同查办投毒重案!请速开大门!"

阿玉锡?

这不是金碧云的侍卫领班嘛!难不成,金碧云已然亲临彰德?

非也!

因为在同一天,金碧云正与摄政王载沣密室会谈,商议除掉李连英等事,哪里来得及?不过,在此之前,金碧云也已悄然布置。他命令阿玉锡以新近兼差,即"京师内外城巡警总厅"警务队队长的身份,率领麾下巡警驰赴洹上村,誓要救出只身犯险,却反为所擒的赵晨曦!

在金碧云看来,无论如何都不能让此女最终落在袁世凯的手上。因为,这必将成为其日后反攻摄政王的有力武器!

尽管他尚未取得其父民政部尚书、肃亲王善耆同意，更未请示摄政王载沣，实属擅自调动部队，矫令而为；但他却依然甘冒此杀头风险，"一定要将人带回来，就算爆发正面冲突，也在所不惜"！

阿玉锡的脑海中，经常浮现金碧云下令时的声色俱厉。

那一刻，阿玉锡当真被震慑住了！

作为扈从侍卫，这些年来，他绝少见到自己的主子为一个女人如此大动肝火！

当然，也不得不承认。金碧云下令时，多少掺杂了些感情因素在内。毕竟，他就是那个曾两次救下赵晨曦，却一直碍于身份、礼法，不愿面对其深深爱意的男人。就是那个，曾让赵晨曦魂牵梦萦，朝思暮想的豪侠义士、伟丈夫！

若说这一切都只是赵晨曦的一厢情愿，恐怕也不甚准确。

人非草木，孰能无情？

金碧云本想另换他人，并且也曾竭力劝阻赵晨曦。毕竟，此去凶多吉少。甚至，有可能一去不回。然而，赵晨曦却终究选择踏上征途，恰如当年只身返乡一样。纵然前路是死，她也依然无怨无悔。或许，只有如此，她才能够彻底斩断情丝……

当然，这一切还都只是赵晨曦与金碧云二人心底的秘密。

此刻，坞堡之上，有一护院隔空回话："雨势太大看不清！我们也不认得什么巡警不巡警的，没有命令就不能开门！"

"请速派人通报！"

"已通报了！你们先放下武器，退避三里安营！否则，我们可就要开枪了！"

说着，已有数百支枪口齐刷刷、黑洞洞地瞄准了阿玉锡的队伍。袁府这边人多势众，凭城据险，又居高临下，几乎占尽优势。

"他妈的！当我们好欺负！来人！机枪准备！"阿玉锡怒了。

说话间，巡警阵线后方，已一左一右地推进来两挺加特林机枪。这还是当年民政部特意协调陆军部，从北洋新军中调拨过来的一批军火，专门供给京师巡警，

第十三回

以作非常之时，镇压暴乱之用。未曾想到，这两挺重机枪，源出新军，最后却要用到新军创始人袁世凯的头上，倒也真让人唏嘘。

只见这两座机枪阵地，已各有四人严阵以待，并已瞄准坞堡上的人群密集之处，只待一声令下，随时准备开火射击。

雨势渐收，阳光乍现！

但这局面，却仍是僵持不下，一触即发……

与此类似，养寿园内的情况，也着实好不了多少！

伴着斥候往来报信，袁府内宅早已是一片惊慌失措。

"报！大帅！城门外有自称京师巡警队伍者，百十人左右，皆荷枪实弹，意图不明！"

"报！大帅！京师巡警自称奉命查办投毒一案。城门请示，作何答复？"

"报！大帅！十万火急！京师巡警业已架设机枪，正与我府护院武装对峙！请大帅当机立断！"

"再探！"赵秉钧吩咐下去。

"是！"斥候领命而出。

……

然而，危局之下，袁世凯和其心腹仍旧岿然不动。

只见袁世凯不动声色地问向赵秉钧："智庵呢！眼下情形，你怎么看？"

说着，就从随身的荷包里面，先行掏出了一根拇指般粗细、巴掌般长的老山参，开始细嚼慢咽起来，脸上却依然若无其事的样子。

这情景被孟庆霖看在眼里，倒是暗暗吃了一惊。他还从没见过，如此进补的。

这不是拿人参当萝卜吃吗？

若是换了自己，恐怕早就痰浊上逆，七窍流血而死了！

"大帅！若论武力，区区巡警百人就算有机枪在手，也不可能攻破城门，更何况……"面对袁世凯的问话，赵秉钧正色作答，毫不迟疑。

"更何况什么？"袁世凯又问。

"更何况，凭借卑职对巡警的了解，他们怎么可能奔袭千里，只为了一桩未出人命的案子？这也太匪夷所思了吧！"

"不错！咱大清的巡警是你一手创建的，你最有发言权！"

这时，袁世凯方吃下一半的老山参，面色就愈发地红润起来。却不知是出于进补的功效，抑或是听了一番精到点评，而顿感踏实。

赵秉钧继续言道："依卑职来看，只有两种可能。其一，这些人本就不是巡警，但他们仅凭区区百人就敢擅闯禁地，又配备重型武器。这绝非寻常匪徒可以做到。至少方圆百里之内，绝没有这等队伍。其二嘛，这些人身份不假，但八成是矫令而为。毕竟，远在千里之外，轮也轮不到他们来管河南地面上的事情吧！如此不管不顾地突破官场底线，目的只有一个：那就是，千方百计地要把这个女子带出去，且生死不论！因为，只要她在，那就是对朝廷大大的威胁！"

袁世凯闭目养神，若有所思。

赵秉钧则愈发谦卑地陈述道："只不过，他们的反应实在太快了。这才几天工夫？就算沾了铁路的光，也几乎就是行刺刚一败露，就立刻做出的决定！因此，卑职才敢断言他们并未请旨而行。毕竟，朝廷里那些载字辈儿的，哪有这等气魄，敢与大帅您正面交锋呢！"

袁世凯笑了笑，依然不置可否，又问杨士琦："杏城，你说呢？"

"属下同意智庵的观点。此番巡警围城，必是有人擅自做主，矫令而为。并且，这下令之人，当是投毒之主谋无疑！但此刻，绝不能轻言动武。否则，一石激起千层浪……"杨士琦暂且放下赵晨曦，专心思考起眼下局势，并积极寻求破局之法。

"那若是对方强攻呢？"赵秉钧有些不服气。按照他自己的设想，此战必有全胜把握，何不一鼓作气？

杨士琦则小声劝慰道："智庵！顶得住一时，顶不住一世！一旦正面开战，且不说对方是否矫令，朝廷里那些载字辈儿的，必然先给咱们安上个谋反的罪名！那时，可就说不清了……"

第十三回

相较赵秉钧的单刀直入，杨士琦则更加关心朝廷里的人心动向，并尽可能多地为袁世凯争取道义上的支持。

"谋反？呵！只要咱北洋还攥在大帅的手心儿里，他们谁敢说咱谋反？这罪名啊，要安三年前就安了，还用等到现在？"赵秉钧也是不依不饶。

"咳……咳！"

袁世凯轻声咳嗽。

赵秉钧与杨士琦心领神会，马上噤声不语。

"报！大帅！京师巡警喊话，说不入城也可，但须交出投毒嫌犯。他们好带回京里严加审讯。请大帅定夺！"又有斥候前来报信。

"请大帅当机立断！"

"请大帅当机立断！"

赵秉钧与杨士琦，几乎异口同声。

袁世凯轻轻拍打了两下座椅扶手，仿佛计议已定，眼神也变得愈发锐利起来，但嘴上却说："哈哈！不急，咱这一枪不还没开嘛！总得先听个响儿吧！"

袁世凯拨弄着那把左轮手枪，又回头望向孟庆霖。

"袁公……"

孟庆霖迎着袁世凯的灼灼目光，像是明白了对方用意，却又有些难以置信。

这意思是，要我亲自开枪？

亲自伤害这个，曾一同出生入死，患难与共，更曾在危急关头，不惜一命换一命救下自己的赵晨曦？

"你与这女子有缘！此女是生是死，是去是留，就由你亲自裁决吧！记住，枪里只有一颗子弹……"

袁世凯一边将左轮手枪重重地拍在孟庆霖的手上，一边道出了这句诛心之论。既像是叮咛再三，又更像是下达了作战命令。

言毕，屋外护院立时便有十数人拥了进来，并用各自长枪一一抵住孟庆霖等人，不怕这些人不就范。

"你若不肯开枪，那就只好交由我这些下人来做。到时，死的或许不止一个歌妓！小孟，你可听明白了？"袁世凯已再次下令，且丝毫不容迟疑。

"小孟，这不是讲儿女私情的时候！是一个红颜重要，还是你的家人重要？你可要想清楚！"赵秉钧也在一旁厉声开导。

"孟老弟，说到底我与你的三哥孟庆棠也是多年好友。我可不能看着你走错路呀！难道，你要为了一个风尘女子，就罔顾袁孟两家数十年来的交情不成？想想贵府上一众家人，再想想你的前途……"杨士琦寥寥数语，却是句句直戳孟庆霖的心窝。

见孟庆霖仍不答话，杨士琦索性点破玄机："据可靠消息，你这趟本是去京城禁卫军那里报到听差的，是也不是？你知道，那禁卫军是完全独立于我北洋之外，只掌握于摄政王一人之手的，是也不是？你怎么不想想，为何令祖父偏偏要你在这个关口先来彰德，先来面见袁大帅？若是朝廷统御有方，国祚绵长，又何需劳你大驾，亲自拜会一个下野老人呢？这里面的用意，也就不用我多说了吧！"杨士琦阴笑起来。

"这……"

孟庆霖心乱如麻。

原本，他只是奉祖命，前来送还故人之物。如今，却已是身不由己，骑虎难下。尽管，他已然意识到杨士琦句句是真，可眼下形势，又当如何破局？

这真是生死攸关的抉择！

是开枪？

还是不开枪？

若开枪，赵晨曦必有六分之一的概率香消玉殒，这是他不能接受的。

可是，若不开枪，则势必牵连姜齐玉和李虎臣，而自己也绝难走出洹上村一步。最终，也救不了赵晨曦。显然，袁世凯他们不是在开玩笑。

更何况，就连赵晨曦自己，也都承认了投毒行刺的事实……

正在心乱之时，孟庆霖却仿佛灵光乍现：这袁世凯怕不是在试探我吧？

第十三回

试探我，是否顾念旧情？

又试探我，是否忠诚可靠？

此刻，若执意不开枪，那就是阻挠袁世凯复仇，就是在拿自己乃至家族的世交情分，去换取袁世凯仇敌的一条性命！

这里面的人情，可就大了去了……

不行！

我必须想到一个办法，既能维护袁世凯的尊严，又能救下赵晨曦的性命，更能一并阻止坞堡内外血流成河！

可"世上安得双全法"……

"四爷！"

齐玉一声娇呼，便一头扎进了孟庆霖的怀抱。

这会儿，屋内的气氛实在是压抑得让人喘不上气，而她几乎就要窒息了。在齐玉眼中，孟庆霖或许是唯一可以带她走出这里的人，是她的希望与光！

"姐夫！难道你要为了那个女人，不顾念我和玉姐姐了？你若不肯下手，就让我来！或者，你直接给我一枪，我也认了！"

说着，李虎臣就来夺枪，却被袁府护院拦下。

"小孟，你还有一分钟！记住，置之死地，方能后生！"

袁世凯已下达最后通牒，并拨开了胸前的怀表盖，盯住了时辰。

时间"嘀嗒……嘀嗒"，正飞速流逝。

孟庆霖仿佛可以听到自己的心跳声，而额头上也早已是冷汗涔涔。

这一刻，他真的茫然无助。

"还有十秒钟！十……九……八……七……"

终于，孟庆霖无奈，一把放开姜齐玉，缓步走向赵晨曦，并用眼神痴痴地望着她，仿佛是希望她能够供出主使。从而，避免这一切惨剧的发生。

赵晨曦也从孟庆霖的眼神中读到了那份期盼，却在片刻犹豫之后，仍旧坚定地选择摇头。

一切，都已不可挽回……

"快动手吧，孟老弟！你可不要故意打偏了。否则，那就是自取其辱！"杨士琦终于彻底松开了赵晨曦，并退到了孟庆霖身后。

"晨曦……"

孟庆霖不得不举起左轮手枪，瞄准了她的头部。

"开枪吧！我不值得你救！"

赵晨曦的眼中噙满泪水，而她的心中既充满恐惧，又似乎饱含期待，仿佛早就期盼着这一天的到来……

只是，任凭她如何设想过自己的死法，却无论如何也想不到，这最终的行刑之人，竟然就是曾让自己几乎动心的孟庆霖！

可话说回来，是他，倒也不错！

从此以后，我就可以见到父母和哥哥，再也不用烦恼这世间俗事了，也不用再混迹于男人的圈子，在里面肮脏且无耻地过活！

永别了！这个无情的世界！

永别了！我也曾有过的挚爱！

但愿，你还记得我……

慢慢地，赵晨曦闭上了双眼，任由泪水从眼角滑落……

"晨曦！"

情急之下，孟庆霖极力稳住持枪右手，又一声怒吼唤醒了心灰意冷的赵晨曦。

冥冥之中，赵晨曦循着声音的方向，微微转头。

在这千钧一发之刻，孟庆霖火速扣动了扳机。

火药爆燃，火星四射！

一颗子弹，仿佛携带了万千仇恨，从枪口喷涌而出，直冲赵晨曦而去！

怎么这么巧？

原本，还是六比一的机会，却偏偏第一枪，就射出了子弹！

难不成，赵晨曦果然命中注定，当真要在此香消玉殒？

第十三回

"报！大帅！城门有人擦枪走火！现在，双方激战正酣，互有伤亡！"

"啊！"赵秉钧一阵焦急，立刻身赴前线，指挥作战。

杨士琦也顾不得屋内情形，连忙摇起电话，想方设法地求证这些巡警的真实身份，又指挥亲信之人，向朝中亲贵拍发电报求助，并联络最近的可靠新军，希望其火速增援。

袁世凯则咽下了最后半截老山参，呷了口茶，又气又笑地对孟庆霖言道："小孟，你这……"

"姐夫！你……你居然真的开枪了！"李虎臣竟有些难以置信。

"四爷！赵姑娘她……"

孟庆霖扔下枪，赶紧上前查看："晨曦！晨曦！你怎么样？你别吓我！"

他紧张地摇着赵晨曦的身子，并用手一点一点地拨弄开，她那早已散乱不堪的青丝。

千万别流血！

千万别流血！

孟庆霖在心中默默祷告。

"孟公子……"

片刻之后，赵晨曦再次睁开了双眼："我这是在哪儿？"

几乎是同时，孟庆霖如释重负，并情不自禁地将赵晨曦抱在怀里，说道："太好了！太好了！你没事！"

"什么？我好像……听不到你说话！"

赵晨曦惊魂未定。此刻，又声嘶力竭。

原来，刚才那颗子弹紧紧贴着赵晨曦的左耳飞过，与她相距不足半寸。这才使其暂时失聪。

孟庆霖回转身子，毕恭毕敬地对袁世凯言道："袁公！刚才，只约定持枪之人不能故意打偏，却从未说过对方不能躲避！既然天意如此，晚辈斗胆，恳请袁公念此女年少无知，受人蒙蔽，权且赦其死罪，交由官府发落。是否妥当，伏望袁公裁准！"

袁世凯捋了下胡子，哼了一声，像是心中颇为不快，便问孟庆霖："饶她不难！只是你来这一趟，咱们如何说？"

袁世凯，终于点出了那最要紧的一环！

"这些天，庆霖颇受……颇受袁公垂爱。今日，又蒙袁公恩赦，大恩大德，庆霖……庆霖没齿不忘！"

短短两句话，孟庆霖说得磕磕巴巴，却还是憋着气，强忍着心痛说完了。并且，对袁世凯深深作揖。再拜，以示郑重。

"不如……就做我北洋的人？"迟疑片刻，袁世凯开出了自己的价码。

"啊？"

杨士琦一看，立马放下电话解释道："这有什么好惊讶的？受得了冷遇，耐得住寂寞，最后又置之死地而后生！闯三关你都过了，还怕这一哆嗦？这本就是大帅给你的三道考验！你不会当真以为，大帅就这么在意一个风尘女子吧？就这……还需要大帅亲自过问？若不是看在令祖父和那把猰㺄匕首的情分上，你连闯三关的资格怕是都没有呢！"

孟庆霖知道，但仍在犹豫。

"若你成了自家人，一切自然好说！"袁世凯微微一笑，却是力压千钧，不容置疑。

孟庆霖听得出来，这话是说：若我不是自家人，那一切就都别想了！

"孟公子，他们要你做什么？你已经尽力了，不用再管我了！"赵晨曦苦苦哀求。

杨士琦："孟老弟，实话跟你说。这也一定是令祖父的殷切期望！不信，你大可回去问他老人家！"

然而，姜齐玉和李虎臣听了这话，倒是脸色黯然，却苦于无法向孟庆霖尽情吐露。

至此，孟庆霖已是别无选择，只问道："如何做得北洋的人？"

第十三回

杨士琦:"这还不容易?你这个年纪,不如就拜大帅为父,岂非美事?"

孟庆霖:"这怎么行?拜义亲可是极其郑重,需要事先问过父母高堂的!"

杨士琦:"军中父子,哪有这么多穷讲究?今儿个,咱们只论军礼,不讲你们孔孟那一套!"

事实上,孟庆霖博古通今,倒也知道杨士琦所言基本属实。纵观历朝历代,凡是大争之世,必有军界强人登场。而这些强人,又势必网罗天下英才为己所用。因此,为了更好地控制网罗之才,封官许愿、金钱赎买自然不在话下,更有甚者则是许以婚配,或是收作义亲。因为,在传统国人看来,唯有血亲或是近于血亲的义亲、姻亲,才是几乎牢不可破的同盟。其他,都只是基于眼前利益的暂时合伙,断难信任。

唐末五代之时,晋王李克用就是凭借手下"十三太保"(十二位义子,外加亲子李存勖),方能连战连捷,克敌制胜,从而奠定后唐基业。

只不过,为了救人,孟庆霖却连自己都要搭进去。这滋味儿,当真一言难尽!可是,若非如此,难道还有退路吗?

此刻,饶是他心中再有万千委屈,却也只能将无尽的泪水化作一腔烈焰,暂时将之深深地埋藏在心底。

杨士琦拍掌两声,立时便有仆人献上义亲帖子,并已研得了墨,蘸饱了笔,只待孟庆霖签上自己大名。

"四爷!"

"姐夫!"

"孟公子!"

面对这一幕,姜齐玉、李虎臣、赵晨曦多少有些胆战心惊,甚至都感到有些不值。

李虎臣:"姐夫,要不你再想想,或许还有退路!"

孟庆霖:"没用的!我自己选的路,我自己一个人走到底!"

又转而低声一句偈子:"受苦痛众生令得解脱,怖畏众生令得远离!"

倏忽之间，孟庆霖已落笔署名，又郑重其事地向袁世凯磕了三个响头。

那三个头磕的，听起来直让人心痛，仿佛三把尖刀狠狠地扎进了孟庆霖的胸膛。同时，也深深地刺激到了旁观者的神经。从那时起，李虎臣就知道他的姐夫孟庆霖早已不再是那个身上怀揣十块大洋，就敢只身下江南的愣头青了。如今的孟庆霖，敢受常人不能受之苦，敢为常人不能为之事。这样的人要么可敬，要么可怕！

当孟庆霖被扶起时，眼角已然噙住泪水，却依然笑脸相迎。

"好！好！好孩子啊！从此以后，咱们可就是一家人了！往后，你在京城里，要多与北洋的老将们走动走动。这对你可是大有裨益啊！"

袁世凯微笑颔首，似在得意自己又挣得了一道筹码。虽然这道筹码，眼下分量尚轻，但在自己的调教下，总会愈加沉甸甸的。到那时，又不啻多了一把争夺天下权柄的利器。更何况这道筹码身后，站着的可是全体孟氏后裔，更是千百年来读书人的精神寄托之一。

这笔买卖，无论如何算，他袁世凯都绝不吃亏！

至于赵晨曦，软硬不吃，实在犹如"鸡肋"。与其砸在自家手里，何如做个顺水人情？既然他们派人来要，我就得饶人处且饶人。既可以彰显大度，又能顺势收服孟庆霖，岂非一举两得？

对此，袁世凯早就盘算好了。

因此，他才偏偏指定孟庆霖开枪，就是要将其置于两难之地，使其不得不欠下自己一个天大的人情。这才好在将来，驱使其一心一意地为己卖命，并顺道在禁卫军里楔入自己的钉子！

念及此处，袁世凯不禁攥紧了拳头，眼神也变得愈发凌厉起来。

"四爷！我来安置赵姑娘！"齐玉仍旧体贴周到，马上担负起照顾病患之责。

"姐夫！不管怎么说，这事儿总算解决了……"李虎臣见孟庆霖眨眼之间，兵不血刃，既顾全了袁世凯的面子，又挣得了救人性命的里子，算是圆满解决了难题。无论如何，都该替他高兴才是，却又怎样都高兴不起来。

第十三回

其实，看破这一切表象，孟庆霖知道这不过就是袁世凯将计就计，故意卖个破绽而已。赵晨曦要死早就死了，根本不用等到自己到来，也更加不会有人在家里的会客正厅妄行杀戮之事。那么，他们几乎完好地留下赵晨曦，无非就是在等待自己究竟有何说法而已。

至于，袁世凯为什么执意收自己为义子，大概是由于自己资质尚可，且同时看重自己的家世以及前景，想借机拉拢罢了。当然，这里面或许真的掺杂了一些世交情分在内，也未可知。

既然，我是奉祖命才来找袁世凯的，那现在也算"不辱使命"吧！孟庆霖只好这样安慰自己。

这时，一阵熟悉且娇嗔的埋怨声，悠悠地从屋外传来。

"哟！我说这外面都打成一锅粥了，你们还在这儿瞎折腾什么呀！"

未见其人，先闻其声，倒应了那句"粉面含春威不露，丹唇未启笑先闻"。

原来，是大姨太沈氏在丫鬟和仆人的陪侍下，来到此处。

"我说，你们在家里面都动什么刀枪啊，怪瘆人的！还嫌外面打得不够乱啊？"沈氏捏着帕子，用力点了一下袁世凯的大脑门。

"英子！我这……我这逗孩子们玩呢！"袁世凯似笑非笑地自我辩解。

"老爷啊！我看你是进补过了头！有你这么逗着玩的吗？十几个人端着枪，就冲着人家孩子！"

说着，又回身对屋内护院下令："全都滚出去！"

"好！好！都出去！都出去！"袁世凯也无奈地挥挥手，示意众护院退下。

"往后，你只准拿人参切片、磨粉，可别生吞了！省得再补过了头，又在自己家里舞刀弄枪的！"显然，沈氏余怒未消。

"好了！好了！英子，我这都多少年的习惯了。再说，这大伙儿还都在呢……"面对指责，袁世凯也是一脸尴尬，却依然迁就如初。

"嫂子，您怎么来了？咱们这儿离城门太近。要不，就让卑职护送您返回内宅，您看？"杨士琦见到沈氏，虽不知是谁通风报信，却也赶忙过来，殷勤打点。

"我说杨大人，得亏老爷这般信任你，你就合着出这么个主意！刚才，若是再伤着谁，可怎么是好？这丫头的事儿，我早就跟老爷说过了，罪不在她！"

"嫂子！卑职……没听错吧……"尽管，杨士琦嘴上在问沈氏，眼神却疑惑地望向了袁世凯，似在询问这是否出于他的授意。

袁世凯眨眨眼，低头不语。

沈氏则继续感慨道："这孩子也怪可怜的！自小没了娘……若是爹娘都在，她哪里会沦落到这步田地呢？怪教人心疼的……"

说着，就拿起手中的帕子，轻轻擦拭着眼角的泪痕。

"好！好！都依你，我这都准备把人放了！只是五弟那边，咱们可怎么交代？"袁世凯叹息良久。

"你就放心吧！西医郎中说，那毒物什么……什么纯度不高。这才不足以致命。这会儿啊，五爷已经醒了，人家也知道这主谋在北边儿……"

"哦！是这样！"

袁世凯摇头晃脑，又说道："对了，英子！今儿啊，原本就是个好日子，而且还喜庆双重。我收了小孟作义子！你啊，又多了个大儿子！"袁世凯眉飞色舞地向沈氏显摆起来。

"哎哟！这可是件喜事！恭喜老爷了！"

袁世凯遂让孟庆霖向沈氏问安。

"干……干……干娘，万福金安！"孟庆霖这话说的结结巴巴，倒不知是出于有心还是无意。

"哎！哎！多俊的小伙子！干娘高兴着呢！待会儿，我可要赏你点什么。是吧，老爷！"沈氏看上去很是欣喜，却并非矫揉造作，刻意而为。

袁世凯颔首："这是自然！这是自然！"

末了，沈氏又来到赵晨曦跟前，轻声说道："孩子啊！冤家宜解不宜结！日后，你就清清白白做人，找个好人家嫁了吧。实话跟你说，咱娘俩是同一条命，都在风尘里滚过。你的痛处，我这过来人全都知道！"

第十三回

饶是赵晨曦左耳暂时失聪,她也能在沈氏的一字一句、一颦一笑中明显感受到款款深情,就连一旁的姜齐玉听了,都不免心潮起伏,暗自神伤。

沈氏又捡起摔落在地的琵琶,用手中的帕子轻轻擦拭着,仿佛见到了一位久违的老友,感慨道:"许久不弹了,怕是人一老,这手艺就生疏了……"

这时,袁世凯起身,拉住沈氏的手说:"那就……弹一曲!"

"想听什么?"

沈氏眼含秋水,似有万千柔情,却只萦绕于袁世凯一人。

袁世凯:"春江花月夜!"

"又是这首?外面正打仗呢!你也不怕?"

袁世凯:"怕什么?总得先听完这支曲子,再去操心吧!"

"好!"

沈氏遂抱起琵琶,在众人的注视下,撩拨清弦。

只闻那悠扬的曲子从指间流转,仙乐飘飘,抑扬顿挫。

尽管徐娘半老,沈氏风韵犹存,她那纤纤玉指在曲调间辗转拨弄,恰似"小莲初上琵琶弦,弹破碧云天"。

伴着瑰奇壮丽的曲调,沈氏亦动情地吟唱道:

> 春江潮水连海平,海上明月共潮生。
> 滟滟随波千万里,何处春江无月明!

此刻,屋外的天空,早已是云销雨霁。

又值夕阳西下,落日殷红的余晖透过开启的门窗洒落进来,映射在众人的脸上、身上。

这短暂的一瞬,使得他们几乎就要忘记眼前发生的诸般惊险与种种不快,只将满腔愁绪,化作一曲铿锵。

或许,天地间唯有醉人的音乐足以忘情,但美好的一瞬,却又总是那样悄然易逝。世俗之人，不得不被激烈的枪炮之声，无情地拉回现实。

说句心里话，在场的每个人都希望自己能如袁世凯一般，先听完这支曲子，得以片刻解烦忘忧，再去烦恼世间之事。

然而，人命关天！

若再不及时止战，势必将有更多无辜之人命丧枪口。

"啊……"

乐声戛然而止。

枪炮无情，琴弦亦如是！

沈氏稍不留神，她那未缠指套的娇嫩玉指就被琴弦无情割伤，鲜血汩汩流淌。可若仔细去看，那黑红的血滴里面，仿佛正倒映着坞堡内外无辜战死的无数鲜活生命。

于是，孟庆霖将赵晨曦的红裘一把解下，挥在手上充作旗帜，径直跨出了养寿园正堂，直奔坞堡南门而去……

此刻，赵晨曦依稀分辨出刚才弹奏的乃是《春江花月夜》的曲调。于是，她望着孟庆霖的背影，从沈氏手里接过琵琶，凭借近乎本能的记忆，在滴血的琴弦上，继续弹奏。

只不过，这曲《春江花月夜》，她只为孟庆霖一人而弹。

夕阳下，她仍旧是那个红妆女伶，而他则依然是那个意气少年，一切都仿佛从未改变，却又全然不复往日光景。

只有一曲孤独的女声吟唱，久久萦绕在离人心头……

江天一色无纤尘，皎皎空中孤月轮。

江畔何人初见月？江月何年初照人？

数日之后，京汉铁路上。

一名司乘正高声叫嚷着，往来穿梭于各等级车厢巡视，观察着里面形形色色

第十三回

的旅客。

"正阳门西站快到了！正阳门西站快到了！终点站，全体旅客下车！"

伴着这声吆喝，只见这些旅客或在一等车厢里西装革履，高谈阔论；或在二等车厢里长袍马褂，昏昏欲睡；或在三等车厢里衣衫褴褛，打牌赌钱。其中，又间杂有哺喂孩子，怀抱鸡鸭鹅的，自然也不在少数……

这些旅客来自天南海北，但他们却有一个共同的目的，那就是进京城！

其中，也少不了孟庆霖一行人。

只不过，陪着孟庆霖一同进京的，除了姜齐玉、李虎臣、赵晨曦之外，还有阿玉锡及其属下残余近百人的巡警队伍。

这场面，饶是嚣张的铁路司乘见了，也都愈发恭谨谦让起来。倒不是说他们人多势众，排场浩大，而是满满一车厢的伤兵败卒，换了谁都要退避三舍，溜之大吉！生怕惹到这些士气低落，又浑身带伤的散兵游勇，再无端生出些是非来！

只有孟庆霖一人，仍旧若无其事地斜倚在这节二等车厢里冰凉且坚硬的木质座椅上，闭目养神，若有所思。

朦胧中，他回忆着刚从洹上村离开的那一瞬间。

那是救下赵晨曦，并成功止息干戈的三天之后。

按照巡警与袁府的约定，巡警不入城。但袁府需在三天内将投毒嫌犯，也就是赵晨曦，完好如初地交给他们带回京城。至于作为谈判使者的孟庆霖，那可算是阿玉锡的老相识了！

阿玉锡遂借用彰德府的电报机，向金碧云拍发了一封绝密电报，借以汇报进展，请示机宜。金碧云虽有疑惑，但仍然要求阿玉锡将孟庆霖一行人全数带回，不得有误。

临上火车前，孟庆霖将自己骑乘的两匹南番马送给了爱马如命的赵秉钧，惹得李虎臣一阵艳羡可惜。

对于这份意外的礼物，赵秉钧很是开心。他一边命人通知还住在城里客栈的孟家老仆，自行返回亚圣府；一边提醒孟庆霖道："你拜大帅作义父这件事儿，其实无论是否营救那丫头,都是不可避免的!知道为什么吗?"

"啊?晚辈不知!"

"答案,或许还是那把猰㺄匕首!"

"哦?匕首有这么重要?"

"所谓高处不胜寒!这人一旦到了他那个位置,别看赋闲在家,却仍旧牵动一国朝局。这时候啊,他身边最不缺的就是人;但最缺的,也还是人——至诚之人、可靠之人、亲信之人!那么,这些人又从哪儿来呢?"

"门生故旧?"

"不错!小孟啊,若是有那么一家人,和自个儿家有着几十年的世交情分。那你说,你会如何对待那家人的子弟呢?特别是人家一路跋涉而来,还带着象征情分的信物……"

孟庆霖有些开窍:"大概懂了!匕首或许无关紧要,但其承载了太多往事……可是,既然如此,又何必故布难题呢?"

"时局如此!大帅盼着能不断有新人涌现,近则为己分忧,远则为国建功啊!就连我北洋招兵,都要先过家世关,再过身体关。只选出身强力壮的淳朴农家子弟。那现在,出几道题目考考你,不也很正常吗?依我看啊!这恐怕才是令祖父的真实想法和殷切期望呢!所谓爱之愈深,责之愈切!他老人家,才真正是高深莫测!"

言毕,赵秉钧遂从怀中掏出那把猰㺄匕首,并郑重地交到孟庆霖手上,说道:"还是这把匕首!大帅让我交还给你,算是对你的嘱托和期待!"

孟庆霖抚摸着刀柄顶端的黄铜兽首,心中无限感慨,又抽出利刃,看到原先的楷体小字,如今依然清晰可辨。

咦?怎么另一面还有字?

却又分明是新近刻上去的——"取义成仁"!

"这是大帅命府里工匠连夜镌刻的!希望你,无论何时何地都不要辜负了家族的传承与使命,更加不要辜负了大帅他老人家对你的赏识和信任!"赵秉钧叮

第十三回

嘱道。

孟庆霖将匕首小心收好，抱拳拱手："记下了！正心正念，取义成仁！"

赵秉钧又陪孟庆霖顺着火车走了几步，和他边走边谈。

"你还记得，在洹水岸边见到的身穿西式燕尾服的人吗？"

孟庆霖："记得！他还念了句诗，叫什么来着……"

赵秉钧："大泽龙方蛰，中原鹿正肥。"

孟庆霖："对！就是这句，气势非凡！"

"这诗，是大帅年少之时自己作的。那会儿，他比你还要小上几岁。至于那人，他是个革命党，而且还是革命党人的领袖——宋教仁！"

孟庆霖有些惊讶："我听过这名儿！原来他就是宋教仁！真是百闻不如一见呢！"

不知为何，孟庆霖的心里竟十分感慨。同时，又十分好奇革命党为何会与袁世凯交游往来，且过从甚密。那样子，绝然不似一次寻常拜访！

然而，赵秉钧只是意味深长地笑了笑。

"赵伯，革命党不会是在鼓动袁公造反吧！这诗放到那个语境里，可是太明显啦！"

"不该问的，你小子别问！我只能告诉你，风云变幻之际，必有大事发生！还有，你也不应再称'袁公'，而应称'义父'！"

"我实在有些叫不出口！"孟庆霖表情尴尬。

"会习惯的！"

赵秉钧拍着孟庆霖的肩膀，又夸赞道："你小子有骨气！让你认义父，你偏不想认。不像有些人……"

"谁啊？"

"就是那个段芝贵——杨翠喜的姘头！记得那年，大帅刚奉旨到天津小站练兵。有回，段芝贵前来投奔。人家不管三七二十一，进门就扑通跪倒认爹。当时，大帅那叫一个不乐意啊！但就是这样的人，不也混得风生水起吗？你啊，将来指定更有出息！或许有一天，我还要指望你来庇护呢！"

"赵伯说笑了！"

"最近不太平，大帅就不亲来送你了。你且放心，义亲一事暂时不会泄露，以免影响你在禁卫军中立足。另外，大帅也已亲笔修书一封，并备好礼物。不日，将差人前往亚圣府拜会高堂，算是两家联亲之好！"

此刻，隆隆的汽笛吹响两声，预示着火车即将驶离月台，驶往下一站。

孟庆霖转身上了火车，回头又向赵秉钧挥手致意："赵伯，庆霖在此拜别了！"

"有事，就去京城铁狮子胡同一号找冯国璋，大帅交代过了！他自会帮你的！"赵秉钧也挥手作别。

"记住啦！"

……

往事历历在目。

如今，孟庆霖已然乘坐京汉铁路快车来到京城脚下。

这是他有生以来第一次乘坐火车，但对火车的好奇心并不能阻止他这一路上的思绪万千。这也让他无暇顾及身旁的种种目光。反正，巡警中他一个也不认识。除了那个金碧云的扈从侍卫，又兼任京师巡警队长的阿玉锡。

"孟公子，前面可就到京城了！"

阿玉锡，这个满蒙壮汉，实在受不了车厢里的闷热。这会儿，正大大咧咧地将警服扯开，一边捋着大胡子，一边殷勤地赔着笑脸与孟庆霖交谈。

"嗯！"孟庆霖却懒得说话，只稍加敷衍了事。

"这一路上，有个事儿卑职也没好问……"阿玉锡继续试探。

"为什么我也在洹上村是吧！"孟庆霖知道对方的想法。并且，他也知道对方正在怀疑自己的真正立场。

"按理说，您跟我家主子是安答……"阿玉锡尴尬地笑了笑，只是小心地提醒着孟庆霖。

第十三回

孟庆霖："机缘巧合罢了！"

"是！是！"阿玉锡嘴上勉强答应着，眼珠却不住乱转，像是心里仍旧揣着一万个问号。

"这些人都是老金的部下吗？"孟庆霖问。

"不！都不是，除了我以外！"阿玉锡拍着胸脯。

"难怪我一个都不认识！兄弟们伤亡如何？"

"别提了！战死五人，重伤十五人，轻伤二十人，带出去一百来号，回来就几十个……"

"唉！"孟庆霖也是一声叹息，却又说道："那天夕阳西下，当我走出城门的时候，只看到尸横遍野，血流成河……"

阿玉锡："袁世凯那边也好不了多少，死得只会比我们更多！不过，你这胆子可真够大的啊！竟敢一个人单枪匹马地出来，就不怕我们分辨不清，把你也给误杀了？"

"嗨！我当时就没顾念太多，但认定你们两家应该都不想再打了！无非，是在等待一个由头……"

"嘿嘿！这倒也是！"

起初，阿玉锡爽朗地笑了。可没笑两下，又使劲拍打着脑袋，一副愁眉苦脸的样子："唉！仗打成这样，还不知如何交代……"

"放心！这事儿一定不会深究！"孟庆霖皱皱眉头，略加思索言道。

"哦？何以见得？"阿玉锡已是一脸兴奋。

"既然双方死伤惨重，所以你觉得这事儿，朝廷上会大张旗鼓地承认吗？若是深究，那到底是先究你们擅自行动呢？还是先究袁世凯聚众谋反呢？无论怪罪何方，到头来都是牵一发而动全身，委实划不来。再说，这又不是什么光彩的事儿……"

"那就这么……完了？"阿玉锡还是将信将疑。

"不然，还想怎样？大家哑巴吃黄连，各扫门前雪，对外……对外就当什么事儿都没发生！"

阿玉锡恍然大悟："我终于知道，我家主子为何这么看重你了！"

然而，阿玉锡始终不明白的是：若非自幼就受到祖父和三哥的政治熏陶，又跟随辜鸿铭学艺，见惯了世面，吃尽了苦头；孟庆霖绝无可能在这个年纪，就行云流水般地说出这番议论，可谓鞭辟入里，将大清朝廷几乎瞧了个明白。

言毕，孟庆霖继续闭目养神。

无奈，树欲静而风不止。

齐玉又走来，在孟庆霖耳边小声嘀咕："四爷！待会儿……咱们住哪儿呀？这身上的盘缠，可有点儿不太够了。"

"到时再说吧！咱们就近找个客栈，也不要什么大店了。只要不是黑店就行。对了，晨曦姑娘……怎么样了？"

"倒是醒了，只精神不佳。还有，他们说下车后要将赵姑娘带回什么巡警厅，爷你看……"齐玉有些欲言又止，显然是在担心赵晨曦的安危。

"放心好了！她没事的。是吧，老阿！"孟庆霖看着阿玉锡，似在故意提醒他。

阿玉锡哈哈一笑，但心里却苦于不知如何作答。

孟庆霖："待会儿，能见到老金吗？若是见不着，我可就自行安排了。"

"这个……恕卑职直言。主子曾在电报上吩咐：他知道您要来，但目前正在操办一件紧急要务，还将赶赴近畿陆军第一镇就任营管带。所以，眼下实在分不开身。但主子交代下了，要卑职好生照料各位在京饮食起居，一应花费皆算作他的名下。还说，等您入伍手续办完，他自当前来相见！"

"齐玉你看，可以吃大户了！"孟庆霖打趣道。

阿玉锡进而小声叮嘱："孟公子，您千万别在旁人面前提及主子的真实身份。您记住，他现在只是汉军旗人金碧云！"

孟庆霖微微点头，又问："你说的近畿陆军第一镇，就是北洋新军的一支吧。可否问下驻地何方，离京城远吗？"

第十三回

"不远,就在北苑仰山洼!出了德胜门一路往北走,约莫二十里地。"

"北苑仰山洼?德胜门?"

孟庆霖从未到过京城。眼下,只能自行想象这两处位置,但他却又分明感受到其中或有蹊跷。就连好友金碧云,这样一个正经宗室子弟,头上还顶着贝子爵位,却不在庙堂里出任高位。反而,跑到袁世凯根基颇深的北洋新军里赴任。且不说官职大小,这用意已是不言自明。

再者,阿玉锡还特意交代自己,千万不要泄露金碧云的真实身份。

至此,事情再明显不过了!

老金,这是在用自己作为"生间",打入看似铁板一块的北洋,培植亲信,暗中渗透,甚至伺机夺权!

好一个"身在曹营心在汉"!

此等谋略,可谓直捣黄龙,怕是只有老金这样的猛士,才能想得出,也做得出!

只是,他这层身份又能隐瞒多久?

万一被人识破,又当何如?

或者,老金压根儿就不在意是否被人认出。毕竟,这天下仍旧是大清的天下,谁又能奈何?

至于我,孟庆霖心想:此刻的处境倒与金碧云别无二致。

只不过,老金是"身在曹营心在汉",我却不得不"身在汉营心在曹"。袁世凯趁着营救赵晨曦一事,将我收作义子,纳于麾下,并敦促我常"与北洋的老将们走动走动"。若我不从,且不说失信于人,他只需将那义亲帖子抛出,便可教我在禁卫军中进退维谷,难以立足。谁让这天下仍旧是大清的天下,掌权之人依然是袁世凯的死对头——那些"载字辈儿的小爷";而我却只是一介草民,恰如风中浮萍,不知飘落何方!

其实,什么"汉"啊、"曹"啊,或许都是一丘之貉,都是为了至高无上的权力。只希望,他们中或有一方真的愿意挽狂澜于既倒,扶大厦之将倾。若能救民出水火，我必将托付终生，竭诚报效！

孟庆霖在心中暗暗立誓。

"姐夫，下车喽！这一路上，坐得我腰酸背痛的……"李虎臣终于睁开了惺忪睡眼。随即，又伸了个懒腰，便马上拎起行李径往车门奔去。

孰料，却有两名巡警持枪将其拦下。

"欸？我说！"李虎臣闹不明白了，咱不是一伙的吗？

阿玉锡赶忙跑来劝慰："不好意思！不好意思！主子吩咐过了，让我亲自护送您几位到驿馆歇息。这也是为了各位的安全着想。体谅一下！体谅一下！"

孟庆霖不禁在心头冷笑，却又分明回忆起来刚到彰德府时，赵秉钧也曾有过类似一句："这都是为了你的安全着想！"

呵！

相互对立的两拨人，却说着同一句话，当真是莫大的讽刺！

……

自打到了京城，孟庆霖已足足歇了两天，也攒够了精神。

到了宣统三年二月初二龙抬头，他终于在阿玉锡的密切"陪护"下，早早地赶往原名"嘎嘎胡同"，现名"禁卫军街"的一处地方。

值得一提的是：阿玉锡不想惹人注意，故并未叫来巡警公车，而是带着孟庆霖坐着时称"小东洋"的人力黄包车，一前一后地穿行在清晨的大街上，顺道观瞧着京城里的风土人情，一草一木。

初春乍暖还寒，飒飒的凉风嗖嗖地从脸庞刮过，传来沿途胡同里各式吆喝之声。

有卖早点的大喊着："豆汁儿、焦圈儿！这位爷您里边儿请，您呐！"

有卖蒸而炸的，一边包着馅儿，一边招徕生意："蒸而又炸呀，油儿又白搭。面的包儿来，西葫芦的馅儿啊，蒸而又炸！"

有卖老汤馄饨的，掀起锅盖，冒着腾腾热气："馄饨喂——开锅！"

有走街串巷磨剪子的，仰面高歌："磨剪子喂抢菜刀……"

第十三回

余音袅袅，绕梁不绝。

更有挑着箩筐，满头大汗地贩运刚从周边乡下采摘来的瓜果蔬菜的，一边走还一边唱："香菜、辣青椒哇、沟葱、嫩芹菜来、扁豆、茄子、黄瓜、架冬瓜，买大海茄，买萝卜、红萝卜、卞萝卜、嫩芽的香椿啊，蒜来、好韭菜呀！"

唱的人苦中作乐，听的人饥肠辘辘，看的人走马观花……

老北京的一天，就这样开始了。

说回孟庆霖。

这时的他，已验明照身，一个人略带忐忑地走进了禁卫军训练处。

别看这"禁卫军训练处"的名头唬人，其实办公用房只是一座寻常的三进四合院。尽管格局上倒也正南正北，但看得出只是稍加修葺过，便立刻投入使用。因此，显得并无甚特殊之处。别说与金碧辉煌的紫禁城相比，就是与京城里任何一座王府、贝勒府相比都是相形见绌。

从东南角的正门一进前院，便有人将孟庆霖引入旁边门房。偌大的办公室里，已有十来位青年手执公函，排队等候于此。大家相视点头，却碍于气氛威压，不好尽情谈笑。

孟庆霖排到第十九位。

等了小半天后，终于有专司调派的执事员详细询问了孟庆霖生辰年月、家世背景、诵读书目、往年履历、有无嗜好等一系列问题，且一边听一边命人飞速记下。

末了，还请孟庆霖签字、画押、按手印。

继而，又上查三代造册，并反复校对其手上公函，再与底本勘合。

这才算勉强通过了第一关——身份核验。

第二关，轮到身体检查。

只见孟庆霖和众位青年一起，被人陆续带入军医室，又被要求脱到一丝不挂……

须臾，军医报来数目："第十九号——孟庆霖，年岁十七（虚岁），五官端正，身高五尺六寸，脚底如弓，两睾自如，身无残疾亦无暗疾，无嗜好！"

第三关，是体能与武技测试。

只见孟庆霖等人各自持枪背箭，负矢五十，并弹药若干，装备若干。于正午时分，在军士的带领下步出胡同，绕着驻地东面的什刹海跑了一圈。

其间，奔走不停，不得有片刻喘息。

回来后，立刻张弓搭箭，又开枪射击。

结果，孟庆霖体能最佳，且箭无虚发。只是，射击十枪九中，少了一环，故位列第二。

弓箭自不必说了，这本就是孟庆霖的专长。还记得那年冬天，明孝陵之役，金碧云和李虎臣原本激战正酣。情急之下，孟庆霖一箭就射中了他们二人双刀交会之处，从而止息干戈。三人，也因此不打不成交，成就了一番兄弟际遇。

至于射击，如今孟庆霖连后坐力更大的手枪都能轻松拿捏，更何况区区步枪。前不久在洹上村，若不是孟庆霖持枪之手端得稳，任凭赵晨曦如何偏过那半寸，怕也是无济于事。

然而，当天唯一的遗憾，竟然还是发生在射击上。

孟庆霖的第一枪，居然未中红心！

正在疑惑间，他发现：原来这支步枪，其准星明显偏右！这才摸准窍门，之后九枪则再未失手。

但其他人或许就没有孟庆霖这样的传奇经历，也没能在机缘巧合下习得武艺傍身。更有甚者，平日里耽于玩乐，以至于体能不佳。

至此，原本近二十人的选拔，只留下十人，其余则直接淘汰。无论是何出身，也无论由谁举荐。

终于，到了最后一关——文章策论！

经过一整天的奔波，所有人都累了，却仍被要求立刻作一篇有关新式陆军编练的纲领性文章。

主题为："兵法日变，器械日新。非改弦更张，断无起色。"

第十三回

于是，孟庆霖结合自己的亲身经历，以及他对袁世凯北洋一系的留心观察，在试题上就"军制、操典、兵源、将校、饷章、奖惩、枪械"等诸多方面展开论述。最后强调："若无爱国之忧，岂有忠信之兵？为兵者，赴国难，纾民困，决死而已！"

决死而已！

实话说，孟庆霖这篇策论实在锋芒太露，而对于兵制改革的论述又过于老练，以至于有人甚至一度怀疑这是不是提前泄题导致。

总之，爱的人，对这篇策论爱不释手；恨的人，又对其嗤之以鼻。原本，这也是要定为文章第一的。但顾及争议，只好屈居第二，与其武技成绩相同。

就这样，孟庆霖以总分第二的名次，顺利通过遴选，成为禁卫军的一员。

当晚，就发了榜，只录取五人。

专司调派的执事员看了之后，提笔写道："孟庆霖，汉人。身强体健，家世清白，素无过犯。该男，先由山东巡抚衙门举荐，后经陆军部转来我处。其一应项目，均合乎禁卫军目兵选兵格式，拟定甲等中，暂充……"

写到这里，执事员略有停顿。他在思考，该将孟庆霖分配至何处为宜。

此刻，孟庆霖也在想入非非。

既已入伍，总不能让我再做文章吧！

或者，给我安排一个宿卫宫禁的差事，也好顺道瞧一眼那皇宫大内长啥样？

实在不行，就让我做个斥候骑兵？

现在的我，倒是酷爱骑马……

"喂！兄弟，你叫什么？从哪儿来的？"一同入选的五位青年中，有一人正悄悄地与孟庆霖咬耳朵。

"孟庆霖，山东邹县！"孟庆霖不得不稍加回应。

"我叫张毅融，家是苏州的，但祖籍福建，延平府你知道吧！"

见对方实在和善可亲，孟庆霖也不由得动了交友之心，甚至有些口不择言："知道！知道！就郑成功那地儿！"

"嘘！慎言！"

二人遂偷笑作一团。

执事员重重地拍打桌子，大喊道："肃静！"

却又马上陷入沉思：其他人基本安排妥了，可到底给这姓孟的小子派个什么差事好呢？

宿卫宫禁？

不，他资历不够！

步队第一协？

那儿，倒是缺个副官。可是，业已分给了第一名。再说，这样的美差也轮不上汉人啊！

其余作战部队？骑兵？炮兵？还是辎重、工程、警察？

不，都太过寻常！

这人，既是陆军部转介来的，又成绩优秀，万不可如此草率。

"之前，那二协司令部的文书逃亡，可曾抓回来了？"旁有同僚小声交谈。

"没呢！你说这好端端的，目兵逃亡也就算了，他一个坐班的也不干了，图什么呢？"

"听说，那人是受不了新来的二协统领王廷桢……"

"噢！那长官水火不近，确是不好伺候！"

同僚无意中的几句话，反倒给了执事员灵感和启发。他想到有一差事，既属作战部队，又不必亲临前线；既能用其专长，又可磨其心性，塑其意志。

这简直就是为姓孟的小子量身定制的嘛！

终于，许是同样作为读书人出身的执事员，抬头又看了一眼孟庆霖的清秀模样，仿佛在其身上找到了些许共鸣，不禁笑着感叹道："既是孟子后裔……"

孟庆霖不免神情紧张，心中默念："斥候骑兵！斥候骑兵！"

"暂充步队第二协司书生，专司缮写，月饷十二两！"

执事员如是落笔……

第十三回

此刻，饶是孟庆霖满心不乐意，却也只得服从调派，暂时收起那一连串的浮想联翩。

与此同时，他和其余四位青年一起，被临时补充进禁卫军第四期训练班，借以递补逃亡目兵之数。

令孟庆霖犯难的是：军营之外，自己是否需要另觅一处地方安家？又在哪里安家？至少，可以让不愿离开的姜齐玉和李虎臣好歹有个落脚之地。总不能一家人，全都赖在驿馆里不走吧！

记得在洹上村时，齐玉本是说了句谎话："就算日后人在军营，也要在外面有个落脚之地呀！"

没想到一语成谶，还真让她给说着了！

幸好禁卫军训练处额外给了三天假期，让这些新来的外地青年得以有机会熟悉环境，抑或安置家业。

趁着这个空当，孟庆霖在阿玉锡等人的帮助下，经过一番短暂的寻访，终于在东边儿，紧挨着驻地的三不老胡同里租了间僻静小院，且家具齐备，月付仅一两银子。

巧的是，孟庆霖新结识的战友张毅融亦在此处附近租下一间阁楼，后又加租一楼。

二人相距不远，多少有些照应。

至此，孟庆霖的差事算是落地了，在京城的小家也好歹安置了，仿佛一切都已步入正轨。虽说，科举早已废除了，孟庆霖始终无法得个功名，也没能远赴重洋出国深造，但他却在有意无意中，得了个常人可遇而不可求的机会。虽蒙祖荫，却也少不了这些年来自身上进之功，至少体能、武技与文章是不会说谎的。

转眼，到了二月初四下午，一切基本收拾停当。

孟庆霖本想邀请阿玉锡到家吃饭，算作乔迁温锅之宴。但阿玉锡却突然推托有事，连"全程陪护"的差事都不做了，只交代明日一早他主子金碧云将来此地。之后，便慌慌张张地走了。

齐玉用阿玉锡留下的几块大洋，赶在日落前买了些已不大新鲜的蔬菜。又嘱咐李虎臣就近买盐，沽酒，再割二斤猪肉。余下的钱，便全数交给孟庆霖，让他找个时间还给人家。

孟庆霖坐在房东留下的木质摇椅上，手里把玩着那把狻猊匕首，想起来远在家乡的亲人，只淡淡地说道："还什么？你拿着用就是。"

"怕不太好吧！人家帮咱这么大忙，怎么好再收人家的钱。"

"礼尚往来嘛！老金他们，本就不在意这个。对了，明儿个一早，他就来了！"

齐玉抿嘴笑了："是啊，总算要见到你的好兄弟了！"

李虎臣也接茬儿道："总算有人陪我喝酒了！要论起喝酒，那还是跟金大哥在一起最痛快！那个词儿，叫什么来着？什么淋漓？"

"酣畅淋漓！你也不好好读几本书！记住：如今，他只叫金碧云。其他的，一概不要说出去！"

"嗯！"

"嗯！"

晚饭时，李虎臣不禁感叹道："姐夫！你说这玉姐姐的手艺，怎么这么巧？就这点旁人挑剩下的烂菜帮子，她愣是做得色香味俱全！"

孟庆霖则漫不经心地说："是啊，手多巧！给你当媳妇才好！"

李虎臣唰的一下，脸就红了。

"吃你的吧！有好吃的，也堵不上你的嘴！"齐玉感到十分不好意思，便赶紧往李虎臣的碗里夹菜，好阻止他继续说话。

"快吃吧！咱们凑合一顿。等天气暖了，我跟处里请上探亲假，接爷爷和若雪他们过来。咱们一家人，也好在京城里玩上几天！"

孰料，这话甫一出口，姜齐玉和李虎臣竟不禁两两对望。继而，又全都默默地低下了头，任谁也不肯多说一句。

到底要不要在这个节骨眼儿上告诉孟庆霖，爷爷已逝的消息呢？

第十三回

对此，她们二人的心中，正无比纠结。

原来，李若雪让他们前来，无非就是希望能挑一个合适的时机，在不违背老人遗愿的前提下，尽量含蓄地将这一悲讯传递给孟庆霖，并顺道照料他的起居生活。

于是，姜、李二人已无心用饭。

只剩下孟庆霖，似乎全然忘记了身边的烦恼，只醉心于眼前的"美味佳肴"。

末了，孟庆霖提议说："前天中午应试，我们到什刹海跑了一圈。现在回想起来，那儿的景致真是不错。要不，咱们晚上就过去走走，反正也不远。"

二人无不点头答应，借以掩饰尴尬。

夜晚，新月将落。

什刹海畔，金盘露冷，玉树风轻。

人道是："楼上黄昏欲望休，玉梯横绝月如钩。"

我却说："燕赵春寒，无奈孤衾梦易惊。"

只见，孟庆霖孤独地行在什刹海的后海南沿一带。

身后，跟着各怀心事的姜齐玉和李虎臣。

三人各走各的，反倒像极了陌路之人。

事实上，孟庆霖此刻的心里似在滴血，却又勉强装作若无其事的样子，将自己的一片心事深深掩藏。

他仿佛早已猜到了姜、李二人的心事——那个他本不愿相信的真相。可总要过几天吧！过几天才好告假还乡……

然而，突如其来的一幕，瞬间打破了这三人之间的尴尬，也打断了孟庆霖的独自思考。

有一老人惊慌失措地朝这边跑来，身上明显带伤，身后则留下了一大摊血迹，正用尖锐的嗓子大声呼救："救命啊！快来人啊！"

见有老人遇袭，孟庆霖和李虎臣不约而同地认为：这大概是遇着强盗打劫了！便下意识地迎上前去帮忙，又交代齐玉留在原地，尽量往人群中靠。

"天子脚下，首善之区，再乱也不至于明火执仗地打劫吧！"孟庆霖有些疑惑，他一边奔跑，一边和李虎臣交换意见。

李虎臣："管他呢！总不能见死不救吧！"

孟庆霖："你没带家伙，快回去护着齐玉。我手上有枪，他们不能拿我怎样！"

李虎臣却假装没听见。

这时，那老人已然跌倒在他们跟前，并用尽最后的力气大喊："救命啊！快救我！"

兄弟二人忙扶起老人："走！"

"姐夫！小心！"

说时迟，那时快！

一柄明晃晃的钢刀，正冲着孟庆霖砍来。

可临了，却突然转向，砍伤了老人颈背。

那老人惨叫一声，旋即栽了下去。鲜血从颈背的伤口汩汩渗出，染红了他的织锦棉袍。

有三名"强盗"蜂拥而至，想要拖走这具"尸体"，却被李虎臣死死缠住。

李虎臣大喝："何方好汉，报上名来！"

三人拒不答话，也不恋战，只一心"夺尸"而走。

李虎臣不依不饶，竟赤手空拳地与其对打起来。饶是对方手执利刃，人多势众，却也被李虎臣几招凌厉的腿法杀得人仰马翻。

"江湖蝼蚁，敢在你爷头上动土！"

李虎臣亮开架势，手背蹭着鼻尖，不屑地看着这些横七竖八，又倒了一地的"强盗"。

却说孟庆霖这里，他扶起奄奄一息的老人，在李虎臣的掩护下先行一步。

待行至某一胡同深处，见那三名"强盗"并未尾随而至，孟庆霖这才松了口气，却又担心李虎臣没枪防身会有危险。

然而，他这时又完全走不开。

第十三回

"老先生！老先生！"

至此，孟庆霖方才看到这老人面瘦而无须，外加声音尖锐，怕不是个出宫老太监？

然而，那老人早已气若游丝。模糊中，他慢慢地睁开了双眼，似在忏悔，又似呓语："老奴……李……莲英，有负皇恩啊……对不住啊，皇上……"

什么？李连英！

孟庆霖当然听过这一如雷贯耳的名字。

原来，这老人不只是个出宫老太监，更是当年的大内总管。那个也曾叱咤风云，驱使百官似御牛马的第一权阉！

可是，他怎么无端落到了这步田地？

算了！既是老者，总不能见死不救！

孟庆霖问："您身旁都没带个人吗？这可……这可如何是好？"

李连英拖着最后一口气，怨道："都死了，全都死了……皇上死了，太后也死了，现在……连我也要死了……"

夜色愈发深沉，只有点点星光洒落街头。

黑暗中的李连英，脸已瘦得脱相，一双死鱼眼直勾勾地盯着孟庆霖，看上去狰狞可怖。

此刻，胡同口两端，竟同时传来抽刀之声。

伴着越来越近的脚步，明晃晃的钢刀反射着原本微弱的星光，在空中划出了一道又一道完美的弧线。

转瞬间，一脚飞来，速度极快，直冲孟庆霖。

孟庆霖抵挡不住，被狠狠踹开。但他又同时意识到，这人分明是个高手，却在力道上似有所保留，看样子并不打算要自己性命。

借着星光望去，又发现那人的身影似曾相识。

这时，只见那高手示意从另一侧走来的手下，将李连英拖走，却忽地被孟庆霖死死拽住。

就在这一刹那，寒风乍起，星光隐匿。

为免夜长梦多，"高手"手起刀落。

顿时，李连英身首异处，鲜血四溅！

孟庆霖亦从腰间掏出左轮手枪，直冲行刑者扣动扳机。

"嘭！"

枪声过后，那二人早已没了踪影，只留下胡同口一片血迹。

这里，仅余孟庆霖，以及李连英那颗苍白的脑袋。

这脑袋，正瞪大了双眼，骨碌碌地滚落在肮脏且泥泞的土路上，只在夜色中惊起一缕微尘……

第十四回　闹饷银北苑逢兵变　夺出路血战定死生

唱针，被轻轻拨下。

一张黑胶唱片，兀自优雅地旋转。

随即，留声机里流淌出一支激昂慷慨的交响乐曲子，节奏铿锵，势如大江东去，听得人心潮起伏，血脉偾张，久久不能自已。

这曲子，是从袁世凯的养寿园书房里传出来的。

这间书房，偏处一隅，曲径通幽，可谓人迹罕至。为保密起见，袁世凯特意立下规矩，"此地不得擅闯"。因此，这里只有他和他的心腹方能进入，就连最受宠的大姨太都不行。

实际上，这里才是袁世凯三年以来的真正蛰居之地，亦是运筹帷幄之所。

至于，他偶尔的一身渔翁打扮，抑或是闷着头躲在房里读书，无非示人以不争罢了。最多唬唬朝廷探子，却不能瞒过真正的政治高手。事实上，那些"载字辈儿的"，从来都不相信他袁世凯会彻底退出这场权力的游戏。对此，就连袁世凯自己，也不相信。

所以，这三年来他坐定洹上村，背靠着早年积攒下的丰厚财力与深广人脉，在这间小小的书房里指挥调度。

只为等待一个时机——一个东山再起，再造乾坤的时机！

若能重掌大权，势必除恶务尽，斩草除根！

此刻，袁世凯正一边谋划，一边沉浸在激昂慷慨的旋律之中，几乎陶醉，手上也不禁和着节奏，轻轻拍打着面前书案，显得十分惬意。

终于，乐曲在高潮中收尾。

袁世凯亦缓缓地睁开了迷离的双眼，回头问侍立已久的赵秉钧："智庵呢！这曲子叫什么来着？"

"禀大帅！叫《马赛曲》！是……"赵秉钧显得有些欲言又止，"是法国大革命时创作的曲子！"

"呵！原来是杀国王的曲子，难怪这么动听呢！"

"禀大帅，南边儿已筹备起事了！"

"嗯！不意外，但火候或许还没到。智庵呢，咱们得再添把火！"

"是！杏城已亲自去布置了，也就在这一两天……"

袁世凯默然，似乎也曾有过那么一丝不忍，却又转瞬即逝。

末了，他只感叹道："这《马赛曲》动听是动听，就是太激烈了！到底，是不如咱的《春江花月夜》！"

说话间，《春江花月夜》那瑰奇壮丽的曲调，便从留声机里咿咿呀呀地流淌开来……

此刻，京城之内。

孟庆霖原以为会有巡警主动找上门，询问自己当晚在案发现场的所见所闻，但他苦等了一上午，却连个鬼影也没见到。

片刻之后，李虎臣从外面匆忙回来，先灌了一大通凉水，又拿袖子猛擦额头上沁出的豆大汗珠，方才喘息匀实，说道："姐夫！不用等了，巡警不会来了！"

"怎么？出了这么大的事情，还没人管了？"

"有是有！但我听阿玉锡的手下说，李连英的家人已不打算报仇雪恨了，也就没了下文！他们还说，若不是只寻见头颅，没寻见身子，那家人恐怕连报案都不会去了！"

"当真是闻所未闻！"

"可不嘛！人言，这李连英三年以来闭门不出，总说有人要害自己，一直过得战战兢兢。本以为都三年了，应该没事了吧，却不承想，这头一回出门，就遇上强盗。你说，这是不是命中注定，在什么难逃！"

第十四回

孟庆霖轻蹭鼻子，却不禁感叹道："有意思！"

"啊？什么有意思？"

"那伙'强盗'有意思！你见过杀人非得砍头的吗？"

"被你这样一说，好像还真是这么回事！"

"这世上，砍头的意义侧重于刑罚！寻常强盗，谁会费这个心思？"

李虎臣眨巴着眼睛，惊呼："那昨晚之人，是菜市口的刽子手？"

孟庆霖："什么啊！是'刽子手'身后的人……"

"可是，他们就不能开枪吗？岂不更省事？"

"或许……他们就是想施以最严酷的制裁！"

"该不会是……朝廷上……要杀他吧？"李虎臣瞪大了双眼，终于反应过来，但声音却不住地压低。

对此，孟庆霖并未作答，却发现李虎臣的额头上又添了新伤，倒不像是昨晚弄的，便问道："你额头上的伤，是怎么回事？"

"嗨！没事儿！就今儿早上，跟胡同口那帮孙子打了一架……"

"啊！你连街坊都打？"

"哪里是什么好街坊！自打咱们搬进来，他们就一直找碴儿调戏玉姐姐。见她不搭理，今儿早上又故意拦道儿，骂我是狗腿子也就算了，可他们，还骂玉姐姐是……"

"是什么？"孟庆霖听了，也有些生气。

"是个狐媚子！还问之前是在哪个窑子接客，何时被赎出来的。我操他大爷！"

说起这些，李虎臣仍旧义愤填膺。

只见，一记铁拳重重地砸在墙上，硬生生震落数块墙皮。

"算了！他们也就是心里泛酸，过过嘴瘾罢了。咱们初来乍到，还是不要生事为好！"孟庆霖换了盆清水，又将毛巾蘸湿，亲自为李虎臣擦拭伤口，顺道问他："这位大侠，您这次又是一个打几个呀？居然能让您受伤，看来对方实力不容小觑啊!"

"实力个屁!也就几十个小混混,为首的是个独眼龙,绰号叫什么'盖半城'。可他忘了,小爷我……那可是混世魔王!"

"是,混世魔王!可任你本事再大,总也架不住人多吧!"

说到这儿,李虎臣的心里也有一丝懊悔。还记得,当年在南下寻访孟庆霖之时,他曾在苏北山区遇着土匪,但那时就能忍下一口气,不与他们争论长短,而是留下一笔银子,买路过去。

如今,自己这是怎么了?怎么就听不得几句恶言了?

或许,还是因为"玉姐姐"吧,这才是他的症结所在!

此刻,孟庆霖的心情也好不到哪里去。毕竟,这两天发生在自己身边的事情委实不太吉利。而他的右眼皮也不知为何,竟然连续跳个几天不停。他隐隐地感觉到,似乎正有一场更大的血光之灾即将悄然降临,却不知如何化解为妙。

正当兄弟二人谈话之际,那个刚被李虎臣教训过的混混头目盖半城已然重新纠集手下,人人手执斧头、短刀等各式兵器,气势汹汹地向孟庆霖的小院儿杀来,准备一雪前耻。

盖半城,顾名思义,姓盖。但"半城"只是他的绰号,常用于人前自夸,形容自己势力庞大。至于他的真名,已不得而知,只知道他是个旗人。而这盖姓,也源出满洲格佳喇氏。

因盖半城好逸恶劳,一只眼睛也不大灵光,后来便直接瞎了,故而始终寻不到一件正经差事。于是,父母双亡的他只好跟着叔父靠收租、放贷,以及私下贩运鸦片为生。前些年,叔父也病故了,又没留下一儿半女,只得将这一辈子攒下的家业全都交给盖半城。

从此之后,盖半城更加肆无忌惮,先靠钱财聚拢起一批手下,每日走街串巷,欺行霸市。又勾结官府,寻求荫庇,认真且不拘一格地过起了自己的黑道生活。

话说此时,盖半城杀心陡起,而孟庆霖正在里屋为李虎臣包扎伤口,齐玉也在厨房忙前忙后,准备迎接金碧云等贵客的到来,故没人察觉到院外已有异常。

第十四回

盖半城先带人藏在胡同口一处隐蔽的角落。

有一手下问曰:"大哥,动……动手吗?"

盖半城:"他妈的!姓李的那小子有两下子,待会儿先招呼他!"

众手下答曰:

"是!"

"是!"

"得嘞!"

盖半城:"把那娘们留下,其余的找地儿埋了!"

"大哥!听说,他们当家的可是个官儿!咱们会不会做得太过了!"

盖半城:"怕个屁!当官儿的老子见的多了!让你埋,你就埋!哪儿那么多废话!"

盖半城大手一挥,刚要下令,却扭头瞅见胡同口另一端,哗啦啦走来一队骑兵。

只见,这队骑兵军容严整,气势非凡,却又纷纷在孟庆霖的小院儿门口,勒住缰绳。

其中,有一军官模样的年轻人,手执马鞭,吩咐前锋叩门。

瞧这军官!

着青蓝色呢料陆军军服,扛红黄交织肩章,领口处又各嵌有口衔蓝珠的黄龙图样,立于马上,威风凛凛,赫赫如山。

院内,孟庆霖也仿佛听到了敲门之声,忙嘱咐李虎臣:"是不是老金他们来了?你去看看!"

李虎臣快步出屋,正撞见齐玉也从厨房出来,准备给来人开门。

果不其然!

李虎臣喜出望外:"哈哈!金大哥,就知道是你!"

金碧云下马,当即与李虎臣欢笑相拥。

齐玉也欣喜地站在他们身后,并回身招呼孟庆霖赶紧出来。

"哈哈！老金，我就知道你不会失约！"

"差点儿……"金碧云难得言语戏谑。但这一句，却是分明既指时间，又似别有深意。

好一个：一语双关！

这时，二人行撞肩礼如故，又紧紧地拥抱在一起。

"老金！"

"小孟！"

"兄弟！"

"安答！"

但唯一的意外，是二人撞肩时，金碧云的表情略有一丝痛苦，却又一闪而逝。

见没外人，孟庆霖竟自调侃起来："呵！过来吃饭，还带这么大阵仗！"

"非也！这十六位兄弟你全都见过，加上阿玉锡……眼下，他正巡警当值，不能过来。大家听说你孟公子来了，无不主动请缨，纷纷表示要来跟你贺贺！"

说时迟，那时快！

这十六位原先担任金碧云扈从侍卫的满蒙勇士，如今全都抛下了昔日的巴图鲁荣光，与其主子一道身赴近畿陆军第一镇效力。

此刻，正整齐划一地下马，分列左右两班来到院子当中，并端起随身的"团龙马枪"，枪口交叉，朝天齐射！

一时间，枪声大作，有如雷鸣！

就连周边人家豢养的信鸽，都被这阵枪声惊起，呼啦啦飞起一大片。

反观盖半城一伙。

他们早已逃离了原先的藏身之地，又全数窝在胡同口之外，几乎吓个半死，无不感叹道："他妈的！幸好跑得快！"

"大哥！现在怎么办啊？"

"办？办个屁啊！先扯乎，跑啊！"

对其一伙，暂且按下不表，却说孟庆霖这边。

第十四回

"哈哈！这算是出惊喜！"孟庆霖看了一眼久违的金碧云，到底是他乡遇故知的真切感受。

金碧云遂脱下军官的白色手套，一边往里走，一边嬉笑着指点孟庆霖："就你小子会说话！"

酒宴间，珍馐齐备，冷热周全，觥筹交错，宾主尽欢。

齐玉为了这顿温锅宴，已花光了阿玉锡留下的所有银圆。但见主客欢聚一堂，她也心满意足，如释重负。

酒酣耳热之际，孟庆霖又开启了自己的斗嘴模式："怎么？你这贝子爷，放着好好的太平日子不过，屈尊去做营官啦？"

"那可不！你这孟公子，不也放着好好的花前月下不顾，非要落个书生万户侯不是？"

"司书生罢了！还不就是抄抄写写。唉！没个意思！早知如此，我就不来了！"

"总归是你弃笔从戎的第一步！可喜可贺！"金碧云满饮杯中酒，又起身言道："走！"

"干嘛去？"

"跟我回驻地！好让你这禁卫军，见识下真正的野战军！"

"好！"

"好！"

"好！"

十六位勇士同时起身高呼，不顾孟庆霖明日一早即将第一次出勤的情由，径直将他抬上战马，又纷纷向齐玉施礼告辞，还误以为她是这家的女主人。

孟庆霖无奈，只好将错就错，心想：既来之，则安之！

如今，舍命陪君子，终不负老金一片美意！

"这趟，怎么能少了我混世魔王？"

李虎臣也翻身上马，追逐而去。

闹饷银北苑逢兵变　夺出路血战定死生

俟忽之间，这小小的院子里，只留下齐玉一人看家……

血色的烟幕，已悄然落下！

只不过，尚未落到齐玉的身上，反倒是及时行乐的三兄弟，正面临一场生死考验！

因为，一场惊天兵变，已在他们眼皮子底下，骤然发生了……

狼烟滚滚，夕阳西下。

在血与火的沙场上，到处散落着遗弃的军旗与倒地的伤兵，还有数不清的敌我尸体、残肢断臂。

远方的秃鹫低空盘旋着，似在沉吟，仿佛打定了主意，要专等活人散尽，好下来饱餐一顿似的。

到了晚些时候，孟庆霖、金碧云、李虎臣三人站在军营的山坡之上，身上沾满了泥土和鲜血；正彼此背靠着背，手执匕首、刺刀等兵器，在叛军的包围下，且战且退。

这令人惊骇的一幕，就发生在孟庆霖前往金碧云北苑驻地的同一天。

这究竟是怎样一回事呢？

原来，那日……

"阿嚏！阿嚏！"李虎臣骑在马上，接连打了好几个喷嚏。

这才阴历二月初，京城里就已然飘起柳絮，且漫天飞舞，好似一道道涂了银粉的纸钱。

喷嚏仿佛也会传染，继李虎臣之后，金碧云的侍卫也在马上喷嚏连连。

孟庆霖和金碧云则行在队伍最前面，转眼就出了德胜门。

当孟庆霖回望巍峨的德胜门箭楼时，他不禁感慨自己从未见过有如此高大雄伟的城墙。

京城，真是个奇妙的地方！

一班王公贵族，守着如此雄关要塞，却还是挡不住西方列强的屡次入侵。难道，只是因为火器落后吗？

第十四回

恍惚中,他联想到战国时魏武侯与吴起的对话。

魏武侯曾叹曰:"美哉乎!山河之固,此魏国之宝也!"

吴起对曰:"在德不在险。"

信哉斯言!

在孟庆霖看来,此德或非一己私德,而是统帅之德、王者之德,更是安定天下之德!

天下,固当有德者居之!

"想什么呢?"金碧云打断了孟庆霖的思绪。

孟庆霖却仍旧赞叹道:"美哉乎!山河之固!"

金碧云无奈,只感慨说:"山河破碎啊……"

"那就……重整河山……"

金碧云叹息:"谈何容易?"

孟庆霖颇感意外:"老金,你居然也会叹气!"

"如今,北边儿有老袁余党,蠢蠢欲动;南边儿又有孙文革命党,酝酿起事。咱大清,那叫一个腹背受敌啊!"

孟庆霖也不知怎么想的,竟脱口而出:"那要是,这两边合起伙来……"

金碧云勒住缰绳,眼睛直勾勾地盯着孟庆霖。

这一瞬间,二人相视极为尴尬。但金碧云却旋即放声大笑:"那就只好拼尽一腔热血,无论生死,不计代价!"

言毕,他策马奔腾,驰骋在平坦开阔的京北驿道之上,又回头冲孟庆霖喊道:"快来呀!时不我待!长风破浪会有时,直挂云帆济沧海!"

孟庆霖顿时也来了心气儿,遂打马飞驰,应约而至。

二人相互追逐,直奔北苑仰山洼而去,只留下一连串清脆的马蹄声,空荡地回响在初春的凉风之中……

"到了!前面就是我第一镇驻地!"金碧云立于马上,手指前方,一片军营赫然在望。

"真是个险要所在！"孟庆霖不禁赞叹道。

"哦？何以见得？"

"你看！此地横亘于京北数条驿道的交叉路口，四周又群山环绕，水草丰美，可谓易守难攻。若能控此一隅，便足以扼住京城咽喉，还不险要吗？"

"哈哈！全中！依我看，让你做司书生真是屈才了！"

正在二人谈笑之际，一阵急促的马蹄声由远及近传来，听上去极不寻常。

金碧云的侍卫本能地打马上前，厉声喝止："站住！什么人？"

说话间，侍卫就已认出这是一镇一协的哨兵，却又发现他遍体鳞伤，还缺了只耳朵，正血流不止。

此刻，驿道已被这二人二马卷起一片烟尘。

只见，那哨兵情急之下，竟捂着耳朵处的伤口哇哇大哭。最后，哽咽着说："兵变啦！"

侍卫一阵惊愕："啊？何人兵变？"

金碧云见情况非常，早已跟了上来："别着急！慢慢说！"

哨兵痛陈道："都是军饷闹的！我们协已经好几个月不发饷了！弟兄们都快憋疯了！有人说，这就是朝廷故意的，就是想让我们这些没选入禁卫军的屎尿屁，自生自灭……这才犯了众怒！"

"怎么会？哪有自家朝廷故意戕害自家军队的？这话是谁说的？"

哨兵略一迟疑，反倒认为金碧云说的在理，便胆怯地答曰："第一镇第一协统领曹锟！"

"曹锟？"

"曹锟！"

众侍卫两两相望，有的不知所云，有的略有所思。

"曹锟！"金碧云喃喃自语，"怕不是，袁世凯暗中挑唆……"

"里面情况如何？"

金碧云刚要追问，不料，一颗流弹"嗖"地就射穿了哨兵的脑袋。

第十四回

刹那间，脑浆迸裂，鲜血四溅！

"护卫！"

"护卫！"

众侍卫立刻将金碧云等人围在当中，先退至身后密林；又举枪四顾，机警地扫视着周围的一切。

"主子，此地不宜久留！"有侍卫上前禀报，示意金碧云先行撤回京城为妥。

金碧云抬手："这儿没有你的主子，只有你的管带！"

又对众侍卫宣令："汝等皆为我营官佐、目兵。我们身后就是京城，哪里还有后退余地！今日，有进无退，有我无敌，有生无死！有敢随我进营者，上前一步！"

众侍卫感奋，无不策马进前。

孟庆霖和李虎臣也自告奋勇，却被金碧云制止："二位兄弟！这是本镇家事，与他人无关！此地凶险，你们快快回去，不可迟疑！日后，等情势安定，我再请你们做客！"

孟庆霖有些不满："老金，你这是说什么呢？既约为兄弟，自当同生共死！我又何曾是个贪生怕死之人！"

"死倒不怕！可咱们只有十来个人……"李虎臣有些着急，甚至有些不知所措。

"小孟，你和虎臣回去报信儿！"金碧云厉声下令，不容置疑。

"先找到阿玉锡！他资格老，门路多，又深受信任，必可敦促朝廷尽快派出援军！"有侍卫补充道。

金碧云："还有一处！"

众人齐声："什么？"

金碧云稍有犹豫，却还是斩钉截铁："禁卫军！"

说着，他从怀中掏出一支金令箭，郑重地交到孟庆霖手上："这是摄政王与我的约定！奉此令箭，便知是万急军情，可随时面君直陈！"

"摄政王？"

"嗯！你和虎臣分头行动！眼下，摄政王应还在府邸。至于阿玉锡，可直接到巡警总厅，就说北苑起火了，让他们来救火！他们自然知道如何去做……"

事已至此，孟庆霖也知别无他法，只好遵令而行。

临别之际，他拨转马头，几乎声嘶力竭："等我回来！驾！"

于是乎，孟庆霖和李虎臣手持金令箭，直奔京城而去，且按下不表；先说金碧云这里。

金碧云望着孟庆霖二人远去的背影，顿觉再无牵挂，便转身面向众侍卫，振臂高呼："你我皆身负重任！若叛乱不除，回去也是死路一条！既如此，进亦死，退亦死！等死，死国可乎？"

这些年来，众侍卫和金碧云早就同生共死惯了。

这次，自然也不例外！

听金碧云一呼，他们有的放声大笑，有的跃跃欲试，更有的豪迈扬言："他妈的，老子早就活腻了！"

见血战之心已起，金碧云遂与众侍卫商议片刻，拟定作战计划，继而分头行动。

临行前，金碧云举枪怒目："杀！"

"杀！"

"杀！"

众侍卫战意高昂，声遏行云，人人举枪响应。

片刻之后，军营的栅栏护墙上，闪现着叛军明哨，正大声叫嚷道："谁在那儿大呼小叫的！"

金碧云立于马上，仰面喊话："兄弟，我是朝廷派来的！来给大伙发银子的！快开门吧！"

"哎哟嘿！这闹一闹，果然管用啊！马上，就有人给咱送银子了！"一名乱兵

第十四回

嬉笑着，正要下去开门，却被旁人拉住。

那人厉声质问："你是什么人？报上名来！"

金碧云："镇直属骑兵营的！"

"骑兵营？那些人，不是全都死了吗？怎么还有人回来？"

金碧云心头一惊，却强压怒火，尽量克制地言道："不回来，怎么给你们送银子啊！朝廷已经同意众兄弟的请求，并让我先来接洽。说到底，都是……都是一家人嘛！"

说着，金碧云又从怀中掏出几张大额银票，亮在手上。

"啊！行吧！你等着！"

那人见金碧云也身穿陆军军服，且言辞凿凿，器宇轩昂，又只带了十来个人随行，还怕他们不成？于是，就颇不耐烦地应承下来。

终于，金碧云一行人得以牵马进入军营，却只见演武场的地上，到处散落着遗弃的军旗与倒地的伤兵，至于尸体更是无人收殓。

他们每行至一处，必踩到一片黏稠的黑红血迹，直让人作呕。

此刻，远方的秃鹫也不时低空盘旋着、沉吟着，仿佛打定了主意，要专等活人散尽，好下来饱餐一顿似的。

那场面极其恐怖，宛如刚刚经历过一场人间浩劫……

见此景象，金碧云后悔自己没将海东青带来。不然，正好借此机会驯驯鹰，先将那几只聒噪的秃鹫抓死再说。

"妈的！平时训练，怎么不见这些兵这般卖力气！杀起自己人来，倒是一点也不含糊！"众侍卫开始骂骂咧咧。

来到演武场正中，几个乱兵开始大声嚷嚷着："京城来人啦！京城来人啦！兄弟们，发银子啦！"

这时，金碧云却先看到几名军官模样的人正被五花大绑地捆在旗杆上，个个军服不整，血污满身，面如死灰。

更让人震惊的是，他们中大部分人早已肢体不全：有的被割了鼻子，有的被割了耳朵，还有的甚至被砍去手脚。更有甚者，被人剜掉了两只眼睛，鲜血正从眼眶里不断往下滴落，分明已到了死亡边缘……

饶是金碧云等人久经战阵，见惯了杀人，却也是头一次遇到这般景象。

侍卫中已不断有人呕吐，直骂道："他妈的！这帮狗日的……平常……平常怎么瞧不出来啊？"

不多时，乱兵已三五成群地在金碧云面前聚了一堆。

为首的兵头儿，叫嚣着："你们是哪部分的？就敢往里闯！"

说着，就要举枪瞄准。

金碧云笑笑说："都是本镇兄弟！我看你们中大多是一协的，但也有二协的，是吧！你们可认得我？"

"好像是……好像是新来的金管带，骑兵营的！"已有乱兵叽叽喳喳地回应道。

"既然认识，那咱们还有些交情！我也不怕告诉大家，你们的想法我完全赞同！当兵的不拿饷，那谁还当兵啊？欠谁的饷，也不能欠咱们这些刀尖上舔血的不是？"

"就是！"

"就是！"

"我们九死一生容易吗我们……"

金碧云两句话就说到叛军的心坎上。

见起了效果，他继续补充道："不过啊！你们也听我一句劝，这样僵持下去是不行的。你们人也杀了，愤也泄了。如今，不如各回各营，少安毋躁。朝廷是不会亏待大家的！"

见叛军中已是人头攒动，为首的生怕众人散了，自己也就活到头了，便赶紧出言制止："少他妈在这废话！老子们既然选了这条路，就没打算再回头，也回不了头！你也看到这一地的尸体了，这都是咱过去的兄弟，可谁让他们不跟着咱一起干呢！如今，顺我者昌，逆我者亡！我只问你，你是带了多少银子来？老子们

第十四回

可只要现大洋！"

金碧云两手一摊："我呀！就这几张银票，其他啥也没带！哦！对了，我还带了整整一个镇的禁卫军！"

为首的怒不可遏："你他妈找死！"

孰料，似曾相识的一幕又出现了！

但这次，却先轮到叛军自己头上。

一颗子弹，恰似一颗流星，只一瞬间就从为首兵头儿的右边太阳穴穿过，又从其左额穿出，并连带击中了身旁的另一名乱兵。

只眨眼功夫，二人倒地身亡。

一枪双杀，叛军一片惊骇！

金碧云趁机喊话："看到了吗？禁卫军里个个都是百步穿杨的神射手！只可惜呀，这一枪竟然打在自家兄弟身上……难道，你们也想试枪吗？"

"我们只是为了银子，谁也不想真的跟朝廷作对啊！可是，我们不拼一把，没人拿我们当头蒜啊！兄弟们，你们说是吧！"叛军的语气似乎略有缓和，却仍是不依不饶。

其余人则纷纷怒吼："不发银子，咱们就干脆南下投奔孙文去！反正，朝廷也不要咱们这些屎尿屁了！"

"我说，咱不如去投袁大帅！他老人家在时，可从没少过咱的银子！"

"对！对！去投袁大帅，让他带着咱起事，跟狗日的朝廷干！"

"禁卫军虽说也多是咱第一镇出去的兄弟，可如今人家富贵了，都成公子哥儿了……我想，也打不过咱们！"

"就是！怕他娘的什么禁卫军！咱们反了大清，说不定也做回开国功臣！"

……

眼见得形势又起变化，金碧云为求慑服叛军，只得再施一计。

于是，他依然淡定地喊话道："兄弟们，实话说，除了禁卫军，我还带了库平银一万两！就在后面的辎重队伍里。不过，你们要先告诉我一协统领曹锟，二协统领何宗莲，还有我骑兵营的人都到哪儿去了？"

"嗨！曹锟那王八犊子见势不妙，早就跑没影儿了！只剩何宗莲带着二协直属卫队跟老子们打，那哪里打得过？全被我们赶跑了！至于你那骑兵营，营房驻地刚好夹在中间，可就惨喽……"

金碧云的侍卫早就恨得牙痒痒，听闻此话，更是怒不可遏，几欲上去大打出手。

"承蒙相告！"金碧云努力克制住自己，并约束手下人不要轻举妄动。

"可是，你才带了一万两，也不够兄弟们分的啊！"

"你们有多少人？"金碧云反问。

"具体没算过，一协的大部和二协的一部，加起来也得有个三四千人吧！不过血战一天，如今也就剩下千把人了。"叛军倒是实诚，索性对金碧云和盘托出。

"原来如此！那你们把长官绑在旗杆上又是何意？难道，是他们喝兵血，扣军饷，逼得你们造反吗？"

说着，金碧云在叛军的步枪丛中，信步走过。

饶是人人与其怒目相对，却慑于其赫赫威势，竟无一人敢上前稍加阻拦。

来到旗杆下，金碧云望着这些垂死的前长官，心头一阵不忍，但转念一想，除此之外，恐再无他法……

于是，他从腰间掏出手枪，啪、啪、啪、啪、啪，连发数枪，将这些早已生不如死的前长官挨个处死，皆是一枪毙命。

枪口仍在冒烟，四周却突然变得静悄悄的。

这一幕出乎所有人意料，叛军随即炸了锅！

原以为这金管带是要救下这些俘虏，好跟自己谈判的，却没想到他先下手为强！这还怎么谈？

"你把他们都打死了，我们拿什么要挟朝廷发银子啊！"

"是啊！我看你就是来找死的！兄弟们，咱们一起上，跟他拼了！"

金碧云也不慌张，回身拱手对众叛军侃侃而谈："都是这些狗官！他们贪墨了

第十四回

众兄弟的银子，你们说是不是！咱们这是实在没办法，才跟朝廷闹饷的。谁家还没个难处，谁家还没个父老妻儿呢？"

"这话有理啊！"

乱兵你看看我，我看看你，仿佛在黑暗中觅得一缕曙光。

既然"罪魁祸首"死无对证，那这兵变的罪过似可甩锅了。若是再能拿到银子，或许就能继续扛着枪，继续吃着皇粮了，岂不美哉？

"现在，有两条路给你们选：其一，就是跟我带来的禁卫军血战一场！大家都是北洋第一镇出来的兄弟，这彼此知根知底，谅是谁也打不过谁吧。再说，人家现在的武器装备，兵员素质……你们刚才也都见识到了；而你们的枪里，又还有几发子弹呢？"

金碧云这句话，倒是直插叛军心窝！

"这……"

这确是事实！

众叛军因而沉默。

经过一天的血战，且无论胜负在谁，至少这枪里是不会剩下多少子弹的；而城里的军火库，也绝计不会再派发弹药。眼下，叛军纯粹是倚仗杀伐之势，才勉强挺直腰板跟朝廷谈判的，实则没几个本钱。

可是，这关键的底牌怎么这般容易就被对方看破了呢？

"你……你到底是何人？"

"在下，第一镇直属骑兵营新任管带金碧云！"

说话间，远处却突然传来隆隆炮声。

随即，数枚炮弹稳稳地砸落到叛军阵中。

霎时，就有几人被炸得支离破碎，血肉模糊。

叛军一片大骇，竞相逃窜。

金碧云心感不妙：这乱局原本已被控制，可如今却重又变得吉凶难料……

这时，见有哨兵从军营辕门跟跄跑来，正气喘吁吁地向叛军各头目禀报：

"报！第一协统领曹锟和第二协统领何宗莲已合兵一处，又调来速射炮队，正向我营地进攻！"

"他妈的！当初，真该把曹锟这杂种一并砍了！平日里，净往我们头上拉屎拉尿。如今，却又要争当功臣！"一头目骂骂咧咧。

"大哥，我想起来了！不就是他的副官跟咱说，这朝廷已经不拿兄弟们当回事儿了吗？"旁边有人提醒道。

"这回，被人当枪使了！老统制凤山将军走时，还特意叮嘱咱们不要跟曹锟这人走得太近。怪我，都当耳旁风了！"这头目似有所悟，懊悔不迭。

"大哥，眼下做都做了，干脆做到底吧！咱第一镇共两个协，只有协统领，却无镇统制，朝廷里也一直不给委派。如今这局面，非得选出一人来执掌全镇才行啊！"

"是啊！"

"是啊！"

众乱兵你一言，我一语，好一阵喧嚣。

这头目仍在犹豫，却搭眼看到金碧云，想起来他刚才所说的"两条路"，就顺势问道："你刚才说给我们两条路，这第一条说了，那第二条呢？"

"这第二条路嘛！既然'贪墨军饷'的祸首业已伏法，那兄弟们的使命也就到此终结了。不如放下武器，走出军营，跟着我领取欠饷，听候朝廷处置。不过，本官既奉朝廷之命到此，也必将承诺你等从轻发落！"

金碧云趁着外面炮队装填重瞄的短暂间隙，在做最后的动员争取。若不成，他也只能带人火速撤离这人间修罗场了……

四周再次沉寂下来，这是暴风雨来临前最后的宁静。

现场，每个人都绷紧了神经！

不知道下一刻，身旁的人究竟是选择放下武器还是选择抗争到底？更不知道，自己是该选择跟随还是该选择退出？抑或，根本不用选择，只要再来几阵密集的炮火，一切都将化作齑粉……

第十四回

将这末日场景看在眼里的，除了以上形形色色，倒还有二人，正是孟庆霖和李虎臣。

话说，他们二人手持金令箭，自安定门入城，一路上畅行无阻。

李虎臣飞奔至内外城巡警总厅，连滚带爬地跌下马来，也不顾伤痛，高声疾呼："北苑……北苑失火了！北苑失火了！"

偏巧，金碧云的父亲肃亲王善耆正在巡警总厅议事。这位民政部尚书也非颟顸官僚，一听"北苑失火"，马上就意识到事态危急，刻不容缓。于是，迅速抽调出一支警力，连带街面上当值的巡警也都大多召回来，好歹凑足六百之数，就命阿玉锡带队，浩浩荡荡地向北苑进发了。

然后，他火速进宫，亲自请示善后事宜。

再说孟庆霖，在他看来现官不如现管，故而他并未按照金碧云的意思去找摄政王载沣，而是径直来到禁卫军训练处，手持金令箭，要求面见训练禁卫军大臣——贝勒载涛。

载涛，人称涛贝勒，是摄政王载沣的七弟。

二人连同老六载洵，以及业已薨逝的光绪皇帝载湉，皆是老醇亲王奕譞活到成年的儿子。只不过，载湉是嫡福晋婉贞——慈禧太后的胞妹所生，且自幼被抱入宫中抚养，立为皇帝。其余三子，均为侧福晋刘佳氏所生，同吃同住，一同成长。

因此，若论起血缘亲情，载沣、载洵、载涛三兄弟之间的关系，显然更加亲近熟络。

也正是凭借一母同胞的手足之情，自载沣成为摄政王，他就不遗余力地提拔这两位幼弟。其中，载洵被任命为海军大臣，载涛更是被加郡王衔，执掌禁卫军。二人遂成为载沣摄政的左膀右臂，股肱腹心。

但载涛还有另一层身份，那就是著名京剧票友，且专攻武生，更擅猴戏。

此刻，载涛正在禁卫军训练处自己的办公室内妆扮起来，和一众属官上演着《齐天大圣》的戏码。

锣鼓铿锵，铙钹清越。

屋内，传来"托塔天王"的激昂唱词。

托塔天王："十万熊黑，星辰齐聚，遵天旨，歼灭渠魁，扫尽如斯辈。某，托塔天王李靖是也！奉御旨，前往花果山水帘洞擒拿妖猴。二郎神！"

二郎神："有！"

托塔天王："命你为总先锋！今日之事，全仗于汝。遇妖猴紧追紧赶，休得要半步相离！哪吒！"

哪吒："有！"

托塔天王："你领东南西北四渎五岳以为救应。必须要齐心努力，必须要歼灭渠魁！"

……

孟庆霖推门进屋，却见"齐天大圣"如是唱道："孙爷爷跟前岂是你卖弄的？你且站稳了，听我道来：

天地才分育吾身，参详学道拜昆仑。
神通广大超三界，要上灵霄为帝君！

好家伙，这唱词霸道！

一众属官，亦齐声喝彩：

"好！"

"涛贝勒身段绝了！"

"听听，人这唱腔！"

那"齐天大圣"见有生人进来，连忙扔下"金箍棒"，问道："哪儿来的？"

孟庆霖赶紧将金令箭递了上去，神色紧张道："搬救兵来的！"

涛贝勒一看，心知大事不好，竟临场编了句道白："哇呀呀！有人欲上灵霄为帝君！这还得了？孩儿们，速整治军马，随我上阵……杀敌！"

……

第十四回

曹锟与何宗莲的"平叛"大营中，人喊马嘶，走卒来往，好不热闹。

曹锟正手持单筒望远镜，眺望着远方的叛军营地，口中喃喃自语："怎么这么安静啊？老何，我感觉不大对劲！"

何宗莲笑笑："哪儿有什么不对劲？被刚才一轮火炮齐射打怕了呗！"

"不！副官！"

"到！"

"咱们撤退前，有没有摧毁叛军火炮阵地？"

"这……"副官支支吾吾，表情窘迫。

曹锟与何宗莲竟齐声说道："遭了！"

这话一落地，数枚炮弹即从叛军营地呼啸袭来，不仅稳稳地砸落于"平叛"队伍之中，更自行爆破，带出无数破片，又掀起一阵泥沙，险些将曹锟等人一并杀死掩埋。

"他妈的！是开花弹！"

片刻之后，曹锟从土里爬起，口中吐着沙石，仍不忘咒骂这该死的叛军："穷途末路，还敢还击！给我打！狠狠地打！"

"我说仲珊呢！差不多……差不多得了。咳咳！大帅也没让咱们把动静搞得太大。毕竟，两头都是咱北洋的兄弟！"何宗莲也从泥堆里爬出来，适时劝解道。

曹锟不听劝，操着一口地道的天津方言，一边组织人手还击，一边不耐烦地敷衍何宗莲："你懂个嘛！叛军里多是我第一协的人，我都不心疼，你又心疼个嘛！要搞就搞把大的，不然我这次可不亏惨了？"

何宗莲寻了个马扎，抖落身上的尘土坐下，又理清思路说道："你就不怕朝廷里彻查这欠饷的事儿？军队就是底牌！有军队在，任谁来查咱也不怕！可要是打光了，想收拾你，那还不容易？依我看，还是见好就收吧，得想办法把你这些老部队带回来！"

"带回来？我带得回来吗？你是忘了这第一镇原先都是些什么人吗？清一色的驻京旗人！所谓的'京旗常备军'！我有一天带得动吗？与其让他们活着泄密，

不如全数死在咱的炮口之下，也算他们为大清朝捐躯了！"

曹锟生气地将军帽摘下，开始梳理起沾满泥沙的头发。

何宗莲："陈芝麻、烂谷子的事了，还提他干吗？现在全镇还是汉人居多！"

曹锟又抿了下修剪得异常挺拔的八字胡，思索了一下眼前局势，却偏偏瞥见副官在旁，正愁没地儿撒气，忙命卫队将此人拖出去就地正法。

"将爷！将爷！我跟你五年了，没有功劳，也有苦劳啊，将爷！"

只见，副官被两名卫兵无情拖拽着，正拖入死亡的深渊。

一路上，副官苦苦哀求。

曹锟却不屑地说："哼！跟我五年？跟我十年也嘛用没有！谁让你小子办事不得力！毙了！"

又转而对何宗莲笑着说道："老何！你说，这兵变的责任最后得落到谁的头上？"

何宗莲："那还用说？自然你我呗！他妈的，真不该言听计从！"

曹锟却摇摇头："不，我不这样看！只要你我杀得卖力，杀得起劲，朝廷还会把咱们当成勇将、悍将使用呢！至少，那些载字辈儿的绝计不敢在革命党起事的当口，擅杀你我这样的大将。除非，整个北洋他都不想要了！"

何宗莲若有所悟，不禁点点头。

"那就接着杀？反正，大帅那边儿自会对你我有所弥补，好让咱们宽心……"曹锟似笑非笑，又似征求意见，却摆明了独断专行，决心已下。

"杀吧！把炮弹全打光，不过了！"何宗莲一拍大腿，亲自下令。

就在这紧要关头，以李虎臣和阿玉锡为前锋的巡警部队正从曹锟的营地旁掠过。

李虎臣骑在马上，机警地注意到了营地中一字展开的十来门火炮。他心想大事不好，金碧云等人应还在乱军营中。若是就此炮轰下去，岂不玉石俱焚？

"老阿！你看，旁边那支军队……"

"不好！"阿玉锡调转马头，厉声命令道，"全军左转，将那支队伍围了！"

第十四回

"是!"六百人的巡警部队陆续跟来。

不多时,就已将曹锟的队伍围在当中。

然而,巡警只有随身的警棍,连步枪都无法配齐,更别提火炮等重武器了。就连为数不多的几挺机枪,还在前些日子的洹上村一役中损失殆尽……

曹锟的队伍先是一惊,但立刻就意识到这只不过是一支看似吓人,却毫无威慑力的二流部队,马上就来了正规军的派头,也不待命令,径直与巡警对峙。

就这样,双方先是互骂,继而推搡,更有甚者索性扭打到一起。若不是看在同属官军的分儿上,估计早就是一场血战……

"他妈的!是哪个吃了熊心豹子胆的,敢围老子!"曹锟扯开领口,脚蹬皮靴,正叉着腰,骂骂咧咧地出营视察。

"是我!"

未待阿玉锡回话,已有一个洪亮的声音穿过层层人海,直透耳膜,直抵人心。

"姐夫!"

正是孟庆霖!

"姐夫,你怎么一个人来了?禁卫军呢?"

孟庆霖拨转马头,望了眼身后群山。

霎时,便有三三两两的身穿瓦灰呢军服的士兵映入眼帘。

继而,有更多士兵涌现。

渐渐地,漫山遍野竟遍布了清一色的禁卫军士兵,人人肩扛团龙步枪,正跑步行进在京北驿道之上,惊起一片烟尘。

其后,更有火炮、机枪等重武器跟随。两翼,又有游骑相伴,正往来飞驰,护卫侧方安全,一片车辚马萧之状。

"他……"曹锟没敢骂出声儿来,只问道,"你是何人啊?"

"在下乃无名小卒!然而,此番进兵北苑,则是奉了训练禁卫军大臣之令!请长官让道!"

说着,孟庆霖从怀中掏出金令箭。

曹锟不屑道："哼！抢功来了！"

"丫说谁呢？"另一清亮之声，正从孟庆霖身后传来。

曹锟一惊，抬头一看，忙立正敬礼："涛贝勒，万福金安！"

何宗莲闻声而至，也敬礼如是："涛贝勒，万福金安！"

此刻，载涛早已是一身戎装打扮，正头戴新式大檐军帽，胸佩勋章，腰挎指挥刀，足蹬马刺靴，显得神气十足。

他不无讥讽地说："哟！这儿是你二人管事呢！怎么着？连我的车驾也敢阻拦？"

"不敢！"

"不敢！"

载涛又瞅了眼阿玉锡："这不是肃亲王府的侍卫吗？怎么着？侍卫不想干了，改行做巡警了？噢！也难怪，咱大清的巡警不就是肃王爷一人的家奴吗？"

"奴才阿玉锡，给涛贝勒加郡王衔请安！"

作为满蒙八旗子弟，阿玉锡遵循老礼儿，既对载涛毕恭毕敬，却又不卑不亢地解释道："贝勒爷容禀！咱大清的巡警，不是我主子的家奴！巡警就是巡警，是咱大清的队伍，赤胆忠心，除暴安良！"

"得！得！得！别跟我绕！"

载涛又指着阿玉锡、曹锟、何宗莲三人说道："你！你！还有你！你们三人连同我带的禁卫军，合兵一处，向叛军营地进发！"

"是！"

"是！"

"嗻！"

然而，曹锟营里的炮兵不知是因未收到最新命令还是佯作懵懂，竟然自顾自地按照提前规划好的射击诸元，对着叛军营地开启了新一轮炮轰。

叛军也丝毫不惧，正凭借为数不多的几门火炮和残存弹药，与曹锟的队伍展开了拉锯战。

第十四回

两军阵前,弹落如雨。

炮弹呼啸着,拖曳着长长的火光,划破长空,重重地砸落到人群里面,引发一片惨叫。

又有开花弹近空爆炸,飞溅出无数破片,直插入尚未隐蔽好的士兵胸膛,乃至脖颈。中者,顿时鲜血喷涌,死状狰狞。

"贝勒爷小心!卧倒!"阿玉锡拼死护住载涛,将他压在身下。

一轮齐射之后,火炮的巨响暂时平静。

然而,炮管却仿佛余怒未消,仍在大口喘着粗气,升腾起一片硝烟。

这是默定的休战时刻!

双方皆以最快的速度打扫战场,装填弹药,随时准备下一轮攻击。

"他妈的,吓死爷了!"载涛从阿玉锡身下爬起来,却见阿玉锡背部中弹,血流如注,已是奄奄一息。

"血……"

这是载涛头一次碰上真正的战场厮杀。

此刻,他早已被吓得六神无主,魂不附体!这也难怪,他虽是高级武官,却自小养尊处优,从未经历过战阵磨砺,更未曾见过杀人流血。在他看来,行军打仗,或许犹如梨园戏台一般,只需轻轻挥动衣袖,便可使对方人仰马翻,望风披靡……

这次突如其来的惊吓,着实给载涛的心里带来了难以磨灭的伤痕。这使得即便日后武昌起义爆发,清廷危在旦夕,他也宁死不肯提兵上前线,却是后话了。

孟庆霖被李虎臣摁住脑袋,好歹挨过了这一轮炮击。

他抖落尘土,对载涛禀报:"贝勒爷,这样打下去不是办法!"

"那你又想怎么着?我就奇了怪了,里面的人是不清楚情况吗?还困兽犹斗什么劲啊!"

孟庆霖略加思索,虽有些犹豫,却还是语气笃定地说道:"骑兵营管带金碧云孤身入敌营,眼下尚不知生死,卑职想进去察看,也好对叛军再次劝降。实在不行,再发动总攻不迟!"

"金……碧……云?"

载涛愣了一下,却又马上反应过来:"噢!金碧云!对,是他!你的金令箭,也是从他那儿拿的……"

载涛口不择言,立刻意识到不该主动提"金令箭"的出处,自是后悔不迭。

曹锟与何宗莲听了,眨巴着眼睛,若有所思。

载涛忙岔开话题道:"你刚才说,那金管带孤身入敌营劝降?"

孟庆霖:"是!只带了贴身扈从十来人!"

载涛大惊:"什么?!"

在载涛看来,今儿个谁死,都万不能让"金碧云"去死。倒不是说二人交情有多深,而是这小子的真实身份,旁人或许不知,但他自己却是门儿清。

金碧云,那可是敕封的贝子,肃亲王的宝贝亲儿子,更是摄政王哥哥的心肝儿肉!

"这事儿大了!"

意识到事态严重,载涛便不再有所顾忌,直接对孟庆霖下令道:"去吧!快去快回!你最多只有半个时辰,半个时辰一过,我派人强攻!"

孟庆霖无奈:"是!半个时辰不出来,就当我死在里面!"

"姐夫,你可要想清楚!"李虎臣急在心里。

载涛倒也来了兴致:"哦?爷还没问你叫什么……"

孟庆霖摆摆手,已跨上战马而去……

天渐昏黄,日头西垂。晚风乍起,又感春凉。

叛军营外已燃起火把,孟庆霖一人一马行至此处,耳边只听得火焰灼烧的"噼啪"之声。

"站住!什么人?"

第十四回

"来讲和的!"

"下马!搜身!"

哨兵一边在孟庆霖身上摸索,一边在嘴上骂骂咧咧:"真他娘的嫌命长!偏偏摊上这么个差事!天堂有路你不走,地狱无门你闯进来!"

也不知,他是在讥讽孟庆霖,还是在哀叹自身命途多舛,生死难知。

"我说兄弟,你这伤倒是要好好治治!"孟庆霖看到哨兵头上潦草地缠着纱布,其中又有淤血渗出,便对他说:"我右侧口袋里有金疮药,你先拿一瓶留着!"

其实,孟庆霖心里很慌。

他跟哨兵说这些,完全就是想避开搜身,生怕自己藏在袖管中的狻猊匕首被人搜了去,那可就亏大了。毕竟,这物件几经转手,早已犹如传家宝一般,更是自己唯一的武器。但他仍旧努力克制住紧张的情绪,尽量表现得落落大方,语气坚定。

孟庆霖深知,此刻绝不可露出半分胆怯。否则,就会被那些嗜血成性的叛军当作发泄的活靶子。到时,不仅自己出师未捷,还要再次引爆一场无谓的血战……

孰料,那哨兵贪心不足!

见孟庆霖既带了药物,又带了银票,便索性全数抢了过来,且还要继续搜身,看有没有其他好东西。

孟庆霖刚要争辩,却见一道白光正中辕门,距哨兵的眼睛只差半寸。

这显然是一次警告!

哨兵连滚带爬地抱着财物就往里跑,也就顾不得来人如何。

孟庆霖回转身子,原来是李虎臣来了。而刚才,正是他掷出的飞刀,解了孟庆霖的燃眉之急。

孟庆霖:"我说你小子怎么来了?还学爷爷的身手!"

"我不来行吗?离家时,我姐可让我一路看着你。更何况,你连左轮手枪和弹药袋,都落在禁卫军那里!接着!"

孟庆霖接过手枪，将其藏在靴子里，又将弹药袋揣进内兜，还不忘摸一把袖管中的狻猊匕首。

这才与李虎臣一道进了军营。

军营内，演武场上仍旧积尸如山，血流成河。而那几名被金碧云临机处决的替死鬼军官，则更是肢体不全，无人收尸。

真不知他们的亲人见了，当作何想。

天色渐昏，新月初露。

偌大的军营里阴森可怖。

饶是胆大如李虎臣者，见此景象，也不由得倒吸一口凉气。

"嘎……嘎……"

这时，一只乌鸦从头顶飞过，吓得二人紧贴后背，正强打起十二分精神，四处张望。

"姐夫，这儿怎么没人啊？不会都死光了吧！"

"小心有埋伏！"

说着，当真有无数火把亮起，又有无数乱兵正从四面八方奔涌而来。

"干什么的！"

"放下武器！"

在火把的掩映下，一支支插上刺刀的步枪，正闪着寒光，抵在孟庆霖和李虎臣的前胸、后背，乃至脖颈。只要他们稍一妄动，立刻毙命。

"我……我们是来议和的！"

孟庆霖艰难地咽了下口水，尽量让自己冷静下来。然而，由于刺刀抵得太近，孟庆霖的咽喉处仍被挑开了一道不深的口子，正往外渗血。

"住手！"一个熟悉的声音传来。

孟庆霖抬眼望去，却是金碧云。他身后还跟着那十来名扈从侍卫，正举枪瞄准，侍立两旁。

闻听此言，叛军倒像是奉了圣旨一般，立刻蔫儿下去，又仿佛潮水般恨恨

第十四回

后退……

此刻,朝廷的平叛大营里,曹锟与何宗莲正向端坐于帅位的载涛请示作战机宜。

"贝勒爷,不能再等了!夜长梦多!请下令总攻吧!"

载涛皱着眉头,一言不发。

曹锟继续进言道:"我已命令速射炮队一发装填!只待您一声令下……"

随即,又摸出行军怀表,信誓旦旦地承诺:"只要十分钟!十分钟,就可结束战斗!里面那些人,早就没弹药了!"

终于,载涛抬头,却又闭上了双眼,索性哼唱起来,仿佛对刚才那出《齐天大圣》意犹未尽。

何宗莲闹不明白这载涛的葫芦里究竟卖的什么药,忙不迭地问:"贝勒爷!贝勒爷!要不,卑职扶您进内帐歇息?"

曹锟则有些愠色:"贝勒爷!按理说,您是禁卫军的统帅,对摄政王负责;而卑职却是北洋的协统,只对陆军部负责!咱两家是各管各事,谁也不碍着谁!可卑职敬您是当今皇上的亲叔叔、摄政王的亲兄弟,您如此天潢贵胄,不会让小的们为难吧!"

"你丫说什么?你跟谁论咱呢?我问你,陆军部是谁家的陆军部?你又当的谁家的差?"载涛不再沉默,反而厉声责问。

曹锟慌不择言:"不是……不是……卑职就那么一说!"

何宗莲也劝解道:"贝勒爷息怒!您别跟他一般见识,这就是个粗人!您就把他当个屁,放了得了!"

"欸?你说谁呢?"曹锟反倒上劲了。

载涛暴起:"曹三傻子!"

曹锟愣住了。他没想到这看似文雅的贝勒爷,竟然知道他早年沿街贩布时的绰号。

载涛:"你狗儿的心急什么?赶着投胎啊!爷还没急呢!爷派去的人,到现在还没回来呢！你几炮下去，究竟是平叛啊？还是毁尸灭迹啊？"

曹锟被骂得哑口无言。他明白，这局面早已脱离自己掌控，却又仍不死心，心里暗暗起誓：绝不能让这些叛军活着！凡知内情者，一个也不能留！

尽管对是否总攻存在争议，但这三人组成的统帅部却对进兵合围之事达成了惊人的一致。

眨眼间，曹锟与何宗莲的直属卫队，就已将叛军营地四门围了个水泄不通。

这一层外面则是他们调来的速射炮队，炮口直冲军营正中，且炮手时刻待命，仿佛一声令下，就可将这里从地图上抹去。

第三层，是阿玉锡带来的六百巡警。但由于阿玉锡身负重伤，只得由其副手指挥。他们的任务，与其说是补充曹锟的兵力不足，不如说是随时提防曹锟浑水摸鱼，大概起到个监军的作用。而这也正是载涛的刻意安排。

毕竟，这曹锟可是袁世凯的老部下，谁知道这人心里装的究竟是啥？

最外圈一层，也是最为紧要的一层，是载涛带来的禁卫军！

这支部队倚仗人多势众，又将前面三层以及叛军营地围得犹如铁桶一般，且未待命令，就已实弹射击就位，如临大敌。他们又显得忧心忡忡，因为他们知道，这最里面关着的不是别人，而是他们昔日的同袍战友、手足兄弟！这些人，虽说未能选入禁卫军，但大多是受年龄或其他个人因素所限，并非战力不强。事实上，越是战意顽强、桀骜不驯的沙场老兵，就越难入这朝廷的法眼。因为，你难以驾驭，无法制衡嘛！

但当兵的知道，这些叛军才是最难啃的硬骨头，其单兵战力绝对不在自己之下。再加上前一轮的内战淘汰，犹如养蛊一般，只能筛选出最为嗜血和最敢拼命的百战兵王。

可谓：悍不畏死，以一当十！

这晚，北国的初春格外清冷。

新月方落，寂寥的天空仅剩数点星光。

偶有寒鸦栖于枝头，仿佛正审视着世事变幻，人间因果。

第十四回

纵然夜凉如斯，禁卫军士兵的额头上也大多沁出冷汗。他们的神情既紧张又纠结，似在担心这接下来的战场走势，又似牵挂困于其中的昔日同袍。

"哥！我好怕……"有一禁卫军士兵小声嘀咕。

"你怕个啥？他们走投无路了！"

"我怕……下不去手……"

"唉！可不是嘛！"满脸皱纹的禁卫军棚长也是好一阵长吁短叹。

这声叹息，仿佛病毒一般，正在禁卫军行伍间默然传播，直透人心里最柔弱的部分。

反观被层层包围的叛军一方，他们虽嗜血成性，悍不畏死，却也知晓利害得失。眼下明摆着弹尽粮绝，深陷重围，故只好暂时放弃硬拼的打算，勉强接受金碧云的"招安"，并推戴他做了"全镇官兵"的谈判总代表。

这才有了刚才的听命之举。

"你们回来做什么！"看到孟庆霖和李虎臣并肩而来，金碧云很是不悦。

"嘶！"

不经意间，孟庆霖碰了下脖子上的伤痕，分明有一阵强烈的刺痛袭来，却只道："不回来？那还是我吗？"

"金大哥！外面有三支队伍，除了第一镇的平叛部队以外，还有京师巡警，以及数以千计的禁卫军！"

李虎臣与侍卫一道，将金碧云和孟庆霖围在当中，并警惕地注视着不远处面露凶光的叛军士兵。

孟庆霖："老金！我以为你……"

金碧云冷笑道："以为我死了？笑话！"

孟庆霖："那刚才的炮战？"

金碧云："我下令的！"

"啊？"对此，孟庆霖和李虎臣很是惊讶。

金碧云："既要平叛，也要为这些百战老兵争取应得的东西！"

孟庆霖："可是，开炮死了许多人，岂不是更不利于谈判？"

金碧云瞪了孟庆霖一眼："小孟，你错了！刚才，我们是被迫还击。虽说还击不见得利于谈判，但若是连还击都不敢，屁都不放一个，那还不如死了算了！若非如此，我也镇不住这些乱兵啊！"

这一刻，孟庆霖的心里仿佛豁然开朗。若论统军之能，他这一辈人中，唯有金碧云而已！

然而，孟庆霖也深知，金碧云已然是骑虎难下，他对叛军作出的所有承诺，只不过是一厢情愿罢了；而叛军也只是看在这"美好"的承诺分儿上，姑且赌一把……

金碧云这是手捧着火药桶，敢在火坑上跳舞，稍不留神，玉石俱焚！

但金碧云自己却不以为然，既闻援军已至，反倒胆气愈壮，又对叛军喊话道："兄弟们，现在朝廷派来使者，要跟咱们定下盟约！你们到底是选哪条路？是血战到底？还是领取欠饷？自行决断吧！"

片刻的沉默之后，一个年轻的叛军士兵愤而解掉了枪口的刺刀，又"哐"的一声将刀枪丢下，掷到地上。

随后，又有士兵有样学样，将枪械拆解丢弃。

继而，一个接一个士兵，一片又一片地解除了自己的武装。

"哐啷"的掷地之声，此起彼伏……直到最后一人也痛快地丢弃了自己的兵器。

眼看着枪械逐渐堆成小山，金碧云等人暂时松了口气。

不多时，叛军营地的辕门已然树起白旗，平叛军队蜂拥而入……

这场急促却惨烈的北苑兵变，看似以朝廷的大胜收场，但事实果真如此吗？

这支激于义愤却又失之残忍的叛军部队，将会面临怎样的结局？

金碧云的承诺又将如何兑现？

他们三人，连同身旁的扈从侍卫又能否逢凶化吉，平安无虞？

另一方面，京城恶霸盖半城既与李虎臣结了梁子，又岂会善罢甘休？

第十四回

齐玉的未来又当怎样？

还有孟昭铭的死讯……

远在亚圣府家中的李若雪……

被带回巡警总厅的赵晨曦……

重伤之下，难知生死的阿玉锡……

这些人的命运又将何去何从？

一切都有待揭晓！

先从"这激于义愤，却又失之残忍的叛军部队"开始揭密。

这些叛军，被临时安置在军营北部的一大片地势低洼之处，四周皆是平缓的丘陵坡地，即中间低、四周高。

平叛大军又沿坡地搭建起简易栅栏，并遍燃火把，直将漆黑的夜色照得通明透亮。

这里，我们姑且称之为"集中营"。

集中营内，火光冲天。

近千名叛军无视重围，竟齐声高唱军歌，声震旷野，摄人心魄。

他们全然不顾初春深夜的严寒，大多赤裸着上身，袒露出胸前、背后的一道道伤疤。

待一曲终了，竟全都放声大笑起来，一片喧嚣……

此刻，他们心里或许知道，金碧云的"承诺"不能作数；而他们这些人也即将被全部处死，一个不留。可叹这朝廷里果然是半个好人也没有，可悲自己银子没捞着，反倒要挨枪子儿了。

于是，喧嚣之后，有仰望天空，向心上人诉说思念的；有哭哭啼啼，牵挂家里父母、妻儿的；还有，只想找个女人，就地传下香火的……

又有个别年轻的，临近生死关头，也是禁不住痛哭流涕。年老的，只好将他抱在怀里，就仿佛当爹的抱着自己孩子一样，安慰他说："别怕啊，小！枪林弹雨的，咱不见得多了？待会儿呀，大不了一同上路，来生咱还做兄弟……"

集中营外，统帅大帐之中。

载涛以询问兵情为借口，单独召见了金碧云。

据闻，二人起初相谈甚欢。但没说两句，就听到里面好一阵争吵。

末了，侍立于外的孟庆霖只听到一句："你这是误国误君！"

接着，金碧云就猛地一把掀开幕帘，从里面怒气冲冲地走了出来。

大帐外，两名禁卫军卫兵本能地肃正致意。

须臾，载涛也探出头来喊话道："你丫到底是哪边儿的？手里端的哪碗饭，自己可要想清楚！"

不料，曹锟正好赶来，与金碧云打了个照面，心里正寻思着这人到底是谁，好大的面子；却又听载涛对自己一番奚落："哟，你还死在这儿，准备留下来过年呢？还不快滚！"

曹锟早没了平叛时的傲气与执拗。

他知道，此刻若不把载涛侍奉好了，自己很有可能就要单独承担起"酿成兵变"的责任。

故而，他一反常态，殷勤且小心地赔着笑脸答道："嗻！嗻！卑职这就滚！只是，摄政王面前……还拜托您老人家……"

"得了吧你！你这岁数，都快赶上我两个了！还老人家！"

曹锟已将腰压得不能再低，语气诚恳地说道："您年岁再小，对卑职而言，那也是如天之大！卑职再老，对您而言，也只是如蝼蚁草芥一般。您老千万不要跟卑职一般见识！"

载涛一听，竟不觉有些得意："早说这么个理儿，不就结了嘛！得了，你回吧！"

"对了，涛贝勒！卑职这儿有个小青衣，今年才十七岁，身段、样貌没得说，还能唱上一口好皮黄！虽然比不上宫里名家，倒也别有一番风情。只不过，人还是稚嫩了些，尚缺名师指导。要不，赶明儿我给您送到府上？请您百忙之中，为她指点一二，也算是她三世修来的福分了。"

第十四回

"得,以后再说吧!"载涛应付两句,径直回了大帐。

紧接着,一曲戏腔悠然传来,倒是有板有眼,有仄有韵,很是动听。

载涛唱道:"俺本是顶天立地圣佛仙,笑你们形形色色一伙奴婢态!看旌旗招展,鼓乐齐鸣,齐天大圣……奏凯回山也!"

夜过子时,一排枪声冷不丁打破了军营里的片刻宁静。

集中营的一扇栅栏门不知被谁打开了,门外横七竖八地倒着负责看押叛军的巡警尸体。

曹锟与何宗莲的直属卫队高喊着:"叛军造反啦!"就擅自驱赶了其余守卫,并毫不迟疑地向集中营内的叛军开火。

这下,叛军被彻底激怒了!

眼见得身旁的兄弟一个接一个倒下,飞溅的子弹与遍地的鲜血重又点燃了他们铭刻在骨子里的战斗意志。

为了活下去的丁点儿希望,他们狂呼酣战,潮水般地涌向大门,以血肉之躯抵挡住直属卫队的排枪射击。

"夺我生路!杀!"

"跟狗日的拼了!冲啊!"

他们一批又一批,一拨一拨,此起彼伏地向前推进着,并自觉展开散兵队型,从各处吸引火力。

终于,有几人成功翻越栅栏,与大惊失色的卫队士兵扭打在一起,并趁机夺枪,场面一片混乱。

闻讯而至的禁卫军,虽然不明就里,却也只得参与镇压。

时也势也!

这许是命运的安排,他们不得不向昔日的战友挥舞屠刀!

"他妈的!曹锟这王八犊子又在自作主张!即便是将叛军处死,也要待明日一早,朝廷给涛贝勒的旨意下来!"金碧云的侍卫掀开寝帐一角,目睹了眼前发生的一切。

可惜，孟庆霖的好梦被搅了！

当他猛然惊醒时，金碧云和李虎臣已然穿戴整齐，随时备战。

说时迟，那时快！

金碧云临机摸了支团龙步枪，身先士卒地冲出寝帐，一边朝天鸣枪，一边大声喊话道："住手！都住手！"

然而，局面已然失控！

双方正在激烈交战，枪战、徒手战、白刃战，态势胶着，不分胜负，谁也没心思听他讲话。至于叛军，那更是对金碧云恨之入骨，认为就是他欺骗了自己，必欲除之而后快！

几乎是同时，他们发现了金碧云，竟一致调转枪口，蜂拥而上，试图将其击杀。

金碧云也第一时间察觉到危险，马上寻找掩体躲避，并被迫还击。

然而，叛军不依不饶，死死盯着他不放。

渐渐地，金碧云落了下风，性命岌岌可危。

就在这危急时刻，众侍卫和李虎臣赶来，一边行进，一边射击，直到将叛军击毙十数人后，才算暂时解除危机。

不幸的是，金碧云的侍卫中亦有人中弹，且伤势不轻。

金碧云遂与众人会合，迈步向前挺进。

"管带！事态紧急，您不能在这儿，速回幕府主持大局要紧！"

金碧云却毫不胆怯，只说道："死也要死在前进的路上！大不了，咱们兄弟共赴黄泉！"

众侍卫一听，无不感奋！

于是，更加坚定意志，誓与金碧云同生死、共患难！

然而，求生意志极强的叛军，瞬间就爆发出了惊人的战斗力。最先与其接战的直属卫队早就败下阵来，其兵器亦反被叛军缴获，成为后者突出重围的关键因素。

第十四回

目前，也只有禁卫军凭借人多势众、火器精良的优势，勉强与叛军战至平手。至于京师巡警，由于装备实在太差，只得自觉充当辅助部队，协助禁卫军将叛军分割包围。

但力量的天平还有一个决定性因素，那就是金碧云和他的贴身死士！

当此时，又有一彪形大汉，身缠绷带，须髯戟张，正不顾一切地冲将过来。只见，他手上拎了一支骑兵用卡宾枪，身子半佝偻着从侧方掩护金碧云。尽管绷带处早已鲜血淋漓，额头上亦沁出豆大汗珠，但他仍旧死战不退。即便弹药打光了，也要抽出佩刀与叛军格斗。观者无不惊骇于其恐怖的战斗意志与近战本领，却也不难想象他此刻正遭受的伤痛折磨，乃至性命堪忧。

这人，正是身负重伤的阿玉锡！

事实上，他本不能下床，但他无法视危局而不见，更不能坐视金碧云身陷险境。

这才拼死冲杀，以命相报！

金碧云感慨道："好兄弟！知道你会来！"

阿玉锡却讲不出豪言壮语，只回了一句："卑职……卑职愿效死命！"

战斗仍在继续，孟庆霖却不见了。

难道他见势不妙，当了逃兵？

不！他在想如何从根本上解决问题。

至于这根本的问题，无非就是活命罢了！

因此，他要为叛军争来一道赦书，无论是否成功，他必定坚持到底！

统帅大帐内，载涛忧心忡忡。

尽管身旁已有两棚卫兵守护，但他依然感到恐惧，且手指冰凉，连喝口茶都颤巍巍的。倒不是说，他如何担忧自己的性命安危，而是朝夕之间，禁卫军里死了这么多人，他可怎么向朝廷交代？

"报！我军一部正与叛军决战！"

"报！前线伤亡惨重，请命加派援军！"

"报！……"

"报！……"

一波又一波斥候往来传递战讯，告知己方伤亡越来越大。

这让载涛无法淡定，他在思考破局之策，却又始终无计可施。

如今，敌我胶着。可谓：你中有我，我中有你。

此刻，就算是命令炮队开炮，抑或是命令骑兵冲击，恐怕也都为时已晚，甚至根本无济于事。到头来，只会加剧伤亡，着实不划算。

正当他一筹莫展之际，孟庆霖倚仗金令箭的通行之便，不顾卫兵阻拦，强行闯入了载涛的大帐之中。

载涛有些惊讶："你还没走？"

孟庆霖："往哪儿走？"

载涛："爱去哪儿去哪儿！反正，你的差事办完了，又何苦留下受罪？"

说完，就是喟然一声叹息！

孟庆霖停顿了一下："贝勒爷还不知卑职姓名？"

载涛头也不抬："如今已知了，宪平说的。噢，就是你那金碧云！"

孟庆霖："既如此，卑职有一事相告！"

载涛："说吧，看在宪平的面子上！"

孟庆霖直言："卑职，想请贝勒爷一道出去看看。眼下情景，若无非常之法，恐怕终会玉石俱焚，而您的名节、朝廷的脸面也断无可保！"

"你有何策？快讲！"

"只要……一纸赦书！"

"什么？！"

载涛愣住了。他并非没有想过这点，但却只是一个念头，在脑海中转瞬即逝。

"这断不可行！且不说他们是谋反重罪，就是死了这么多人，无缘无故地就赦免他们，爷又如何向死难者交代？再说……再说，这也不是我一人就能决断的，需要请旨而行！"

第十四回

这难不倒孟庆霖,并且载涛的回绝也在他的计划之内。

于是,孟庆霖转而言道:"不错!贝勒爷说的在理!无缘无故地赦免叛军确实难以服众,这岂不是纵容谋反吗?可是,如果功过相抵,情有可原呢?"

"啊?"

载涛没想到面前这小子竟有这么多鬼主意!一时兴奋,也就顾不得尊卑上下,忙拉着孟庆霖就往外走。

这眨眼工夫,外面已云集了近半数的禁卫军。他们层层拱卫统帅大帐,不敢丝毫松懈。

然而,人群中却恍惚闪现两人。看上去畏首畏尾,正交头接耳,无疑是曹锟与何宗莲。

见载涛出帐,他们二人赶紧围拢上去。

曹锟率先进言道:"是否再去催请朝廷旨意,再派援军?好将贼徒一网打尽!"

何宗莲则进言道:"此地不宜久留!应将军队陆续撤回,再与叛军隔开阵地。届时,可用火炮、机枪合力绞杀,必收奇效!"

载涛心里也拿不定主意,正在犹豫。

但此时,金碧云和李虎臣以及十来名侍卫已然冲入敌阵,正与叛军决战,随时都有生命危险,情势已到了间不容发的地步。

只见这战场上,敌我双方混战一团。或是,两两短兵相接。或是,三五成群组队出击,早就不成阵列。即便是身处统帅大帐附近,亦能听到远处传来的枪炮之声,拼杀之声,哀号之声;且此起彼伏,让人心惊肉跳,冷汗直流。

孟庆霖见状,言辞恳切地请求道:"这里的近千名叛军,战力极强!看得出来,他们每一个都是百战老兵啊!要是一朝覆灭,到底还是朝廷的损失。我虽不才,甫入禁旅,却也听闻新军第一镇亦曾宿卫宫廷,出警入跸,素来功勋显赫。他们原也是忠君爱国的模范军人呢!只是,被逼上了绝境……"

载涛听了,也不觉有些伤感。

曹锟见载涛稍有动心，正欲打断孟庆霖。何宗莲却将他死死按住，让他少安毋躁。

孟庆霖则继续陈情道："若是将这些叛军派往边疆戍守，用来对付沙俄或是日本，那必是以一当十啊！又何必尽数诛灭？当然，他们确实犯下杀人之罪，罪不容诛；但姑念往昔袍泽情分，何如惩办元凶，赦其附庸，让他们继续效命疆场，也好永保大清斯年。涛贝勒……涛贝勒，与其放任自流，不若亡羊补牢，望君明断！"

"你是什么东西，敢在这儿胡闹！来人，将此小儿拿下！"曹锟已然怒不可遏，忙命人擒拿孟庆霖，意欲整治。

何宗莲脑袋一蒙，赶紧拦住卫兵。心想，老曹这人怎么越活越糊涂了？这小子能站在这儿，必有立足资格，你管他是谁呢？再者说，载涛都没介意，你又何必越俎代庖？

真是人如其名——曹三傻子！

终于，载涛发话了："小孟，我就是想赦免他们也不可能啊！这人都混在里面，你知道哪个是好的，哪个又是坏的？"

事实上，载涛也不愿做这"杀降"的脏活儿。他原本以为叛乱既平，大功告成，翌日清晨便可打道回府了，却没料到会遇此险情。一时，竟也顾不得去调查孰是孰非，更来不及向朝廷请旨。毕竟，派去报信儿的人还没回来。

对于载涛的顾虑，孟庆霖仿佛胸有成竹："这个不难！恩师辜鸿铭曾提到过一种'抽杀之法'，即全军有过，不辨原凶，辄每二人抽杀一人，以儆效尤，以为后来者戒！今日情形，正好适用此法，只需稍加变通即可。例如，我军可向叛军喊话，有愿来归者，既往不咎，但归者需斩杀顽敌一人，以纳投名状。如此，叛军必将自行瓦解，叛乱亦须臾可定！"

载涛："辜鸿铭？就是那个精通九国语言，做了张之洞近二十年幕僚的西学第一人？"

孟庆霖："正是！"

第十四回

载涛："果然名师出高徒。只不过，若依此法，遭冤杀者恐不能免。"

孟庆霖郑重其事："当此非常之时，当行非常之法！卑职料定，若逢此赦书，心里只想活命的叛军，必将争先恐后归附我军，唯恐稍有迟疑，即遭同伴屠戮。至于其中顽固不化者，自然不在赦免之列。当然，其中或有冤杀，但总比全死了强吧！"

载涛惊叹："好法！"

曹锟却断然拒绝："不可！叛军十恶不赦，不可姑息！"

何宗莲眯着眼睛，意味深长地说："如此看来，残余叛军中仍有半数以上存活，此法断不可行！但是，卑职同意其中的分化瓦解之策，分化之，再分化之，最后只留下一成人马活着，也就是了。这样，贝勒爷也好向上交代，何如？"

载涛领首，正要宣令，却见孟庆霖直冲敌阵，飞奔而去。

在孟庆霖看来，自己已然耽搁太久。如此大战，岂能抛下兄弟不顾？即便不精武艺，也要勇敢向前，矢志不渝，哪怕粉身碎骨！

"杀！"

杀声四起。

金碧云和他的侍卫已被人流冲散，正各自为战，后援乏力。甚至，就连他的佩刀都被劈砍得卷了刃。至于阿玉锡则更是拼尽最后一丝力气，凭借钢铁般的意志，不断地为金碧云抵挡住侧后方的进攻。

李虎臣的处境则更加凶险。

这时，他已深陷敌阵，周围早无战友相助，只能凭借过硬的拳脚功夫与叛军左右周旋，但双拳难敌四手，形势不容乐观。

"没子弹了，要小心，这小子有两下子！"

"不怕，一起上！"

叛军两两一组，呼喝着一拥而上，要将李虎臣当场刺死，却旋被后者轻松卸去力道。

进而，李虎臣一个突刺，自下而上贯穿敌之咽喉，却也因此暴露身后空虚。

"啊!"

李虎臣一阵剧痛,原来是肋间被人刺入一刀。

"投降吧,跟我们兄弟干!不投降就是一死!"叛军中,已有人动摇其意志与决心。

"宁死不降!"李虎臣怒目圆睁,又掷地有声道,"誓死不退!"

说着,就抡起步枪,化守为攻,口中高呼:

"誓死不退!"

"不退!"

一众叛军皆逡巡不敢上前。

孟庆霖瞅准战机,掏出左轮手枪,"啪、啪、啪",连毙叛军三人,为李虎臣肃清周边顽敌。

"姐夫,你不该进来!"

孟庆霖却有样学样:"离家时,你姐让我一路看着你!"

危难之时,李虎臣还是从容地乐了。他用袖子蹭了蹭脸上的血迹,直说道:"你学我说话!"

"走!去找老金会合!"

兄弟二人一路开枪拼杀,一路高声喊话:"有令:就地反正者,诛杀顽敌,既往不咎!"

"诛杀顽敌,既往不咎!"

"诛杀顽敌,既往不咎!"

起初,叛军并未在意这次喊话,只当是朝廷的另一番谎言,但久而久之,当真有人选择归顺,并开始与孟庆霖并肩战斗。

那人转身对叛军同伴说:"对不起了,兄弟!我家里还有老婆、孩子,这样打下去不是办法,我们迟早全军覆没,而我只想活下去!"

"你就不怕他们言而无信?我们被坑可不止一次了!"

正在那人踌躇之际,担任大帐守卫及预备队的禁卫军士兵竟齐声高喊:"兄弟

第十四回

们，回家吧！诛杀顽敌，既往不咎！同袍一诺，千金不易！"

同袍一诺，千金不易！

那人不再犹豫，反而眼含热泪，直直地将刺刀刺入了昔日同伴咽喉。

同伴咽气之时，仿佛还在诉说："那就……成全你！"

"谢谢兄弟！你家老小，我养……"

说着，已是伏地痛哭，情不能自已。

此刻，正与叛军决战的禁卫军士兵，也因敌手渐渐失去抵抗意志，而不忍继续杀戮。

本是同根生，相煎何太急！

他们不禁回想起过去同住一座军营，并肩扛枪，训练征战的日子。那些年，他们有肉同吃，有酒共饮。多年的战友之情，竟一齐迸发出来，无不对叛军劝告说：

"回来吧！"

"快回来吧，兄弟！"

"是啊，回来吧，兄弟！"

继而，一片山呼海啸："诛杀顽敌，既往不咎！"

"诛杀顽敌，既往不咎！"

"诛杀顽敌，既往不咎！"

……

叛军个个惊恐不安，表情复杂，溢于言表。

战场上所有人，无论是平叛的一方，还是兵变的一方，全都屏住了呼吸，气氛异常紧张。

随着叛军阵营中一声枪响，局面瞬间就炸了锅。

再去看时，已有零星叛军响应号召，正与其余之众搏斗，互有胜负，各有伤亡。

大帐外，冲锋号吹响，唤醒了每一个人心中的斗志，也点燃了每一个人体内的热血。

这就像是一颗火星，扔到了已经浇满汽油的干草垛上，霎时火光熊熊，烈焰灼天，战场上的气氛终被点燃了。

"杀！"

"杀！"

"杀！"

叛军内部分化加剧，正相互吼叫着，厮杀着，杀声震天，此起彼伏，一场场血战在所难免，一个个原本鲜活的生命接连倒地不起。

渐渐地，战场上叛军的尸体越来越多，交叠错落，血流成河……

然而，令孟庆霖意想不到的是，他自己也难以分辨得清，这死去的究竟是投诚归队之人，还是负隅顽抗之敌。

这令他心里十分不安，却是木已成舟，无可奈何。

接着，令人意想不到的一幕出现了。

拼杀过半，有个别年老的叛军已是体力不支，身负重伤。他们挂着刺刀步枪，笑着对年轻的士兵说："兄弟，我老了！这活下去的机会，就留给你们了！咱们来生再做兄弟！"

说着，或是举枪捅入腹内，或是直接抹了脖子，鲜血从伤口汩汩涌出；倒也换来对面一阵号啕大哭："老哥，你走好哇！这辈子欠你的，兄弟来世给你当牛做马报答了！"

载涛、曹锟、何宗莲等人已全然顾不得上下尊卑，竞相探出头去张望。即便自己带兵多年，也从未见过如此生死大战，直让人血脉偾张，心惊胆裂。

载涛心想："这个叫孟庆霖的，怎么这般凶狠？可是，他的办法却异常奏效！俗话说，慈不掌兵，义不掌财，像他这样善于带兵之人，幸好早已揽入麾下。这要是让他落到袁世凯或是革命党那里，于我大清可是万分不利啊……"

载涛哪里知道？

孟庆霖可是由祖父孟昭铭亲手带大的，而孟昭铭早年间跟随左宗棠大军南征

第十四回

北战，自然阅历广博，见识非凡。及至孟庆霖开蒙，家里又请了博学鸿儒辜鸿铭为其传道授业，再加上他自己勤奋好学，因此早就见惯了中学、西学，本领和学问远在同龄人之上。

更为重要的是，近四年来，孟庆霖接连遭遇安庆观刑、扬州劫持、彰德赌命等重重生死考验，早已将自己锤炼得如同精钢一般。他深知既入军旅，便是躬身入局，再无回头之日；而要救亡图存，拯救天下之人，就必先有杀天下之狠，方能怀天下以"仁"。否则，就是"妇人之仁"！

圣人之道，不在书中，却在心头……

当是时，且看分化之际，叛军越战越勇，彼此杀红了眼，已到了无论敌友，逢人便杀的地步。

战场上积尸如山，血流漂杵。

"行了，行了，不要再打了！余下的人全都活命！"

载涛实在忍受不了这一幕幕残忍至极的画面。

然而，他的话却已不再起作用。

因为，潘多拉的魔盒一旦打开，就势必很难关上。

"他妈了个巴子的！老子带兵这么多年，还从没见识过这场面，今儿算是开眼了！"曹锟也不无感慨。

何宗莲："不好！投诚的人数越来越少，余下的大多是负隅顽抗之敌！哎呀，他们把那小儿围起来了！"

载涛一听，也是异常焦虑，忙举起单筒望远镜察看。

果然，孟庆霖和李虎臣一路挺进至金碧云的位置，而这里恰好是叛军中反抗意志最为激烈的部队所在。

大帐外，冲锋号再次吹响！

阿玉锡等侍卫早已是伤痕累累，百战余生，但他们却仍旧捡起身边可用之器，从地上跌跌撞撞地爬将起来。

为报知遇之恩，他们只得拼死守住最后一道阵线！

"兄弟们，跟……跟他们……拼了……拼了！"

说着，阿玉锡竟口吐鲜血，不久就重重地栽倒在地。

"老阿！"

"大哥！"

众侍卫群情激愤，无不吼叫着杀向叛军。

"冲啊！"

……

片刻之后，孟庆霖、金碧云、李虎臣三人已退守至山坡之上，身上沾满了泥土和鲜血。他们彼此背靠着背，手执匕首、刺刀等兵器，在叛军的包围下且战且退。

终于，载涛下令："全军集结，总攻！"

一支支禁卫军以队为单位，正从四面八方开来，将负隅顽抗之敌重重围困。而残存仅一百人左右的投诚者亦发起突袭，与孟庆霖等三人前后夹击叛军。

"杀！"

"杀！"

"杀！"

钢铁在碰撞，血肉在横飞……

清晨的凉风，吹散了最后一丝喊杀声。

伴着初升的朝阳，军营内鼓角争鸣，响遏行云。

这一整夜的连番厮杀，终于休止了。

孟庆霖拖着流血的身子，走过每一寸被鲜血浸润透了的土地。

地上，到处是交叠的尸体，以及散落的兵器。

战场正中，大约一百人的队伍，皆遍体鳞伤，血流不止，但他们却仍旧自觉地立正一排，似在接受检阅。

他们中有的人掩面流涕，不知是因侥幸存活，喜极而泣，还是因亲手杀死了昔日的同袍兄弟，而感到后悔不已。更多的人，则是双眼炯炯有神地注视着这三

第十四回

人，特别是孟庆霖。

对他们来说，孟庆霖究竟是恩人还是仇人，一时也说不明白。甚至，就连"孟庆霖"这个名字，他们此时也不知道。

但他们心里清楚，是这个人为自己带来了最后一次活命的机会！

因此，他们才有资格继续活着，站在这里。

金碧云亦感慨万千，下令报数。

"一！"

"二！"

……

"一百！"

"一百零一！"

经过整夜厮杀，这仅存的一百零一人早已精疲力竭，但报数时却依然声若洪钟，激昂慷慨，甚至杀气腾腾！

"一百……一百零二！"

这声音粗犷，很是熟悉。

"是阿玉锡！他还活着，他还活着！"李虎臣激动地大叫。

"一百……零三！"

"一百……零四！"

……

"一百一十七！"

报数声，终于停下了。

金碧云眼圈泛红。

原来，是自己的侍卫中又少了一人，其余活下来的，也全都身负重伤。有的人，甚至骨头都露出来了。

这一切，都让他心痛不已……

稍后，朝廷的旨意终于下来了，八个字——"严惩祸首，其余不问"。

这也是摄政王载沣与肃亲王善耆共同定下的基调，却是与战场结果惊人地一致。

载涛派出去的人也回来了，并赶着马车搬来了陆军部临时调拨的一整箱银票，约有十余万两之数。

于是，他命人向金碧云的侍卫，以及大战活下来的所有投诚归队者依次发放饷银各一千两。至于金、孟、李三兄弟，则另有赏赐。

然而，就在终于领到饷银的那一刻，昔日的叛军，如今的幸存士兵，却无不仰天大笑，将一沓沓银票抛向空中，就像撒了一堆纸钱似的："要这银子还有何用？就留给死去的兄弟吧！"

其余的幸存士兵亦复如是，各自将手上的银票抛向空中。

银票，好似雪片般飘落……

兄弟，你上路！
你好好地走哇！
咱是个人嘞！
也是条狗啊！

有个陕西潼关籍的幸存士兵，名叫"秦东"的，竟扯着沙哑的嗓子，声嘶力竭地吼起了秦腔。

其余人等，无论敌友，不约而同，皆相和之：

狗！
狗！

又合唱道：

第十四回

　　黄泉路上，你照直地走哇！
　　见了阎王，你腿甭抖啊！
　　你腿甭抖啊！

　　那曲调苍凉悲怆，用词简单直白，激发了在场所有人，包括外圈禁卫军士兵的共鸣，竟无论是否会唱，全都眼含热泪，跟着一齐吼了出来！

　　既像是在倾诉着对逝去兄弟的怀念，又像是在发泄着无从排遣的满腔愤懑，让闻者无不唏嘘流泪……

　　孟庆霖亦眼含热泪，与众士兵兄弟彼此相拥，哭作一团，只说道："咱们都是军人！只有视死如归，血战到底，才配活下去！马革裹尸，就是最好的归宿！这是军人的使命！没什么可抱怨的……"

　　"我等……我等皆愿拼死报效！"

　　"我等，皆愿拼死报效！"

　　这活下来的一百零一个幸存士兵，拖着一身伤病，任由鲜血流淌，全部单膝下跪，齐声吼道。

　　此刻，他们的眼角闪动着泪光。

　　从那时起，他们就仿佛已经看到了属于自己的命运……

　　翌日清晨，一缕暖阳洒入京城三不老胡同的这间小院儿。

　　齐玉正在厨房里娴熟地准备早餐，好待孟庆霖和李虎臣回来享用。

　　她在想，这二人一夜未归，大概是许久未与金碧云相见，故而一时高兴，这才贪杯过量了吧。却无论如何也想不到，他们二人刚刚经历过一番生死考验，此刻将将虎口余生……

　　然而，短暂的欢庆过后，那道血色的烟幕终究还是无情地落了下来。

　　那天临近中午，待孟庆霖匆匆包扎好伤口，和李虎臣一道返回家中，却只见到齐玉掉落在门口的一只绣鞋，可偏偏寻不见人影……